Jürgen-Peter Stössel, geboren 1939 in Stuttgart, arbeitete nach dem Studium der Veterinärmedizin als Tierarzt auf dem Land und in der pharmazeutischen Industrie. Vier Jahre lang war er Redakteur eines Ärztemagazins. Wegen der Publikation des Buches »Psychopharmaka – die verordnete Anpassung« wurde er 1973 fristlos gekündigt. Seitdem lebt der Autor als freiberuflicher Wissenschaftsjournalist und Schriftsteller in München. Jürgen-Peter Stössel veröffentlichte mehrere Bände mit Gedichten, Erzählungen und Reportagen und ist Mitarbeiter der *Süddeutschen Zeitung*, der Zeitschrift *bild der wissenschaft* und verschiedener Rundfunkanstalten.

Von Jürgen-Peter Stössel ist außerdem
als Knaur-Taschenbuch erschienen:

»Wenn Pillen allein nicht helfen« (Band 4312)

Originalausgabe

Umschlaggestaltung Norbert Dallinger
Satz IBV Satz- und Datentechnik, Berlin
Druck und Bindung Ebner Ulm
Printed in Germany 5 4 3 2 1
ISBN 3-426-04323-8

Jürgen-Peter Stössel: Herz im Stress

Ein wissenschaftlicher Tatsachenroman

Auf der Grundlage eines Forschungsberichts von Franz Friczewski, Werner Maschewsky, Frieder Naschold, Petra Wotschack, Winfried Wotschack, Internationales Institut für Vergleichende Gesellschaftsforschung/Schwerpunkt Arbeitspolitik. Wissenschaftszentrum Berlin.

Knaur®

Die in diesem Buch beschriebenen Menschen und die Orte der Handlung sind erfunden, Ähnlichkeiten mit lebenden Personen und realen Situationen aber kein Zufall.

ISBN 3-426-04323-8 980

Vorwort

Daß zwei Wissenschaftler ein Vorwort zu einem Roman schreiben, ist gewiß etwas Ungewöhnliches. Aber Jürgen-Peter Stössels Buch »Herz im Stress« ist auch kein gewöhnlicher Roman. Der Untertitel »Wissenschaftlicher Tatsachenroman« deutet bereits darauf hin, daß hier der Versuch unternommen worden ist, zwei vielfach als unvereinbar angesehene Zugangsweisen zu unserem Leben zusammenzubringen: die rationale, nach Objektivität, Systematik und theoretischer Abstraktion strebende wissenschaftliche Darstellung und die Kunstform des Romans, in der Subjektivität, Gefühle und das einzelne in seinen vielfältigen Ausdrucksformen ihren Ort haben. Der vorliegende Versuch, die Trennung zwischen diesen beiden unterschiedlichen Sichtweisen zu durchbrechen, bedarf der Erklärung. Die Erklärung ist die Geschichte dieses Buches.

Das Wissenschaftszentrum Berlin für Sozialforschung (WZB) ist eine staatlich finanzierte Forschungseinrichtung, deren Aufgabe es ist, durch Grundlagenforschung auch zur Wahrnehmung und Lösung von aktuellen Problemen unserer Gesellschaft beizutragen. Es ist eine der größten Einrichtungen dieser Art in Europa. Über hundert Wissenschaftler befassen sich mit Fragen des Arbeitsmarktes, der Arbeitswelt, der Wirtschaftsstruktur, der Umwelt und suchen nach Entwicklungslinien und Folgen, Zusammenhängen und Lösungsmöglichkeiten. Die einzelnen Forschungsteams bestehen durchweg aus Wissenschaftlern verschiedener Nationalitäten und unterschiedlicher Fachrichtungen. Am häufigsten sind Wirtschaftswissenschaft, Soziologie, Politikwissenschaft und Psychologie vertreten – andere Fachrichtungen wie Ingenieurwissenschaften und Medizin werden fallweise hinzugezogen. Das untersuchte Problem soll auf diese Weise von verschiedenen Seiten aus beleuchtet werden. Die Erfahrungen und Kenntnisse aus verschiedenen Ländern und Fächern sollen sich gegenseitig ergänzen und aufeinander aufbauen. Die Forschungsarbeit wird unabhängig vom Druck aktueller Tagesfragen und ohne Einflußnahme wirtschaftlicher oder politischer Interessengruppen durchgeführt. Alle Forschungsergebnisse werden veröffentlicht.

Die Ergebnisse solcher Forschungsarbeiten haben meistens zwei Seiten: In erster Linie schlagen sie sich in Form von Büchern oder Aufsätzen von Wissenschaftlern nieder, bestimmt für die wissenschaftliche Diskussion mit anderen Wissenschaftlern oder spezialisierten Praktikern. Das ist das tägliche Geschäft von Wissenschaftlern. Wegen des hohen Grades an Spezialisierung findet davon in der Regel kaum etwas den Weg in eine größere Öffentlichkeit. Auf der anderen Seite aber handeln die Ergebnisse dieser Arbeiten sehr oft von Problemen, die ganz aktuell und hautnah eine Vielzahl von Menschen betreffen. Ihnen könnte das, was die Forscher herausgefunden haben, vielleicht unmittelbar nützlich sein, sie erfahren nur meistens nichts davon.

So auch im vorliegenden Fall. Fünf Wissenschaftler untersuchten mehrere Jahre lang die Zusammenhänge zwischen Arbeitssituation und koronaren Herzkrankheiten, der mit Abstand häufigsten Todesursache. Nachdem der Herzinfarkt noch bis in die sechziger Jahre allgemein als »Managerkrankheit« betrachtet worden war, hatte sich herausgestellt, daß die weitaus meisten Opfer dieser heimtückischen Krankheit keineswegs aus den oberen Etagen des Wirtschaftslebens stammten. Das war aufklärungsbedürftig, ein entsprechendes Forschungsvorhaben wurde im Rahmen des Programms zur Humanisierung der Arbeitswelt vom Bun-

desminister für Forschung und Technologie gefördert (Kennzeichen 01 VD 137-AA-TAP 0016).
Der Bericht der Wissenschaftler über dieses Projekt liegt vor, er wird ungefähr zur gleichen Zeit wie dieses Buch veröffentlicht.* Es ist abzusehen, daß sich sein Leserkreis weltweit auf einige hundert, vielleicht tausend Spezialisten beschränken wird, die auf seiner Grundlage das menschliche Wissen sowohl über die Ursachen des Herzinfarkts als auch über die Möglichkeiten seiner Verhinderung weiterentwikkeln werden. Über die Frage, wie Strategien der Infarktvermeidung in der Arbeitswelt aussehen könnten, wird z. B. am WZB derzeit ein neues Forschungsprojekt vorbereitet. Diese Ergebnisse aber müssen in der wissenschaftlich üblichen und notwendigen Form für die meisten Nichtspezialisten weitgehend unverständlich bleiben. Der Transport der Ergebnisse an diejenigen, über die geforscht wurde und um deren Gesundheit und Leben es letztendlich geht, ist im Wissenschaftssystem durchweg nicht vorgesehen.
Diese Begrenzung der Wissenschaft einmal beispielhaft zu durchbrechen, war unser Ziel. Aber wie sollte es umgesetzt werden?
Die Beseitigung von Fremdwörtern aus dem Text, die Vereinfachung von Tabellen, der Verzicht auf theoretische Erörterungen hätten das Hauptproblem nicht gelöst: Der Forschungsbericht handelt von Merkmalsgruppen, von Typologien, von Variablen und statistisch mehr oder weniger ausgeprägten Zusammenhängen. Er ist unanschaulich und darf dies – für seine Zwecke – auch sein. Daß er von Menschen handelt, ist ihm oft kaum noch anzumerken. Sein Aufbau ist bestimmt von der Notwendigkeit, zunächst das

---

* Franz Friczewski, Werner Maschewsky, Frieder Naschold, Petra Wotschack, Winfried Wotschack: Herz-Kreislauf-Krankheiten und industrielle Arbeitsplätze, Campus-Verlag: Frankfurt/New York 1986

Problem einzugrenzen, bisherige wissenschaftliche Ergebnisse zu diskutieren, eigene Vermutungen zu entwickeln, diese mit komplizierten Methoden auf ihre Haltbarkeit oder Unhaltbarkeit hin zu untersuchen und die Ergebnisse dieser Untersuchung zu interpretieren. Er folgt also nicht den Erlebnissen und Handlungen lebendiger Menschen. Er zeichnet keine konkreten Entwicklungen nach und blendet zwangsläufig viele Eigenschaften und Besonderheiten der untersuchten Menschen und Gruppen aus.

Durch eine rein sprachliche »Übersetzung« wäre die Kluft zwischen Wissenschaft und täglicher Erfahrung also nicht zu überwinden gewesen.

Ein üblicher und von uns oft genutzter Ausweg aus dieser Schwierigkeit wäre es gewesen, die zentralen Ergebnisse der Forschung auf einigen Seiten für Presse und Rundfunk zusammenzufassen und damit für ihre Verbreitung zu sorgen.

So wichtig dieser Weg oft ist, um überhaupt etwas von der Forschung an die Öffentlichkeit zu bringen, so wenig wäre er der Vielschichtigkeit und der unmittelbaren Alltagsbezogenheit der Zusammenhänge zwischen Arbeit und Herzinfarkt gerecht geworden.

Auf diese Weise konnte die Kluft offenbar nicht überwunden werden. Also mußte ein anderer Ansatzpunkt ins Auge gefaßt werden. Mit welchen Mitteln, mit welchen Medien läßt sich ein oft vieldeutiges, zudem verwickeltes und zahlreiche Wissensgebiete berührendes Problem so aufbereiten, daß der Leser sich und seine Probleme in der Darstellung wiedererkennen kann? Daß er dabei weder vor der Kompliziertheit resigniert, noch zu voreiligen Schlüssen gedrängt wird?

Wir baten den durch zahlreiche Aufsätze und Bücher ausgewiesenen Wissenschaftsjournalisten und Schriftsteller Dr. Jürgen-Peter Stössel, Möglichkeiten zu überlegen, wie diese schwierige Aufgabe zu lösen sei. Er sagte zu, machte uns aber darauf aufmerksam, daß dann nicht mehr unsere Regeln, sondern die Regeln der Literatur zu gelten hätten. Der Forschungsbericht sei dabei für ihn eine Rohstoffquelle, etwa wie ein Steinbruch. Er, der Autor, habe unter literarischen Gesichtspunkten zu entscheiden, wie die Brocken herauszubrechen und neu zusammenzufügen wären. Was im Forschungsbericht z. B. als Argumentationsstrang wie eine durchgehende Quarzader im Gestein sei, müsse dabei oftmals aufgelöst und zu Ornamenten neu zusammengesetzt werden. Das entstehende Gebilde müsse durch den Zement von Handlungen und Schicksalen zusammengehalten werden, der nicht im Steinbruch vorkomme, sondern vom Autor selbst geschaffen werden müsse. Über die endgültige Gestalt des Bauwerkes könne er bis zum Abschluß der Arbeiten kaum Verbindliches mitteilen. Er forderte uns auf, das ganze Unterfangen als offenes Experiment zu betrachten.

Solcher Umgang mit Produkten unserer wissenschaftlichen Arbeit war uns bis dahin fremd. Unsere Beunruhigung konnte auch durch die Zusicherung Stössels, während der Arbeiten mit den Wissenschaftlern im Gespräch zu bleiben, nicht gänzlich ausgeräumt werden. Aber da auch wir für unsere Arbeit auf Unabhängigkeit und auf Gültigkeit der Regeln unserer Zunft bestehen, konnten wir seine Forderung schwerlich ausschlagen.

Das Ergebnis seiner Arbeit liegt nun vor. Der Text handelt als »wissenschaftlicher Tatsachenroman« von Menschen, die bei ihrer Arbeit und zu Hause Erlebnisse haben und Situationen ausgesetzt sind, die als kleine und große Schritte auf der abschüssigen Ebene zum dramatischen Ereignis des Herzinfarktes angesehen werden können (und müssen). In weiten Teilen greift er auf die umfangreich protokollierten Interviews zurück, die von den Wissenschaftlern im Rahmen des Forschungsprojektes mit Gesunden und Infarktpatienten geführt wurden. Er zeichnet die konkreten Lebensbedingungen und die Art und Weise, wie mit diesen Bedingungen umgegangen wird, unverschnörkelt bis in die Winkel alltäglichen Verhaltens nach. Er läßt keine Widersprüche aus und idealisiert auch nicht. Stössels Sympathie gilt den Opfern, aber er zeigt auch, daß eine Grenze zwischen Opfern und Tätern nicht immer leicht zu ziehen ist. Die Personen sind keine Helden, sie werden gezeigt in ihrer oft hilflosen Auseinandersetzung mit Bedingungen, die ihrem Leben ein jähes Ende im Infarkt setzen können und für deren Bewältigung es einfache Rezepte nicht zu geben scheint. Praktische Lebenshilfe mit dem Zeigefinger wird nicht geboten, eher gute Gründe dafür, einfach klingenden Weisheiten gründlich zu mißtrauen. Dies übrigens auch dann, wenn solche Weisheiten im Gewande der Wissenschaft auftreten. Denn das Buch handelt auch von Wissenschaftlern, ihren Schwierigkeiten, die richtigen Fragen zu stellen, von den Irrwegen und Sackgassen der Forschung und von dem Problem, Ergebnisse in einer Weise darzustellen, die von denen, für die letztlich geforscht werden soll, auch verstanden werden kann. Die Wissenschaftler kommen dabei nicht immer gut weg, ihnen ergeht es oft nicht besser als den anderen Personen. Das ist das Recht des Autors.

Wir hoffen natürlich, daß dieses Buch Verbreitung findet, vor allem bei denen, von deren Lebensrisiko Herzinfarkt die Rede ist. Wir können keine »schöne Literatur« versprechen, aber genügend Anhaltspunkte, um anhand greifbarer Personen und konkreter Situationen auch über den eigenen Umgang mit der Gesundheit nachzudenken. Und über die Bedingungen, unter denen das Herz in Stress gerät. Am Ende des Romans kennt der Leser nicht nur die handelnden Personen und ihre Lebensumstände, sondern auch alle wesentlichen Ergebnisse des am Schwerpunkt Arbeitspolitik des WZB durchgeführten Forschungsprojekts »Herz-Kreislauf-Krankheiten und industrielle Arbeitsplätze«. Das Zustandekommen des Textes haben Dr. Franz Friczewski,

Prof. Dr. Werner Maschewsky, Prof. Dr. Frieder Naschold, Dipl.-Pol. Christian Rabe, Dr. Rolf Rosenbrock und Dr. Winfried Wotschack wissenschaftlich begleitet. Sie treten im folgenden nicht mehr auf. Die Bühne gehört vielmehr dem Industriemeister Alfred Fleisser und seiner Familie, dem Journalisten Jürgen Petersen und einigen anderen, die Sie dann kennenlernen werden.

Wissenschaftszentrum Berlin für Sozialforschung (WZB)

Prof. Dr. Meinolf Dierkes
Präsident

Prof. Dr. Frieder Naschold
Direktor des Schwerpunkts Arbeitspolitik

1.

Alfred Fleisser konnte den Wecker nicht überhören. Aber er hoffte, der sirrende Schmerz werde von selbst wieder abklingen. Er hatte das Gefühl, sein Kopf sei in einen Schraubstock gespannt. Es war Freitag, der 16. Oktober. Je deutlicher er das Datum auf dem Wandkalender sah, desto stärker wurde der Druck an seinen Schläfen. Er schloß die Augen. Doch damit schlug er nur ein neues Blatt auf. Und dann noch eines. Und bevor er die Zahl erkennen konnte, war schon das nächste da. Und wieder ein neues. Immer schneller. Bis nichts mehr da war als die Wand. Eine riesige Wand, die sich neigte, lautlos, nach vorne kippte. Fleisser sah, was auf ihn zukam. Aber er rührte sich nicht.

Im letzten Augenblick wurde eine Tür geöffnet. Dahinter saßen Männer in blauen Kitteln um einen Tisch, der übersät war mit Bierflaschen, vollen Aschenbechern, Brotzeit-Resten und Zeitungen. Fleisser ließ sich auf einen Stuhl fallen. Niemand beachtete ihn. Ein langgezogener Hupton drang an sein Ohr. Als er abbrach, standen die Männer auf und verließen den Raum. Fleisser kümmerte sich nicht darum. Er stützte die angewinkelten Arme auf die Tischplatte, legte den Kopf in die Hände, so daß die Daumenballen seine Augen bedeckten.

Wenigstens fünf Minuten wollte er noch seine Ruhe haben. Das konnte er sich als Meister ja wohl leisten. Schließlich war er, als die Frühstückspause für seine Leute begonnen hatte, noch in der Bereitstellungsabteilung gewesen. Dort war ihm eröffnet worden, daß wieder mal NC-Teile fehlten.

In Halle 3 war irgendwas schiefgelaufen. Fehler im Programm, oder die Kollegen an den numerisch gesteuerten Fräsmaschinen hatten Mist gebaut. Jedenfalls konnte nicht geliefert werden, was er nächste Woche für den Bau der Flügelnasen brauchte. Also ging es nicht weiter. Er mußte umdisponieren, die Leute versetzen. Leicht gesagt. Ausgerechnet jetzt, wo einige der alten Hasen fehlten. Niemayer noch immer krank. Und Schäfer ab Montag im Urlaub. War ihm zu gönnen, klarer Fall. Er hatte ja vom vorigen Jahr noch zehn Tage gut. Und jetzt nahm er auch nur zwei Wochen. Damit er wieder da war, wenn der Endspurt für die F 28 begann. Auf Schäfer war Verlaß. Dem mußte man nicht alles lang und breit erklären. Der wußte, wo's lang ging. Mit dem konnte man Tod und Teufel in Bewegung setzen. Aber nächste Woche fiel er erst mal aus. Blieb vom alten Stamm nur noch Kastner. Aber dem seine Frau hatte Krebs. Ging wohl bald zu Ende, und das schlauchte ihn, logisch. Er hatte schon überlegt, ob er nicht freinehmen sollte, um sie zu pflegen, daheim. Also mit dem war im Moment wohl auch nicht voll zu rechnen. Mußte er sich eben an die zwei, drei anderen halten, die zumindest gutwillig waren. Wenn man denen zeigte, wie's gemacht wird, taten sie ihr Bestes. Dagegen beim Rest, da mußte man hinter allem her sein wie ein Haftelmacher und war trotzdem nie sicher, ob die Rotkittel von der Kontrolle nicht wieder was zu meckern hatten. Der größte Teil der Mannschaft hatte einfach zu wenig Ahnung und setzte sich auch nicht richtig ein. Ein Flugzeug war für die doch nur ein Haufen Blech.
Die Herren interessierte das natürlich nicht. Das Roll-out ist für Januar geplant, der Erstflug des Prototyps muß im März beginnen, damit er im Juni auf der Luftfahrtschau präsentiert werden kann. Wie Sie das machen, ist Ihre Sache. Aber Sie machen das schon.
Fleisser fühlte, wie sich eine Hand auf seine Schulter legte. Er wollte den Kopf heben. Doch ihm war, als würden die

Schultermuskeln im Nacken verknotet und um so fester angezogen, je mehr er sich anstrengte, bis es ihn würgte am Hals. Er wollte sich wehren. Doch seine Arme gehorchten nicht. Er schaffte es mit äußerster Kraft, die Hände von den Augen zu nehmen. Obwohl er, wie von Scheuklappen abgeschirmt, nur einen schmalen Ausschnitt sah, erkannte er, daß er nicht in der Kantine saß, sondern an seinem Schreibtisch, umgeben von Werkbänken, an denen niemand arbeitete. Vor ihm stapelten sich Konstruktionszeichnungen, Laufkarten, Werkzeugbearbeitungskarten, Gruppenfertigungspläne. Auf dem obersten Blatt Computerzahlen, mittendurch ein schwarzer Strich.

Eine unsichtbare Hand wühlte in den Papieren, die plötzlich aufflogen, flatterten und verstreut wurden in alle Ecken und Enden der Halle. Beim Anblick des leergefegten Schreibtischs wollte Fleisser schreien. Er brachte aber keinen Ton heraus. Seine Brust wurde zusammengequetscht. Etwas stand hinter ihm, ein Schatten, von dem eine metallische Kälte ausging. Die fuhr ihm unter die Haut und brannte. Er rang nach Atem. Kein Mensch weit und breit. Und trotzdem wurde dauernd sein Name gerufen. Und die Salven der Niethämmer peitschten die Luft, und dann legten drei Rautermaschinen auf einmal los, und von ihrem Dröhnen vibrierte das über die Vorrichtungen gespannte Blech, und immer wieder kreischten die Fräser auf dem Metall.

Fleisser wurde es schwarz vor den Augen. Eine jähe Stille stülpte sich über ihn, wurde gleich wieder zerrissen. Das Telefon schrillte. Aber die Hand auf seiner Schulter hinderte ihn daran, den Hörer abzunehmen.

»Alfred«, hörte er eine Stimme, »komm endlich zu dir, es ist höchste Zeit.«

Fleisser war erleichtert, als er seine Frau sah. Sie schaute ihn kopfschüttelnd an.

»Du hast vielleicht wieder umgetrieben heut nacht!«

Er wischte sich mit dem Handrücken über die Stirn.

»Wirklich? Ich dachte, ich hätt' wie ein Toter geschlafen.« Er rieb sich die Augen, bis unter dem Druck der Knöchel geometrische Muster flirrten, zu einem gleißenden Licht verschmolzen. Es war ein Schmerz, der tief in das Dunkel bohrte. Fleisser riß die Augen auf.

»Ich hab', glaub' ich, nicht mal den Wecker gehört.«

Seine Frau stand noch immer vor dem Bett. Ihr Gesicht war angespannt. Eine scharfe Falte über der Nasenwurzel, starrte sie ihn an.

Um ihrem Blick auszuweichen, schlug er die Decke zurück, schwang die Beine über die Bettkante und schlüpfte in seine Filzpantoffel.

»Schrecklich war das«, murmelte er.

»Kann man wohl laut sagen. Was meinst du, was das für ein Vergnügen ist, neben einem Mann zu liegen, der die halbe Nacht im Bett sitzt und stöhnt und um sich haut.«

Als Fleisser zu seiner Frau aufblickte, spürte er die verspannten Schultern.

Er müsse, kurz vor dem Aufwecken, irgendwas geträumt haben, könne sich aber nicht mehr genau erinnern.

Es klang wie eine Entschuldigung.

Waltraud Fleisser ließ sich nicht beschwichtigen. Sie warf ihrem Mann ein frisches Hemd hin, schnaubte: »Was wirst du schon geträumt haben. Natürlich von deinem Glump in der Firma. Hättest halt ein Flugzeug heiraten sollen.«

»Aber geh, Traudel. Es dauert ja nimmer lang. Wenn die neue Maschine raus ist, ab Januar, machen wir nur noch Serie, Tragwerk-Untergruppen für den *Arena-Jet* wie gehabt. Das ist eingeflutscht. Da wird's wieder ruhiger, dann werd' ich auch ...«

»Du mußt dich beeilen«, unterbrach ihn seine Frau. Ihre Stimme hörte sich weicher an, als ihr recht war.

Traudel – wie lange hatte er sie schon nicht mehr so genannt! Hugo war knapp acht Monate nach ihrer Heirat geboren worden. Damals hatte es angefangen, daß Alfred

Mutti sagte. Erst hatte sie nichts dabei gefunden, war sogar irgendwie stolz gewesen. Weil er so stolz war auf den Sohn. Aber von der Bewunderung, dem fürsorglichen Eifer blieb immer weniger für sie übrig, je älter der Bub wurde. Alfred konnte es kaum erwarten, bis der Kleine die Modellflugzeuge, die er für ihn bastelte, anfassen durfte, und als er selber mit Hand anlegte, störte die Mutter nur, wenn sie die beiden zum Essen rief. Bald hatte Alfred aber auch für seinen Sohn immer weniger Zeit. Gottlob kam ja dann Doris. Hugo nahm von der 13 Jahre jüngeren Schwester kaum Notiz, genau wie der Vater. So hatte Waltraud das Kind ganz für sich. Sonst hätte sie dieses Leben vielleicht gar nicht durchgehalten. Das war doch kein Leben so. Alfred gab's ja nicht zu. Aber sie sah doch, wie ab er oft war, wie kaputt.
Er mußte halt immer noch vornedran sein. Wenn wieder was Neues im Gespräch war, lebte er auf. Gewöhnlich erzählte er zu Hause kaum, was im Betrieb los war. Aber das konnte er nicht für sich behalten. Er brannte darauf, daß er gefragt wurde, ob er den Auftrag wieder übernehmen wolle. Natürlich wollte er, wenn es soweit war. Und die Familie mußte zurückstehen.
Waltraud goß so heftig Wasser auf das Kaffeepulver, daß die blasige Brühe über den Filterrand quoll.
Sie hätte sich nicht anmerken lassen dürfen, wie schnell er sie immer wieder erweichen konnte. Aber es nützte ja nichts. Wenn sie mal was sagte, weil er nie Zeit hatte, bereute sie's gleich wieder. Ganz hilflos wurde er dann, wußte nicht, wohin mit den großen Händen, ließ die Schultern hängen. Dann tat er ihr leid. Das wollte sie nicht, nein, sie wollte, daß er den Kopf hoch trug. Das stand ihm doch zu. Ein Mann von seiner Statur, einsachtzig und breit, daß fast jedes Hemd spannte über der Brust. Man sah ihm an, daß er viel Sport getrieben hatte. Bayerischer Junioren-Meister über 3000 Meter. Der Pokal stand noch in der Vitrine, und wenn er von einem Besuch entdeckt wurde, strahlte Alfred

jedesmal. Dann sah er wieder dem Foto ähnlich, auf dem er den Arm um seine Mutter legte. Sie schaute hoch zu ihm, die kleine ausgemergelte Frau, die sich immer noch kerzengerade hielt, obwohl sie damals den Krebs schon in sich gehabt haben mußte. Aber sie hatte ja nie groß Aufhebens gemacht von sich. So war sie erzogen worden. Und das Leben hatte ihr recht gegeben. Alfred lächelte in die Kamera. Als werbe er um Verständnis dafür, daß es ihm guttat, wenn seine Mutter anderen Leuten erzählte, wie tüchtig er ihr zur Seite stand, ihr Großer, der jetzt schon ein richtiger Mann war. Sein Vater wäre bestimmt stolz auf ihn gewesen. Das hörte Alfred besonders gern. Den Metallrahmen für das Bild im Wohnzimmer hatte er selbst gefertigt. Es zeigte Günter Fleisser vor seiner Maschine, die 1944 abgeschossen wurde über dem Ärmelkanal. Alfred wäre auch gerne Flieger geworden. Aber dann war erst mal nichts mehr mit Luftwaffe in Deutschland.
Als er mit der Schule fertig war, pünktlich, trotz der Flucht von Danzig nach Bayern, hatte er das Glück, bei einer Firma unterzukommen, die für die Amerikaner Flugzeugteile reparierte. Dort hatte er von Älteren, die im Flugzeugbau groß geworden waren, eine Menge lernen können. Und als es bei *Forte* wieder losging, war er gleich dabei. Und nicht nur mit der linken Hand. Nein, für Alfred war der Beruf von Anfang an sein Hobby, nicht immer natürlich, aber grundsätzlich schon. Auch wenn es hin und wieder Ärger gab, war er froh, wenn er zur Arbeit gehen konnte. Und das sei doch ein Glück für einen Mann.
Waltraud hatte keinen Grund gesehen, ihm zu widersprechen. Hauptsache, er fühlte sich wohl und sie hatten ihr Auskommen. Dann war das Kind da, und mit dem war er die erste Zeit ganz närrisch gewesen, hatte seinetwegen sogar das Training aufgegeben. Das doch so wichtig für ihn war. Jedenfalls hatte er das gesagt. Wenn er so richtig durchgeschwitzt sei, dann sei er wieder ein ganz anderer Mensch. Er

brauche das. Bei der Arbeit werde einem ja heutzutage nichts geschenkt. Waltraud hatte ihn später regelrecht drängen müssen, wenigstens Waldlauf zu machen. Zum Kerschlacher Forst waren es nur ein paar hundert Meter von ihrem Haus. Wenn er dann heimkam, wirkte er meistens viel ruhiger. Und auch irgendwie jünger. Dann konnte es sogar passieren, daß er wie früher den Reißverschluß seiner Trainingsjacke aufzog und sie an sich drückte. »Hör mal, wie's pumpert da drin.« Dann schmiegte sie ihr Gesicht an seine Brust, und er schlang die Arme um sie. Sie war gut einen Kopf kleiner als er, zierlich, trotz der Fettpölsterchen, die sie seit Dorles Geburt auf den Hüften hatte. Oben herum war sie immer noch schmal. Er konnte ihr mühelos von hinten unter die Achseln fassen und mit den Fingern ihre Brüste streicheln. Das mochte sie. Am schönsten war es, wenn jeden Augenblick eines der Kinder hereinplatzen konnte. Das befreite sie von der Furcht, daß es weiterging. Sie konnte sich den kitzelnden Schauern überlassen, und wenn es ihr zuviel wurde, brauchte sie ihn nicht zu verletzen. Daß sie ihm entschlüpfte, sobald sie spürte an ihrem Bauch, daß er hart wurde, gehörte zu den Regeln. Es war ein Spiel, bei dem sie immer gewann. Aber das war schon lange her. Inzwischen wäre sie sogar froh gewesen, wenn seine Hand wieder mal unter der Bettdecke nach ihren Beinen getastet hätte. Sie hätte sie nicht abzulenken versucht. Doch entweder schlief er schon, wenn sie ins Bett kroch, oder er drehte ihr gleich den Rücken zu. Als ob sie zu gar nichts mehr nütze sei.

Seit Wochen kam er kaum einen Abend rechtzeitig nach Hause. Mitunter wurde es zehn oder noch später. Dabei war er grundsolide, rauchte nicht, trank höchstens gelegentlich mal ein Bier. Sonst hätte sie ihn womöglich verdächtigt, er treibe sich in Kneipen rum. Oder noch schlimmer. Sie erinnerte sich durchaus an Blicke, die ihm Frauen zuwarfen, wenn er seinen stahlgrauen Anzug anhatte. Sie hatte ihm

die Hose ein gutes Stück enger machen müssen, weil er bei seiner Größe für das Jackett immer zwei Nummern mehr brauchte. Eine gute Figur hatte er immer noch. Das fiel freilich kaum noch auf. Waltraud legte keinen großen Wert darauf, von ihm ausgeführt zu werden, in den Balkan-Grill oder zu *Mario*. Aber so locker und zugleich kraftvoll, wie er da neben ihr hergegangen war, hätte sie ihn gerne wieder mal gesehen. Nein, für eine andere, selbst wenn er gewollt hätte, blieb ihm ja gar keine Zeit mehr. Die wenigen Male, als sie in diesem Jahr rausgefahren waren zu seinem Vetter, der einen Campingwagen hatte am Wagrainer See, war er die ganze Zeit am Fachsimpeln gewesen mit Heiner. Der war genauso, nur Technik im Kopf.
Im Garten tat Alfred fast nichts mehr. Auch das blieb an ihr hängen. Sie beschwerte sich deswegen nicht. Trotzdem war er immer zu müde für alles, außer an irgendwelchen Zeichnungen rumzutüfteln oder so Zeugs zu lesen mit lauter Zahlen drin. »Davon verstehst du nichts«, sagte er, wenn sie was fragte. Er verstand einfach nicht. Auch Dorle würde sie bald nicht mehr brauchen. Sie hätte eben doch nicht mit der Schneiderei aufhören sollen. Bloß weil er es so wollte. Sie hätten das nicht nötig. Stimmte ja, was das Geld betraf. Er war schon bald Vorarbeiter geworden. Und mit 33 Meister. Wenn einer will und was kann, wird er auch was, sagte er. Daß Alfred nie was liegen ließ, hatte sich schnell herumgesprochen. Was du heute kannst besorgen, das verschiebe nicht auf morgen. Einer seiner Sprüche. Und wie peinlich er darauf achtete, immer alles recht zu machen. In der Firma war ihm nichts zuviel. Aber daheim wollte er seinen Frieden haben.
Jetzt fühle er sich schon wieder besser, sagte Alfred, als er sich an den Frühstückstisch setzte.
Waltraud hatte bereits eingeschenkt. Sie wußte, daß er es nicht leiden konnte, wenn der Kaffee noch dampfte.
»Duschen, erst heiß und dann kalt, das weckt Tote auf.«

»Siehst aber immer noch ganz grau aus.«
»Na ja, ein bißchen frische Luft könnte mir sicher nicht schaden. Vielleicht reicht's am Wochenende wieder mal für einen Waldlauf.«
Waltraud schwieg. Hatte ja doch keinen Sinn.
Weil er, die Tasse in der Hand, unschlüssig auf dem Tisch herumschaute, schob sie ihm die Butter hin. Er schien es nicht zu merken. Anstatt das Brot zu schmieren, trank er den Kaffee aus. Waltraud schenkte ihm nach. Und Alfred begann sofort zu nippen. Sie sah, wie er zurückzuckte, schluckte. Aber er sagte nichts. Blies in die Tasse, bevor er sie dann doch hinstellte, um das Brot fertig zu machen.
Kaum hatte er abgebissen, griff er erneut nach der Tasse. Doch er hielt sie nur, die Ellbogen auf den Tisch gestützt, mit beiden Händen, als wolle er sie daran wärmen.
Ohne seine Frau anzuschauen, sagte Alfred: »Weißt, Mutti, was die Leute so alles für Problemchen haben. Der Niemayer zum Beispiel ist schon seit zwei Wochen krankgeschrieben. Hat's mit dem Magen. Und der Kastner braucht die ganze Zeit Beruhigungspillen. Ist ja kein Wunder bei seinen Sorgen wegen der Frau. Krebs, wie bei unserer Mutter damals, bloß daß die schon viel älter war. Und der Baier Josef, was mein Meister-Kollege ist, weißt schon, kaum älter als ich, der hat immer wieder Herzzittern, sagt er, Rhythmusstörungen, soll von den Nerven kommen. Da muß ich doch direkt froh sein, daß ich noch nichts dergleichen hab'.«
»Wie kommst du denn gerade jetzt darauf?«
Alfred zog die Schultern hoch, wandte sich wortlos seinem Brot zu, kaute. Langsam, fast widerwillig.
Auf einmal streckte er den linken Arm aus, spreizte die Finger, ballte sie zur Faust. Das wiederholte er einige Male. Als er merkte, daß seine Frau ihn beobachtete, tat er so, als habe er nur auf seine Armbanduhr schauen wollen. Dann steckte er den Rest des Wurstbrots in den Mund, trank nach und stand, noch kauend, auf.

»Ißt du heute nur eine Scheibe?«
Er würgte, bis er den Mund leer hatte.
»Hab' keinen Appetit. Hätte vielleicht nicht so viel Kaffee trinken sollen. Aber ich dachte, um munter zu werden...«
Waltraud packte seine Frühstücksbrote in die zerbeulte Aluminiumbüchse. Plastik wollte er nicht. Da schmecke alles so komisch. Und mit Aluminium habe er sowieso den ganzen Tag zu tun.
Draußen stach die Sonne. Fleisser blinzelte in das Blau, das sich scharf von den hellen Fassaden der Wohnblocks abhob. So wirkten sie noch mächtiger als sonst.
Ihre Schatten reichten fast bis an die Gartensiedlung heran, wo die meist nur einstöckigen Häuser sich hinter Obstbäumen und Sträuchern duckten. Viele, ursprünglich kaum größer als eine Laube, waren durch winklige Anbauten immer wieder erweitert worden. Das sah auf den ersten Blick liebenswürdig unzeitgemäß aus, ließ an kauzige Eigenbrötler denken, die man insgeheim belächelte oder beneidete. Die Bewohner hatten freilich andere Sorgen. Glasbausteine, Eternitplatten, nachträglich verbreiterte Fenster mit blanken Scheiben zeugten von einem angestrengten Bemühen, Schritt zu halten mit den Veränderungen rundherum. Als Maria Fleisser und ihr Bruder hier zu bauen begonnen hatten, grenzte das Grundstück an eine verwilderte Wiese, die den Blick freigab bis zum Wald. Daran erinnerte nur noch der Name der erst vor kurzem geteerten Straße: *Am Forstanger.* Sie trennte die Siedlung von dem eingezäunten Spielplatz, der mit den Neubauten angelegt worden war. Ein Sandkasten, einige Bänke, Klettergerüste aus Metall, da und dort Bäume, noch mit Holzpflöcken abgestützt. Spärliches Laub, rostbraun und gelb.
Früher hatten die Kinder dort Drachen steigen lassen.
Mitte Oktober. Aber die Luft schon am Morgen bedrückend warm. Fleisser sah die fahrigen Wolken. Natürlich: Föhn. Er fuhr mit dem Finger in den Hemdkragen. Doch der ober-

ste Knopf war bereits offen. Jetzt erst hörte er das Dröhnen. Das näher kam, in langen grollenden Wogen. Er preßte die Fäuste gegen die Ohren.
Aber das war doch lächerlich. Wie sah denn das aus. Bloß weil eine *Boeing* vielleicht noch eine Spur niedriger als üblich über den Dächern auftauchte.
Er verfolgte die Maschine, wie sie schwerfällig an Höhe gewann, dann nach Süden abdrehte, vorbei an den Schloten des Heizkraftwerks, bevor sie, ein an- und abschwellendes Donnern hinter sich her schleifend, in den Himmel stieß. Er war doch sonst nicht so empfindlich, hatte schließlich von früh bis abends in der Halle dauernd »Blechmusik«, trotz der Stöpsel im Ohr. Da hörte man so etwas kaum noch. Oder es störte einen zumindest nicht. Seine Frau, freilich, die beschwerte sich oft. An manchen Tagen sei es zum Verrücktwerden. Ob sie denn nicht wegziehen könnten, in den Westen der Stadt. Da wäre er doch auch näher am Werk. Aber wo dachte sie hin. Das Häuschen aufgeben! Wofür hatten sich denn seine Mutter und Onkel Albert abgerakkert. Und er selber ja auch, obwohl er noch ein halbes Kind war.
»Nein, keine zehn Pferde bringen mich da weg.«
Fleisser erschrak, als er seine Stimme hörte. Er drehte sich um, ob Waltraud noch an der Haustür stand. Aber dann fiel ihm ein, daß sie ihn heute gar nicht rausbegleitet hatte. Oder hatte er sich nicht verabschiedet?
Der Kloß, der ihm seit dem Frühstück in der Magengegend lag, schien noch dicker zu werden.
Das Garagentor war wohltuend kühl. Aber wieder mal nicht abgesperrt. Wahrscheinlich Doris. Der ließ man ja alles durchgehen. Und ihr Fahrrad hatte sie natürlich auch nicht in den Ständer gestellt. Bei Hugo war er noch selber hinterher gewesen. Aber um das Mädchen hatte er sich nicht so kümmern können. Da war ihm schon die Abteilung unterstellt mit 40 Mann. Da ging das erst mal vor, daß er zu

Rande kam mit den Leuten, daß alles klappte, die Termine, da mußte er sich ja darauf einstellen, damit sich keiner querlegte, auch mit Überstunden und Samstagsarbeit, daß die Oberen zufrieden waren.
Bis zum Mittleren Ring ging's überraschend gut. Fleisser atmete auf, als er seinen *Passat* in den Verkehr auf der Umgehungsstraße eingefädelt hatte. Da mußte er erst mal nicht so aufpassen. Er schaltete das Radio ein, suchte die Servicewelle vom dritten Programm. Um wenigstens rechtzeitig zu erfahren, ob es einen Stau gab auf seiner Strecke. Auch wenn er nicht ausweichen konnte. Er wollte wenigstens Bescheid wissen.
Plötzlich ein Hupen, durchdringend. Im Rückspiegel ein roter BMW. So dicht, daß Fleisser mit einem Ruck nach rechts lenkte. Der andere Wagen schoß vorbei. Sein Fahrer, höchstens 30, mit randloser Brille, schüttelte den Kopf.
»Ja, ja, ist ja schon gut. Kann doch jedem mal passieren«, brummelte Fleisser vor sich hin. Am liebsten hätte er noch hinzugesetzt: Vollidiot! Doch das verschluckte er.
Zu den Ordinären gehörte er nicht, das konnte ihm keiner nachsagen, daß er gleich ausfallend wurde, wenn ihm mal einer krumm kam, wie gestern wieder sein Abteilungsingenieur, dieser Herr Bogner, der einfach sagte, so wird's gemacht, und gar nicht hinhörte, wenn man ihm erklärte, warum da der Wurm drin war bei den gefrästen Paneelen für den neuen Tragflügel. Der hatte ihn einfach stehenlassen und war abgeschwirrt zu einer von seinen Besprechungen, wo es nur das übliche Blabla gibt, aber nichts rauskommt dabei.
Fleisser schloß die Hände noch fester um das Lenkrad. Bis die Knöchel weiß wurden.
Ein Meister ist für die Höheren halt nur so ein Hansel. Aber man braucht ihn natürlich. Weil die Meister die Tüftler sind, die die Arbeit machen, immer anschieben mit Hirn und sich kümmern müssen um jeden Mist.

Er stemmte sich gegen die Rückenlehne, hatte aber immer noch das Gefühl, der Sicherheitsgurt schnüre die Brust ein. Er versuchte, ihn sich vom Leib zu halten, indem er die linke Schulter hochzog, das Gewicht verlagerte. Doch so hatte er den Außenspiegel nicht mehr im Blick. Er setzte sich wieder gerade, drehte die Scheibe herunter.
Ich hätte dem Bogner ja mal die Meinung sagen können, ging es ihm durch den Kopf. Nicht rumplärren, natürlich nicht. Sondern anständig, korrekt. Daß er einfach nicht die Erfahrung mitbringt wie unsereiner, der nachweislich fast an allen Maschinen und Prototypen mit dabei war. Aber er hat halt seinen Ingenieur gebaut, und da kann er sich darauf berufen und hat eben doch den längeren Arm. Wenn alles hinhaut, steckt er sich das an den Hut. Und wenn was danebengeht, dann sind wir's. Manchmal möchst da schon mal auf den Tisch hauen und sagen: Scheißladen, leckt's mich doch. Aber das nützt ja nichts.
Fleisser sah Bremslichter aufblinken. Die Wagenkolonne schob sich zusammen, kam stotternd zum Stehen.
Das konnte ja heiter werden. Wenn es jetzt schon nicht mehr weiterging. Der Engpaß war doch erst hinter der Brücke. Da buddelten sie schon den ganzen Sommer über. Rührte sich aber kaum was. Waren auch größtenteils Gastarbeiter. Die standen schon öfter mal beisammen und palaverten. Oder stellten die Schippe weg und schauten zu und lachten, wenn sich zwei Autofahrer nicht einigen konnten, wer denn nun zuerst, wo's einspurig wurde.
Ich darf gar nicht daran denken, dachte Fleisser. Er hatte gerade den zweiten Gang eingelegt, als die Schlange schon wieder stockte. Sooft er die Liste seiner Leute durchging und sie den einzelnen Baugruppen zuzuordnen versuchte – der könnte vielleicht da mitmachen, dem kann ich das geben, oder laß ich ihn doch lieber dort –, jedesmal kam er an einen Punkt, wo ihm welche fehlten. Die Kollegen, mit denen man jahrelang zusammenarbeitete, die ohne langes Drumrum

auch Extraschichten machten, wenn's anders nicht ging, die konnte man an einer Hand abzählen. Es gab einfach zuviel Wechsel. Und jedem traute man ja auch nicht alles zu. Mit dem neuen Tragflügel jetzt für die F 28, mit so was konnte man natürlich nicht zu den Franzosen kommen. Die waren zur Aushilfe da wegen dem *Arena-Jet*, den *Forte* gemeinsam mit einer Firma in Paris entwickelt hatte. Nicht daß er was gegen Ausländer hatte. Eigentlich war es ihm ja egal, woher einer kam, wenn er nur mitmachte, sich dranhielt. War aber doch nicht das Wahre, schon mit der Verständigung gab's Ärger, da brüllten sich immer wieder mal welche an, und da mußte er als Meister natürlich dazwischengehen, weil so was hielt ja nur auf. Zum Glück hatte er einen älteren Vorarbeiter, der ein bißchen die Sprache konnte. Und mit dem als Dolmetscher konnte er dann wieder schlichten. War überhaupt ein feiner Kerl, charakterlich und in allem, da stimmte die Richtung, mit dem verstand er sich, ob's der Betrieb war oder auch mal private Sachen, mit dem konnte man reden. Otto war keiner von denen, die einen anschwärzten hinten herum. Solche gab's immer. Vor allem am Anfang gab's die. Neidhammel. Er war ja noch ziemlich jung, als er vom Schraubstock weg zum Meister aufstieg. Da waren aber einige schon vor dem Krieg dabeigewesen. Die wußten ja nicht, daß er praktisch durch seinen Vater in die Firma kam und dann in der Lehre und ehe noch Deutsche überhaupt wieder an Flugzeuge dran durften, daß er immer hautnah mit der Technik und modernsten Maschinen zu tun hatte, weil der Chef von seiner ersten Firma, der hatte, wahrscheinlich wegen dem Ami, die Nase vorn. Das konnte er sich ja nicht auf die Stirn schreiben. Aber es blieb eben doch nicht verborgen, daß er was verstand von dem Metier. So machte er Karriere auf dem schnellsten Weg. Wobei er sich automatisch reindrängen mußte erst mal, und die alten Männer von früher, die ließen einen das ganz schön spüren: Der Fleisser, was will denn der junge Spund.

Doch aus dem Alter war er raus. War er doch. Aber ja. Wenn einer fast 25 Jahre in so einem Laden drin steht, kann ihm keiner mehr. Und die von der alten Garde waren ja mittlerweile auch ausgeschieden. Aber was die machten, hatte wenigstens Hand und Fuß. Und wenn's drauf ankam, spurten die. Weil sie halt noch aus einer Generation waren, wo man strammgestanden ist und immer geradeaus marschiert. Hart wie Krupp-Stahl. So hieß das doch damals. Kann man natürlich übertreiben. Aber ein klein wenig, wenn die Jungen noch davon hätten, könnte nicht schaden. Wer sich heut ein bißchen nur in den Finger schneidet, ist gleich zwei Wochen weg. Und wenn einer Kopfweh hat, haut er mittags ab. Kann ihn ja keiner halten. Wenn er was auf dem Kasten hat, muß man ja froh sein um ihn. Der Gelackmeierte ist natürlich immer der Meister. Der kann schauen, wo er bleibt, wie er's schafft, was er muß. Was auf dem Papier steht, muß er einfach, weil wenn er immer dagegenredet, gegen die von der Terminabteilung, daß das nicht zu machen ist in der Zeit und mit den Leuten, dann ist er bald weg vom Fenster. Bleibt ihm gar nichts anderes übrig als eben das, was von oben kommt, erst mal zu schlucken und es dann weiterzugeben, schon vorgekaut. Denn erreichen kann man ja nur was auf die ruhige Tour. So mit der Tür ins Haus fallen und poltern, wie das vielleicht früher mal ging, das ist nicht mehr drin. Und man muß ja auskommen mit den Leuten, damit man das Ganze dann gemeinsam doch schafft irgendwie.
Verdammt noch mal. Mußte der jetzt da reinwischen. Bloß weil die Lücke nicht gleich geschlossen war.
Fleisser kurbelte das Fenster wieder hoch. Kam ja doch nur Gestank herein. War aber auch wieder ein Wetter heute. Machte einen ganz benommen im Kopf. Und so fuhren sie auch alle. Wie besoffen.
Also schau dir den an. Der spinnt wohl. He, bleib doch stehn! Hängst mir ja gleich auf dem Kofferraum. Mann, ich

kann doch auch nicht weiter. Siehst doch, daß es nicht geht.
Fleisser ließ den Lastzug nicht aus den Augen. Wenn der jetzt einfach losfuhr. Ihn rammte. Der war ja viel stärker. Dem machte das nichts. Der konnte, mühelos konnte der ihn. Er hatte doch so was schon mal gesehen. Im Fernsehen. Aber wer weiß, vielleicht hatte der's wirklich auf ihn abgesehen. Was könnte er denn machen. Die linke Spur war verstopft. Und rechts die Schallschutzwand. Der in dem Film hatte ja auch keine Chance. Drei dicke Brummer hatten ihn in die Mangel genommen. Einer schob sich von hinten an ihn heran, schubste den Pkw mit der Stoßstange. Also gab der erst mal Gas. Der zweite schnitt ihm auf der Seite den Weg ab. Bis er auf dem, der vorneweg fuhr, draufsaß. Er konnte machen, was er wollte. War eingekeilt. Wenn die anderen nicht lockerließen, kam er da nicht mehr raus.
Nachdem Fleisser das Werkstor passiert und seinen Wagen auf dem Parkplatz abgestellt hatte, blieb er erst noch eine Weile sitzen. Schnappte nach Luft. Den Gurt hatte er schon geöffnet. Aber der Druck wich nicht. Was da einschnürte, war innen drin. Das spürte er jetzt. Das tat weh. Das war viel schlimmer als damals. Kein Vergleich. Im Sommer hatte er das schon mal gehabt. Aber das war nur so ein Ziehen gewesen. Und war auch bald wieder weg. Trotzdem hatte er sich überreden lassen, zum Doktor zu gehen. Der hatte aber nichts gefunden. Blutdruck, Fettspiegel, EKG – alles normal. Hätte er sich ja denken können. Er war doch immer noch recht gut beieinander. Natürlich wurde er nicht jünger. Aber er war keiner von denen, die wegen Grippe oder Bauchschmerzen gleich alle viere von sich streckten. Da mußte es schon ganz dick kommen. Also was sollte er beim Arzt? Der konnte doch gar nichts machen. Daß es ein bißchen viel war in der letzten Zeit, das wußte er selber. Aber der Stress gehörte halt mit zu dem Beruf. Und jetzt ging's ja auch schon wieder. Mußte ja auch.

Fleisser wischte sich die Schweißperlen von der Stirn. Auch der Rücken war feucht. Auf dem Weg zur Halle 1 dachte er ständig an Cola. Schön gekühlt. War vielleicht nicht gerade das Richtige für seinen Magen. Doch er brauchte das heute. Kalt mußte es sein, das war die Hauptsache. Eiskalt. Damit es nicht mehr so brannte hinter dem Brustbein. Als ob er ein hartgekochtes Ei gegessen hätte, noch heiß. Das ging nicht runter, so oft er auch schluckte, das steckte fest.
Fleisser holte sich unterwegs ein Cola. Er trank die Dose in einem Zug leer. Danach meinte er, sich besser zu fühlen. Er hatte jedoch gar keine Zeit, darauf zu achten. Kaum war er in seinen grünen Kittel geschlüpft, kam ihm Kastner entgegen.
»Wie geht's denn?« fragte Fleisser. Aber das sah man doch, wie's dem ging. Verstand man ja auch. Er war doch der letzte, der das nicht verstand. Wie seine Mutter wochenlang mit dem Krebs kämpfte, das vergaß er so schnell nicht. Und Kastners Frau war erst Anfang 40. Und die beiden Kinder noch in der Schule...
Endlich sagte Kastner etwas. Leise, als spreche er nur mit sich selbst.
»Wenigstens kriegt sie jetzt genügend Schmerzmittel.« Er seufzte, starrte vor sich hin.
Fleisser ertappte sich dabei, daß er horchte, ob das Telefon auf seinem Schreibtisch klingelte. Sonst war es doch auch nie still. Wenn man es nicht brauchen konnte, ging es den ganzen Tag, das verflixte Ding.
»Entschuldigen S', Meister. Aber wir brauchen dringend die Treibarmbohrer.«
Fleisser schien nichts gehört zu haben. Der kleine Schwarzhaarige hielt ihm, nach einem Seitenblick auf Kastner, einen Zettel hin. Als auch das nichts nützte, trat er noch einen Schritt näher. Fleisser zog die Brauen zusammen.
»Weiß ich doch. Ihr kriegt euer Werkzeug schon.«
Er machte eine unwillige Bewegung. Als wolle er den Mann

wegscheuchen. Dann besann er sich, versuchte ein Lächeln. Dabei schob er die Hand unter die linke Achsel.
»Ich hab's nicht vergessen.«
Als der Mann weg war, raffte sich Kastner auf. Er deutete mit dem Daumen über die Schulter, wo fünf Männer um eine Werkbank herum standen.
»Die Vorrichtung da, die haut so nicht hin. Da fehlen Bohrbüchsen. Und vorne, da wär' noch ein Anschlag auch nicht verkehrt.«
»In Ordnung«, nickte Fleisser. »Ich kümmere mich nachher gleich drum.«
Seine Stimme war heiser. Er räusperte sich.
»Muß bloß erst noch mit denen da oben reden wegen der Zeichnung. Da stimmt wieder was nicht.«
Noch während er sprach, wandte sich Kastner zum Gehen. Man müßte mehr auf ihn eingehen, grübelte Fleisser. Bei anderen tat er's doch auch. Sie schickten ihm ja nicht umsonst die schweren Jungs, mit denen sie woanders kaum auskamen. Die immer gleich zum Betriebsrat rannten. So was kam bei ihm praktisch nicht vor. Er kannte seine Pappenheimer. Mit Kastner gab's ja nie was. Nur jetzt eben, privat. Aber er ließ sich nicht hängen. Die Tabletten, na gut, das merkte man natürlich. Die Arbeit ging ihm nicht mehr so flott von der Hand. Aber ohne die Tabletten hätte er womöglich längst den Löffel weggelegt.
Fleisser nahm sich vor, in der Pause – vielleicht hatte er da doch mal fünf Minuten Luft – mit Kastner eine Runde zu drehen auf dem Hof.
Das könnte mir auch nicht schaden. So stickig, wie es da herin heute ist.
Er spürte den Schweiß unter dem linken Arm, zog die Hand zurück. Er hätte sich gerne noch eine Cola-Dose geholt. Doch er hatte das Gefühl, einige der Männer, mit denen Kastner jetzt sprach, beobachteten ihn. Er wollte die Nummer der Konstruktionsabteilung wählen. Da tauchte hinten

in der Halle Bogner auf. Bloß nicht, dachte Fleisser, komm mir bloß nicht wieder mit deinem Geschwätz. Wirst schon sehen, daß ich recht hab'.
Er beugte sich über die Zeichnung. Seine Augen versuchten, die Linien festzuhalten. Doch sosehr er sich anstrengte, er fand nicht heraus, was er da geändert haben wollte. Es war ein Geflecht, das er nicht entwirren konnte.
Aber wenn wir den Flügelkasten nicht rechtzeitig fertigkriegen, bleibt es ja doch nur an mir hängen.
Der Wählton drang an sein Ohr. Fleisser sah die Nummernscheibe, davor seine Hand. Unförmig, fremd. Wo sie das Papier berührt hatte, waren dunkle Flecke. Je länger er wartete, desto heftiger pochte sein Herz. Mit jedem Schlag wurde der linke Arm schwerer. Wenn er versuchte, ihn zu heben, war ihm, als werde er herausgerissen. Das zerrte und stach und brannte. Heiß, kalt, siedendes Eis. Das war nicht zum Aushalten.
Fleisser gab nach. Die Schreibtischkante stieß gegen seine Brust, zerquetschte sie.
Er hörte eine Stimme hinter seinem Rücken: »Mensch, Alfred, wie siehst du denn aus!«
Fleisser richtete sich mühsam auf. Als er erkannte, daß es nicht Bogner war, sondern Otto, ließ der Druck ein wenig nach.
»Ach du bist's«, japste er.
Er wollte aufstehen. Aber der Vorarbeiter hinderte ihn daran. Er legte den Arm um seine Schulter.
»Nur ruhig. Du bleibst jetzt erst mal ganz ruhig da sitzen, und ich ruf den Arzt.«
Fleisser konnte nicht mehr widersprechen.
Das letzte, was er hörte, war ein langgezogener Hupton, der die Frühstückspause ankündigte.

2.

Petersen schmiß das Buch auf den Couchtisch. Er hörte Töpfegeklapper und schwere Schritte in der Küche. Aber das war es nicht. Auch wenn es so still gewesen wäre wie in seiner eigenen Wohnung, hätte er sich jetzt nicht auf den Roman konzentrieren können. Trotzdem hatte es mit seiner Mutter zu tun, die nebenan rumorte. Aber das war kindisch. Er konnte ihr doch nicht vorwerfen, daß sie ihn auf diese Geschichte gebracht hatte. Und die interessierte ihn eben mehr als das, was sich jemand am Schreibtisch ausgedacht hatte. Er hörte, wie der Regen gegen die Scheiben schlug.

Zunächst hatte es so ausgesehen, als würde der Föhn das angekündigte Sturmtief noch einige Zeit zurückdrängen. Doch als Petersen in der zweiten Woche von einer Tour zur Brecherspitze zurückgekommen war, hatte der Wirt prophezeit, das Wetter werde bald umschlagen. Und schon am anderen Morgen hatten die Gäste, gutmütig als »Flachlandtiroler« verspottet, ihm recht geben müssen.

Am dritten Tag hatte Jürgen Petersen kurzerhand seine Eltern angerufen, ob es ihnen passe, wenn er früher als geplant zu ihnen komme. Die Stimme der Mutter war ganz atemlos gewesen. Er wisse doch, wie sie sich immer freue. Und sie habe auch eine Überraschung für ihn. Er hatte ihr den Gefallen getan, Neugier vorzutäuschen. Worauf sie noch aufgeregter geworden war. Es werde ihn bestimmt interessieren, in beruflicher Hinsicht, mehr verrate sie aber jetzt nicht. Wenn er gleich heute komme, könnten sie in aller Ruhe miteinander reden. Der Vater habe Nachtschicht.

Was sie wohl diesmal für ihn ausgegraben hatte?
Der Gedanke an die mütterliche Geheimniskrämerei hatte ihn sogar mit den tiefhängenden Wolken versöhnt. Falls der Regen früher als erwartet aufhören würde, könnte er ja noch einmal in die Berge fahren. Das war immer noch besser als bei diesem Sauwetter im Gasthof herumzusitzen. Er hätte halt doch schon im September Urlaub machen sollen. Doch wie üblich war er mit der Arbeit nicht rechtzeitig fertig geworden. Immerhin hatte er sich ein bißchen Geld auf die hohe Kante legen können. Also drängte ihn vorerst nichts. Und bei der Mutter war es ja auch auszuhalten inzwischen. Sie redete ihm nicht mehr drein und bemühte sich, ihn überhaupt möglichst wenig zu stören.
Zwar schrak er immer wieder zusammen, wenn sie eine Tür zuschlug und dabei »Entschuldigung« rief, so laut, daß es auch in den angrenzenden Wohnungen noch zu hören sein mußte. Oder wenn, begleitet von einem Aufschrei, irgendein harter Gegenstand in die Badewanne knallte. Doch gewöhnlich tat er solche Unterbrechungen mit einem Kopfschütteln ab. Höchstens, daß er sich gelegentlich zu einem Stoßseufzer hinreißen ließ: Und so was war Krankenschwester. Die armen Patienten! Das blieb freilich in seinem Kopf, wurde, wenn überhaupt, als ironische Randbemerkung formuliert, leichthin, das konnte er wegwischen, bevor es tiefer in ihn eindrang, womöglich auf den Magen schlug, wie früher, als er sich noch hatte wehren müssen gegen die vorwurfsvollen Klagen, warum er nicht... wenigstens ihr zuliebe... Das Studium abbrechen, bloß wegen dieser Frau! Wo er doch ein so guter Arzt hätte sein können, und was sollte jetzt werden aus ihm?
Vergeblich hatte er seiner Mutter zu erklären versucht, daß Ingrid nichts damit zu tun hatte. Daß er sich darauf gar nicht hätte einlassen dürfen, immer nur Krankheiten, Gejammer und hilfesuchende Blicke, das war ihm zuviel. Und er hatte ja die letzten zwei Semester ohnehin schon verbummelt,

sich nur nicht getraut, auch nach außen hin Schluß zu machen. Er wollte erst sicher sein, daß er sich mit seiner Schreiberei über Wasser halten konnte.
Ingrid, das stimmte allerdings, hatte ihn dabei ermutigt. Sie arbeitete in der Redaktion einer Frauenzeitschrift und kannte eine Menge Leute. Durch sie war er auch an Aufträge gekommen, die zum erstenmal wirklich etwas einbrachten. Und ohne sie, das war ebenfalls nicht zu leugnen, hätte er doch immer wieder nachgegeben, wenn seine Mutter ins Telefon schluchzte. Das könne er ihr nicht antun. Was habe sie denn sonst noch für eine Freude. Mit dem Vater, das wisse er doch, werde es immer schlimmer. Dann könne sie ja gleich... Er war hart geblieben, nicht mehr nach Hause gefahren, zwei Jahre lang. Hatte auch nicht geschrieben, nur Kopien seiner Artikel in Zeitungen und Zeitschriften, Manuskripte von Funksendungen geschickt, kommentarlos zunächst. Dann hatte er schon mal an den Rand gekritzelt: Gruß Jürgen. Bald konnte er auch einige Zeilen riskieren, auf der Rückseite seiner Visitenkarte, die ihn als das auswies, was er, jederzeit nachprüfbar und vom Finanzamt beglaubigt, geworden war: freier Journalist.
Daß sie sich deswegen nicht zu schämen brauchte, hatte seine Mutter allmählich eingesehen. Ihr Widerstand war endgültig gebrochen worden, als eine Nachbarin sie im Supermarkt auf ihren Sohn angesprochen hatte. Sie habe seinen Artikel über Schlafstörungen gelesen, auf der Wissenschaftsseite. Die lese sie ja sonst nie, aber das habe sie sehr interessiert. »Das ist doch Ihr Sohn, oder?« hatte die Nachbarin hinzugefügt, mißtrauisch. Denn Frau Petersen war keineswegs erfreut gewesen. Sie hatte anfangs sogar abzulenken versucht, indem sie angestrengt die Käse-Sonderangebote musterte. Schließlich hatte sie aber genickt, erst zögernd, dann immer eifriger, und dabei die Nachbarin angestrahlt, als könne sie gar nicht sagen, wie dankbar sie ihr sei.

Tatsächlich war Hilde Petersen während dieser Unterhaltung aufgegangen, daß sie ja nun keine Ausreden mehr suchen mußte, wenn sie nach ihrem Sohn gefragt wurde. Daß er nie mehr zu Besuch kam, hatte auf einmal nichts Beschämendes mehr. Im Gegenteil. Endlich konnte seine Mutter doch noch stolz sein auf ihn. So vielbeschäftigt war er. Und fast schon berühmt. Wahrscheinlich kannten nicht nur die Nachbarn seinen Namen aus der Zeitung, sondern sogar Menschen, die ihr völlig fremd waren. Und eines Tages würde er vielleicht auch noch im Fernsehen gezeigt...

Damals hatte sich Hilde Petersen entschlossen, ihrem Sohn alles zu verzeihen. Das fiel ihr um so leichter, als sie, scheinbar nachgebend, triumphieren konnte: Letztlich hatte er es ja ihr zu verdanken, daß er nicht nur ein gewöhnlicher Reporter geworden war. Sieben Semester, immerhin, da war er doch schon ein halber Arzt. Und darum konnte er auch über Medizin schreiben. Es war also nicht umsonst gewesen, daß er sich bemüht hatte, ihren Wunsch zu erfüllen.

Als Jürgen nach seinem *großen Abgang* – so beschrieb er die zweijährige Trotzphase später aus spöttischer Distanz – zum erstenmal wieder einige Tage bei seinen Eltern verbracht hatte, war er noch auf der Lauer gelegen, ob die Mutter ihre guten Vorsätze wirklich einhalten würde. In Briefen und am Telefon hatte sie immer wieder beteuert, wie froh sie heute sei, daß er seinen eigenen Weg eingeschlagen habe. Er war skeptisch geblieben, hatte es aber genossen, wie sie um ihn buhlte. Und ein bißchen hatte er es auch ausgenützt. Aber nur, weil er ihr offenbar keine größere Freude machen konnte, als daß er sich verwöhnen ließ.

Zuerst war es ihm peinlich gewesen. Wenn das Ingrid wüßte, hatte er gedacht. Aber sie brauchte es ja nicht zu wissen. Er fuhr, wenn er seine Eltern besuchte, immer allein. Sie verbrachte ihre freie Zeit lieber an der See oder in der Heide. Er dagegen sah ab und zu ganz gern die Berge wieder, und dabei konnte er Station machen daheim. Er kam aber, auch

als er sich davon überzeugt hatte, daß es seine Mutter ehrlich meinte, nur selten und blieb nie lang. Zwei oder drei Tage fand er es durchaus angenehm. Irgendwie war es auch rührend, wie die grobknochige Frau, deren Bewegungen, je mehr ihr das Gelenkrheuma zusetzte, immer heftiger zu werden schienen, mit Feuereifer kochte und backte, seine Hemden wusch und tipptopp bügelte, die überall fehlenden Knöpfe annähte, ein Brandloch in seinem Pullover stopfte – und trotzdem war sie ganz Ohr, wenn er von seiner Arbeit sprach. Sie drängte ihn nicht. Das war auch gar nicht nötig. Es tat ihm ja gut, wie begierig sie zuhörte.
Er mußte den Eindruck gewinnen, sie könne sich keinen schöneren Beruf für ihren Sohn vorstellen. Sie sammelte Artikel, von denen sie annahm, daß sie ihn interessierten, aus der Krankenpflege-Zeitschrift, die sie noch immer bezog, aus *Die gute Tat*, der Illustrierten des Deutschen Roten Kreuzes, oder den *Kneipp-Blättern*. Er könne ja nicht alles lesen, lächelte sie. Und ein bißchen sei sie doch auch vom Fach. Bei jedem Besuch übergab sie ihm eine Klarsichtmappe mit solchen Ausschnitten, und wenn er sich bedankte dafür, war es, als hätte er sie beschenkt. Sie revanchierte sich sogleich mit den neuesten Krankengeschichten aus ihrer Umgebung. Seitdem sie nicht mehr in der Klinik tätig war, hatte sie ihren beruflichen Ehrgeiz darauf verlegt, Bescheid zu wissen über sämtliche Leiden und Gebrechen von Verwandten, Bekannten, Nachbarn. Je schlimmer oder ausgefallener sie waren, desto gründlicher beschäftigte sie sich damit.
So war ihr auch nicht verborgen geblieben, daß Alfred Fleisser im Krankenhaus lag. Gleich am anderen Morgen hatte sie es erfahren, von der Bäckersfrau, die es von Hugo wußte, der am Samstag immer Semmeln holte. Ganz bleich sei er gewesen und habe auch bloß sechs Stück genommen, denn der Vater sei, wie ein Blitz aus heiterem Himmel, zusammengebrochen, gestern. »Herzinfarkt, stellen Sie sich vor.«

Das Gesicht der Bäckersfrau war an diesem Morgen noch röter gewesen als sonst. Ihre Hängebäckchen hatten gewakkelt, als sie zwischen der Kasse und den Regalen hin und her watschelte, immer wieder nachfragen mußte, ob jetzt ein Sonnenblumenbrot oder ein Bauernlaib verlangt worden sei. Und während sie Brezeln und Mohnsemmeln einpackte, mußte sie oft zwei- oder dreimal nachzählen, weil ihr zwischendurch immer noch etwas eingefallen war. Ein so junger Mann noch... Und war doch immer ganz schlank... Und hat nie geraucht...

Die Schlange der Wartenden war länger und länger geworden. Aber niemand murrte. Für kurze Zeit waren Menschen, die voneinander meist nicht einmal den Namen wußten, eine verschworene Gemeinschaft. In der duftenden Wärme der Bäckerei Holzapfel verschmolz das Erschrecken über das Unerhörte, das sich in nächster Nähe ereignet hatte, mit dem Gefühl, noch verschont zu sein. Neue Kunden wurden fast andächtig eingeweiht. Wer ging, dämpfte beim Wiedersehn-Sagen die Stimme. Mancher, der bereits abgefertigt war, zögerte, den Laden zu verlassen. Einige Atemzüge lang breitete sich dann eine Stille aus, die jeden der Umstehenden drängte, die bruchstückhaften Mitteilungen über das Schicksal des Herrn Fleisser zu ergänzen.

In einem solchen Augenblick hatte Hilde Petersen ihre Chance gewittert. Die Fleissers waren ja sozusagen Nachbarn. Fast täglich kam sie an ihrem Haus vorbei, wenn sie zum Einkaufen ging. Sie nahm, da sie dort vom Verkehr verschont blieb, lieber den etwas weiteren Weg durch die Gartensiedlung, und so ergab sich des öfteren ein Gespräch, über die prächtigen Pfingstrosen, die übervollen Apfelbäume, den Föhn, die Kinder oder auch mal die Männer. Doch das blieb allgemein. Daß sie nie über ihre Männer gesprochen hatten, bereute Hilde Petersen nun. Als sie in Gedanken überflog, was sich im Lauf der Jahre an Wissen angesammelt hatte, fand sie nämlich beim besten Willen keine

neuen Anhaltspunkte, um die Verblüffung, daß es ausgerechnet Herrn Fleisser erwischt hatte, weiter zu steigern. Aber alle schienen nur darauf zu warten. Um so mehr wurmte es sie, daß ihr ein hagerer Glatzkopf, den die Bäckersfrau als Herr Übelhör begrüßt hatte, zuvorkam. Er könne es gar nicht fassen, so gut in Form, wie der Fleisser immer gewesen sei. Sie hätten sich früher oft beim Waldlauf getroffen, und da habe er auch mit wesentlich Jüngeren meistens noch spielend mithalten können...
»Ja, früher«, hatte Hilde Petersen unterbrochen. Sie konnte es nicht länger ertragen, wie dieser Herr Übelhör in seinem Trainingsanzug die Aufmerksamkeit auf sich lenkte. Früher, daran erinnere sie sich noch gut, sei Herr Fleisser wirklich sehr aktiv gewesen. Aber vielleicht habe er sich einfach übernommen. Man könne ja auch beim Sport zuviel des Guten tun. Möglicherweise sei sein Herz doch schon vorgeschädigt gewesen, er habe sich das aber nicht eingestehen wollen. So etwas liege ja manchmal auch in der Familie, das vergesse man heute oft, daß es auch erbliche Belastungen gebe...
Herr Übelhör hatte nicht zu widersprechen gewagt. Was ihn einschüchterte, war weniger die sachkundige Bestimmtheit, mit der Hilde Petersen ihren Einwand vortrug, als vielmehr die Zustimmung, die sie bei der Mehrzahl der Anwesenden fand. Er hatte das Gefühl, alle Augen seien auf seine Jogging-Schuhe gerichtet. Auch die Bäckersfrau kam ihm nicht zu Hilfe. Erlöst wurde er erst, als sich ein junger Mann einschaltete. Man müsse ja auch an Stress denken in so einem Fall. Aber damit durfte man Hilde Petersen nicht kommen, schon gar nicht in diesem Moment. Die drahtige Trimmdich-Erscheinung des Herrn Übelhör machte ihr immer noch zu schaffen. So sah sie in dem jungen Mann nur einen neuen Gegner, den sie, nach einem kurzen Blick auf den olivgrünen Parka, die Jeans und die ausgebeulten Turnschuhe, als Studenten einordnete.

Mit einer Handbewegung wischte sie seine Bemerkung weg. Das sei ja inzwischen sehr in Mode gekommen, alles auf den Stress zu schieben. Sogar die Kinder jammerten schon darüber, wenn sie sich in der Schule mal ein bißchen anstrengen müßten...

Ursprünglich hatte sie fortfahren wollen, sie könne sich nicht erinnern, während ihrer Tätigkeit als Stationsschwester in der internen Abteilung des Städtischen Krankenhauses *Ludwigshöhe* jemals einen Patienten gesehen zu haben, der durch sogenannten Stress krank geworden sei. Sie wurde jedoch unterbrochen, da Herr Übelhör die Gelegenheit nutzte, um sich möglichst unauffällig zu verdrücken. Sie merkte es trotzdem sofort. Der Student oder was er war interessierte sie im Grunde nicht. Mit einem Lächeln gab sie ihm zu verstehen, es sei nicht persönlich gemeint gewesen, und als er, ein wenig gönnerhaft, mit den Schultern zuckte, war sie erleichtert, daß er ihr nicht im Weg stehen würde, wenn sie den Rückzug antrat.

Kaum hatte sich Frau Holzapfel dem nächsten Kunden zugewandt, blickte sie mit gespieltem Entsetzen auf die Uhr. »Jesses, mein Mann!« Nach diesem Ausruf konnte niemand mehr überrascht sein, daß sie es plötzlich eilig hatte.

Auf der Straße biß ihr das Licht in die Augen. Sie mußte niesen. »Gesundheit«, entfuhr es ihr. Als sie sich umschaute, atmete sie auf. Der Trainingsanzug war schon verschwunden.

Und auf einmal war ihr eingefallen, wie sie ihrem Mann immer wieder den Herrn Fleisser vorgehalten hatte, er solle sich ein Beispiel nehmen an ihm. Der sei doch nur ein paar Jahre jünger, aber er tue halt was für sich, und das sehe man auch. Ein stattlicher Mann. Der aber erstaunlich leicht wirkte, sobald er sich in Bewegung setzte. Sie hatte ihn oft beobachtet, wie er das Gartentor hinter sich schloß und lostrabte, am Spielplatz entlang, mit weit ausgreifenden Schritten.

Die Petersens wohnten in der vordersten Reihe der Neubauten. Der Balkon lag zur Straße hin, die nach etwa dreihundert Metern auf den Kerschlacher Forst stieß. Während Hilde gelbe Blätter aus den Geranien zupfte, an Sommerabenden, wenn endlich ein bißchen Kühle vom Wald her die Wärme zwischen den Häusern streifte, hatte sie den locker dahinstrebenden Läufer verfolgen können, bis er untertauchte im Schatten der ersten Bäume. Und manchmal hatte sie in solchen Augenblicken den Gedanken an Hans-Georg, der im Unterhemd vor dem Fernseher saß, kaum noch ertragen können. Dann war sie ihrem Mann so lange in den Ohren gelegen, bis er zu ihr herausgekommen war. Aber nach einem angewiderten Blick auf die Straße hatte er sich wieder zurückgezogen, knurrend eine neue Flasche Bier aus dem Kühlschrank geholt. Er brauche eine Arbeit, die ihn auslaste, nicht so ein sinnloses Gerenne.

Daß er sein mißmutiges Gesicht zu einem Grinsen verziehen konnte, wenn er hörte, was Fleisser geschehen war, daran hatte Hilde Petersen erst auf dem Heimweg gedacht. Als sie die Wohnungstür aufsperrte, war sie entschlossen, ihrem Mann zunächst nichts zu sagen. Von anderen würde er es wohl auch nicht erfahren. Mit den Nachbarn redete er nur das Nötigste. Zum Einkaufen ging er sowieso nicht, und seitdem er Pförtner war beim Gericht, hatte er auch sonst nur noch wenig Kontakt. So konnte sie erst einmal näher erkunden, wie es zu dem Infarkt gekommen war. Ihr Mann sollte nicht behaupten können, daß er schon wisse, warum er diesen Quatsch nicht mitmache.

Zu oft hatte sie sich seine Attacken gegen den Sport anhören müssen. Für die Jungen, die noch überschüssige Kraft hätten, könne das ja ganz nützlich sein. Aber für einen mit 40 oder noch älter sei das einfach lächerlich. So einer habe doch nichts im Kopf als seine Muskeln oder die Figur. Eitle Affen seien das. Fanatiker. Und von wegen Gesundheit! Lese man denn nicht immer wieder, daß einer dieser Opas, die sich angeblich fit hielten durch ihre Lauferei, dabei einen Herzschlag bekommen habe? Nein, ohne mich! Das Gesicht verzerrt, als leide er unter unerträglichen Schmerzen, brachte Hans-Georg Petersen seine Frau zum Schweigen. Wenn er dann noch die Hände ins Kreuz stemmte und mit steifen Schritten ins Schlafzimmer ging, gab sie sich geschlagen. Sie wollte nicht ungerecht sein. Vielleicht war es ja wirklich nichts mehr für ihn, mit seiner Wirbelsäule, die war eben abgenützt. Deshalb hatte er ja auch seine Stelle bei der Spedition aufgeben müssen. Aber daß er recht behielt, das gönnte sie ihm nicht.

Schon am Sonntag war es ihr gelungen, Frau Fleisser abzupassen, als sie von der Klinik kam. Sie hatte sie aus dem Bus steigen sehen und war ihr, wie zufällig, entgegengegangen. Waltraud Fleisser hatte keinen Verdacht geschöpft. Sie schien sogar erfreut über die Anteilnahme und faßte schnell Vertrauen zu der Nachbarin, die sich täglich nach dem Befinden ihres Mannes erkundigte, ihr Mut machte. Daß man ihn schon am vierten Tag aus der Intensivstation verlegt habe, sei ein gutes Zeichen. Dann habe er das Schlimmste hinter sich.

Hilde Petersen hatte es sich auch nicht nehmen lassen, Herrn Fleisser zu besuchen. Nur auf einen Sprung wolle sie hereinschauen. Von seiner Frau wisse sie ja, daß er gute Fortschritte mache. Aber er müsse sich jetzt vor allem ruhig verhalten. Das hätten ihm die Ärzte bestimmt schon gesagt, und notfalls könne man ja heutzutage mit Medikamenten nachhelfen. Der Patient hatte, zur Freude der Besucherin, bestätigt, daß er viel ruhiger sei innerlich und besser schlafen könne, das komme wohl von diesen grünen Tabletten, die ihm die Schwestern morgens und abends zusätzlich zu den anderen Mitteln brächten. Worauf ihn Hilde Petersen in Erstaunen versetzt hatte, indem sie auf Anhieb den richtigen Namen nannte: *Lexotanil.* Sicherlich bekomme er auch so kleine weiße Tabletten zur Hemmung der Blutgerinnung

und ein Nitropräparat, damit es ihm nicht wieder so eng werde in der Brust...
Auf dem Flur war ihr eine Schwester begegnet, der sie sich als Kollegin zu erkennen gegeben hatte, um ganz nebenbei einige Informationen einzuholen. Als sie es auch noch geschafft hatte, einen jungen Arzt in ein Gespräch über die Ursachen des Herzinfarktes zu verwickeln, kam sie sich ein bißchen wie Miß Marple vor. Sie hatte fast alle Filme mit ihr gesehen, und wenn es hier auch nicht um Mord ging, so war dieser Patient auf Zimmer 204 doch ohne Zweifel ein merkwürdiger Fall.
Wie bestellt war daher Jürgens Anruf gekommen. Sie konnte es kaum erwarten, ihm zu berichten, was sie in Erfahrung gebracht hatte. Doch als er vor ihr saß, ihr Sohnemann, der immer noch diese an den Taschen abgeschabte Cordhose trug, worüber sie freilich längst hinwegsehen konnte, weil sie sich durch nichts die Freude verderben lassen wollte, daß er da war und die langen Beine ausstreckte und sich's gemütlich machte, während sie Wein holte und etwas zum Knabbern, und als nicht der leiseste Zweifel mehr aufkommen konnte, daß er sich wieder ganz zu Hause fühlte, schien sie es gar nicht mehr eilig zu haben, ihre Geschichte loszuwerden. Sie beobachtete ihn, wie er das Flaschenetikett musterte, schüttete aber, als er die Augenbrauen hochzog und »Donnerwetter!« sagte, hastig Erdnüsse in eine Glasschale, um ihn nicht anschauen zu müssen. Sie tat so, als sei es ihr unangenehm, daß sie seinen Geschmack getroffen hatte. Und als müsse sie verhindern, daß er sich noch länger damit aufhalten konnte, sie zu loben für diese Selbstverständlichkeit, fragte sie, woran er denn gerade arbeite?
»Ja, weißt du«, hatte Jürgen geantwortet, »im Moment habe ich nichts Konkretes in der Mache, nur einen Haufen Pläne.« Nachdem er eingeschenkt hatte, fügte er hinzu, man müsse ja auch mal eine schöpferische Pause einlegen.

Sie nickte, ein bißchen zu heftig, was ihm jedoch entging, da er, an seinem Glas schnuppernd, die Lider halb geschlossen hatte. Er öffnete sie erst wieder, als sich seine Mutter erkundigte, ob man wissen dürfe, welche Pläne das seien? Er sah, daß sie sich zurücklehnte, aber gleich wieder nach vorn beugte, zum Glas griff. »Auf dein Wohl.« Sie nippte nur, während er schlürfend den Mund voll nahm, um dann mit genüßlichen Kaubewegungen den Wein in Schlückchen aufzuteilen. Sie ließ ihn nicht aus den Augen, bis er mit einer wegwerfenden Handbewegung auf ihre Frage zurückkam. »Ach, nichts Besonderes. Als erstes vielleicht ein Bericht über die Auswirkungen von Lärm auf das Kreislaufsystem. Dazu wurde kürzlich eine aufschlußreiche Studie veröffentlicht. Aber das hat Zeit. Aber jetzt erzähl du doch endlich, was das für eine Überraschung ist, von der du am Telefon gesprochen hast.«
Er sei doch schon ganz gespannt, hatte er versichert, war allerdings immer abweisender geworden, je weniger sie verbergen konnte, wie sehr ihr daran lag, ihn für dieses Thema zu interessieren. Über Herzinfarkt sei schon so viel geschrieben worden, hatte er eingeworfen. Es vergehe ja kaum ein Tag, an dem die Medien nicht irgend etwas angeblich Neues berichteten. Nun ja, hatte seine Mutter bestätigt, das beschäftigte die Leute eben, und sie hätten ja auch allen Grund dazu. Sich theatralisch die Ohren zuhaltend, hatte Jürgen erwidert: »Ich weiß, ich weiß, der Killer Nummer eins. Allein in der Bundesrepublik – das habe ich für einen Artikel mal ausgerechnet – erleiden jeden Tag im Durchschnitt fast fünfhundert Menschen einen Herzinfarkt, und wahrscheinlich sind es inzwischen noch mehr, denn die Tendenz ist bei uns weiterhin steigend, während man in den USA, in Japan oder in Frankreich seit einigen Jahren einen Rückgang verzeichnet. Aber warum das so ist, weiß niemand genau. Da behauptet jeder etwas anderes...«
Das könne sie natürlich nicht beurteilen. Mit einem Lächeln

um Nachsicht bittend, hatte Hilde Petersen ihrem Sohn die Schale mit Erdnüssen hingeschoben. Doch dadurch war Jürgen nur noch gereizter geworden. Er schreibe schließlich nicht für diese Blättchen, die glaubten, ständig sensationelle wissenschaftliche Entdeckungen und Wundermittel anpreisen zu müssen. Aber das wisse sie doch, hatte seine Mutter entgegnet. Deswegen lese sie ja seine Artikel so gerne. Da stimme alles, und trotzdem könne sie jeder verstehen. Weil er die Probleme immer so anschaulich mache durch Beispiele, und darum habe sie gedacht, dieser Fall...

»Ach so«, hatte sich Jürgen ereifert, »du meinst also, ich soll eine Geschichte über deinen Nachbarn schreiben? Ein Loblied singen auf die moderne Medizin, die ihm das Leben gerettet hat? Aber das stimmt ja gar nicht. Vielleicht erinnerst du dich an meine Reportage über die Intensivstation. Da habe ich doch die Ergebnisse mehrerer Untersuchungen in England zitiert, aus denen klar hervorging, daß der ganze Aufwand an Technik und Therapie nur noch wenig nützt, wenn der Infarkt erst einmal eingetreten ist. Das wurde, soweit ich weiß, bisher nicht widerlegt. Viele Patienten sterben schon, bevor sie in eine Klinik kommen. Auf jeden Fall ist aber die Hälfte der Betroffenen nach vier Wochen tot, nach einem Jahr sind es sogar sechzig Prozent. Dieser Herr Meister ist also noch längst nicht überm Berg, und wenn er's schafft, hat er einfach Glück gehabt.«

»Fleisser heißt er«, hatte ihn seine Mutter verbessert, offensichtlich unbeeindruckt von seinem Wortschwall. Er leerte sein Glas in einem Zug und schenkte sich sofort wieder nach. Als er keine Anstalten machte, das Gespräch fortzusetzen, fragte sie, scheinbar unvermittelt, ob er Professor Kaiser kenne. Er schüttelte mürrisch den Kopf, was sie freilich nicht davon abhalten konnte, ihren letzten Trumpf auszuspielen. Das sei der Chefarzt der Abteilung, in der Herr Fleisser behandelt werde. Eine Kapazität auf diesem Gebiet. Er habe aber auch populäre Bücher verfaßt. Neulich habe sie

von ihm so einen Ratgeber entdeckt, für Patienten, die bereits einen Herzinfarkt hätten oder gefährdet seien. Er könne ja selbst gelegentlich reinschauen. Das eile aber nicht. Sicherlich wolle er jetzt erst einmal ausspannen, und vielleicht irre sie sich ja auch. Doch ihrer Ansicht nach treffe das meiste, was da über die Ursachen dieser Krankheit zu lesen sei, auf Herrn Fleisser eigentlich nicht zu.
Vor so viel ausgeklügelter Hartnäckigkeit hatte Jürgen kapituliert. Warum sollte er seiner Mutter nicht die Genugtuung gönnen, daß sie ihm einen guten Tip gegeben hatte? Offensichtlich brauchte sie das. Und ihm brach doch kein Zacken aus der Krone. Und womöglich gab die Sache ja wirklich etwas her. Es war doch zumindest ungewöhnlich, daß bei einem 46jährigen plötzlich das Herz streikte, obwohl der Arzt einige Wochen vorher keinerlei Warnzeichen feststellen konnte. Das hatte Schwester Hilde natürlich alles schon erkundet. Und in der Beziehung konnte man sich bestimmt auf sie verlassen. Na schön.
In der Herzinfarkt-Fibel kam ein solcher Fall tatsächlich nicht vor. Der Herr Professor bemühte sich, in einfachen Worten die offizielle Lehrmeinung darzustellen. Das Entscheidende waren demnach Veränderungen der Herzkranzgefäße, Koronarien genannt, die mit sogenannten Risikofaktoren in Verbindung gebracht wurden. Dabei handle es sich, so erfuhr der Leser in einer Fußnote, um einen Begriff aus der Epidemiologie, der Lehre von der Verbreitung von Krankheiten in Bevölkerungsgruppen. Wer von den Methoden dieser Wissenschaft keine Ahnung hatte, wurde durch diese Erklärung zwar auch nicht viel klüger. Aber Hauptsache, das Laienvolk begriff, daß es den Rat der medizinischen Autoritäten befolgen mußte: *Unter Risikofaktoren versteht man bestimmte krankmachende oder eine Krankheitsgefahr anzeigende Lebensbedingungen, die bei Koronarkranken häufiger beobachtet wurden als bei Herzgesunden. Damit ist ein ursächlicher Zusammenhang im*

Einzelfall nicht unbedingt gegeben. Es lohnt sich aber, daß jeder seine persönlichen Risikofaktoren kennt und ausschaltet...

Petersen klappte das Buch zu. Beim letzten Satz hatte er gemeint, eine Stimme zu hören: Ach, was Sie nicht sagen. Und als er den gedehnten Tonfall nachklingen ließ, wußte er auch, wer den höhnischen Kommentar in seine Gedanken eingeschleust hatte: Dr. Buchmann. Aber klar. Daß ihm der Medizinredakteur vom *Wissenschaftsmagazin* nicht gleich eingefallen war! Wenn er ihm die Geschichte erzählte, würde er die Hände über dem runden Bauch falten und, das linke Auge zusammengekniffen, die Zigarette im Mundwinkel tanzen lassen.

Daß Fleisser nie geraucht hatte, bewies natürlich noch gar nichts. Aber für Dr. Buchmann mußte es ein gefundenes Fressen sein. Er brauchte mindestens zwei Packungen *Gitanes* am Tag. Das sei sein ganz persönlicher Beitrag zur Völkerverständigung, pflegte er zu spotten, wenn ein Kollege, der sich gerade das Rauchen abgewöhnt hatte, die Nase rümpfte. Seit dem Krieg, den Dr. Buchmann überwiegend in Paris verbracht hatte, war Frankreich für ihn das einzige Land, in dem die Menschen zu leben verstünden. Wenn irgend möglich, verband er redaktionelle Besprechungen mit einem Essen. Und seine Sekretärin sorgte dafür, daß der *Beaujolais*-Vorrat im Schreibtisch immer rechtzeitig nachgefüllt wurde. Mit grimmigem Genuß hatte Dr. Buchmann denn auch den ersten Beitrag von Jürgen Petersen angenommen. Der war, unter Berufung auf Untersuchungen in den USA, zu dem Schluß gekommen, mäßiger Alkoholkonsum könne möglicherweise vor arteriosklerotischen Herzerkrankungen schützen.

Was mäßig war, definierte Dr. Buchmann in bezug auf seine Person recht großzügig. Er war freilich bemüht, seine private Lebensphilosophie aus der journalistischen Arbeit herauszuhalten. Wenn es ihm auch schwerfiel, ließ er sich

doch überzeugen, daß Petersens behutsame Formulierung, abgesichert durch Zitate aus der Originalarbeit in der Fachzeitschrift *The Lancet*, dem derzeitigen Wissensstand angemessen war.
Frech, aber seriös – so charakterisierte Dr. Buchmann die von ihm bevorzugte Schreibe. Als Petersen mit einem Artikel über neue Erkenntnisse, denen zufolge das jahrelang propagierte Idealgewicht vielleicht doch nicht immer ideal sei, den Geschmack des Redakteurs besonders gut getroffen hatte, mußte das natürlich bei einem opulenten Mahl im *La Provence* gefeiert werden. Auch in diesem Fall strich Dr. Buchmann für sich selbst jedes Fragezeichen, das er in dem Bericht durchaus für angebracht hielt.
Petersen hatte zunächst sachlich referiert, warum die Auffassung, die Lebenserwartung sei um so höher, je niedriger das Körpergewicht sei, neuerdings angezweifelt werde. Gestützt auf eine Erhebung mehrerer Versicherungsgesellschaften in den USA, war seit Ende der fünfziger Jahre gefordert worden, Männer sollten zehn Prozent, Frauen fünfzehn Prozent weniger wiegen, als es der Kilogramm-Zahl ihres Normalgewichtes, errechnet aus Körperlänge in Zentimetern minus hundert, entspricht. Mit steigendem Gewicht, so wurde das Ideal begründet, nähmen auch die bekannten Risiken für Herzinfarkt zu. Zuckerkrankheit, Fettstoffwechsel-Störungen und Bluthochdruck seien dagegen äußerst selten bei Personen, deren Gewicht unter der Norm bleibe.
Belege dafür boten vor allem die Daten der berühmten Langzeit-Studie in der nordamerikanischen Kleinstadt Framingham, wo seit 1948 mehr als 5000 Bürger fortlaufend medizinisch überwacht wurden. Dabei waren mit statistischen Methoden erstmals Zusammenhänge zwischen Lebensgewohnheiten sowie Abweichungen physiologischer Merkmale und den nach dem Zweiten Weltkrieg epidemisch sich ausbreitenden Herz-Kreislauf-Erkrankungen aufge-

deckt worden. Als man jedoch später die Todesfälle analysierte, ergab sich, daß die Hageren keineswegs länger lebten. Eher deutete sich das Gegenteil an: Aus der Gruppe der Idealgewichtigen waren innerhalb von 24 Jahren mehr Menschen gestorben als aus jener mit mäßigem Übergewicht. Die Molligen ereilte der Tod nicht nur insgesamt erst im höheren Alter, sondern sie starben auch seltener als die Superschlanken an Herz- und Gefäßleiden. Petersens Resümee: Die Wohlbeleibten freut's, die Dünnen reut's, und reumütig müßten nun auch die medizinischen Fastenprediger bekennen, daß sie es sich zu leicht gemacht haben.

Von solchen Sätzen konnte Dr. Buchmann gar nicht genug bekommen. Er ließ sie sozusagen auf der Zunge zergehen, und wie beim Essen schien sein Appetit zu wachsen, je mehr ihm aufgetischt wurde. Aber Petersen fühlte sich in eine Rolle gedrängt, die ihn festlegte auf hämische Seitenhiebe. Dagegen sträubte er sich, zumal er Dr. Buchmann im Verdacht hatte, er lobe Angriffe auf medizinische Glaubenssätze nur deswegen so überschwenglich, weil sie ihm als Rechtfertigung seines Verhaltens dienen konnten. Ihn mit seinen eigenen Waffen schlagend, hatte er dem Redakteur entgegengehalten, es sei einfach nicht seriös, lediglich auf offene Fragen hinzuweisen, ohne die Schwierigkeiten ihrer Beantwortung zu erwähnen. Bei langfristig sich entwikkelnden Krankheiten wie jenen der Herzkranzgefäße könne man nicht erwarten, daß eindeutige Beziehungen zwischen Ursache und Wirkung nachweisbar seien. Wer bei roter Ampel über eine Kreuzung fahre, müsse ja auch nicht zwangsläufig in einen Unfall verwickelt werden. Dennoch bestreite wohl niemand, daß dieses Verhalten riskant sei. Das Lichtzeichen signalisiere eine Gefahr, die sich vermeiden ließe, wenn alle Autofahrer die Vorschrift beachteten. Dann könnten zwar ebenfalls noch Zusammenstöße vorkommen. Das widerlege jedoch nicht die statistisch untermauerte Annahme, daß die Verkehrsregelung mit Ampeln

vernünftig sei. Ähnliches gelte für die aus epidemiologischen Studien abgeleitete Forderung, auf Zigaretten zu verzichten, sich mehr zu bewegen, weniger und fettärmer zu essen.
Je eifriger Petersen eine Position verteidigt hatte, die er gewöhnlich selbst in Zweifel zog, desto vergnügter war Dr. Buchmann geworden. Herausfordernd seinen Bauch streichelnd, hatte er sich im Sessel zurückgelehnt, um mit kullernden Augen zu verkünden, die einzige körperliche Aktivität, zu der er sich freiwillig bereit finde, sei der Gang zur Beerdigung seiner joggenden Freunde und Kollegen. Aber nach solchen Szenen konnte Dr. Buchmann lachend das Scheingefecht beenden. Okay, er gebe ja gerne zu, daß seine Abneigung gegen gesundheitserzieherische Bevormundung auch ein Selbstschutz sei. Denn nicht im Traum falle ihm ein, auf alle angeblich schädlichen Vergnügungen zu verzichten, bloß weil er dann unter Umständen ein bißchen länger lebe. Aber wie?! Abgesehen davon, daß es ja keineswegs sicher sei, ob die Wahrscheinlichkeitsrechnung im Einzelfall aufgehe, könne es doch unmöglich der Gesundheit zuträglich sein, wenn jemand dauernd Kalorien zähle und beim Anblick von Butter oder Eiern nur an den Cholesterinspiegel denke und täglich um die Wette renne mit seinem Tod. Er wolle ja nicht behaupten, daß seine Lebensweise allgemein zu empfehlen sei. Er meine jedoch – dabei hatte Dr. Buchmann, zum Zeichen, daß er nun zu einer ernsthaften Diskussion bereit sei, die Zigarette aus dem Mund genommen –, eine sinnvolle Vorsorge könne nicht darin bestehen, daß man die Bevölkerung mit wissenschaftlich verbrämten Drohungen unter Druck setze.
Daß er mit Dr. Buchmann in diesem Punkt einer Meinung war, konnte Petersen nun, da er ihm nicht gegenübersaß, ohne weiteres einräumen. Aber sobald er den Alten, wie er ihn, seine Sympathie mit Respektlosigkeit tarnend, im stillen nannte, vor sich sah, reizte er ihn zum Widerspruch. In

seiner Gegenwart hatte er sich sogar oft das Rauchen verkniffen, als könne er den anderen damit ins Unrecht setzen. Dr. Buchmann schien so rundherum zufrieden mit sich und der Welt, daß Petersen dauernd das Bedürfnis hatte, ihm die Laune zu verderben oder wenigstens Anzeichen dafür zu entdecken, daß er die fröhlich zur Schau getragene Lasterhaftigkeit irgendwann doch würde büßen müssen. Indes erfreute sich der Alte allem Anschein nach auch noch bester Gesundheit.

Petersen fingerte nach einer Zigarette. Die Schachtel war schon wieder leer. Er überlegte, ob er sich eine Packung von seinem Vater holen sollte. Doch der schlief wahrscheinlich noch, weil er Nachtschicht hatte diese Woche. Also kaufte er sich lieber selbst welche. Ein kleiner Spaziergang vor dem Mittagessen tat ihm sicherlich gut. Dann kam er auch wieder auf andere Gedanken. Der Urlaub sollte ja nicht in Arbeit ausarten, bloß weil ihm seine Mutter einen Floh ins Ohr gesetzt hatte.

Seitdem Hans-Georg Petersen beim Gericht beschäftigt war, hatte er das Rauchen eingeschränkt. Es bekam ihm nicht, das spürte er immer deutlicher. Dafür aß er mehr, und es schlug auch besser an. In den vier Jahren hatte er bestimmt zehn Pfund zugenommen. Das lag natürlich auch am Bier. Aber er brauchte das. Sonst kam er überhaupt nicht mehr zur Ruhe. Der Schichtdienst brachte alles durcheinander, und irgendwas zum Ausgleich war auch kaum noch drin. Briefmarkenverein, Skatrunde, das fiel ja längst flach. Die Arbeit selbst war ein Klacks. Türen verschließen, die Alarm- und Fluchtsicherungsanlagen kontrollieren, gelegentlich Auskunft erteilen, das machte er alles im Schlaf. Trotzdem ging es ihm gesundheitlich schlechter als vorher bei der Spedition. Da hatte er mitunter über hundert Stunden in der Woche zusammengebracht. Was nicht erlaubt war, klar, deshalb mußten die Fahrtenbücher frisiert wer-

den. Und damit keiner auf die Idee kam, die Firma zu erpressen, zwang sie die Beschäftigten zu Selbstanzeigen. Wer nicht wollte, konnte ja gehen. Hans-Georg Petersen wäre dennoch gern geblieben. Mit Trinkgeldern und Spesen kam er auf 2500 bis 3000 netto. Das Geld stimmte also einigermaßen. Doch seine Rückenschmerzen waren immer schlimmer geworden. Häufig setzte ihn ein Hexenschuß außer Gefecht. Massive Schäden an der Hals- und Lendenwirbelsäule. Wenn er so weitermache, hatte der Arzt gewarnt, sei er mit fünfzig Frührentner. Das wollte er nicht, den ganzen Tag zu Hause rumsitzen, nur das nicht. Die Firma bot zwar innerbetrieblich einige Schonarbeitsplätze an. Er hätte Stadtfahrer oder Platzmeister werden können. Das wäre aber immer noch Knochenarbeit gewesen.
So folgte er dem Rat eines Skatbruders und bewarb sich im Öffentlichen Dienst. Er stammte ja aus einer Beamtenfamilie und hätte eigentlich das Abitur machen sollen, war jedoch zweimal sitzengeblieben, wofür er das ganze Durcheinander während des Krieges, Ausbombung, Evakuierung et cetera, verantwortlich machte. Jedenfalls hatte er dann die Polizeilaufbahn eingeschlagen. Doch nach vier Jahren war er, wegen antisemitischer Äußerungen und Beziehungen zu neonazistischen Gruppen, entlassen worden. Zu Unrecht, wie er beteuerte. Aber auf eine Klage hatte er verzichtet. Etwas bleibe immer an einem hängen, auch wenn man den Prozeß gewinne.
Die Sicherheit seines heutigen Arbeitsplatzes wußte er zu schätzen, und im Grunde genommen war er auch ganz zufrieden als Pförtner. Nur die körperliche Aktivität fehlte ihm. Er fühlte sich völlig unausgelastet, konnte einfach nicht stillsitzen, und deswegen vertrug er wohl auch die Zigaretten und den Kaffee nicht mehr so. Früher, als Fahrer, hatte er sechzig Stück am Tag geraucht, dazu literweise Kaffee und Cola getrunken, um sich wachzuhalten bei den Touren. Die gingen zum Teil bis nach Rom, Madrid oder sogar

Moskau. Das waren dann manchmal 36 Stunden an einem Stück, und wenn man am Ziel war, gab's nur noch eins: Bauch vollhauen, Bier rein und ab ins Bett. Dagegen war seine jetzige Tätigkeit gar keine Arbeit im eigentlichen Sinn. Und man verhungerte ja auch geistig.
Die meisten seiner Kollegen fand Hans-Georg Petersen ein bißchen stupide. Denen genügte es, Jerry-Cotton-Heftchen zu lesen. Er wollte aber nicht so abbauen. Anderthalb Jahre hatte er nebenher die Verwaltungsfachschule besucht, auch Prüfungen gemacht, ohne daß es sich beruflich irgendwie auswirkte. Dann hatte er sich um eine EDV-Ausbildung im Öffentlichen Dienst beworben. Doch das einzige, was dabei herauskam, war die Versetzung auf eine Pförtnerstelle bei der Senatsbehörde für Datenverarbeitung. Er hätte aus der Haut fahren können. Die Allergien, die er danach ständig bekam, führte er auf den Ärger über das Unverständnis seiner Vorgesetzten zurück, was der Arzt freilich ziemlich abwegig fand.
Nach einem halben Jahr erreichte er zumindest, daß er wieder auf seinen alten Posten zurückkam. Aber die Aussicht, dort bleiben zu müssen bis zur Pensionierung, erbitterte ihn. Er konnte doch und wollte auch mehr. Daß er sich körperlich nicht mehr so belasten konnte, war ja noch lange kein Grund, ihn aufs Abstellgleis zu schieben. Justizwachtmeister im Ordnungsdienst, das wäre vielleicht noch eine Alternative. War aber, auch finanziell, nicht sonderlich attraktiv. Um sich wenigstens geistig beweglich zu halten, hatte er damit begonnen, juristische Fachbücher aus der Bibliothek des Gerichts zu studieren und mit einem Richter des Hauses Rechtsfragen zu erörtern. Das brachte ein wenig Abwechslung. Doch ein Ersatz für eine Arbeit, die ihn ausfüllte, war es nicht.

Als Jürgen Petersen vom Zigarettenholen zurückkehrte, traf er im Flur seinen Vater, der noch im Schlafanzug war.

Er begrüßte ihn mit einem Hallo, das möglichst unverfänglich klingen sollte. Guten Morgen konnte er, mittags um zwölf, schlecht sagen. Zudem hätte er dabei riskiert, daß sein Vater wieder mit dem üblichen Lamento anfing: »Wer bei diesem Krach schlafen will, muß Nerven wie Drahtseile haben. Oder sturzbesoffen sein. Etwas anderes bleibt einem doch gar nicht übrig, wenn man so ein Trampeltier im Haus hat.« Und so weiter. Jürgen kannte sie nur zu gut, die wehleidige Wut, in die sich der Vater hineinsteigern konnte, wenn ihm Gelegenheit geboten wurde, die berufliche Enttäuschung abzuladen auf seine Frau. »Eine feine Krankenschwester ist das, die nicht mal ein bißchen Rücksicht nimmt. Das ist ja wohl das mindeste, was man verlangen kann, wenn es sie schon einen Dreck kümmert, ob der eigene Mann vor die Hunde geht. Bei anderen interessiert sie sich doch auch für jeden Furz!«
Jürgen haßte diese Auftritte, bei denen er immer dazwischenstand. Schwieg er, hörten die Tiraden überhaupt nicht mehr auf, bis der Vater, überwältigt von seinem anklagenden Gejammer, zusammenbrach. Das war schlimmer, als wenn er auch noch über den Sohn herfiel, weil der sich vor die Mutter stellte: »Natürlich, der Herr Student steckt unter einer Decke mit seiner lieben Mama. Sie liest ihm ja auch jeden Wunsch von den Augen ab. Aber du hast es ja zu etwas gebracht. Bildet sie sich zumindest ein. Während ich in ihren Augen eben ein Versager bin. Daß ich mich auch für dich krumm geschuftet hab', damit du, weil sie es sich in den Kopf gesetzt hatte, auf die Universität gehen konntest, davon will heute keiner mehr etwas wissen. Werft mich doch gleich auf den Schrott. Offensichtlich störe ich ja hier nur noch!«
Jürgen war erleichtert, daß sein Vater bloß nuschelte: »Sieht man dich auch wieder mal.« Einige Augenblicke lang standen sie sich gegenüber, und jeder wartete darauf, daß der andere etwas sagte. Als die Stille zu bedrohlich wurde,

schützte sich der Sohn mit einem Lächeln, das der Vater übersah, um hastig im Badezimmer zu verschwinden. Petersen starrte auf die weiße Tür, hinter der ein keuchendes Husten begann. Und da erst nahm er wahr, wie sehr ihn der Anblick seines Vaters erschreckt hatte: Was ist bloß aus dem Alten geworden! So alt ist er doch noch gar nicht.

Er hörte das Gekrächze im Badezimmer, und die vornüber gebeugte Gestalt, das graue, aufgedunsene Gesicht mit den übernächtigten, entzündeten Augen drängten desto schmerzlicher in sein Bewußtsein, je mehr er sich dagegen wehrte. Als er heftig die Zigarettenpackung aufriß, fühlte er sich beobachtet. Ihm war, als müsse er sich nur umdrehen, um Dr. Buchmann zu sehen, der in einem schwarzen Ledersessel versank, rundlich, entspannt, die vollen Lippen von Rauch umspielt. Petersen staunte, wie behende der Alte sich plötzlich vorbeugte, lachte und aufsprang und seinen weißen Haarschopf unter eine Baskenmütze stopfte: »Kommen Sie, nach dem Schreck haben wir ein feudales Essen verdient.«

Obwohl Dr. Buchmann schon 60 war, hatte es nichts Verletzendes, wenn Petersen ihn *der Alte* nannte. Es klang wie eine liebevolle Frotzelei, die den Redakteur, falls sie ihm zu Ohren gekommen wäre, eher noch bestärkt hätte in seinem väterlichen Wohlwollen. Er machte kein Hehl daraus, daß er auf den um 30 Jahre jüngeren Kollegen große Stücke hielt. Was Petersen oft peinlich war. Doch um so eifriger bemühte er sich, die in ihn gesetzten Erwartungen nicht zu enttäuschen.

Daß er einen guten Riecher hatte, davon hätte sich Dr. Buchmann zwei Tage später erneut überzeugen können. In der Medizinischen Lesehalle der Universität war Petersen auf einen Artikel gestoßen, der ihn, kaum hatte er die Einleitung überflogen, aus der papierraschelnden Schläfrigkeit riß. Die Autoren beteten nicht nur, was ihm inzwischen

sattsam bekannt war, die Litanei von der gefährlichen Lebensführung der Wohlstandsbürger nach, sondern begründeten, warum die offizielle Lehrmeinung hinsichtlich der Entstehungsbedingungen für Herz- und Gefäßleiden ergänzungsbedürftig sei. Sie bestritten nicht, daß sich in den Industriestaaten die Gewohnheiten der Bevölkerung bezüglich Ernährung, Tabakkonsum oder körperlicher Aktivität in einer Weise verändert haben, die solchen Erkrankungen Vorschub leisten kann. Aber damit lasse sich der drastische Anstieg der Herzinfarkte in den letzten Jahrzehnten nur teilweise erklären. Das wurde mit einer Studie belegt, in der nicht einmal jeder siebte der Untersuchten mit den drei wichtigsten Risikofaktoren, nämlich Zigarettenrauchen, Bluthochdruck, erhöhte und veränderte Blutfette, einen Herzinfarkt erlitten hatte.
Solche Fälle straften also die bösen Prophezeiungen Lügen, während Menschen wie Fleisser, trotz medizinischer Makellosigkeit, vorzeitig auf der Strecke blieben. Ja, dann mußten sich die Halbgötter in Weiß eben dazu herablassen, auch noch die eine oder andere Theorie neben der ihren zu dulden. Sonst verkam die Wissenschaft zur Religion, die ihren Anhängern, sofern sie die Gebote achteten, bis ins hohe Alter ein unversehrtes Herz verhieß. Was freilich, wie das Leben nach dem Tod, nur geglaubt und nicht bewiesen werden mußte.
Petersen sah sein Gesicht in der Scheibe, schnitt eine Grimasse. Das hast du wieder mal toll gesagt. Da wird sich dein Dr. Buchmann aber freuen. Das paßt ihm natürlich in den Kram. Na also, wer sagt's denn. So kann er weiter darauf vertrauen, daß er ungeschoren bleibt, und auch noch jene verspotten, die den Schaden haben, obwohl sie die Empfehlungen für ein gesundheitsbewußtes Konsum- und Freizeitverhalten beherzigten. Nein, sagte Petersen zu seinem Spiegelbild, das von Regenschlieren verzerrt war, nein, der bloße Verweis auf Befunde, die im Widerspruch stehen zur

Theorie der medizinischen Risikofaktoren, ist zu billig. Darüber mögen sich Leute wie Dr. Buchmann freuen; für die Wissenschaftler, die glauben, den Stein der Weisen gefunden zu haben, ist es ein Ärgernis. Aber schlauer wird dadurch keiner.

Auch den folgenden Tag verbrachte Petersen in der Bibliothek, drang immer weiter vor auf den verschlungenen Wegen, die ihm der Schlagwortkatalog mit den Begriffen Herz- oder Myokardinfarkt, ischämische oder koronare Herzkrankheiten wies. Solange es regnete, versäumte er ja nichts, und er steckte auch schon zu tief in dem Thema drin, als daß er einfach hätte umkehren können. Es ging ihm wie beim Pilzesammeln: Er hatte gleich am Anfang etwas gefunden, was ihm ergiebig schien. Dann kam lange nichts Brauchbares. Aber immer, wenn er nahe daran war, die Suche abzubrechen, stolperte er wieder über einen Hinweis, der ihn anfeuerte, weiterzugehen.

Am Ende der Woche klarte es auf. Aber Petersen dachte nicht mehr an Bergtouren. Auch der Roman, den ihm Ingrid mitgegeben hatte, war längst liegengeblieben. Als er ihn unter dem Stapel kopierter Zeitschriften-Aufsätze und Buchkapitel wieder entdeckte, war es, als sehe er den Umschlag zum erstenmal: *Angst vorm Fliegen.* Eine Frau, unverkennbar, obwohl von ihr nur die untere Hälfte des Gesichts zu sehen war, öffnete den Mund. Die entblößten Zähne schimmerten aus dem halbkreisförmigen Dunkel, ebenso vielversprechend wie nichtssagend, eine Mischung aus Lippenstift-Reklame und *Playboy*. Petersen spürte ein pochendes Ziehen im Bauch. Wie ertappt, schob er das Buch beiseite, beugte sich über seine Notizen. Als ob ich nichts Besseres zu tun hätte. Wozu meine Zeit vertrödeln mit den psychoanalytisch herausgeputzten Bettgeschichten dieser Amerikanerin! Jürgen bereute den Satz, kaum hatte er ihn gedacht. Er wußte, was jetzt käme, wenn er ihn zu Ingrid gesagt hätte: Das ist wieder mal typisch. Schon nicht mehr

normal ist das. Geradezu neurotisch. Zwanghaft. Hörst du mir überhaupt zu?
Irgendwie hatte Ingrid ja recht. Er verbiß sich oft in eine Sache, häufte Material an, bis er nicht mehr wußte, wo anfangen. Er mußte doch nicht gescheiter sein als diese Professoren. Die nahmen, was ihre Argumentation störte, einfach nicht zur Kenntnis. Oder sie unterschlugen es, behaupteten wider besseres Wissen, alles sei sonnenklar. Aber er wollte den Lesern ein umfassendes Bild vermitteln. Dazu gehörten auch die Lücken und Ungereimtheiten. Das verstand Ingrid nicht. Das brauchte sie auch nicht. Bei ihren Themen – Kindererziehung, Partnerprobleme, ein bißchen Sex – da kam es ja nur darauf an, dem Publikum möglichst schmackhaft zu servieren, was es schon wußte und eben deswegen immer wieder begierig verschlang. Dagegen Herzinfarkt. Da ging es schließlich um Leben und Tod. Na, na! Übernimm dich nicht. Aber wenn du dir schon so eine Geschichte in den Kopf gesetzt hast, warum holst du dir dann nicht einen Doktor vors Mikrophon und läßt ihn erzählen, was die Leute tun sollen, damit es sie nicht erwischt? Dieser Professor Kaiser scheint doch ganz erpicht darauf zu sein, seine guten Ratschläge an den Mann oder die Frau auf der Straße zu bringen.
Weil das nur die halbe Wahrheit ist, parierte er in Gedanken Ingrids Einwand, den er ihr nur in den Mund gelegt hatte, um demonstrieren zu können, daß sie von seiner Arbeit keine Ahnung hatte. Er fiel sich aber sofort selbst ins Wort. Wahrheit! Woher willst du denn wissen, was stimmt?
Da erinnerte der eine Professor daran, daß Herzinfarkt als Folge eines arteriosklerotisch bedingten Verschlusses der Koronargefäße in Mangel- und Notzeiten praktisch nicht vorkomme, also vor allem der Bequemlichkeit und dem Überfluß, insbesondere dem hohen Fettverzehr, anzulasten sei. Der andere betonte demgegenüber, bei relativ jungen Patienten mit kaum verkalkten Herzkranzarterien sei auch

seelische und soziale Überbeanspruchung in Betracht zu ziehen. Das stellte der erste wieder in Abrede. Denn während der beiden Weltkriege und in den Jahren danach sei ja wohl ein Höchstmaß an Stress vorhanden gewesen, ohne daß dies zum Herzinfarkt geführt habe. Als Mitglied zahlreicher medizinischer Fachgesellschaften und wissenschaftlicher Berater politischer Gremien hatte dieser Professor auch an Empfehlungen mitgearbeitet, die der Bevölkerung die Rückkehr zu einem einfachen Leben nahelegten. Es sei bewiesen, so hieß es in einer vom *Deutschen Ärzteblatt* veröffentlichten Stellungnahme, daß dadurch Arteriosklerose und deren Komplikationen wirksam eingedämmt werden könnten. Im Gegensatz dazu entbehre das zunächst mit viel Enthusiasmus aufgegriffene Konzept, daß psychosoziale Belastungen eine wesentliche Rolle bei der Entstehung des Herzinfarktes spielten, bisher aussagekräftiger wissenschaftlicher Unterlagen.
Die in älteren Publikationen oft vertretene Ansicht, es handle sich dabei in erster Linie um eine Managerkrankheit, der Herzinfarkt sei quasi das Markenzeichen derer, die sich im Kampf um die höheren Ränge des Berufslebens erfolgreich durchsetzten, diese Ansicht widerlegte eine neuere Untersuchung, wonach Arbeiter erheblich häufiger als Angestellte von einem Herzinfarkt betroffen waren. Die Daten der Rentenversicherung zeigten dagegen, daß diese Krankheit annähernd gleichmäßig über die sozialen Schichten verteilt war. Nur Selbständige fielen durch eine deutlich niedrigere Infarktrate aus dem Rahmen. Doch was sagte das schon. Petersen brauchte sich ja nur mal in der Umgebung seiner Wohnung umzuschauen, mit wem er alles in einen Topf geworfen wurde. Da war der Besitzer des Zeitungskiosks, der Tabakwaren-Händler, der Bäcker, der Malermeister, der Schuster, der Schreiner, der Arzt für Allgemeinmedizin, die Zahnärztin, der Steuerberater, die Inhaberin des Blumengeschäftes, die Schneiderin, der Grafiker, der

Friseur, der Rechtsanwalt und so weiter. Sie alle wurden aber auch noch über einen Leisten geschlagen mit Flick und Krupp und Thyssen. Mit solchen Zahlen war also nicht viel anzufangen.
Die für statistische Zwecke gebildeten Gruppen, so hielt Petersen am Abend in seinem Notizbuch fest, verwischen die tatsächlich vorhandenen sozialen Unterschiede und können daher auch keinen Aufschluß geben, ob das Leben eines freiberuflichen Journalisten das Herz weniger strapaziert als das eines Handwerkers und ob beide allein durch ihre berufliche Selbständigkeit mit ihrer Gesundheit schonender umgehen können als abhängig Beschäftigte. Wobei auch deren Einteilung in un- und angelernte Arbeiter, Facharbeiter sowie Angestellte viel zu grob ist, als daß besondere berufliche Gefährdungen noch erkennbar werden könnten, falls diese in bezug auf den Herzinfarkt überhaupt eine Rolle spielen.
Schließlich entdeckte er aber doch eine Spur, die zum Ausgangspunkt seiner Recherchen zu führen schien. In einer nordamerikanischen Fachzeitschrift hatte er gelesen, daß ein bestimmtes Verhalten, genannt Typ A, nunmehr von der *American Heart Association* als eigenständiger Risikofaktor anerkannt worden sei. Die Infarkt-Anfälligkeit werde signalisiert durch ein Übermaß an Hast und Ungeduld, Ehrgeiz, Konkurrenzstreben und offene oder versteckte Feindseligkeit. Die Kehrseite dieser Medaille sei der Typ B, der sich dadurch auszeichne, daß ihm alle die riskanten Eigenschaften fehlten. Schon bevor diese Theorie den offiziellen wissenschaftlichen Segen erhalten hatte, war sie einer breiten Öffentlichkeit bekannt geworden durch ein Buch, das unter dem Titel *Der A-Typ und der B-Typ* auch auf deutsch erschienen war. Petersen hatte es in der Staatsbibliothek ausgeliehen, und als er den Umschlag sah, erinnerte er sich, es schon einmal in der Hand gehabt zu haben. Doch gelesen hatte er es nicht. Wahrscheinlich war ihm die Vorstellung, daß Krankheitsprozesse, die anatomische Veränderungen

an einem Organ hervorriefen, durch psychologische Eigenschaften beeinflußt werden könnten, damals noch zu abenteuerlich vorgekommen, um sich eingehend damit zu beschäftigen. Denn die Persönlichkeitsmerkmale, die der Werbetext des Verlages potentiellen Lesern buchstäblich ans Herz legte, waren ja mit den während des Medizinstudiums vermittelten wissenschaftlichen Methoden nicht faßbar.

Wer ohne Uhr nicht leben kann, wer hastig und abgehackt spricht, wer nicht zuhören kann, wer anderen dauernd ins Wort fällt, wer immer mehrere Dinge gleichzeitig tun will, wer bei jeder Unterhaltung nur von sich redet, wer andere ständig übertrumpfen will, wer nichts mehr genießen kann ohne schlechtes Gewissen, wer gewohnheitsmäßig sie Zähne zusammenbeißt, wer diese Zeilen nur überflogen hat und jetzt schon ungeduldig ist – der ist ein A-Typ, der lebt gefährlich, dessen Persönlichkeit ist Risikofaktor Nr. 1 für einen zu frühen Herzinfarkt.

Petersen mußte zugeben, daß er sich in dieser Beschreibung zum Teil selbst wiedererkannte. Für die Beklemmung, die ihn überkam, fand er jedoch augenblicklich eine einleuchtende Erklärung, indem er mit Kennermiene den Text lobte. Gut gemacht. Das mußte man den Kollegen lassen. Aber war es nicht nur eine griffig formulierte Behauptung?

Daß an der Sache etwas dran sein mußte, legte eine vorausschauende Erhebung an rund 3000 Männern nahe, die keine Anzeichen eines Herzleidens aufgewiesen hatten. Die zu Beginn der Studie als Typ A klassifizierten Personen erkrankten in den folgenden achteinhalb Jahren mehr als doppelt so häufig wie jene, die dem Typ B zugeordnet worden waren. Für die Diagnose des infarktgefährdenden Verhaltens hatte man eine spezielle Form des Interviews entwikkelt, bei der es weniger auf den Inhalt der einzelnen Antworten ankam als vielmehr auf die Art, wie der Proband auf den Interviewer und seine Fragen reagierte.

Naturwissenschaftlich geschulte Mediziner mißtrauten freilich den so gewonnenen Ergebnissen, hingen diese doch auch vom Geschick und der subjektiven Einschätzung des Untersuchers ab. Ihrem Bedürfnis nach Objektivität entsprach eher ein Fragebogen, der jeweils mehrere Antworten zur Auswahl anbot und mit Hilfe eines Computers ausgewertet werden konnte. Damit ließen sich die beiden Verhaltenstypen ebenfalls voneinander abgrenzen. Neue Fälle von Erkrankungen der Herzkranzgefäße waren jedoch nicht so zuverlässig vorauszusagen, wie wenn die Interview-Technik verwendet wurde. Andererseits konnten mit dem einfacher zu handhabenden Verfahren die Befunde auch in anderen Ländern, darunter in Polen, bestätigt werden, was den Einwand entkräftete, die Typ-A-Eigenschaften spiegelten nur die besondere soziale und kulturelle Situation in Kalifornien wider, wo sie erstmals beschrieben worden waren. In späteren Untersuchungen stellten sich als bedeutsamste Merkmale eine ausgeprägte Aggressionsbereitschaft und das Zurückhalten von Ärger heraus. Wenn diese nicht genügend beachtet würden, so hieß es in einer Publikation, seien keine eindeutigen Resultate zu erwarten.
Von den tonangebenden Herzspezialisten in den USA wurde das Verhaltensmuster aber vor allem deswegen als Risikofaktor akzeptiert, weil seine körperlichen Folgen auch unter experimentellen Bedingungen im Labor analysiert werden konnten. Man fand eine physiologische Überaktivität, die damit erklärt wurde, daß solche Menschen stets mehr biologische Energie bereitstellten, als eigentlich nötig wäre. Sie würden gleichsam mit geballten Fäusten durchs Leben rennen und selbst alltägliche Situationen als Bedrohung empfinden. Das versetze den Organismus in einen Alarmzustand, wodurch nervöse und hormonelle Reaktionen ausgelöst würden, die das Herz-Kreislauf-System schädigen könnten. In der Tat war die damit einhergehende Infarktgefährdung unabhängig von den traditionellen Risiko-

faktoren, was in einem Zeitungsbericht auf die Formel gebracht wurde: Ein ausgesprochener B-Typ kann sich einen hohen Cholesterinspiegel oder starken Zigarettenkonsum sozusagen leisten, ohne daß sein Herz stärker bedroht ist als das eines gleichaltrigen Typ-A-Mannes, der frei von diesen Risikofaktoren ist.
Na bitte, freute sich Petersen. Das ist doch schon was. Er notierte sich die wichtigsten Passagen aus der Beschreibung der Interview-Technik, und als er auch noch die Adresse eines auf diesem Gebiet tätigen bundesdeutschen Experten ausfindig gemacht hatte, konnte er ohne schlechtes Gewissen eine halbe Flasche Wein genießen.

3.

Auf einer Anhöhe oberhalb des Flusses, wo die Linie 25 der Straßenbahn wendet und Fahrgäste, die noch weiter hinaus wollen, zu den Neubaugebieten im Westen oder, südwärts, bis zur Parkstadt, in Busse umsteigen müssen, in dieser einst vornehm von den letzten grauen Ausläufern der Stadt abgeschiedenen Gegend, die zu der Zeit, als die heute rosa und weiß gestrichene Villa errichtet wurde, noch nicht mit öffentlichen Verkehrsmitteln erreichbar war, dort begann nach dem Zweiten Weltkrieg der Wiederaufbau der *Johann Töpfer AG.*

Die Maschinenfabrik war 1944 während eines Luftangriffs völlig zerstört worden, in jener sternklaren Septembernacht, als das benachbarte Werk der *Germania-Chemie* explodierte und der Osten der Stadt, das traditionelle Arbeiterviertel hinter dem Güterbahnhof, wo mehrere für die Rüstung bedeutsame Betriebe den Bombengeschwadern der Alliierten lohnende Ziele boten, in Flammen aufging. Der Himmel, erinnerten sich die Überlebenden, war noch am Morgen so glutrot, daß der Sonnenaufgang dagegen verblaßte. Doch es dauerte nicht lang, bis niemand mehr an dieses Erwachen und die Nächte, die ihm noch folgten, erinnert werden wollte. Aus zehn Millionen Kubikmetern Schutt wuchsen neue Wohnungen, Fabriken, Büros.

Das ehemalige Firmengelände der *Johann Töpfer AG* am Rande des Kerschlacher Forsts war teilweise von der amerikanischen Militärregierung beansprucht worden. Dort wurde eine Siedlung gebaut für die Angehörigen der Besatzungstruppen, die in der früheren *Rommel*-Kaserne stationiert waren. Als Ersatz hatte das Unternehmen von der Stadt zu günstigen Bedingungen ein Grundstück erworben, am Ende der Aubergstraße, wo kaum ein Haus stehengeblieben war. Zu den wenigen Ausnahmen gehörte die *Villa*, für die diese Bezeichnung freilich, was die Lage betraf, längst unpassend war.

Schon in den zwanziger Jahren hatte sich die Landeshauptstadt auch in südlicher Richtung immer weiter ausgedehnt. Auf der Hochebene jenseits des bewaldeten Flußtales, wo bis dahin braune Fleckvieh-Herden geweidet hatten, war ein Zweigwerk der *Deutschen Elektro-Union* entstanden, das bald weitere Betriebe nach sich gezogen hatte. Als 1933 das Wohnsiedlungsgesetz erlassen wurde, war bereits entschieden, daß das Gebiet entlang der Aubergstraße, die, bevor Industrie und Militär eine direkte Verbindung zur neuen Reichsautobahn verlangt hatten, nur ein Schotterweg gewesen war, nicht unter die einschlägigen Bestimmungen fallen würde.

Warum die *Villa* dieser Entwicklung widerstanden hatte, wußte niemand genau. Als Wohnsitz wohlhabender Bürger, deren Privileg es war, sich fernzuhalten vom alltäglichen Getriebe, die es aber nicht nötig hatten, ihren Reichtum zur Schau zu stellen, kam das äußerlich schlichte, doch unverkennbar herrschaftliche Haus nicht mehr in Betracht. Für andere Zwecke war die *Villa* indes ungeeignet, so daß ihr, nachdem sie ihren Gebrauchswert verloren hatte, höchstens noch eine kulturgeschichtliche Bedeutung zugesprochen werden konnte. Wenn sie von Denkmalpflegern vor dem Verfall oder Abriß bewahrt worden war, mußte das allerdings als grotesk mißlungenes Beispiel für derartige Bemühungen gelten, war doch das Bauwerk ganz aus dem ursprünglichen Zusammenhang gerissen. Wer diesen zu rekonstruieren versuchte, stellte sich zumindest Hecken und alte Bäume vor, die neugierige Blicke abhielten, wenn nicht sogar einen von hohen Mauern geschützten Park. Tatsächlich stieß aber die Stirnwand des Hauses unmittelbar an die inzwischen vielbefahrene Straße, ja sie war nicht einmal, wie die übrigen Fassaden an dieser Seite, durch einen Grünstreifen mit Blumenrabatten und Buschwerk vom Bürgersteig getrennt. So wirkte die *Villa* seltsam nackt, wie bloßgestellt, zumal das angrenzende Areal als Kundenparkplatz diente. Das verstärkte den Eindruck, es handle sich um das Relikt einer vergangenen Epoche, das dem achtstöckigen Verwaltungsgebäude und den dahinterliegenden Werkhallen der *Töpfer AG* nur noch im Weg stehe.

Als Max Bauer in der Firma angefangen hatte, war er jeden Morgen aufs neue verblüfft gewesen, wenn er, damals noch mit dem Moped, von der Maximilianbrücke kommend in die Aubergstraße eingebogen war. Also schau dir das an. In der Gegend! Wo alles neu ist und nüchtern, buchstäblich aus dem Boden gestampft. Erst langgestreckte Schuppen mit Eternit- und Blechdächern, dazwischen ein Klinkerschlot, dann die neonhellen Fluchten der Büros, Stahlbeton, rasch hochgezogen, und viel Glas. Aber dann tanzt da auf einmal was aus der Reihe. So ein Häuschen, mehr war es ja nicht, verglichen mit all dem anderen drum herum.
Von wem er erfahren hatte, daß dieses komische Ding mit den Stuckschnörkeln über den Fensterstürzen die *Villa* war, hatte Bauer vergessen. Das war einfach so, schon immer, das konnte gar nicht anders sein. Wer zehn oder zwanzig Jahre lang auf dem Weg zur Arbeit daran vorbeikam, für den gehörte die *Villa* eben dazu, wie die Pförtnerloge neben dem Werktor. Der stellte keine Frage mehr, auf die alle anderen die Antwort längst zu kennen schienen. Die zuckten höchstens mit den Achseln, wenn einer wissen wollte, ob das Haus noch bewohnt sei oder sonstwie genutzt werde und wozu. Oder sie grinsten, heimtückisch, ja, wie hinter vorgehaltener Hand. Es war eigentlich nur ein Verdacht, daß ge-

grinst wurde, wenn jemand so blöd war, nicht Bescheid zu wissen. Zumindest war es kein Thema, über das während der Arbeit gesprochen wurde. Da gab es schließlich Wichtigeres. Bauer interessierte es im Grunde auch gar nicht, warum die *Villa* nicht längst abgerissen worden war. Er hatte sich an den Anblick gewöhnt, sah kaum noch hin. Nur vor drei Jahren, da war ihm das Unpassende, das sich eingefügt hatte, die überraschende Fremdartigkeit, die durch ständige Wiederholung abgenutzt war, plötzlich wieder ins Auge gesprungen.
An einem der ersten warmen Sommerabende war's, er erinnerte sich, wie die Hitze noch über der Straße flirrte, als er nach Hause fuhr. Tagsüber war durchgesickert, daß die Familie Töpfer ihre Aktien verkauft habe. Was die Herren, die nun über die Mehrheit verfügten, vorhatten, konnte man nur vermuten. Es wurde gemunkelt, der neue Vorstandsvorsitzende habe als erstes eine Beraterfirma angeheuert, und daß man so einen Wasserkopf nicht umsonst bezahle, könne sich jeder ausrechnen. Da werde wohl einiges umgekrempelt. Rationalisierung. Was das hieß, kannte man ja von anderen Betrieben. Doch damals hatte Bauer noch gemeint, nichts werde so heiß gegessen, wie es gekocht werde. In seiner Abteilung waren Fachkräfte nach wie vor Mangelware, jedenfalls gute. Und er gehörte doch bestimmt nicht zu den schlechten. Immer pünktlich und trotzdem kein Pfusch. Nein, da brauchte er sich keine Sorgen zu machen.
Er hatte das Gerede in der Kantine schon fast wieder vergessen, als er seinen metallicfarbenen *Ford Escort* stadteinwärts auf die Aubergstraße steuerte. Die Sonne kam gerade noch über die Dächer, ein bißchen rötlich schon, und in diesem Licht erstrahlte die *Villa* auf einmal im alten Glanz. Bauer fiel kein anderes Wort dafür ein als *feudal*. Er hatte es irgendwo gelesen, hätte aber nicht richtig erklären können, was es bedeutete. Das ärgerte ihn. Wenn Jutta ihn jetzt fragen würde. Aber die fragte so was nicht. Sie ging schließlich

aufs Gymnasium. Womöglich hätte sie sich für ihren Vater geniert. Nur gut, daß sie nicht hören konnte, was er vorhin in Gedanken zum Bierlinger gesagt hatte. Wäre der neben ihm gesessen, hätte er, weil es ihm peinlich war, daß er's schön fand, wie die *Villa* leuchtete, so rosig und blütenweiß, deswegen hätte er nämlich zu Franz-Xaver gesagt: Als Austraghäusel für den Boß wär's ja wohl doch zu mickrig, selbst wenn er's mitnehmen könnt' raus in die Parkstadt, wo er sich jetzt zur Ruhe setzt. Aber für unsereinen, was meinst, tät's schon langen zur Not. Albern war das, natürlich, da müßte er Jutta recht geben. Aber sie konnte ja nicht wissen, was er wirklich gedacht hatte. Daran wollte er nicht mehr denken. Das war lang her. Darunter mußte man endlich mal einen Strich machen.

Ein Witz, daß die Bomben ausgerechnet so was verschont haben, hatte er anfangs immer wieder gedacht.

Kurz vor der Währungsreform war Max Bauer aus der Gefangenschaft heimgekehrt, und obwohl die Trümmerlawinen, die sich aus geborstenen Häuserfronten auf die Straßen gewälzt hatten, schon weitgehend beseitigt waren, hatte er sich nicht zurechtgefunden. Bis zuletzt hatte er gehofft, er müsse nur um die nächste Ecke gehen, dann wäre wieder alles, wie es gewesen war, die Vorhänge wehten aus offenen Fenstern, er könnte aufatmen, der brenzliche Modergeruch würde weggeblasen vom Wind, der kühl war wie die Hand auf der Stirn und nach Fiebertee roch, denn die Linden, ja, die hatten doch zu dieser Zeit immer schon geblüht in den burgartig von Häuserblöcken umstandenen Höfen der Genossenschaftssiedlung. Aber solange Bauer auch herumgeirrt war, irgendwann hatte er doch einsehen müssen, daß es das meiste, was er von seiner kurzen Kindheit im Gedächtnis behalten hatte, nicht mehr gab.

Mit vierzehn war er, von der Schulbank weg, zur Wehrmacht gekommen, nicht ganz freiwillig, wenngleich vorbereitet durch die HJ, bei der er es bis zum Jugendzugführer gebracht hatte, einfach, weil er besser sein wollte als andere. Sein sechs Jahre älterer Bruder war bei der Luftwaffe gewesen und hatte sich auch schon ausgezeichnet durch wagemutige Einsätze. An dem sollten sich die Buben ein Beispiel nehmen, hatten die Offiziere gesagt, die eines Tages in die Klasse gekommen waren. Trotzdem war Max nicht unter den ersten fünf gewesen, die sich gleich gemeldet hatten, begeistert, als ginge es nur um Lagerfeuer und Schnitzeljagd. Mit einem mitleidig enttäuschten Kopfschütteln hatte der junge Major die Bankreihen gemustert: Na, und ihr? Drükkeberger oder was? Das wirkte wie ein Befehl. Selbst wenn einer noch Zweifel gehabt hätte, daß es für einen Deutschen nichts Schöneres geben konnte, als seine Pflicht zu erfüllen, wollte doch keiner als Feigling dastehen. So sprangen schließlich alle auf, und Max, als müsse er sein Zögern wiedergutmachen, versuchte sogar, die Hacken zusammenzuschlagen, wofür ihn der Major mit einem flüchtigen Lächeln belohnte. Nach kurzem, aber um so härteren Drill waren die Kinder, die nun Männer sein mußten, an die Front geschickt worden, in der Tschechei, wo diejenigen, die das Glück gehabt hatten, keine namenlosen Helden zu werden, bald darauf den sowjetischen Truppen in die Hände gefallen waren. Die Russen, wie Bauer sagte, hatten den Halbwüchsigen erst ins Lager und dann in ein Bergwerk gesteckt. Als er nach Hause kam, wo kein Haus mehr stand, das ihm Unterschlupf gewähren konnte, war er gerade achtzehn geworden.

In einer fränkischen Kleinstadt hatte er später eine Lehrstelle gefunden, das heißt: nicht er hatte sie gefunden, sondern Onkel Erwin. Das war kein richtiger Onkel, aber auch nicht so einer, wie's damals viele gab, die mit einer Kriegerwitwe zusammenlebten, doch wegen der Rente nicht heirateten. Obwohl Onkel Erwin nur um ein paar Ecken verwandt war mit Anna Bauer, hatte er sie nach der Ausbombung bei sich aufgenommen. Sie könne bleiben, solange sie wolle, hatte er ihr versichert, als sie die Nachricht bekam, daß ihr Mann gefallen war. Onkel Erwin hätte auch noch für Max ein Zimmer freigemacht. Doch als der an einem Junitag vor der Türe des Hauses stand, das ihm als neue Adresse seiner Mutter genannt worden war, hatte sie bereits wieder eine eigene Wohnung. Zwei Zimmer, sogar mit Bad, ein unwahrscheinliches Glück, das sie Onkel Erwin verdankte. Er hörte es zwar gern, wollte aber nicht, daß es andere erfuhren. Denn er war Junggeselle, und man wußte ja, was die Leute alles so redeten. Dabei war es doch nichts als selbstverständliche Christenpflicht. In diesen schweren Zeiten, pflegte Onkel Erwin zu sagen, muß die Familie zusammenhalten. Und zu Max sagte er: Aber klar, Onkel Erwin macht das schon, laß mich nur machen. Als Gründungsmitglied der CSU-Ortsgruppe kannte er fast jeden, der wieder was zu sagen hatte in der Stadt.

Im Herbst 1948 hatte Max Bauer die Ausbildung begonnen. Werkzeugmacher, na ja, das war nicht gerade sein Traumberuf. Eigentlich hatte er ja Pilot werden wollen, wie sein Bruder, das hätte er sich schon vorstellen können, in so einem blitzenden Vogel, der aufheult und hochzieht und immer höher und ab durch die Luft. Schön mußte das sein, die Welt von oben zu sehen, ganz klein und weit weg. Aber man konnte es sich ja nicht aussuchen damals. Militärisch war sowieso alles im Eimer, und wann es im Zivilen wieder losgehen würde und ob überhaupt, wußte auch keiner genau. Also mußte man erst mal froh sein, daß man was lernen konnte, und was Max lernte, hatte Zukunft, sagte Onkel Erwin. Wart nur ab, sagte er, wenn der Laden hier erst mal wieder in Schwung kommt und gebaut wird überall und die Maschinen laufen, wirst schon sehn, dann braucht man Leute wie dich, mein Sohn, sagte Onkel Erwin, denn das ist ja wohl klar, Ehrensache ist das, daß wir die deutsche Industrie wieder ankurbeln, das dauert gar nicht mehr lang, dann haben wir wieder ein Wörtchen mitzureden, verlaß dich

drauf, Junge, wir haben vielleicht den Krieg verloren, aber nicht unsere Tüchtigkeit, oder?
Max hatte nicht zu widersprechen gewagt. Wenn Onkel Erwin so mit ihm redete, spürte er immer dieses Zucken in den Beinen, das riß an den Muskeln, die strafften sich, unweigerlich, wollten, daß er die Hacken zusammenschlug. Das steckte ihm in den Knochen, noch heute, obwohl man's ihm natürlich nicht ansah. Wie hätte denn das auch ausgesehen, wenn einer im blauen Kittel strammgestanden wäre! Aber innen drin tat er's doch, sobald einer so auftrat, daß es gleich funkte: Paß auf, der ist über dir, das bringt nichts, also reiß dich am Riemen und tu, was er sagt, auch wenn's ein Schmarrn ist, das mußt du halt einstecken, sonst kriegst du bloß noch eine drauf. Man gewöhnte sich ja auch daran. Doch in letzter Zeit merkte er, wie sich das staute, was er immer wegpackte, als ob's gar nichts wär'. Manchmal mußte er alle Kraft aufbieten, um nicht zu platzen. Die Anspannung zerrte im Kreuz. Er hatte ja schon länger einen Bandscheibenschaden. Sein Hausarzt meinte, er solle möglichst viel schwimmen, das sei ein guter Ausgleich für jemand, der dauernd am Schraubstock steht. Aber das allein war es nicht. Aber das konnte der Doktor ja nicht wissen. Das wußte überhaupt keiner, was alles auf seinem Rücken ausgetragen wurde. Und er mußte es nehmen, wie's kam. Anderenfalls würden die von oben die Schrauben nur noch fester anziehen. Oder sie ließen einen einfach fallen. Genau. Das konnten die. Und die machten das auch. Bestimmt. So war das. Da konnte er nicht dagegen an. Obwohl es ihm immer schwerer fiel, stillzuhalten. Oft hatte er das Gefühl, ihm werde eine Eisenstange ins Rückgrat gerammt, bis runter zum Steiß, das gab ihm jedesmal einen Stich. Er kniff die Arschbacken zusammen und stemmte die Füße gegen den Boden, daß er nicht plötzlich aufstampfte und nicht mehr darauf achtgab, wer vor ihm stand, sondern womöglich rausschrie, was er oft dachte: Rutsch mir doch den Buckel

runter. Ja, wenn er das könnte! Dann tät's ihn vielleicht nicht gar so beuteln, wenn der Meister, weil er mit einem noch Höheren irgendeinen Stunk hatte, das an den Leuten ausließ, und die kamen dann wieder zu ihm. Weil zum Sturm selber, zu dem sagten sie natürlich nichts.
Er war ja kein übler Kerl, der Heiner, privat könnte man mit dem vielleicht ganz gut. Doch vom Fachlichen war er ziemlich weg. Er paßte ja nur noch auf, daß alles so lief, wie die von der Arbeitsplanung meinten, daß es sollte bei der und der Vorrichtung oder Lehre oder Schnittform oder was gerade anstand. Aber die vergaloppierten sich oft gehörig, und da müßte sich der Sturm eben mal beizeiten auf die Hinterbeine stellen und denen Bescheid geben, also bitte, so geht's ja nun wirklich nicht. Aber er war eher so ein Typ, der das auf Teufel-komm-raus trotzdem durchdrücken will.
Dann passiert es halt immer wieder, daß er einem Kollegen im Vorbeigehen hinreibt: Mensch, das muß doch viel schneller gehn, ich werd's dir zeigen, schau, so und so mußt du das machen, dann schaffst du's in der vorgeschriebenen Zeit. Aber der Mann weiß, daß es Quatsch ist, der weiß das viel besser als der Meister und schimpft auf ihn, aber erst, wenn der weg ist. Hinterher hörte man dann: Der alte Depp, der hat keine Ahnung, aber schlau daherreden, ist doch wahr, oder? Was sagst denn du dazu, Max? Na, und dann mußte Max natürlich sagen: Macht's nur so, wie ihr meint, daß es richtig ist. Das haut schon hin. Er mußte es ausbügeln. Als Vorarbeiter war er immer der Prellbock, und das wußten die Männer auch. Bei ihm konnten sie sich Luft machen, da nahmen sie kein Blatt vor den Mund. Und er hörte sich das an und beruhigte sie wieder.
Auch wenn Sturm aus seiner Sicht vielleicht im Recht war, könnte er's doch anders bringen. Reiß dich halt ein bißchen zusammen, könnt' er zum Beispiel sagen. Oder: Mir ist die Hektik ja auch zuwider. Aber wir müssen noch einen Zahn zulegen, und wenn ihr alle zusammen hinlangt, dann wird

es schon gehen. So in der Art eben, ein klein wenig diplomatisch. Aber so war der Sturm nicht. Früher, der Altmeier Rudi, der in die Arbeitsvorbereitung raufgekommen ist, leider, der konnte es gut mit den Leuten, von dem hörte man auch mal ein Lob. Also der Altmeier, der hätte, wenn ihm wirklich mal der Gaul durchgegangen wär', das bestimmt gleich wieder eingerenkt: Hab's nicht so gemeint. Das könnte Sturm doch auch mal sagen: War eben so ein richtiger Sturm-Tag heute, gell? Wenn er mit so einem kleinen Witz das aus der Welt schaffen würde, wär's ja auch wieder gut. Doch der ließ bloß Dampf ab, und dann war er weg. Der konnte recht ausfällig werden. Dann stauchte er auch die Vorarbeiter zusammen, oft ohne Grund. Mensch, Max, daß du dir das gefallen läßt, sagten die Kollegen dann. Und es stimmte ja. Man müßte, man könnte auch mal, weil man ja wußte, daß es unberechtigt war. Aber das lag nicht in seiner Natur, und außerdem gab es dann ewig nur Streit, das führte zu nichts.

Die Position war halt so. Wenn es ein Donnerwetter gab von oben, brauchte man einen Blitzableiter. Ein Vergnügen war's nicht, Vorarbeiter zu spielen, da riß sich keiner drum, und es brachte ja auch nicht viel Profit. Die fünfzig oder hundert Mark, was das ausmachte, wenn man das dem Ärger gegenüberstellte, dann konnte man schon verstehen, daß die anderen, die auch so um die fünfzig waren, ihre Ruhe haben wollten. Man war ja immer in vorderster Front sozusagen. Alle fünf Minuten wollte ein anderer was und riß einen raus aus der Arbeit, die man doch auch noch schaffen mußte nebenbei. Ja, und dann die Lehrbuben – Verzeihung, Auszubildende sagte man heut –, da mußte man immer auf dem Sprung sein, bis man die so weit hatte, daß sie einigermaßen selbständig was machen konnten.

Solang alles reibungslos über die Bühne ging, verlor keiner darüber ein Wort. Bauer, das haben S' gut gemacht, so was hörte man nie, Nur wenn es mal hakte irgendwo, dann ver-

anstalteten die Herrschaften ein Riesengeschrei. Aber mancher war eben nicht so eingearbeitet oder von Haus aus nicht so fix. Ein jeder konnte ja auch nicht Olympiasieger sein. Und man hatte doch auch mal einen schlechten Tag.
Den Meister kümmerte das nicht. Der saß in seinem Glaskasten, der sah die Leute kaum. Ihn interessierte erst mal nur die Kartei mit den Aufträgen, die er verteilen mußte auf die einzelnen Arbeitsplätze. Die waren verschiedenen Leistungsstufen zugeordnet, von eins bis fünf, je nachdem, wie kompliziert das war, was verlangt wurde. Seitdem es die Planungsabteilung gab, war ja genau vorgeschrieben, wo jeweils was gemacht werden mußte. Der Meister bestimmte dann bloß noch, auf welchen Platz einer kam. Deswegen war oft ein Gerangel. Denn wer auf einem der einfachen Plätze war, verdiente auch weniger. Meistens wurden die Jüngeren dort eingesetzt, weil sie halt noch nicht die Erfahrung hatten. Doch sie wollten natürlich auch irgendwann aufrücken, und dann versuchten einige schon mal, andere Kollegen schlechtzumachen oder sich einzuschmeicheln bei Sturm. Der war ja auch nur ein Mensch.
Die Zeiten, die von der Arbeitsvorbereitung festgelegt wurden für jeden Bereich, den ein Werkstück von der Konstruktion bis zum Zusammenbau durchlief, sollten nur Richtwerte für die Planung sein. Aber man mußte immer damit rechnen, daß man schwach angeredet wurde, wenn man in Verzug kam. Obwohl also offiziell keine Zeitvorgaben existierten, war man eben doch gezwungen, sich an die Fristen zu halten. Das war aber gar nicht so einfach. Mal stimmte schon was in der Zeichnung nicht, mal lag es am Material, vielleicht hatten die in der Härterei nicht aufgepaßt, und oft war einfach der Arbeitsablauf, wie ihn die in der Vorbereitung ausgeheckt hatten, ganz unpraktisch. Wenn einer schon länger im Betrieb war, fiel dem natürlich schnell auf, was für ein Bockmist das war, und dann fragte er im allgemeinen nicht lang, sondern machte es so, wie er wußte, daß

es besser ging. Aber das konnte natürlich nur einer machen, der gewöhnt war von früher, daß er sich alles selber zurechtlegte, und der von daher auch noch im Kopf hatte, was herauskommen sollte am Schluß. Doch das behielt er meistens für sich. Laß die doch wurschteln; geschieht ihnen ganz recht, wenn sie uns so einen Käs' runterschicken, dann sollen's halt auflaufen. Bierlinger war so einer. Der sagte, er streite sich doch nicht dauernd herum, das halte ihn nur auf, und er sehe auch gar nicht ein, warum er denen noch beistehen solle. Mir hilft ja auch keiner, raunzte Franz-Xaver, wenn Max meinte, eigentlich sei es doch nicht richtig, daß man den Altmeier so hängen lasse. Der sei doch in Ordnung, auch wenn er jetzt bloß noch vom Schreibtisch aus mit ihnen zu tun habe, der gehöre doch immer noch dazu. Die anderen, das wollte Bauer gar nicht abstreiten, das fuchste ihn auch, die trugen die Nase vielleicht wirklich ein bißchen hoch, die ließen einen manchmal spüren, daß sie keine Arbeiter mehr waren, sondern technische Angestellte, den Eindruck hatte man. Aber qualifiziert waren die schon. Das mußte man zugeben. Die gehörten alle zum alten Stamm. Nur konnte man nicht immer die Arbeitsgänge und den Materialfluß im voraus genau kalkulieren. Drum waren die von der Planung eben angewiesen darauf, daß die Kollegen vor Ort ihnen sagten, was Sache war. An und für sich, fand Bauer, müßten trotzdem alle an einem Strick ziehen. Sonst haute das einfach nicht hin.
Andererseits hatte Franz-Xaver natürlich recht. Das sei nicht sein Bier, sagte er. Er müsse schauen, wie er über die Runden komme, das sei schwer genug. Viel Lust habe er sowieso nicht mehr, seitdem er nur noch ein besserer Handlanger sei für die von der Arbeitsvorbereitung. Wenn sie schon meinten, sie könnten gescheiter sein als die, welche die Arbeit tun müßten, dann sollten sie gefälligst ihr Spatzenhirn anstrengen, daß sie Pläne lieferten, mit denen jeder zurechtkomme. Falls sie aber dazu nicht imstand seien,

müsse man diese Bleistiftspitzer eben bitte schön wieder abschaffen. Das wär überhaupt das Gescheiteste, schimpfte Bierlinger, dann bräucht's auch keinen Aufpasser wie den Sturm, der doch bloß dafür da ist, daß er uns auf die Finger schaut. Deswegen will er ja auch, daß wir aufschreiben, wie lang wir tatsächlich brauchen für eine Arbeit. Damit man's vergleichen kann, bei wem es vielleicht noch schneller geht, als es auf dem Auftrag steht. Aber ich bin doch nicht blöd! Ohne mich, sagte Bierlinger. Er war nicht gut zu sprechen auf Sturm. Das beruhte auf Gegenseitigkeit. Doch das Wichtigste war für den Meister, daß er keinen Ärger hatte mit den Terminen, und in dem Punkt konnte er Bierlinger kaum etwas nachsagen.
Fast immer pressierte es ja. Häufig mußten noch brandeilige Aufträge dazwischengeschoben werden. Wenn aber etwas nicht rechtzeitig fertig wurde, hing die Produktion. Dort brauchte man die Sachen, ob's eine Vorrichtung war oder ein Spezialwerkzeug oder eine Reparatur. Sonst war die Fertigung blockiert. Die hatte ja auch ihre Termine. Soundso viele Maschinen von dem oder jenem Typ mußten halt dann und dann raus. Die Konkurrenz schlief doch nicht. Also standen die Oberen bei Heiner Sturm auf der Matte. Der war der Wachhund gewissermaßen, und so einer biß natürlich auch mal.
Aber warum immer nur nach unten? grollte Bauer. Denn er hatte dann wieder alle Hände voll zu tun, um die Männer bei der Stange zu halten. Das ging nicht anders. Sie mußten eben ab und zu eine Stunde oder zwei dranhängen, und wenn alle bloß ein Gesicht machten wie zehn Tage Regenwetter und keiner mehr mitzog, dann war's zappenduster. Die meisten hatten schon ein Verantwortungsgefühl, wenigstens die Älteren. Gerade deswegen vertrugen sie's aber nicht, daß man sie grundlos anschnauzte. Die Zeitvorgaben waren nun mal reichlich knapp. Das wußte der Meister doch auch, das mußte er wissen. Trotzdem trat er einem dauernd

auf die Füße. Schon wieder vier oder fünf Stunden hinterher, ja, könnt ihr denn nicht mal die Termine halten, das muß doch, verdammt noch mal, zu schaffen sein. Woanders klappt es ja auch. Aber ich werd's mir merken!

Wenn Sturm auf die Tour kam, ging das den Leuten halt an die Nieren, und mancher nahm es sich so zu Herzen, daß er tagelang nicht mehr ansprechbar war. Sturm entschied ja darüber, wieviel Prämie einer bekam, und ob man nur den Stundenlohn kriegte oder noch fünf oder zwölf Prozent dazu, das ließ keinen kalt. Jedes Jahr wurde die Zulage neu festgelegt. Aber man konnte sich schlecht dagegen wehren, wenn man das Gefühl hatte, benachteiligt zu werden. Der Meister hatte das in der Hand. Und er nutzte es aus, vielleicht nicht absichtlich, doch ein Druckmittel war es in jedem Fall. Denn einer, der weniger Prozente hatte, stand auch sonst nicht so gut da. Der wurde unter Umständen sogar herabgestuft. Zumindest drohen konnte man ihm damit. So was wirkte sich aus, klarer Fall. Die Leute waren dadurch in so einer Spannung, daß es keinen Zusammenhalt mehr gab. Also für mich, sagte Max Bauer, ist das ein klarer Fall. Aber er sagte es nicht laut. Er hatte auch den Psychologen, die vor eineinhalb Jahren in die Abteilung gekommen waren, nicht seine Meinung gesagt. Die hatten herausfinden sollen, warum diese Unruhe entstanden war. Ständig gab's Reibereien, die Kollegen trauten einander nicht mehr recht übern Weg, und wenn was schiefging, wurden Sündenböcke gesucht reihum. Man mußte ja wirklich kein Psychologe sein, um zu sehen, woher das kam. Aber niemand nannte den wahren Grund. Da wollte sich Bauer auch nicht den Mund verbrennen. Die anderen waren anscheinend nur aufs Geld aus. So hatten sie's jedenfalls dargestellt. Und dann wurde eben den Schwachen ein bißchen was draufgelegt. Damit, meinte man, sei es getan. War aber nicht, klarer Fall.

Sturm verschanzte sich hinter den Aufträgen. Als müsse er

bloß auf den Knopf drücken und kontrollieren, ob alles läuft nach Programm wie bei den numerisch gesteuerten Maschinen. Aber so lief das nicht. Die Leute waren eben keine Computer. Das merkte Sturm natürlich auch. Doch je finsterer sie dreinschauten und sich taub stellten, wenn er was wollte, desto schlimmer führte er sich auf.

Vielleicht lag's an seinem Magen. In letzter Zeit hatte Sturm viel damit zu tun, war auch schon im Krankenhaus deswegen. Da hatte Bauer drei Wochen lang alles alleine gemacht, und da klappte auch alles, und die Kollegen merkten das auch, keine Frage, die sagten schon mal: Wenn du das in die Hand nimmst, dann haut das wunderbar hin. Na ja, er versucht es halt menschlich, redete den Leuten gut zu, man konnte ja viel mehr rausholen so, als wenn man sie anfegte. Aber daß dann auch einmal von oben jemand gekommen wäre und das anerkannt hätte, das gab's überhaupt nicht. Von Sturm war in der Hinsicht sowieso nichts zu erwarten. Manchmal sah er aus, als müßte er Schleifspäne fressen. War ja sicher nicht angenehm, wenn man dauernd aufpassen mußte mit dem Essen. Aber in dem Alter hatte doch fast jeder was. Mensch, wem erzählte er denn das! Er wußte doch oft auch nicht, wie er sich auf den Beinen halten sollte. Aber dann sagte er sich, Max, sagte er sich, jetzt hast du das so lange durchgestanden, jetzt packst du den Rest auch noch.

Die Kreuzschmerzen konnte man, das mußte man aushalten. Man war ja nicht zimperlich. Doch manchmal störte ihn jede Fliege an der Wand. Er selber spannte es meistens gar nicht so. Bis ihn seine Frau darauf ansprach. Daß er sich schon giften konnte, wenn einer nicht gleich losfuhr bei Grün. Daß er dann hupte. Besonders wenn's einer im dicken Mercedes war. Mit Autotelefon. So einer. Der den großen Zampano mimte. Dann sollte er sich wenigstens einen Fahrer halten, wenn er schon so wichtig tat! Aber sonst gab es eigentlich nie was mit Gisela. Höchstens wegen dem Kind.

Wenn Jutta mal einen Dreier brachte. Dann machte ihre Mutter gleich einen Aufstand. Sie wollte, daß Jutta immer unter den ersten war in der Klasse. Das war ihm ja auch lieber. Trotzdem. Zu Hause konnte er das nicht brauchen. Dann sprang er dem Mädchen eben bei. Solang's kein Fünfer oder Sechser ist. Aber wenn er das sagte, geriet er mit seiner Frau aneinander. So kleine Unstimmigkeiten halt, die kamen ja überall vor. Sonst ließ ihm Gisela seine Ruhe. Sie wußte, daß es, wenn er nichts redete, besser war, man fragte ihn nicht. Was in der Arbeit war, darüber wurde selten gesprochen daheim. Das gehörte da nicht hin.
Meistens vergaß er's ja auch bald wieder, setzte sich aufs Rad und fuhr in den Wald, ganz tief hinein, wo kaum einer mehr hinkam. Wo's still war, bloß noch der Wind, so ein gleichmäßiges Rauschen hoch überm Kopf, und die Vögel überall, ihr Gesang, irgendwie feierlich, fast wie in der Kirche, nur daß es nicht so muffig roch, sondern würzig und frisch. Dann wurde er im allgemeinen wieder ruhiger. Aber in letzter Zeit war die Haut manchmal so dünn, wie durchgescheuert, ja, ungefähr so, da stach jede Kleinigkeit bis ins Fleisch. Wenn man jung ist, so stellte er sich das vor, hat man einen dicken Bund Nervenstränge, und dann kommt immer wieder jemand, der zieht einen oder zwei von den Strängen raus, und die erneuern sich bestimmt nicht mehr alle. Besonders arg war's, wenn ihm sogar das Essen nicht schmeckte. Er brauchte das, vor allem Kuchen und Schokolade und so. Zucker ist Nervennahrung. Hatte schon seine Mutter gesagt, als sie ihn nach der Gefangenschaft wieder aufpäppelte. Doch der Doktor sagte, er müsse abspecken. Das entlaste die Bandscheiben. Außerdem sei sein Cholesterinspiegel viel zu hoch, das komme auch daher. Aber wenn er's mal mit weniger versuchte, mittags nur Joghurt oder Quark, war er derart nervös, daß ihn einer bloß schräg anschauen mußte, und schon ging er auf wie eine Dampfnudel.

Normalerweise war er ja nicht so schnell auf die Palme zu bringen, wenn's nicht gerade persönlich wurde. Dann allerdings, wenn sich einer auf seine Kosten aufblies, wie ein Luftballon mit einer kleinen Fratze drauf, die auf einmal riesengroß wurde, dann konnte er schon mal reinstechen. Da genügte ja dann eine Nadel, daß der in sich zusammenfiel, da brauchte man gar keinen dicken Säbel, um so einen zur Strecke zu bringen. Das überlegte er sich natürlich vorher genau, daß er auch richtig traf. Irgendwann war eben auch bei ihm einmal Schluß. So was kam aber praktisch kaum vor.

Sei vorsichtig, hatte Gisela gesagt, als Max ins Auto gestiegen war. Nachts war der Regen in Schnee übergegangen. Dicke Flocken wirbelten im Schein der Straßenbeleuchtung, tappten auf die Scheibe, wurden weggewischt. Bauer sah die Kette der Rücklichter. Er kam nur stockend voran, aber zum Glück war er früh genug aufgebrochen, um trotz des Wetters rechtzeitig im Betrieb sein zu können.
Das Gebläse rauschte. Der Luftstrom, der ihm über die Hände und das Gesicht strich, roch nach Auspuffgasen, war aber wenigstens warm. Von hinten kroch die Kälte immer noch den Rücken hoch. Bauer hatte das Gefühl, die Muskeln würden bei jeder Bewegung anschwellen und hart werden und auf die Wirbelsäule drücken. Schaute er nach hinten, stach es zwischen den Schulterblättern, daß er kaum noch Luft bekam. Und wenn er bremsen mußte, zuckte manchmal ein Schmerz, messerscharf, in die Lenden. Dann krümmte er sich nach vorn, ballte die Fäuste um das Lenkrad. Er hatte den Winter noch nie leiden können. Daß es aber auch im November schon kalt werden mußte! War ja erst der sechste. Das konnte ja heiter werden. Vom Sommer hatte er sowieso nichts gehabt. Seit Mai ging das schon so. Seitdem er auf der Kellertreppe danebengetreten war.
Erst hatte es geheißen, der Fuß sei nur verstaucht, halb so

schlimm, obwohl er gleich fürchterlich angeschwollen war. Und nachdem er übers Wochenende kalte Umschläge gemacht hatte, war er auch wieder zur Arbeit gegangen, vielmehr gehumpelt. Wie man nur so dämlich sein könne, hatte Gisela gemault, ihn dann aber doch hingefahren und abends abgeholt. Bis sie ihn am dritten Tag in die Klinik geschleppt hatte. Na ja, da hatte er selber eingesehen, daß es so nicht ging. Der Mittelfuß, hinter der rechten kleinen Zehe, war gebrochen.

Der Orthopäde hatte Bauer krankgeschrieben. Aber damals war gerade wieder ein Mordstrubel gewesen wegen Vorrichtungen für eine neue Maschine. Also mußte er doch, denn zwei Mann fehlten schon, und er konnte ja auch mit dem Gehgips, das war zwar ein Klotz, aber zu Hause war er ja auch auf den Beinen, und er setzte sich halt öfter mal hin. Das war immer noch besser, als wenn er ganz ausgefallen wäre. Bierlinger nahm ihn mit. Für den lag Bauers Wohnung praktisch am Weg. Wenn er jetzt daran dachte, kam er sich natürlich auch dämlich vor, ja doch, hinterher war man immer gescheiter. Aber er konnte doch nicht ahnen, daß Sturm so schofel war.

Weil nämlich der Fuß immer dicker geworden war, hatte es Bauer schließlich nicht mehr ausgehalten. Möglich, daß es nur Einbildung war. Doch der Gips, das konnte ihm der Doktor nicht ausreden, drückte überall, zwängte ihn ein, daß er Platzangst kriegte da drin. Er wollte ihn weghaben, unbedingt. Der Orthopäde hatte eingelenkt. Zur Not reiche jetzt auch ein Zinkleimverband. Ja, und dann sagte Bauer am Abend zu Sturm: Nur daß du's weißt, ich komm' morgen ein wenig später, laß mir den Marterkasten runtermachen, gell. Und Sturm, der die ganze Zeit keinen Mucks von sich gegeben hatte, daß Bauer freiwillig gekommen war, fiel nichts Besseres ein, als zu sagen: Aber du bringst mir doch eine Bescheinigung von deinem Arzt, daß du bei ihm warst wegen dem Gips. Darauf hatte Bauer erst mal gar nichts mehr sagen können, und auch am nächsten Tag, als er dem Meister den Wisch auf den Schreibtisch legte, druckste er nur herum. Sturm mußte trotzdem etwas gemerkt haben. Denn auf einmal sagte er: Das Attest hätt's ja eigentlich nicht gebraucht, so war's doch nicht gemeint. Da hatte es sich Bauer nicht länger verkneifen können, ihm eins auszuwischen. Dann solle er nicht so dumm daherreden. Und überhaupt: Ein bißchen ein anderer Ton würde nicht schaden.

Aber Sturm konnte eben auch nicht aus seiner Haut raus. Genau wie ich, dachte Bauer. Seine rechte Hand rutschte vom Lenkrad. Er ließ sie neben sich liegen, als gehöre sie gar nicht zu ihm. Wie oft hatte er sich schon vorgenommen, kürzerzutreten. Es zahlte sich ja doch nicht aus. Doch es ging nicht. Was sein mußte, mußte sein, und an und für sich machte es ja Spaß, wenn man sich nur nicht immer so hetzen müßte. Manchmal war er am Abend ganz zerschlagen, daß er sich bloß noch hinlegen wollte. Aber schlafen konnte er dann nicht. Die Augen zu schließen, das schien ihm dann fast schon zuviel Anstrengung. Und wenn er vor dem Fernseher saß, kriegte er oft gar nicht mit, was da passierte. Es war eine Leere in ihm, die keine Bilder aufnehmen konnte.

Das anhaltende Hupen des hinter ihm stehenden Lieferwagens drängte Bauer, seine Gedanken wieder der Straße zuzuwenden. Er starrte auf die größer werdende Lücke, in der graue Qualmwolken wogten. Der Schnee fiel jetzt gleichmäßig dicht. Bauer konnte den Blick nicht davon lösen. Aber es war, als greife ihm eine eisige Hand ins Genick. Er trat aufs Gaspedal. Kaum hatte er Anschluß gefunden, gab es erneut einen Stau. Bauer stellte den Scheibenwischer ab. Es war wohltuend still. Lautlos sanken die Flocken herab, ein Vorhang, hinter dem bald alles verschwunden sein würde, was einen immer wieder zwang, die Augen aufzureißen.

Einfach so sitzen bleiben, regungslos, das Programm ist zu Ende, auf dem Bildschirm nichts mehr als grauer Schnee.

Das hatte er doch früher nicht gekannt, diese Schwere, die stumpf machte, daß er nicht einmal mehr spürte, wie er zu Boden gedrückt wurde. Je länger er sich nicht rührte, desto weniger spürte er. Sogar der Wunsch, daß es wieder Sommer wäre, daß er abends rausfahren könnte, war unerreichbar in solchen Momenten. Es kam ihm vor, als schaue er sich selber zu, wie man einen Schlafenden beobachtet, ob er noch atmet. Wenn er dann plötzlich sein Herz fühlte, wie es gegen die Rippen schlug, erschrak er. Dann hörte er die Stimmen wieder, den Lärm, als sei die Tür, hinter der er sich verkrochen hatte, aufgestoßen worden. Er sah die Kollegen an den Schraubstöcken. Keiner blickte hoch, als er seinen Platz wieder einnahm. Er erkannte den Fertigungsplan, die Auftragsnummer, das Datum, die Zeitangaben und tat, was er immer getan hatte. Doch er tat es wie einer, der einen Stein vor der Brust hat und weiß, daß er ihn nicht los wird, auch wenn er es schafft, ihn bis auf den Gipfel zu wälzen. Denn der Berg, der sich seiner Mühe entgegenstemmt, wirft den Felsbrocken, kaum ist er dort, wo er hin soll, immer wieder zum Ausgangspunkt zurück.

Bauer seufzte, als die *Villa* auftauchte, schemenhaft, wie hinter Schleiern. Das Rosa ihres Verputzes schimmerte nur matt durch das Gewebe aus Schnee und Rauch. Das Verwaltungsgebäude war schon erleuchtet. Doch in den Großraumbüros der Datenverarbeitung, die in den ersten drei Stockwerken untergebracht waren, bewegte sich noch nichts, keine Weißkittel, die auf Tasten drückten, keine Köpfe, die zuckten im Bann der Bildschirme. Noch waren die Fenster zu den grün flimmernden Geheimnissen der Computer verhängt.

Mit hochgeschlagenen Mantelkragen, zum Teil unter Schirme geduckt, strebten dunkle Gestalten dem Tor zu, das den hastigen Strom aufsog. Von weitem war nicht zu erkennen, welche Richtung die einzelnen einschlagen würden, nachdem sie den Durchgang neben der rot-weiß gestreiften

Schranke passiert hatten, ob sie nach rechts gingen, zu der mit Marmor, schwarzen Ledersesseln und riesigen Grünpflanzen aufwartenden Empfangshalle, um sich von dort aus mit dem Fahrstuhl auf die acht Etagen hoch übereinandergeschichteten Schreibtische zu verteilen, oder weiter, an der Kantine vorbei, zu den rechtwinkligen Reißbrettern der Zeichenmaschinen in den Ingenieurbüros, oder ob sie verschluckt wurden von einer der klobigen Werkhallen. Bauer sah, was er schon unzählige Male gesehen hatte, ohne daß es in sein Bewußtsein gedrungen war. Abgesehen vom Schnee, der die Beschäftigten der *Johann Töpfer AG* noch schneller als sonst an ihre Arbeitsplätze trieb, war auch an diesem Morgen alles wie gewohnt. Und doch nahm Bauer eine Veränderung wahr, die ihn einen Augenblick lang hinderte, weiterzugehen. Obwohl ihn die Uhr auf dem Dach des Pförtnerhäuschens daran erinnerte, daß er nur noch wenig Zeit hatte, mußte er innehalten, um das Schild mit der Aufschrift *Wir stellen ein* zu betrachten. Die Buchstaben waren von Flocken verwischt. Aber das war es nicht, was in Bauer ein lähmendes Gefühl des Ausgelöschtwerdens hervorrief. Auf der Metalltafel fehlte etwas, und das – Bauer wußte es, ohne es in Worte fassen zu können – hatte mit seinem Leben zu tun.

Als er das erste Mal an dieser Stelle gestanden war, hatte er, widerwillig zwar, aber doch erleichtert, an Onkel Erwin gedacht. Er hat also recht gehabt, der alte Fuchs: Wenn der Laden erst mal wieder in Schwung kommt, braucht man Leute wie dich.

Nachdem er ausgelernt hatte, war Bauer noch fünf Jahre in der Firma geblieben, die einem Parteifreund von Onkel Erwin gehörte. Dann hatte er in der Zeitung gelesen, daß in der Schweiz Werkzeugmacher gesucht wurden. Er wollte mal was anderes sehen. Beruflich gefiel es ihm allerdings gar nicht. Es war ein kleiner Betrieb, knapp 50 Mann, der vor allem Meßwerkzeuge herstellte, und der Chef mischte selber überall mit. Er war immer der erste morgens und kam selten vor neun Uhr abends aus der Werkstatt raus. Sein einziges Vergnügen schien darin zu bestehen, Geld zu scheffeln, er kriegte den Hals nicht voll. Finanziell stellten sich seine Leute nicht schlecht. Doch er verlangte dafür, daß sie mit der Firma verheiratet waren. Sie mußten ständig Überstunden machen, weil er die meisten Aufträge dadurch an Land zog, daß er anbot, sie schneller als andere zu erledigen. Da Bauer aber auch noch ein bißchen was vom Leben haben wollte, schaute er sich nach einer anderen Beschäftigung um. Das war damals kein Problem. Man konnte es sich aussuchen.

Er entschied sich für die Werkzeugbau-Abteilung einer Textilmaschinen-Fabrik am Bodensee. Die sanften Obst- und Weinhügel in der Umgebung luden zu Ausflügen ein, und wenn Bauer in der Mittagspause die weißen Schiffe vorbeiziehen sah, konnte er sich Fahrtziele ausmalen, die weit über das Schwäbische Meer hinausreichten.

Das Werk war die Tochtergesellschaft eines Unternehmens, das vor dem Krieg ausschließlich Flugzeuge produziert hatte. Die Forster-Technik GmbH, weltweit unter dem Markenzeichen *Forte* bekannt, war 1948 der Familie des Firmengründers Jan Forster zurückgegeben worden. Dessen jüngster Sohn hatte, angeregt durch eine benachbarte Möbelstoffweberei, dem ehemaligen Zulieferbetrieb einen neuen Absatzmarkt erschlossen. Denn in der Luftfahrt war zu jener Zeit nichts zu holen gewesen. Inzwischen hatte freilich die *Deutsche Lufthansa* ihre Tätigkeit aufgenommen. Zudem war durch eine Verfassungsänderung die Voraussetzung geschaffen worden für die Aufstellung der Bundeswehr. So bildete der Flugzeugbau bereits wieder den Schwerpunkt des Konzerns, und Bauer hoffte insgeheim, später in das Stammwerk wechseln zu können, um damit wenigstens auf der Erde seinem alten Traum ein Stück näherzukommen. Doch daraus wurde nichts.

Der Fußballverein, in dem er als Mittelläufer aktiv war, hatte ein Spiel in Bauers Geburtsstadt zu bestreiten, und bei dieser Gelegenheit lernte er Gisela kennen. Als sie ihm eröffnete, daß ein Kind unterwegs war, fand er, es sei ja auch an der Zeit, eine Familie zu gründen. Er war immerhin schon 35. Überdies kehrte er gerne in seine Heimat zurück, zumal die Schwiegereltern versprachen, sich um eine Wohnung zu kümmern. Also brauchte er nur noch eine neue Arbeit zu finden, möglichst schnell. Dennoch mußte er nicht die erstbeste nehmen. Die Zeiten waren noch so, daß die Betriebe für jeden sichtbar Mitarbeiter köderten. Wer eine Stelle suchte, mußte bloß die Augen offenhalten.
Bauer hatte den Aushang neben dem Werktor der *Johann Töpfer AG* damals ganz zufällig entdeckt. Nach einem Sonntagsspaziergang am Fluß entlang war er mit Gisela den steilen Pfand zur Aubergstraße hoch geklettert, um von dort aus mit der Straßenbahn zurückzufahren. Und auf einmal hatte er seine Braut, die eine Woche später seine Frau werden sollte, angestoßen: Guck mal, die warten, so scheint's, nur auf mich! In der Tat: Als er sich anderntags im Personalbüro gemeldet hatte, war ihm die Auskunft erteilt worden, er könne sofort anfangen. Der Betrieb biete auch Aufstiegschancen, wenn er bereit sei, an Fortbildungskursen teilzunehmen. Das hatte sich Bauer nicht zweimal sagen lassen, und nachdem drei Jahre später einer der Vorarbeiter in Pension gegangen war, hatte er diesen Posten erhalten.
Mehr oder weniger automatisch war er da reingekommen, denn man nahm eben den besten Mann dafür her. Nicht nur das Fachliche mußte stimmen, sondern vor allen Dingen der Umgang mit den Leuten, das war klar. Werkzeugmacher wurden ja früher die Könige der Facharbeiter genannt. Da war schon was dran. Die ließen sich nicht so ohne weiteres dreinreden. Und sie hatten ja auch ihren Stolz. Das waren oft knifflige Dinge, die von ihnen verlangt wurden, das konnten sich die Herren Konstrukteure gar nicht alles vor-

her bis ins Letzte genau ausdenken, das war nicht zu machen nach Schema F, ohne ein bißchen Phantasie ging das halt nicht, und man brauchte eben so lang, wie man brauchte, da konnte keiner dazwischenpfuschen. Das war ja das Gute am Werkzeugbau, daß immer wieder was anderes auf dem Programm stand, fast bei jedem Auftrag mußte man neu überlegen, wie man's hinkriegte am besten, und das machte ja auch Spaß, das Vielseitige, daß man Abwechslung hatte, da vergingen die Stunden im Nu, und man war nicht nur so ein Rädchen wie in der Fertigung größtenteils.
Ein gewisser Druck war natürlich immer schon da, hauptsächlich von der Instandhaltung kam der, da war möglichst schon vorgestern Termin, denn Ersatzwerkzeuge wurden im allgemeinen nicht auf Vorrat gehalten. Das sei zu teuer, hieß es. Na ja, konnte schon sein. Doch wenn die Produktion stillstand, weil irgendwas repariert oder geändert werden mußte, das kostete ja auch einen Haufen Geld. Die oben verließen sich drauf, daß man rotierte, und ob's einen schleuderte, das war denen egal. Dann schmiß man am Abend schon mal das Handtuch, mein lieber Schwan, da hörte der Spaß dann auf. Aber man gewöhnte sich dran mit der Zeit. Sonst hielt man das gar nicht aus. Und es war ja zum Aushalten gewesen.
All die Jahre, grübelte Bauer, hab' ich's doch immer ganz gut geschafft. Nie hatte er ernstlich daran gedacht, noch einmal den Betrieb zu wechseln. Geschenkt wurde einem nirgends was. Bis dann der neue Boß diese Beraterfritzen von der Firma *Preising und Partner* ins Haus holte. Die hatten das ausgeheckt. Von wegen zweckmäßige Vereinfachung. So wurde *Rationalisierung* im Fremdwörterlexikon erklärt. Bauer hatte extra nachgeschlagen. Falls Jutta ihn fragen würde. Die schnappte ja manchmal was auf, und dann wollte sie's immer genau wissen, das heißt: genau nur in dem Sinn, daß man ihr sagte, was es bedeutete auf deutsch, nicht wie es wirklich war. Wenn ihr Vater versucht hätte, zu be-

schreiben, was los war im Betrieb, seitdem alles über die Planung laufen mußte, hätte Jutta ihn womöglich unterbrochen, ungeduldig: Erzähl mir jetzt keine langen Geschichten, das interessiert mich nicht. Ich will doch bloß wissen, was das heißt: Rationalisierung. Wahrscheinlich lernten sie's in der Schule so. Wer aufs Gymnasium ging, brauchte sich mit so was nicht abzugeben später. Hoffentlich. Jutta sollte es besser haben. Heute studierten ja auch Mädchen, und sie hatte das Zeug dazu.
Beim Gedanken an seine Tochter schämte sich Bauer. Als könne sie ihm ansehen, daß er schon ein paarmal überlegt hatte, mit 60 in Frührente zu gehen. Aber so alt war er doch noch nicht. Er war doch im Gegenteil immer die treibende Kraft zu Haus. Bis vor kurzem zumindest war es so gewesen, daß es ihn nicht im Sessel hielt. Aber wenn man merkte, wie die Zeit so schnell verlief, dann war doch jedes Jahr, das man früher rauskam aus der Tretmühle, praktisch geschenkt. Aber das war ja überall so.
Wie lange die Ankündigung *Wir stellen ein* schon ein leeres Versprechen war, daran konnte sich Bauer nicht erinnern. Seit 15 Jahren ging er an dem Schild vorbei, ohne darauf zu achten. Warum es ihm gerade heute aufgefallen war, hätte er nicht sagen können, wäre er gefragt worden. Doch wer sollte ihm so eine Frage stellen. Um diese Zeit. Da hatten es alle eilig. Da reichte es höchstens für ein Hallo, das die Schritte nicht bremste, einen flüchtigen Seitenblick. Fast schon ein Wunder war's da, wenn jemand zögerte, sich umdrehte, eine Rauchfahne vor dem Mund: »He, Max, willst'n Schneemann werden, oder schläfst noch?«
Bierlinger war es, der stehenblieb. Bauer erkannte die Stimme. Aus der Ferne hörte er: »Was ist? Suchst den gestrigen Tag?« Und dann sah er Franz-Xaver. Der deutete ein Grinsen an, das aber sogleich festfror in seinem blauroten Gesicht. »Na komm schon«, sagte er.
Bauer nickte, gab sich einen Ruck. Immer noch abwesend,

trabte er neben Bierlinger her. Er vermied es, den Kollegen anzuschauen, war froh, daß der ebenfalls schwieg. Während der Arbeit redete Bierlinger sowieso kaum noch, paffte bloß eine Zigarette nach der anderen, stierte auf seine Hände, verdrossen, als sei es ihm lästig, daß sie Bewegungen ausführten, die er nur unterbrach, um sich eine neue Zigarette anzuzünden, wofür er selten das Feuerzeug aus der Tasche kramen mußte. Auch wenn er angesprochen wurde, blickte Bierlinger gewöhnlich nicht hoch. Richtete man eine Frage an ihn, antwortete er nur das Nötigste, ohne seine Arbeit aus den Augen zu lassen. Wurde ihm etwas mitgeteilt, gab er allenfalls durch Kopfnicken oder Achselzucken zu verstehen, daß er nicht taub war. Machte einer mal einen Witz, was in letzter Zeit ohnehin kaum vorkam, verzog sich vielleicht der Mundwinkel, in dem die Zigarette klebte. Doch ein Lachen brachte Bierlinger fast nie mehr zustande. Dabei war er doch früher ein ganz lustiges Haus gewesen. Früher! Wieso beschäftigst du dich heute dauernd mit Sachen, die vorbei sind, ein für allemal? Hast du denn jetzt nicht genügend zu tun? Wenn du nicht endlich anfängst, kannst du den Termin gleich vergessen, schimpfte Bauer in sich hinein. Verstohlen schielte er zu Bierlinger hinüber, ob der mitbekommen hatte, daß er die Zeichnung anglotzte, aber nur das Papier sah, das um so stärker zitterte, je fester er es zwischen die Finger preßte. Wie der Ochs vor der Apotheke stand er da. Obwohl er doch wußte, daß es das Gescheiteste wäre, er würde einfach den Konstrukteur herholen und mit ihm reden ohne langes Drumrum: Paß auf, könnte man das nicht so und so machen, wär doch geschickter, was meinst? Und der würde das auch einsehen, bestimmt. Die waren ja nicht auf den Kopf gefallen. Nur die Praxis fehlte ihnen halt. Doch wenn man sich zusammentat, kam man meistens schnell klar. Dann wurde das eben geändert. Früher ging das doch auch. Fängst du schon wieder an? Aber es stimmte doch!

Bauer versuchte, sich zu überreden, daß er in diesem Fall die Planungsabteilung umgehen könnte. Eigentlich müßte er das sogar. Weil er ja sah, was für einen Rabatz es sonst gab. Aber man konnte noch so viel fluchen auf den Bürokratenkram. Dieser riesige Apparat war nun mal da. Und für irgendwas mußte er wohl gut sein. Die rechneten das doch aus, war ja alles computermäßig erfaßt, und wenn es sich nicht lohnen würde, wär's längst wieder aufgegeben worden, klarer Fall.

»Morgen, Max!«

Um ein Haar hätte Bauer die Zeichnung aus der Hand fallen lassen. Er wagte nicht, Sturm ins Gesicht zu schauen, murmelte nur: »Grüß dich.« Sein Rücken straffte sich, als er in Gedanken einen Satz zusammenklaubte, mit dem er dem Meister erklären konnte, warum er so unschlüssig herumstand. Doch bevor er etwas sagen konnte, hörte er Sturms Stimme, die anders klang, als er erwartet hatte, nicht grantig, ausgestoßen von einem verkniffenen Mund, der die mühsam zurückgehaltenen Schimpfworte loswerden wollte.

»Ich wollte dir bloß Bescheid sagen«, sagte Sturm. »Ich muß heut... kurz vor Mittag muß ich schon weg, weil mein Vetter... ich glaub', ich hab' dir schon mal von Alfred erzählt?«

Bauer war so überrascht, daß er auf die Frage nicht antworten konnte. »Natürlich«, fuhr Sturm fort, »wir kamen auf ihn, weil du doch auch mal in den Flugzeugbau wolltest, erinnerst dich?« Bauer hob den Blick, konnte aber immer noch nichts erwidern. Es war ihm unangenehm, daran erinnert zu werden. Das mußte auch ziemlich lang her sein, daß er mit Sturm über so was gesprochen hatte. Was war überhaupt los mit dem? Warum fing er gerade jetzt damit an?

»Na ja«, meinte Bauer ausweichend, »waren halt so Jugendträume, wie sie jeder mal hat.«

Sturm ließ sich nicht beirren. »Also, was ich sagen wollte, der Alfred, mein Vetter, der bei *Forte* ist, der hat einen Herzinfarkt bekommen, ja, an seinem Arbeitsplatz, ganz plötzlich, weiß auch nicht, wie so was passieren kann...« Sturm machte eine Pause, als warte er darauf, daß Bauer ihm zu Hilfe komme. Der schwieg jedoch, so daß Sturm sich beeilte, das Gespräch zu beenden. »Na, jedenfalls ist er jetzt aus dem Gröbsten raus. Heut wird er aus der Klinik entlassen, und da hol' ich ihn ab, denn seine Frau hat keinen Führerschein. Deswegen wollt' ich dich bitten, daß du dich ein bißchen kümmerst. Komm doch nachher mal zu mir rein, damit ich dir zeigen kann, was im Moment ansteht.«

Kaum war der Meister gegangen, hörte Bauer hinter seinem Rücken Stimmen, die immer wieder übertönt wurden vom Kreischen der Maschinen. Er hätte sich gern die Ohren zugehalten, schwirrte doch in seinem Kopf ohnedies alles durcheinander. Daß Sturm mit ihm gesprochen hatte, als könne er ihm einen Gefallen tun. Daß er so freundlich war. Daß er das mit der Fliegerei nicht vergessen hatte. Daß er extra frei nahm wegen seinem Vetter. Daß der's am Herz hatte. Infarkt. So was las man ja immer wieder. Aber dann waren's Politiker oder Filmstars oder so. Aber das war was anderes. Das konnte einen schon mitnehmen, wenn's jemanden in der Verwandtschaft traf. Und außerdem, dachte Bauer, ist dieser Alfred ja einer von uns.

Das Geschrei hörte nicht auf. Bauer drehte sich um, sah den wild mit den Armen fuchtelnden Schlaks. Kein Zweifel, der Gotthard war's, der sich vor einem der Maschinenbediener aufgebaut hatte, als ob er ihm an die Gurgel wolle. Was ist denn in den gefahren, wunderte sich Bauer. Der Hans ist doch sonst nicht so rabiat. Unter den Jüngeren war Gotthard einer von den Kollegen, mit denen Bauer prima zurechtkam. Der Lange – den Spitznamen hatten sie ihm gleich am Anfang verpaßt – muckte nie auf wegen der Zeiten, der machte auch Überstunden, wenn's sein mußte, und versuchte keine krummen Dinger, um bei Sturm eins rauf zu rutschen. Nein, der Hans war ein umgänglicher Kerl, und Bauer deckte ihn, wo's möglich war. In dem Alter wär's uns

auch nicht besser gegangen, wenn sie uns so einen unausgegorenen Mist vorgesetzt hätten.
In den Plänen fehlte oft was, oder es waren Schnitzer drin, und das überblickten die Jungen nicht immer gleich. Das konnte man gar nicht verlangen. Als die Planung eingeführt wurde, war Gotthard erst zwei Jahre in der Abteilung. Also kannte er den Laden halt bei weitem nicht so gut wie Bierlinger oder die anderen, die früher ihre Arbeit immer selbständig eingeteilt hatten. Die konnten das auffangen, wenn die Planung mangelhaft war, während Hans dann ins Schwimmen kam und meistens zu spät merkte, wie er's hätte anpakken müssen. Das kostete natürlich Zeit, und dann tobte der Meister wieder, und der Lange zog den Kopf ein. Oft war er ganz zerknirscht, denn es nützte ihm nichts, wenn er sagte: Aber so steht's doch da, ich hab's genauso gemacht, wie mir's angeschafft wurde. Darüber ließ Sturm nicht mit sich reden. Das könnt' euch so passen, alles auf die da oben schieben, das zieht bei mir nicht, wofür seid ihr denn noch da, wenn ihr nicht auch mal mitdenkt? Aber bitte, konnte Sturm sich dann ereifern, macht nur weiter so. Ihr werdet schon sehen, wer zuerst dran ist, denn auf die Dauer werden sowieso nicht mehr alle gebraucht.
»Was war denn los?« fragte Bauer, als Gotthard vorbeikam.
»Die da hinten«, antwortete Hans, »haben wieder Murks gemacht, wollen es aber nicht zugeben. Ist doch immer dasselbe. Und wir sollen es ausbaden.«
»Na komm«, beschwichtigte Bauer, »reg dich mal ab. So schlimm wird's ja nicht sein, und notfalls steck' ich's dem Meister schon. Der ist zur Zeit ganz verträglich.«
Gotthards Gesicht hellte sich auf. Er schluckte, trat von einem Bein auf das andere. Bauer nickte ihm aufmunternd zu und wandte sich ab. Er tat so, als höre er die Worte, mit denen sich Gotthard verabschiedete, nicht mehr, weil er schon wieder mit seiner Arbeit beschäftigt sei. Doch er hielt den

Atem an, lauschte in sich hinein, wo das Dankeschön widerhallte, immer wieder, nur dieses eine Wort. Sonst war es ruhig und warm, wie auf einer Lichtung mitten im Wald. Dann holte Bauer tief Luft. Der Lärm schlug an sein Ohr. Ein leichter Schwindel erfaßte ihn.

Wäre doch alles viel einfacher, überlegte er, wenn man mehr miteinander reden könnte. Oft hast du ja nur schnell mal was zu fräsen. Aber auch dann kannst du nicht zu einem hinkommen, den du kennst, denn der schickt dich immer zur Planung. Das ist ein Hickhack jedesmal, und mit der Zeit wird man's leid, hinter allem herzulaufen. Früher ist jeder Werkzeugmacher selber zu dem Mann an der Maschine gegangen und hat ihm gesagt: Kannst du mir das machen, so und so brauch ich's, was meinst du, bis wann du das schaffst? Und umgekehrt hat der zu einem an den Schraubstock geschaut, ob's paßt, was er gemacht hat. Dann hat er eben auch mal zu hören bekommen: Ja, das läuft einwandfrei. So ein Lob braucht doch jeder mal, daß er weiß, er hat gut gearbeitet. Aber jetzt gibt es kaum noch Kontakt untereinander. Überall hat die Arbeitsplanung ihre Finger drin. Für den Meister, natürlich, für den ist es leichter so. Der ist jetzt immer genau im Bild, wo ein Werkstück gerade ist und wie lange es dauert bei dem, der zu tun hat damit. So kann er die Leute und die Maschinen auslasten, hundertprozentig, da ist nirgends mehr Luft.

Aber der Meister steht ja auch unter Druck. Bei größeren Aufträgen muß er jetzt erst einen Kostenvoranschlag machen. Wie einer, dem die Werkstatt selber gehört. Und wenn er zu teuer ist oder sagt, so schnell geht das nicht, wird die Arbeit nach draußen vergeben, an eine von diesen kleinen Klitschen, wo die Leute auch am Sonntag reingehen, weil sie froh sind, daß sie überhaupt was haben, und das bringt ja auch was ein, und keiner schert sich drum, ob die Bestimmungen eingehalten werden wegen der Arbeitszeit. Betriebsrat und so was ist ja nicht drin in solchen Firmen.

Die unterbieten sich gegenseitig, und das kriegt der Meister dann zu spüren.
Bauer fuhr zusammen. Bierlingers Husten hatte ihn aus seinen Gedanken gerissen. Das kollerte und brodelte in der Brust. Bierlinger keuchte, das Taschentuch vor dem Mund, schnappte nach Luft. Sein Kopf schwoll an, die Augen quollen hervor. Man bekam's mit der Angst, wenn man ihn so sah. Aber er qualmte ja auch wie ein Schlot!
Als ihn Bierlingers Blick traf, fühlte sich Bauer ertappt. Am liebsten hätte er den Kollegen um Verzeihung gebeten. Bei ihm waren es die Zigaretten. Andere soffen dafür. Und er steckte sich was in den Mund, wenn er's anders nicht aushielt. So brauchte halt jeder was.
»In meinem Alter«, hatte Bierlinger gesagt, »nimmt mich doch keiner mehr.« Erschrocken hatte Bauer abgewehrt: »Nun übertreib mal nicht. Bist doch jünger als ich. Und in unserem Beruf zählt doch vor allem die Erfahrung. Also wenn du wirklich weg willst, findest du auch woanders was. Wär' aber ewig schad. Wie steh' ich denn da ohne Leute wie dich? Die jungen Hupfer, die machen meistens nur, was man ihnen sagt, und das können's oft auch nicht richtig.«
Bauer hatte Franz-Xaver zugeredet wie einer kranken Kuh. Ein bißchen, na ja, hatte er sich auch deswegen so ins Zeug gelegt, weil er selber drauf und dran gewesen war, den Krempel hinzuschmeißen. Das war nach dem Krach mit Sturm. Der hatte ganz schön rumgebrüllt, als er spitzkriegte, daß Bierlinger einfach so weitermachte wie vorher, als jeder sein Werkstück von Anfang bis zum Ende alleine bearbeitete und neben dem Schraubstock auch noch kleinere Maschinen hatte, mit denen er sich häufig selber behelfen konnte. Doch dann war die größere Halle gebaut worden, wo man einige moderne Maschinen zusätzlich eingesetzt und dafür zehn neue Leute angelernt hatte. Dreher, Schleifer und Fräser waren das, die nach den schriftlichen Anweisungen der Werkzeugmacher einzelne Arbeitsgänge über-

nehmen sollten. Natürlich gab man denen nur einfachere Sachen. Aber sie hatten eben nicht das Geschick und die Übung, die man brauchte, damit es schnell und trotzdem sauber ging.

Absolut genau mußte ja das meiste sein heutzutage, und das brachten die Maschinenbediener oft nicht so hin. War ja kein Wunder. Die hatten das nicht von der Pike auf gelernt, und Bierlinger war es zu dumm, sich rumzuärgern wegen jeder Kleinigkeit, die er viel besser konnte. Also behielt er auch weniger komplizierte Arbeiten bei sich. Bis der Meister dahinterkam. Das war ja auch klar, daß einer allein sich nicht querlegen konnte.

Wenn er ihn noch einmal dabei erwische, hatte Sturm gedroht, sei er die längste Zeit Werkzeugmacher gewesen. Dann könne er ja gleich bloß als Schleifer oder so arbeiten. Was natürlich eine Gemeinheit war, denn Bierlinger war doch wirklich ein guter Mann, auch schon über zehn Jahre im Betrieb. Da konnte man schon verstehen, daß er sich nicht an die Wand drängen lassen wollte.

Wozu strengt man sich denn noch an, wenn die einem alles vorkauen. Die glauben wohl, sie hätten die Weisheit mit Löffeln gefressen. Das beste wär', man würde sein Hirn ausklinken und sich stur an die Vorgaben halten. Aber ich bin schließlich kein Automat, hatte Bierlinger gewettert, als er mittags mit Bauer auf dem Hof zusammengetroffen war. Wenn sonst keiner in der Nähe war, brach es schon mal aus ihm heraus. Bauer nahm ihm das auch gar nicht übel. Bei ihm schütteten ja oft welche ihr Herz aus. Zu ihm konnte man kommen, jederzeit. Er war so eine Art Seelenmülleimer, ja, wahrscheinlich sahen es die Kollegen so. Und sie konnten sich ja darauf verlassen, daß er nichts weitertratschte. Er war keiner von denen, die vorne herum schön taten und dann weggingen und lästerten: so eine Pflaume. Das war nicht seine Art. Er versuchte, jedem zu helfen, wenn's irgendwie ging.

Aber was konnte er für Bierlinger tun? Schlecht sah der aus, noch grauer als sonst. Farbe kam nur in sein Gesicht, wenn ihm der Kragen platzte. Dann schoß ihm das Blut hoch, die Adern am Hals wurden dick. Dann warf er die Zigarette weg, tappte darauf und zerquetschte sie, bis nur noch ein dunkler Fleck übrig war, den er anstarrte, schnaufend. Bauer mußte dann wegschauen. Damit er nicht aufstampfte, sich anstecken ließ von der Wut, die wie Feuer war unter den Füßen. Denn was half's, wenn er auch noch schrie? Wenn er Franz-Xaver zustimmte, anstatt ihn zu beruhigen? Das machte ja alles nur noch schlimmer, das hatte keinen Sinn, das mußte Bierlinger doch einsehen, da rannten sie mit dem Kopf gegen die Wand.
Man könne sich den von der Geschäftsleitung für notwendig erachteten Rationalisierungsmaßnahmen nicht in den Weg stellen, hatte der Betriebsrat erklärt. Nur so sei langfristig die Wettbewerbsfähigkeit der Firma zu sichern, was ja, wie jeder wisse, die Grundbedingung sei für den Erhalt der Arbeitsplätze. Man wolle alles daransetzen, daß die geplanten Umstellungen im Werkzeugbau möglichst ohne Entlassungen abgewickelt werden könnten. Und so weiter und so fort. Der quasselt genau wie der Vorstand, kein Haar besser ist der, hatte Bierlinger geflucht, freilich erst, als es keiner mehr hören konnte. Außer Bauer, der es nicht hören wollte. Warten wir's ab, wird schon nicht so wild werden.
Seit damals hatten sie kaum noch über die Arbeit gesprochen. Doch Bauer wußte nur zu gut, was die Blicke bedeuteten, die ihm Bierlinger zuwarf, wenn er selber kaum noch den Rücken gerade brachte. Mitunter hatte er schon am Morgen das Gefühl, er müsse sich am Schraubstock festhalten, um nicht zu fallen, so stark war der Druck im Nacken, die Arme so schwer. Dann schienen die Stunden, die vor ihm lagen, schier unüberwindlich. Dann durfte er nicht daran denken, wie viele Jahre er noch an diesem Platz stehen würde.

Wenn Bierlinger dann zu ihm herüberschaute, hätte er schreien können: Ja, hast ja recht. Doch dann biß er die Zähne zusammen und zwang sich, nur den nächsten Schritt zu sehen, und dann ging es auch wieder. Es mußte, anders ging es nicht. Oder wußte denn Bierlinger, was man dagegen tun konnte? Die Gewerkschaft, das hatte er doch selber gesagt, die hing ja genauso mit drin. So war's doch, oder? Also bitte, Franz-Xaver, ich bitt' dich, guck mich doch nicht gar so grimmig an. Was kann ich denn dafür? Ich hab' dir doch nichts getan! Siehst ja zum Fürchten aus, Mann, so gehst du doch kaputt, ja, merkst du denn das nicht? Also komm, ich laß dich ja in Ruhe. Wenn der Sturm wieder vorbei ist, kannst dich darauf verlassen, dann steigt dir keiner aufs Dach.
Bauer schaute auf die Uhr. Höchste Zeit, daß er zum Meister ging. Der wartete bestimmt schon. Und sein Vetter war ja sicherlich auch froh, wenn er wieder nach Hause kam. Mußte ein ziemlicher Schock sein, so aus der Arbeit raus auf der Nase liegen mit einem Schlag. Und wer weiß, ob er sich überhaupt wieder aufrappelt?

4.

»Wie weit bist du eigentlich mit deiner Geschichte?«
»Mit welcher?« fragte Petersen zurück.
»Na, ich denke, du willst was über Herzinfarkt machen. Seit deinem Urlaub hast du doch nichts anderes mehr im Kopf.«
Er schob ein Stück Fleisch in den Mund. Mußte Ingrid ihn denn gerade jetzt daran erinnern! Er hatte sich auf diesen Abend gefreut, endlich mal allein mit ihr, ohne ihre flatterhaften Kolleginnen und Bekannten, ohne das Hallo, die aufgesetzte Munterkeit, Küßchen hier, Küßchen da, »wie geht's?«, »was macht die Arbeit?« Diese Fragerei, die keine ehrliche Antwort zuließ. Er konnte das Getue nicht ausstehen. Aber kaum hatten sie mal Zeit, miteinander zu reden, fing das schon wieder an. Ingrid verstand ja doch nicht, warum er das Thema, je länger er sich damit beschäftigte, um so weniger in den Griff bekam. So nannten sie's doch, diese cleveren Schreiberlinge, die immer gleich wußten, wo der Hase im Pfeffer liegt.
Ingrid Schubert strich sich eine Strähne ihres hennaroten Haars aus der Stirn.
»Oder hast du's aufgegeben?«
Jürgen Petersen schüttelte den Kopf.
»Findest wieder mal keinen Anfang vor lauter Gewissenhaftigkeit?«
Der spöttische Ton verletzte ihn. Ingrid wußte das. Und sie wollte das auch. Er konnte ihr nicht einmal widersprechen. Denn er hatte es in der Tat immer noch nicht gelernt: Ent-

weder gab eine Sache nichts her oder sie war zu kompliziert, dann ließ man beizeiten die Finger davon. Oder man mußte eben aus dem bereits vorhandenen Material das Beste machen.
»Ja, weißt du, es ist halt nicht nur die eine Geschichte...« Ingrid zog die Augenbrauen hoch.
»Nun ja«, stotterte er, »wie soll ich dir das erklären...«
»Vielleicht könntest du es wenigstens mal versuchen«, sagte sie spitz.
»Also ursprünglich wollte ich doch den Fall von diesem Fleisser, den ich über meine Mutter kennengelernt habe, als roten Faden nehmen.«
»Ja, und?«
»Ich habe auch ein langes Interview mit ihm auf Band.«
»Das hast du mir erzählt.«
»Inzwischen habe ich's abgetippt.«
»Ach, wirklich?«
Das hättest du dir sparen können, grollte Petersen, sprach es aber nicht aus. Er stocherte in seinem Essen herum.
»Ich verstehe immer noch nicht«, hörte er Ingrid sagen. »Was ist denn nun das Problem?«
»Weil, na ja, es ist noch viel verzwickter, als ich dachte.«
»Das ist ja ganz was Neues«, warf Ingrid ein. Als sie merkte, wie er zusammenzuckte, legte sie ihre Hand auf seine.
»Also komm, Jürgen. Meinst du nicht, daß du es dir wieder unnötig schwer machst?« Er spürte die Wärme ihrer Hand.
»Erst warst du doch ganz begeistert. Als du von deinen Eltern zurückgekommen bist, hast du mir vorgeschwärmt, was für eine spannende Story das wird.«
Er nickte.
»Und warum schreibst du sie dann nicht endlich?«
»Weil ich noch weiter recherchieren muß.«
»Aber du hast doch das Gespräch mit dem Patienten. Jetzt brauchst du seiner Krankengeschichte ja bloß noch gegenüberzustellen, was die Medizin über Herzinfarkt zu wissen

glaubt. So wolltest du es doch anpacken. Damals schien dir doch alles klar zu sein?«
»Ja, schon.«
»Aber?«
»Aber manches paßt einfach nicht zusammen.«
»Ich dachte, das sei der Witz dabei?«
Er wich ihrem Blick aus, zerkrümelte Brot auf der Tischdekke.
Ungeduldig redete Ingrid auf ihn ein: »Kann ja sein, daß ich zu blöde bin für so etwas. Aber ich meine mich zu erinnern, daß es dir gerade darauf ankam. Du hast gesagt, dieser Mann hätte eigentlich gar keinen Infarkt bekommen dürfen, zumindest nicht so jung, weil bei ihm keines der Merkmale gefunden wurde, die nach Meinung der Ärzte das Herz gefährden. Oder habe ich das falsch verstanden?«
Sie faßte sein Schweigen als Zustimmung auf. »Ja, und dann bist du auf die Theorie von der Persönlichkeit gestoßen. Daß es Typen gibt, die dauernd auf die Uhr schauen, am liebsten hundert Hände hätten, damit sie in möglichst kurzer Zeit möglichst viel schaffen können, die keinen ausreden lassen, immer die Nase vorn haben wollen, die ständig Kämpfe ausfechten, gegen alles und jeden, so richtig aggressive Ellbogentypen halt. Unser Anzeigenchef ist auch so einer...«
Jürgen hatte ihr mit wachsendem Erstaunen zugehört. Wie gut sie Bescheid wußte! Wie sie also doch Anteil nahm an seiner Arbeit! Und wie treffend sie das Typ-A-Verhalten beschrieben hatte. Besser hätte er's auch nicht gekonnt. Aber sie hatte ja offenbar ein besonders anschauliches Beispiel vor Augen.
Er fühlte sich durch Ingrid in die Enge getrieben. Ihr schien alles so leichtzufallen. Von Arbeit, fand er, konnte man bei ihr im Grunde gar nicht sprechen. Sie schrieb heute über dieses, morgen über jenes Thema, und wenn der Trend umschlug oder die Redaktion es so wollte, konnte sie, so kam es ihm vor, über ein Problem das Gegenteil dessen schreiben,

was sie dazu ein Jahr vorher zu Papier gebracht hatte. Ihre Artikel, behauptete er, versahen das Hochglanzbild der modebewußten Frau, die an der Seite eines erfolgreichen Mannes spielend Haushalt, Kinder und wenn möglich auch noch einen Beruf bewältigt, mit einem aufklärerischen Touch. Doch sie kratzten den Lack nicht ab, mit dem der gehobene Mittelstand sich die Illusion seiner Unabhängigkeit bewahrte. Die Vielfalt der Freizeit-Angebote täuschte, auch wenn man sich die meisten nicht leisten konnte, über die Begrenztheit individueller Freiheit hinweg. Ihre Tätigkeit für eine Zeitschrift, in die von der Frauenbewegung nur so viel aufgenommen wurde, wie zur Steigerung der Auflage unumgänglich war, betrachtete Ingrid als einen Job wie jeden anderen, der allerdings, wenn man sich an die Spielregeln hielt, genügend einbrachte, um das Leben nach seinen Wünschen zu gestalten. Ob es wirklich die eigenen Wünsche waren, von dieser Frage, meinte Jürgen, wurde Ingrid immer wieder abgelenkt, da sie zum Beispiel, sooft sie Lust dazu hatte, Streifzüge durch Boutiquen unternehmen konnte, die in seinen Augen mitunter in wahre Beutezüge ausarteten. Er trug seine Cordhosen demonstrativ so lange, bis der Hintern durchgewetzt war, und einen neuen Pullover kaufte er sich erst, wenn einer der alten beim besten Willen nicht mehr zu flicken war. Daß ihm das Geld und im allgemeinen auch die Zeit fehlte, um mit Ingrids Clique am Wochenende zum Surfen zu fahren, daß er den Urlaub nicht in Griechenland, Sardinien oder noch weiter weg, in Thailand oder auf Bali, verbringen konnte, dafür hatte Jürgen stets eine Begründung parat: Das interessiert mich nicht.

Er hatte den Anspruch, daß er, bevor er über etwas schrieb, es zunächst einmal selbst verstehen wollte. Dem Druck vordergründiger Aktualität widersetzte er sich in dem Maße, in dem er die Wahl eines Themas vor allem davon abhängig machte, ob er dadurch sein Wissen erweitern konnte. Und er bestand darauf, es von möglichst vielen Seiten zu beleuchten, selbst wenn dabei nicht sofort aufzulösende Widersprüche in Erscheinung traten. Auf keinen Fall wollte er vorschnell einen Aspekt herausgreifen, nur weil der sich vielleicht gut verkaufen ließ. So mußte er freilich zunehmend auf jene Aufträge verzichten, deren Honorar ihm den Aufwand, den er für notwendig hielt, ermöglicht hätte, ohne sich einzuschränken. Das konnte er in Kauf nehmen, solange die schöpferische Tätigkeit in der Arbeit ein Bedürfnis befriedigte, das ihm so wichtig war, daß er sich für die damit verbundene Mühe nicht entschädigen mußte durch Zerstreuung und käuflichen Genuß. Trotzdem war der Verdacht nicht immer abzuweisen, daß das Bestreben, den Zweck seiner Arbeit selbst zu bestimmen und sie zugleich als Mittel zu begreifen, um diesen Zweck zu erfüllen, daß ein solches Bestreben unter den gegebenen Bedingungen ebenso eine Illusion bleiben mußte wie der Versuch, dem äußeren Zwang in der Freizeit zu entkommen.

Jürgen zündete sich eine Zigarette an, wollte sie aber gleich wieder ausdrücken, da Ingrid die Hand hob, um den Rauch von ihrem Gesicht zu fächeln.

»Entschuldige«, sagte er. »Du bist ja noch gar nicht mit dem Essen fertig.«

Sie schob den halbvollen Teller beiseite.

»Doch, doch.«

Er sah, wie sie ihn mit zusammengekniffenen Augen musterte.

»Wo warst du denn gerade?«

»Wie meinst du das?«

»Du wirst doch nicht bestreiten, daß du in Gedanken eben ganz woanders warst.«

»Entschuldige.«

Er räusperte sich, nahm einen Schluck Wein, als könne er den Kloß, der ihm in der Kehle steckte, hinunterspülen. Das Schweigen staute sich in seinem Kopf. Vom Nebentisch stichelte Gelächter. Jürgen stieß die Zigarette in den Aschen-

becher. Bevor er sich eine neue holte, hielt er Ingrid die Pakkung hin. »Willst du auch eine?«
Als das Feuerzeug aufflammte, streifte sie seine Hand. Er empfand die flüchtige Berührung als versöhnliche Geste, meinte sogar, in Ingrids Augen ein Lächeln zu entdecken. Während sie rauchten, überlegte er krampfhaft, wie er das Gespräch fortsetzen könnte. Ingrid kam ihm zuvor.
»Und wie steht's jetzt damit?«
»Womit?«
»Na, mit der Persönlichkeit. Stimmt es, daß der A-Typ mit größerer Wahrscheinlichkeit einen Infarkt kriegt, auch wenn er sonst gesund ist, nicht raucht und keinen Bauch vor sich her trägt?«
»Natürlich«, bekräftigte er. »Daß ein solches Verhaltensmuster ein Risikofaktor sein kann, ist inzwischen unbestritten.«
»Ja, und? Eignet sich dein Fleisser nicht zur Illustration dieser Theorie?«
»Ja und nein.«
»Was soll denn das schon wieder heißen?«
»Vieles paßt durchaus zu dem Bild, das in zahlreichen Veröffentlichungen von der Infarkt-Persönlichkeit gezeichnet wird. Anderes läßt sich jedoch nicht ohne weiteres in dieses Schema pressen.«
»Kannst du das mal ein bißchen genauer erklären?«
Er schluckte.
»Nun?«
»Also«, begann er, leerte dann aber erst noch sein Glas, als müsse er Zeit gewinnen, um seine Eindrücke zu ordnen. »Zunächst war ich enttäuscht. Denn Infarktpatienten werden gewöhnlich als aggressiv-dynamisch beschrieben. Davon war jedoch bei Fleisser wenig zu spüren. Er wirkte überaus freundlich und entgegenkommend, manchmal fast unterwürfig. Oft unterbrach er sich mitten im Satz, lächelte auf eine Art, für die mir sofort die Bezeichnung *entwaff-*

nend eingefallen ist. Auch seine übermäßige Bescheidenheit scheint diese Funktion zu haben. Er stellt sein Licht unter den Scheffel, betont immer wieder, wie unwichtig er doch sei, um anderen keine Angriffsflächen zu bieten.«

»Aber das schließt ja nicht aus«, schaltete sich Ingrid ein, »daß er in Wahrheit doch aggressiv ist und sich auch so verhält.«

»Richtig. Nur ist schwer zu erkennen, was in ihm vorgeht. Wie gut er seine Gefühle im Zaum hält, wurde besonders deutlich, als er seinen Abteilungsingenieur erwähnte. Auf den ist er offensichtlich nicht gut zu sprechen, weil der sich seiner Ansicht nach völlig zu Unrecht aufbläst, weder das fachliche Wissen noch die Erfahrung hat, um ihm Vorschriften machen zu können. Er würde ihm wohl gerne mal die Meinung sagen. Das traut er sich aber nicht. Er verbirgt die Abneigung, die er ihm gegenüber empfindet, hinter zähneknirschendem Gehorsam. Die unausgesprochene Wut merkte man allenfalls daran, daß er mehrmals mit der Faust in die hohle Hand schlug. Diese Geste wurde übrigens schon von den Entdeckern des Typ-A-Verhaltens beobachtet. Sie wird als unwillkürlicher Ausdruck latenter Feindseligkeit gedeutet.«

»Na gut, dann mußt du eben schildern, was hinter der Maske steckt.«

Jürgen nickte, in Gedanken vertieft.

»Ich glaube, daß es Fleisser zutiefst widerstrebt, sich Autoritäten unterzuordnen, daß er aber gleichzeitig eine sehr weitgehende Bereitschaft aufweist, vor Menschen, die über ihm stehen, zu kuschen. Weil er nämlich von den Oberen, wie er sie nennt, unbedingt gelobt werden möchte. Daß sie seine Leistungen anerkennen, ist für ihn geradezu lebenswichtig. Dieser Wunsch geht einher mit der Angst, Fehler zu machen oder Vorgesetzte nicht zufriedenstellen zu können und deswegen gerügt zu werden oder womöglich hinterrücks eins ausgewischt zu bekommen. Das ruft zwangsläufig

Ohnmachtsgefühle hervor, die er zum Teil dadurch kompensiert, daß er andere herabsetzt. Mit seinem Abteilungsingenieur riskiert er zum Beispiel keine offene Auseinandersetzung. Denn er ist überzeugt, daß er dabei ja doch den kürzeren zieht. Da spielen vermutlich frühere Erfahrungen in solchen Situationen eine Rolle. Indem er aber insgeheim die Qualifikation des Vorgesetzten anzweifelt, kann er sich mit dem unausgesprochen bleibenden Gedanken, er selber sei eigentlich viel besser für die Position geeignet, schadlos halten.«

»Der reinste Psychologe«, sagte Ingrid, als Jürgen einen Augenblick schwieg, um Wein nachzuschenken.

Er stutzte, stellte die Karaffe auf den Tisch, so heftig, daß der Kellner herschaute, sich auf den Weg machen wollte, was Jürgen mit einem unwilligen Kopfschütteln abwehrte.

»Im Ernst«, lächelte Ingrid. »Ich finde es erstaunlich, wie du einen Menschen, den du doch nur von einem Interview kennst, charakterisieren kannst.«

Sein Gesicht entspannte sich.

»Na ja«, sagte er geschmeichelt. »Ich befasse mich ja auch schon lange genug mit ihm. Das Gespräch hat immerhin eineinhalb Stunden gedauert, und ich war, ehe ich mit dem Tonband aufkreuzte, schon mal mit meiner Mutter bei ihm. Da hat er Vertrauen gefaßt, und natürlich hat es ihm auch gutgetan, so im Mittelpunkt zu stehen.«

»Klar«, meinte Ingrid, »wem gefällt das nicht.«

Jürgen schaute sie mißtrauisch an.

»Da muß er sich ja ungeheuer wichtig fühlen«, fuhr Ingrid fort. »Denn sonst kommt er doch anscheinend mit seinem Ehrgeiz nicht so recht zum Zug.«

»Da irrst du dich«, erwiderte Jürgen eifrig. »Er hat sich ziemlich schnell bis zum Meister hochgearbeitet und ist auch stolz darauf, daß er in seiner Firma überall dort eingesetzt wurde, wo es gerade brannte. Wenn beispielsweise das erste Muster eines neuen Flugzeugtyps gebaut wird, geht es in seiner Abteilung immer rund. Das konnte ich mir gut vorstellen, wie er's beschrieben hat. Daß da ständig unvorhersehbare Schwierigkeiten auftreten, daß aber die verschiedenen Bauteile trotzdem bis zu einem bestimmten Zeitpunkt fertig sein müssen, damit die Maschine auf der nächsten Messe vorgestellt werden kann. Und da war Fleisser während der letzten zwanzig Jahre praktisch jedesmal dabei. Immer vornedran, das scheint tatsächlich seine Devise zu sein.«

»Aber«, wandte Ingrid ein, »das kann er ja nur, wenn er andere, falls sie ihm in die Quere kommen, wegdrängt.«

»Ja, das ist eben eine der Zwiespältigkeiten, die sein Verhalten kennzeichnen. Er befindet sich dauernd in einem Wettstreit, ohne es sich einzugestehen.«

»Und du meinst nicht, daß er nur nach oben buckelt, nach unten aber tritt?«

Jürgen verneinte.

»Als Meister könnte er zwar andere unter Druck setzen, und diese Neigung hat er wohl auch. Sie wird jedoch verdeckt durch das ängstliche Bemühen, keinem zu nahe zu treten. Nach allem, was ich von ihm erfahren habe, geht er Konflikten möglichst aus dem Weg. Er hat ein ausgeprägtes Harmoniebedürfnis, frißt Ärger lieber in sich rein, um nirgends anzuecken.«

»Das kann man von Goldner nun wirklich nicht behaupten.«

»Goldner?«

»Unser Anzeigenchef. An den habe ich gerade denken müssen. Der scheint ein waschechter A-Typ zu sein. Aber bleiben wir bei Fleisser. Wie verträgt sich sein Konkurrenzstreben damit, daß er offenbar unfähig ist, sich durchzuboxen?«

Jürgen war verblüfft und zugleich beschämt, daß er ihr eine solche Frage nicht zugetraut hatte.

»Stimmt«, sagte er. »Das ist auch so ein Widerspruch. Fleisser wollte nach oben kommen und hat es ja auch erreicht, legt aber Wert darauf, daß er dabei keinen übers Ohr gehauen, heimtückisch angeschwärzt oder ausgestochen hat, wie er es seinen Kollegen unterstellt. Er beklagt sich über ihre Ellbogen, weshalb er den meisten gegenüber höchst mißtrauisch ist. Der tiefere Grund für diese innere Reserve ist die Befürchtung, an die Wand gedrückt zu werden, nicht mehr mithalten zu können. Im Gegensatz dazu steht allerdings, daß er sich in bezug auf sein fachliches Können sehr selbstbewußt gibt. An einer Stelle des Interviews führt er seine Karriere ausdrücklich darauf zurück, daß er sein Metier verstehe. So etwas lasse sich eben nicht verheimlichen. Und ein anderes Mal hebt er hervor, daß ihm keiner was vormachen kann.«

»Nun ja«, entgegnete Ingrid, »ganz ohne sein Zutun ist er ja wohl nicht Meister geworden.«

»Ich meine aber, daß er dieses Selbstbewußtsein nur zur Schau trägt. Er baut eine Fassade auf, die scheinbar unerschütterlich ist, da er sich so am ehesten schützen kann gegen die Angst vor den Folgen eines Versagens. Diese Angst ist so ausgeprägt, daß er, um sie zu verdrängen, sich und anderen ständig das Gegenteil beweisen muß. Daher seine Rastlosigkeit, seine oft von vornherein aussichtlosen Versuche, jeden Auftrag in kürzester Zeit zu erledigen, nichts aufschieben zu können, sich für alles verantwortlich zu fühlen, die Unfähigkeit, nein zu sagen, sich zu wehren gegen Termine, die nur durch zahlreiche Überstunden einzuhalten sind. So verbeißt er sich um so stärker in die Arbeit, je mehr er befürchtet, sie nicht zu schaffen. Er setzt sich also immer wieder selbst unter Druck.«

»Kommt dir das nicht bekannt vor?«

Jürgen spürte, wie sich sein Magen zusammenzog, kaum war die Frage verklungen. Was immer er jetzt sagen würde, es wäre zu laut, jedenfalls für diese Umgebung. Die natürlich Ingrids Idee gewesen war! Er wäre lieber zum Griechen gegangen, jawohl, das müßte sie inzwischen doch wissen. Für seinen Geschmack war dort das Essen genauso gut wie hier, nur wesentlich billiger. Man saß an langen Holztischen, auf denen die Teller und Gläser klapperten, was aber keinen störte, weil alle durcheinanderredeten, lachten oder sangen, ja, auch das konnte man dort. Und wenn zwei sich stritten, fiel das kaum auf. Und wenn Wein verschüttet wurde, rief man nach Jannis, der wischte die Pfütze weg. Hier dagegen, auf diesem makellosen Weiß, wie unverzeihlich wäre da so ein blutiger Fleck. Natürlich würden alle darüber hinwegsehen, aber wie! Mit dieser diskreten Verachtung, die einen zwang, »Entschuldigung« zu stammeln, wodurch man sich erst recht bloßstellte. So gedämpft war alles, das Licht, die Unterhaltung der Gäste, die Schritte der Kellner, ihre Stimmen, wenn sie fragten, ob man noch einen Wunsch habe. Undenkbar, daß einem hier ein Satz herausrutschte, dessen Tonfall man vorher nicht genau abgestimmt hatte. Ja, man wagte überhaupt kaum noch etwas zu sagen, ehe man sich nicht mit der Serviette den Mund abgetupft hatte. Verdammt noch mal!

»Verzeih«, lenkte Ingrid ein. »Ich wollte dich nicht kränken. Mir ist das nur plötzlich aufgefallen. Daß dir ja auch oft die Arbeit über den Kopf wächst. Und wie du dich jetzt wieder reinkniest in diese Sache, kaum noch für etwas anderes Zeit hast und trotzdem nicht weiterkommst.«

»Aber sie ist nun mal kompliziert«, brauste Jürgen auf. »Ich dachte, das hättest du mittlerweile kapiert.«

»Habe ich ja auch.«

»Warum wirfst du mir dann vor, ich sei zu dämlich, um so eine Geschichte aus dem Ärmel zu schütteln.«

»Das habe ich nicht gesagt.«

»Aber gedacht hast du's«, fuhr er sie an. »In deinen Augen ist es doch geradezu neurotisch, vier Wochen über so etwas zu brüten, ohne eine Zeile zu schreiben. Du tust so, als liege es nur an mir, wie lange ich dafür brauche. Daß es objektive Schwierigkeiten gibt, scheint dir nicht in den Sinn zu kommen.«

Sie wollte nach seiner Hand greifen. Doch er zuckte zurück.

»Ja, ich habe den Ehrgeiz, nicht nur schnell etwas hinzuschmieren, weil ich halt Geld verdienen muß. Wenn ich unter Druck gesetzt werde, dann von Leuten wie dir, die verlangen, daß ich wie eine Maschine produziere. Oben steckt man ein Thema rein, und schon rattert sie los und spuckt das Ergebnis aus. Wozu denn noch lange nachdenken, das hält nur auf. Hauptsache, der Rubel rollt!«

»Aber Jürgen«, besänftigte sie ihn. »Das erwartet doch niemand von dir. Daß du so gründlich bist, wissen die Redaktionen ja auch zu schätzen. Dr. Buchmann zum Beispiel, der lobt dich doch nicht umsonst über den grünen Klee.«

»Dafür kann ich mir was kaufen«, murrte er.

Sie überging seinen Einwurf, dem anzuhören war, daß er ihn nicht ganz ernst meinte.

»Du weißt, daß du einen guten Namen hast. Aber deswegen brauchst du doch nicht päpstlicher zu sein als der Papst.«

Er runzelte die Stirn.

»Ich glaube, du vergißt mitunter, daß du kein Wissenschaftler bist, sondern Journalist.«

»Verstehe ich nicht«, entgegnete er gereizt. Aber er verstand nur zu gut, was Ingrid sagen wollte. Das hatte er sich selbst schon oft gesagt. Wäre er Arzt geworden, müßte er ja einen Patienten auch dann zu behandeln versuchen, wenn er über seine Krankheit noch nicht alles wüßte.

»Schau mal«, sagte Ingrid, und ihre Stimme war so weich, so anschmiegsam, daß Jürgen nachgab. Er schaute ihr in die Augen. Die leuchteten grün. »Du weißt doch von Fleisser wahrscheinlich schon mehr als seine Ärzte. Und wie ich dich kenne, hast du inzwischen auch eine Menge Literatur zu dieser Problematik durchgeackert.«

Er deutete mit der flachen Hand über dem Tisch einen höher und höher werdenden Stapel an.
»Na, also. Dann kannst du doch an diesem Fall eine wirklich gute Geschichte aufhängen über die psychologischen Faktoren, die das Herzinfarkt-Risiko erhöhen.«
»Das kann ich eben nicht. Denn ich bezweifle, daß es sich um isolierte Faktoren handelt.«
»Was meinst du damit?«
»Ich kann nicht einfach sagen: Die Persönlichkeit führt zum Infarkt.«
»Sondern?«
»Ja, wenn ich da mehr hätte als Vermutungen, säße ich längst am Schreibtisch.«
»Und was vermutest du?« erkundigte sich Ingrid, sichtlich verärgert, daß er sich so die Würmer aus der Nase ziehen ließ.
»Nun, die Frage ist doch, warum sich Fleisser so verhält. Daß er sich zum Beispiel immer noch mehr Arbeit aufhalst, auch wenn er schon fast zusammenbricht, muß ja irgendwoher kommen. Ein Mensch macht sich doch nicht freiwillig kaputt.«
»Aber wir wissen doch auch, daß uns das Rauchen höchstwahrscheinlich schadet, und lassen es trotzdem nicht.«
»Genau«, antwortete er, wobei ein Lächeln über sein Gesicht huschte. Er kostete die Verwirrung aus, die seine Zustimmung bei Ingrid hervorgerufen hatte. »Für die medizinischen Risikofaktoren gilt das gleiche. Sicher ist es richtig, daß Bluthochdruck, abnormer Cholesterinspiegel und so weiter den Gefäßverschleiß begünstigen und ihrerseits durch Rauchen, Bewegungsmangel und falsche Ernährung gefördert werden. Aber ist deswegen wirklich jeder selber schuld an seinem Infarkt? Ich glaube, man macht es sich zu leicht, wenn man nur das Fehlverhalten anprangert. Es wird doch durch äußere Einflüsse, denen sich der einzelne nicht ohne weiteres entziehen kann, angeregt und immer wieder

bestärkt. Werbung, Erziehung, familiäre und gesellschaftliche Gewohnheiten – all das wirkt ständig auf uns ein...«
»Geschenkt«, unterbrach ihn Ingrid. »Dennoch sind wir nicht nur willenlose Opfer.«
»Das habe ich auch nicht behauptet. Ich meine ja bloß, daß der individuelle Spielraum oft überschätzt wird. Die meisten unterliegen doch heute im Beruf und privat solchen Zwängen, daß der Konsum für sie die einzige Möglichkeit ist, Bedürfnisse wenigstens scheinbar zu befriedigen. Und wenn die Ärzte nun zum Verzicht mahnen, nehmen sie diesen Menschen aus ihrer Sicht etwas weg, ohne einen gleichwertigen Ersatz bieten zu können. Insofern verstehe ich schon, daß viele die bescheidenen Freuden, die in greifbarer Nähe sind, nicht aus ihrem Leben streichen wollen, nur um in ferner Zukunft vielleicht nicht krank zu werden.«
»Aber Fleisser hat ja weder geraucht noch übermäßig gegessen oder getrunken. Das stimmt doch, oder?«
»Natürlich. Ich wehre mich aber dagegen, solche Fälle ausschließlich psychologisch zu erklären. Das ist genauso kurzsichtig. Wie jemand sich verhält, hängt doch auch von der jeweiligen Situation ab.«
»Könntest du dich bitte etwas deutlicher ausdrücken?« Ingrid fuhr sich mehrmals durchs Haar, daß es knisterte. Als sie merkte, wie Jürgen sie beobachtete, hielt sie in der Bewegung inne. Langsam glitten die Finger aus dem rötlich sprühenden Schopf, tasteten die Schläfe entlang.
»Kopfschmerzen?«
Sie wimmelte seine Frage ab, ließ die Hand auf den Tisch fallen.
»Also?«
Er beeilte sich, wieder den Anschluß zu finden.
»Ja, wie soll ich sagen. Na, zum Beispiel das Verhalten des Typ A in bestimmten Situationen, das ist meines Erachtens nicht beliebig, und es wird auch nicht bloß dadurch bestimmt, daß jemand halt so und so veranlagt ist.«

»Immer noch zu hoch für mich««, seufzte Ingrid.
»Nehmen wir mal an«, begann Jürgen von neuem, »einer macht jahrelang die gleiche Arbeit. Da kann er genau abschätzen, wie lang er für etwas braucht, und deshalb läßt er sich auch durch Termine nicht so leicht aus der Ruhe bringen. Ein anderer steht dagegen immer wieder vor neuen Problemen, weil bei seiner Arbeit kaum etwas Routine ist. Wenn der jetzt bis zu einem festgesetzten Zeitpunkt fertig sein muß und weiß, daß er zur Verantwortung gezogen wird, falls er das nicht schafft, gerät er fast zwangsläufig unter Druck. Daß der eine dann hektisch wird, der andere aber gelassen bleibt, kann ich doch nicht nur ihrer inneren Verfassung zuschreiben, sondern ich muß auch die äußeren Bedingungen sehen. Verstehst du, worauf ich hinaus will?«
»Nicht ganz. Es gibt doch unterschiedliche Persönlichkeitstypen. Dafür sind wir beide ja das beste Beispiel. Du bist supergenau, drehst jeden Satz fünfmal hin und her, bevor du ihn stehen läßt, während ich mir sage: Ich arbeite für ein Blatt, das reichlich oberflächlich ist, zugegeben, doch das kann ich nicht ändern. Es ist so, weil der Verlag damit einen Haufen Geld verdient. Könnte er das nicht, würde er eine andere Zeitschrift machen. Und ich werde dafür bezahlt, daß ich etwas liefere, was in dieses Blatt paßt. Also strenge ich mich auch nicht mehr an, als nötig ist, um mein Geld zu kriegen und einigermaßen angenehm zu leben.«
»So kann ich meinen Beruf nicht sehen«, sagte Jürgen.
»Ja, eben. Du bist ein anderer Typ.«
Er konnte nicht verhehlen, daß sie ihn aus dem Konzept gebracht hatte. Ihre Arbeitsweise unterschied sich, das war ja nicht zu bestreiten. Aber ein Artikel, der die Einseitigkeit der Herzinfarkt-Forschung kritisierte, mußte doch auch anderen Ansprüchen genügen. Damit griff er in die Diskussion von Experten ein, die ihre Meinungen alle mehr oder weniger gut belegen konnten. Ingrid dagegen schrieb über Allerweltsprobleme, von denen jeder etwas zu verstehen

glaubte. Ihre Leserinnen wollten in erster Linie unterhalten werden, was am ehesten gelang, wenn man ihnen die jeweils am weitesten verbreiteten Meinungen vorsetzte. Sie mußten glaubwürdig klingen, aber nicht unbedingt richtig sein. Wichtiger als Argumente waren überzeugende Formulierungen. Ihm ging es jedoch um die Stichhaltigkeit wissenschaftlicher Erkenntnisse. Wenn er zu dem Schluß kam, daß die Entstehung des Herzinfarktes weder durch Risikofaktoren noch durch Persönlichkeitsmerkmale allein ausreichend zu erklären sei, mußte er das begründen. Er hatte keineswegs den Drang, alles besser zu wissen als die Fachleute, konnte aber auch nicht die Augen verschließen vor offenen Fragen. Und er wollte nach Möglichkeit die Richtung aufzeigen, in der Antworten zu suchen wären. War das nur sein persönlicher Spleen? Oder tat er sich nicht auch deswegen ungleich schwerer als Ingrid, weil er sich mit einem Problem herumschlug, das so vielschichtig war, daß jeder Lösungsversuch neue Probleme aufwarf? Dein Vergleich hinkt, wollte er sagen. Doch Ingrid hatte, ehe sein grüblerisches Schweigen peinlich zu werden drohte, den Kellner herbeigewinkt.

»Willst du auch einen Kaffee?«

Er nickte, schaute unwillkürlich auf die Uhr.

»So war das nicht gemeint. Ich habe morgen nichts vor und möchte jetzt schon noch wissen, wieso du diesen Patienten erst bis ins kleinste psychologisch analysierst, wenn du gar nicht überzeugt bist, daß es eine Risiko-Persönlichkeit gibt?«

Jürgen war erleichtert, daß sie von sich aus das Gespräch wieder auf eine weniger verfängliche Ebene brachte.

»Ja, weißt du, mir fehlt die Verbindung zu den objektiven Bedingungen, unter denen ein Mensch lebt und arbeitet, der gesellschaftliche Bezug...«

»Ach, du meine Güte. Wenn du auch noch mit der Soziologie anfängst, findest du überhaupt kein Ende mehr.«

»Kann sein«, versetzte er unbeirrt. »Aber die Vorstellung, daß hinter dem Verhalten, das allein oder zusammen mit medizinischen Risikofaktoren zur Entwicklung eines Herzinfarktes beitragen kann, eine bestimmte Persönlichkeit steht, kommt der Ursache ja nur scheinbar näher, als wenn man sich auf die körperlichen Prozesse im Vorfeld des akuten Ereignisses beschränkt. Denn man müßte doch noch einen Schritt weiter gehen und fragen, wie sich diese Persönlichkeit herausgebildet hat. Versteht man darunter bloß angeborene oder zumindest in früher Kindheit entwickelte Charaktereigenschaften, bleibt es ein Rätsel, warum solche individuellen Wesenszüge in den Nachkriegsjahren derart zugenommen haben, daß in der Bundesrepublik die Herzinfarkt-Häufigkeit allein zwischen 1952 und 1971 um 190 Prozent gestiegen ist.«

»Also die berühmte Frage, was zuerst war: die Henne oder das Ei.«

»Nein, ich glaube, es spricht vieles dafür, daß die Verhaltensweisen, die zu dieser Epidemie beitragen, auch durch gesellschaftliche Gegebenheiten geformt und aufrechterhalten werden. Dann hat es aber wenig Sinn, nur am Individuum herumzudoktern. Im Einzelfall mag ja Psychotherapie durchaus hilfreich sein. Und mit Entspannungstechniken, wie sie inzwischen schon an jeder Volkshochschule angeboten werden, kann man wohl auch lernen, die Hetze des Alltags besser zu bewältigen. Doch das ist ein Wettlauf zwischen Hase und Igel, wenn man nicht gleichzeitig untersucht, ob und wie die Verhältnisse geändert werden können.«

»Verhältnisse«, äffte Ingrid nach. »Wenn ich das schon höre! Komm mir bloß nicht mit diesem Geschwafel. Damit geht mir Harry oft genug auf den Geist. Du kennst ihn doch, diesen Typ, mit dem meine Freundin Petra aus mir unerfindlichen Gründen zusammenlebt. Der streicht ein dickes Professorengehalt ein und macht sich lustig über die heutigen Studenten, die angeblich nur noch darauf aus sind, für sich selbst einen schlauen Job zu ergattern, anstatt die Gesellschaft zu verändern, was seine Generation in den sechziger Jahren immerhin versucht habe. Also komm: Überlaß dieses hochgestochene Zeug Typen wie Harry. Die befriedigen ihre Eitelkeit mit Forschungsprojekten, die außer ihnen sowieso keiner versteht. Und für die sich sonst auch niemand interessiert.«

»Darum geht es doch gar nicht«, wehrte sich Jürgen.

»Und ob! Ich möchte jedenfalls aus einem Artikel nicht nur erfahren, daß irgendwelche Verhältnisse krank machen.«

»Ich meine ja auch nicht irgendwelche, sondern ganz konkret zu benennende Anforderungen, mit denen der einzelne kaum anders fertig werden kann, als indem er seine Gesundheit aufs Spiel setzt.«

»So? Und welche sollen das sein?«

»Na, zum Beispiel bei der Arbeit. Fleisser hat ja seinen Infarkt vielleicht nicht zufällig in der Firma bekommen. Er selbst sieht einen solchen Zusammenhang, und ich finde, man muß das ernst nehmen. Ohne daß ich das Wort vorher erwähnt hatte, sagte er, als wir auf seinen Beruf zu sprechen kamen, der Stress gehöre halt mit dazu.«

»Auch das noch! Verschone mich damit, bitte. Das hängt mir nämlich allmählich zum Hals heraus. Eine Kollegin jammert jeden Montag darüber, wie stressig das Wochenende mit der Familie war. Unsere Sekretärinnen fühlen sich schon gestresst, wenn vor dem Umbruch mal schnell noch ein redigierter Artikel neu getippt werden muß. Und manche reden sogar vom Urlaubsstress. Was willst du denn mit so einem Gummibegriff anfangen! Das ist doch meistens nur eine bequeme Ausrede, wenn man alles auf den Stress schiebt.«

»Gewiß«, räumte Jürgen ein. »Damit wird viel Schindluder getrieben. Aber das schließt doch nicht aus, daß Menschen wie Alfred Fleisser vor allem durch ihre Arbeit tatsächlich

Belastungen ausgesetzt sind, die sie auf die Dauer überfordern.«
»Aber dann müßten ja alle Meister früher oder später einen Infarkt erleiden.«
Jürgen nickte bedächtig. Er ließ sich nicht anmerken, daß er auf dieses Argument vorbereitet war.
»Man muß wohl davon ausgehen, daß dieselben Bedingungen von jedem anders verarbeitet werden und daher auch unterschiedliche Auswirkungen haben.«
»Damit bist du ja doch wieder bei der Persönlichkeit.«
»Die Wissenschaftler, die sogenannte psychosoziale Belastungen bei der Entstehung des Herzinfarktes in Betracht ziehen, leugnen ja auch nicht, daß die Betroffenen schon eine Bereitschaft mitbringen, berufliche Anforderungen auf eine Weise zu bewältigen, die mit krank machenden körperlichen Stressreaktionen einhergeht. Dazu kommt es aber erst, wenn dieses Verhalten immer wieder provoziert wird.«
»Das ist mir zu abstrakt.«
»Es könnte doch sein, daß der reibungslose Arbeitsablauf in Fleissers Abteilung seine Bereitschaft voraussetzt, sich ständig selbst zu überfordern, weil die Anforderungen normal nicht zu bewältigen sind.«
»Was heißt denn normal! Für manche Leute ist es völlig normal, daß sie bei der Arbeit rotieren. Sie fühlen sich dann erst richtig wohl. Vielleicht braucht dein Herr Fleisser eben genau das, was du Stress nennst, weil er sich dadurch unentbehrlich vorkommt und seine Wichtigkeit demonstrieren kann.«
»Freilich, solche Motive sind mit im Spiel, wenn jemand Belastungen gewissermaßen benötigt für sein seelisches Gleichgewicht. Das ändert aber nichts daran, daß sie ihn krank machen können.«
»Woher weißt du denn das? Mir will einfach nicht in den Kopf, warum einem etwas schaden soll, was er selbst gar nicht als belastend empfindet.«

»Du kannst dich ja zum Beispiel auch an Verkehrslärm gewöhnen«, konterte Jürgen. »Trotzdem wird dein Organismus in einen Alarmzustand versetzt. Diese körperliche Reaktion, die langfristig die Gesundheit beeinträchtigt, bleibt auch dann bestehen, wenn du den auslösenden Reiz und seine Folgen nicht mehr wahrnimmst. Und genauso können psychosoziale Belastungen heftige Stressreaktionen hervorrufen, obwohl dir die Gründe nicht bewußt sind.«
Ingrid ärgerte die geduldige Überlegenheit, mit der er jeden ihrer Einwände entkräftete. Dabei konnte sie ihm das nicht einmal vorwerfen. Warum hatte sie sich denn eingelassen auf diese Diskussion! Es war doch klar, daß sie da nicht mithalten konnte. Mußte sie ja auch nicht. Oder wußte er etwa Bescheid über Vergewaltigung in der Ehe? Nur mal als Beispiel. Natürlich nicht! Das erwartete auch niemand. Daß er sein Spezialgebiet beherrschte, genügte. Beherrschen! Das war es. Weil er auch die Sprache auf seiner Seite hatte, war er stets Herr der Lage. Ob er es wollte oder nicht. Sein Geschlecht bestimmte ihn dazu, obenauf zu sein. Wenn sie ihm jetzt wenigstens an den Kopf knallen könnte: typisch Mann. Aber er hatte ja gar nicht diesen herablassenden Lehrerton, den sie an ihrem Vater so haßte. Diese Gönnermiene. Das einschüchternde Besserwisser-Gesicht, mit dem selbst der dümmste Mann noch jede Frau ins Unrecht setzen konnte, und sei es nur dadurch, daß er um so vernünftiger wirkte, je wütender sie gegen diesen Panzer anrannte. Und desto weniger brauchte er sie ernst zu nehmen. Aber Jürgen war ja nicht so. Nein, er wollte sie nicht übertrumpfen. Es ging ihm überhaupt nicht um sie. Sondern um die Sache. Wie immer. Er biß sich doch ständig an irgendwelchen Problemen die Zähne aus. Und immer war etwas so wichtig, daß er alles andere zurückstellte. Sogar sich selbst. Ja, und daher verstand er auch nicht, daß sie sich ausgenutzt fühlte. Was sie ihm nicht sagen konnte. Hätte sie es ausgesprochen, wäre sie als die Kleinliche dagestanden. Die immer nur an

sich dachte. Unfähig war, auf ihn einzugehen. Wo er doch ganz andere Sorgen hatte. Aber wie lange sollte sie denn noch stillhalten? Ihm bloß die Stichworte liefern für seine Selbstgespräche, das konnte sie nicht. Und wenn er das nicht begreifen wollte, dann mußte sie ihn eben von seinem Thron herunterholen.

»Dein missionarischer Eifer ist ja rührend. Ich frage mich nur, wie du jemanden vor Gefahren bewahren willst, die er gar nicht sieht?«

Jürgen überhörte die gezielte Boshaftigkeit. Er schien nicht im mindesten gekränkt, eher dankbar, daß sie ihn herausforderte, auch darüber nachzudenken.

»Ja, das ist wahrscheinlich der springende Punkt. Denn natürlich verlassen sich die Betriebe darauf, daß sie immer wieder Menschen finden, die solche Arbeitsbedingungen hinnehmen. Je weniger sie dagegen aufbegehren, desto mehr verfestigen sich die Anforderungen und die damit verbundenen Belastungen. Anstatt diese den Menschen anzupassen, wählt man eben die dafür passenden Personen aus.«

»Das kannst du doch den Unternehmern nicht verübeln.«

»Tue ich auch nicht.«

»Doch. Deiner Meinung nach dürfen sie den Leuten bestimmte Arbeiten nicht zumuten, weil sich einige dabei angeblich einen Herzinfarkt holen können.«

»Was sie dürfen, ist ein anderes Problem«, erwiderte Jürgen. »Mich interessiert zunächst einmal der Zusammenhang zwischen dieser gerade unter Arbeitern immer häufiger auftretenden Erkrankung und dem Stress, dem sie bei ihrer Tätigkeit ausgesetzt sind.«

»Aber das ist doch naiv«, hielt ihm Ingrid entgegen. »Ein Betrieb muß nun mal schauen, wie er möglichst viel Profit herausschlägt, und wenn die Leute das mitmachen, ist das doch ihr Problem.«

»Einerseits schon. Das Vertrackte ist nur, daß sie bisher gar nicht wissen, worauf sie sich einlassen. Und manche sind eben, aus welchen Gründen auch immer, scheinbar freiwillig bereit, sich mehr Belastungen aufzubürden, als sie verkraften können. Darauf stellen sich die Betriebe dann ein und überhäufen solche Menschen noch mehr mit Arbeit, bis schließlich ihr Herz unter der Last zusammenbricht.«

»Na, na. Trägst du jetzt nicht ein bißchen dick auf? Das klingt ja ganz hübsch. Aber als Journalist solltest du dich doch an die Fakten halten, und da hast du anscheinend noch nicht sehr viel in der Hand.«

Das hatte gesessen. Ingrid sah es ihm an. Er kaute auf der Unterlippe herum. Sie lehnte sich zurück, als wolle sie Abstand gewinnen für den Fall, daß er zum Gegenangriff überging. Aber das war nicht nötig. Er sackte in sich zusammen. Schwieg. Endlich. Sie hatte ihn zum Schweigen gebracht. Und zwar auf seine Art. Mit Argumenten. Wenn er sie persönlich nahm, na bitte, damit mußte er selber fertig werden. Hatte sie denn nicht recht? Sein Schweigen stachelte Ingrid an, noch einmal nachzustoßen.

»Wenn deine Theorie stimmt«, sagte sie betont sachlich, »dann müßte das ja auch anderen schon mal aufgefallen sein. Es gibt doch Betriebsärzte. Und hier an der Uni die Arbeitsmediziner, was meinen denn die dazu?«

Jürgen reagierte mit einer wegwerfenden Handbewegung, konnte sich aber nur mit Mühe zu einer Antwort aufraffen.

»Die Arbeitsmediziner«, wiederholte er geringschätzig, »die behaupten einfach, eine ursächliche Beziehung zwischen Stress und kardiovaskulären Krankheiten...«

»Bitte, was für Krankheiten?«

»Nun übertreib mal nicht. Das liest man doch heute überall.«

Ingrid zuckte mit den Schultern, und obwohl er von der Ernsthaftigkeit ihrer Frage offenbar noch immer nicht überzeugt war, ließ er sich schließlich doch zu einer Erklärung bewegen.

»Kardiovaskulär ist der Fachausdruck für Herz und Gefäße,

die zusammen das System des Blutkreislaufs bilden...« Sein Blick irrte zwischen dem Weinglas und Ingrids Gesicht hin und her. »Ja, und daß dieses System auch durch berufliche Belastungen in Mitleidenschaft gezogen werden kann, streiten die Arbeitsmediziner zwar nicht mehr rundweg ab, sie behaupten aber, der Zusammenhang sei nicht eindeutig erwiesen.«

»Und stimmt das etwa nicht?«

»Da müßte man erst einmal über die Methoden diskutieren, mit denen das erforscht wird.«

»Ach, und du meinst, wenn man nur richtig sucht, dann findet man auch, was du vermutest?«

»Das vermute ja nicht nur ich. Ich habe doch vorhin schon erwähnt, daß einige Wissenschaftler durchaus arbeitsbedingte Risiken für Herzinfarkt in Betracht ziehen.«

»Na, wunderbar. Dann hast du ja alles, was du brauchst. Mußt es also bloß noch aufschreiben.«

»Fängst du schon wieder an!«

»Wieso ich? Du hast doch den ganzen Abend von nichts anderem geredet!«

Jürgen griff nach der Zigarettenpackung. Als er feststellte, daß sie leer war, zerknüllte er sie in der Faust. Ingrid tat so, als beanspruchten zwei elegant gekleidete Paare ihre Aufmerksamkeit. Einer der Männer verhandelte mit dem Kellner, der bedauernd den Kopf schüttelte und auf die vollbesetzten Tische wies. Ingrid fühlte sich durch diese Geste plötzlich wie erlöst. Sie gab dem Kellner ein Zeichen, das er diensteifrig aufgriff.

»Die Rechnung, bitte.«

»Sofort, gnädige Frau.«

Am liebsten hätte sie ihm nachgerufen: Von wegen gnädig. Doch sie wollte sich vor Jürgen keine Blöße geben.

Als der Kellner den wartenden Gästen die Nachricht überbrachte, daß in Kürze Plätze frei würden, bedankten sich die beiden Herren mit einem verbindlichen Lächeln.

Männer, verbesserte sich Ingrid in Gedanken, wobei sie unwillkürlich zu Jürgen hinschaute, ob er ihr etwas anmerkte. Aber er schien nicht einmal mitbekommen zu haben, daß sie gehen wollte.

»Kommst du noch mit ins *Bohème*?«

Er starrte finster auf den Tisch.

»Nein«, sagte er, ohne sie anzublicken. »Ich muß morgen früh raus.«

»Hätte ich mir ja denken können.«

Als sie aufstand, folgte er ihr.

»Entschuldige. Habe ich dir nicht gesagt, daß ich übers Wochenende auf einem Kongreß bin?«

»Natürlich nicht«, sagte sie bitter. »Aber darauf kommt es jetzt auch nicht mehr an.«

5.

Als sie sich kennengelernt hatten, war die Arbeitslosenquote zum erstenmal seit 13 Jahren wieder über zwei Prozent gestiegen. Daß sie bis zu seinem 40. Geburtstag fast acht Prozent erreichen und weiter zunehmen würde, wäre Willi Welz, selbst wenn er Zeitung gelesen hätte, nicht in den Sinn gekommen. Das einzige, was ihn in jenem Sommer beunruhigt hatte, waren atlantische Tiefdruckgebiete gewesen. Doch an diesem Morgen hatte nichts darauf hingedeutet, daß Störungsausläufer auf Süddeutschland übergreifen und seine freien Stunden trüben könnten.

Die kleine Blonde war Willi Welz sofort aufgefallen. Wie sie langsam die Bluse aufknöpfte, die Schultern entblößte, das schwarze Bikini-Oberteil, das prall wurde, als sie aus den Ärmeln schlüpfte. Sie merkte, daß er sie beobachtete. Da war er ganz sicher. Er verhehlte nicht, daß er es kaum erwarten konnte, bis sie den Reißverschluß öffnete, die hautengen Jeans abstreifte. Als sie begann, sich mit Sonnenöl einzureiben, sah er ihren Bewegungen an, daß sie nichts dagegen hatte, seine Augen auf sich zu spüren, während sie die Beine entlangstrich, dann den Bauch massierte, das Öl auf den Armen verteilte. Ihre Hände streichelten den Hals, die Fingerspitzen tauchten in die Schlüsselbein-Gruben, glitten tiefer, bis zum Brustansatz. Da mußte er nicht lang überlegen. Das war sein Typ. Also nichts wie ran. Und Uschi Dürr schien ja auch keineswegs überrascht zu sein, als sein Schatten über sie fiel. Sie blinzelte Willi an, kein bißchen verlegen, nur neugierig, wie es nun weiterging.

Er überstürzte nichts, lächelte, von oben herab, die Arme vor der Brust verschränkt. Uschi war nicht die erste Frau, die ihn so abtastete. Mit Blicken, die seine Muskeln strafften. Er brauchte den Bauch nicht einzuziehen. Da, fühl mal. Hart wie ein Brett. Aber das sagte er erst später. Da war er schon in die Knie gegangen, hatte nach der Sonnenöl-Flasche gegriffen und Uschi mit einer Handbewegung aufgefordert, sich auf den Bauch zu drehen. Nachdem er ihr ausgiebig den Rücken eingeölt hatte, zögerte er einen Augenblick. Seine Hände umspannten ihre Taille, doch ehe er die Finger in die Bikini-Hose schieben konnte, wälzte sich Uschi zur Seite. »Danke«, sagte sie. Es klang, als sei es fürs erste genug. Zugleich machte sie ihm aber Platz auf ihrer Decke, und ihr Lächeln lud ihn ein, sich neben sie zu legen. Auf die Ellbogen gestützt, preßte er sein pochendes Becken gegen den Boden. »Ziemlich heiß heute.« Er räusperte sich. Mehr fiel ihm nicht ein. Doch Uschi verwickelte ihn so flink in ein Gespräch, daß er gar nicht dazu kam, sein Schweigen mit einem neuen Annäherungsversuch zu überspielen. Und weil sie ihn duzte, merkte er nicht, wie sie ihn auf Distanz hielt.
Ob er auch so gern schwimme wie sie und welchen Sport sonst, denn er treibe doch Sport, das sehe man ihm ja an, und ob er Tiere möge? Als sie ihn das gefragt hatte, wartete sie die Antwort nicht ab, sondern redete gleich weiter. Als fürchte sie, er werde nein sagen und sie könne ihm nicht von Hansi erzählen, ihrem Wellensittich. Der habe nicht nur sprechen gelernt, der sei überhaupt der gescheiteste Vogel, den man sich vorstellen könne. Manche Leute lasse er nicht an sich heran. Dann sträube er das Gefieder und flattere im Käfig herum und kreische, daß einem ganz angst werde. Und dann wisse sie, daß sie sich in acht nehmen müsse. Bisher habe sich Hansi jedenfalls selten getäuscht.
Das kann ja heiter werden, hatte Willi gedacht, aber nur genickt und gelächelt, als interessiere ihn dieser verrückte Vogel wirklich. Er horchte erst auf, als Uschi von ihren Kolle-

ginnen in der Chirurgie anfing. Da ertappte er sich bei dem Gedanken, ob die Kleine nicht eine Nummer zu groß für ihn sei. Doch als sein Blick ihre Brüste streifte, war er überzeugt, daß er goldrichtig lag. Obwohl Uschi nicht entging, wie er dabei die Gesäßmuskeln anspannte, konnte sie nicht still sein. Denn sie wußte ja, was dann kam. Und das wollte sie auch, bloß nicht gar so schnell. Und weil er das anscheinend nicht verstand, plapperte sie drauflos, so daß Willi, selbst wenn er gewollt hätte, nicht mehr zu Wort kommen konnte.

In einer Klinik, hörte er, lerne man die Menschen kennen. Da seien viele, die sonst immer den starken Mann spielten, auf einmal so klein mit Hut. Er mußte grinsen, was Uschi anfeuerte, gleich noch die Geschichte von diesem Rechtsanwalt, der sich den Oberschenkel gebrochen hatte, zum besten zu geben. »Den hättest du hören sollen, wie der in den ersten Tagen gewimmert hat: Bitte, Schwester, noch eine Spritze. Fast geheult hat er. Aber kaum war er aus dem Gröbsten raus, hat er doch glatt versucht, mir beim Betten an den Busen zu grapschen! Und so einer will dann auch noch mit Herr Doktor angeredet werden. Aber da ist er bei mir an der falschen Adresse.«

Willi verjagte eine unsichtbare Fliege von seinem Arm, riß Grashalme aus, wickelte sie um den Finger, bis Uschi von den Studierten sprach, die sich wunder was einbildeten. Sie sagte es in einem Ton, der jeden Zweifel wegwischte, daß sie Willi auch für so einen halten könnte. Er wandte ihr wieder das Gesicht zu, und als er sah, wie sie den Kopf zur Seite neigte und mit der Zungenspitze die Lippen befeuchtete, brauchte er die Frage, was er denn von Beruf sei, nicht mehr zu fürchten. Er mußte ihr ja nicht gleich auf die Nase binden, daß er nur Lohngruppe vier hatte. Wahrscheinlich konnte sie sich darunter sowieso nichts vorstellen. Und wenn er sagte: ich arbeite im Turbinenbau, hörte sich das doch recht vielversprechend an. Später würde man weitersehen. Wenn er nicht mehr nach Worten suchen mußte, wenn er wieder, wie ganz am Anfang, seinen Körper sprechen lassen konnte. Breitschultrig, mit glatter, braun glänzender Haut.

Sooft es das Wetter erlaubt hatte, war Willi Welz damals an den Fluß gefahren. Ob er Frühschicht hatte oder erst um zwei zur Arbeit mußte, er konnte, da er Junggeselle war und auch sonst keine Verpflichtungen hatte, fast immer noch einige Stunden herausschinden, um die Kleider abzuwerfen, sich ins Gras zu legen, zwischen den Weidenbüschen, wo er nur den Himmel über sich hatte. Wo ihn die Hitze nicht auslaugte, sondern durchströmte. Wo es hell war und leicht und nach Ferien roch. Sobald er aber wieder die Augen öffnete, sah er, daß er die Sonne nicht festhalten konnte. Daß er zurück mußte in die Halle, die stickige Luft. Daß er ein neues Werkstück in den Ofen hängen und warten mußte, bis die vorgeschriebene Zeit um war. Daß er es dann wieder herausnehmen und das nächste hineintun mußte. Immer wieder. Immer das gleiche.
Nach der Schule hatte er in einer Tischlerei angefangen, ohne sich jedoch um eine Lehrstelle zu bemühen. Mit zwanzig war er dann in seinem jetzigen Betrieb als Fräser angelernt und zwei Jahre später in die Härterei versetzt worden. Außer dem Meister und dem Vorarbeiter war in dieser Abteilung keiner vom Fach. Wozu denn auch?
Der Werkzeugbau schickte die Aufträge, versehen mit einem Arbeitszettel, auf dem das Material und die jeweils geforderte Härte angegeben waren. Die einzelnen Stücke mußten dann in ein Wärmebad getaucht werden, das auf eine bestimmte Temperatur gebracht worden war. Darin blieben sie so lange, wie es auf dem Härteplan vermerkt war. In der Zeit hatte man nichts zu tun. Und dann fing alles wieder von vorn an. Aufpassen mußte man bloß, daß man nicht das falsche Warmbad erwischte und daß die Temperatur

stimmte. Aber man war ja nicht blöd. Obwohl man natürlich versauerte, wenn man das jahrelang machte. Aber etwas anderes konnte man nicht machen. Ob man wollte oder nicht, man wurde eben einseitig. Deswegen konnte man auch nicht woanders hingehen. Denn das, was man konnte, konnte jeder. Solche gab's wie Sand am Meer. Wenn überhaupt irgendwo Härter gesucht wurden, dann solche, die das gelernt hatten. Also mußte man schon froh sein, wenn der Betrieb, in dem man sich einigermaßen auskannte, mit einem zufrieden war. Wenn die Prüfer, die alle fertigen Werkstücke begutachten mußten, nichts zu meckern hatten. Wenn es nicht zuviel Ausschuß gab. Das kam ja immer mal vor, daß etwas beim Härten oder Abkühlen einen Sprung kriegte. Die kaputten Teile wurden dann in der Materialprüfstelle untersucht, wer denn nun schuld war. Die Werkzeugmacher wollten immer alles auf die Härter abwälzen. Als ob die zu doof wären, die Sachen richtig zu bearbeiten. Die vom Werkzeugbau führten sich auf, als hätten sie das Schießpulver erfunden. Wenn einer von denen in der Härterei auftauchte, ging's nie ohne Motzerei ab. Dabei passierte es ihnen immer wieder, daß sie falsche Angaben machten. Man mußte sich ja darauf verlassen. Das konnte man doch nicht riechen, was für ein Material es war. Und wenn es dann Bruch gab, wollte es von den Werkzeugmachern keiner gewesen sein. Wenigstens hielt der Meister zu seinen Leuten in so einem Fall. Der mußte sich dann mit seinem Kollegen von der anderen Abteilung rumstreiten. Und das tat er auch. Mußte man ihm lassen. Der war wirklich fair. Doch dafür verlangte er auch was. Der kriegte einen doch immer rum, wenn Überstunden fällig waren. Umsonst ist der Tod. Was soll's, sagte Welz. So war das eben im Leben. Was sollte man machen? Man wurde ja auch nicht jünger. Wenn man auf die 40 zuging, war es zu spät, noch was anderes anzufangen. Da hätte man sich früher drum kümmern müssen. Der Zug war abgefahren.

Solange er in der Härterei war, hatte Willi Welz nie versucht, den Betrieb zu wechseln. Gedacht hatte er schon mal daran. Aber es war doch überall dasselbe. Das sah er doch bei seinem Freund Helmut. Der Koch Helmut war auch in der Härterei. Auch nur angelernt. Und auch immer in derselben Firma. Noch länger als er. Aber Helmut war ja auch acht Jahre älter. Rausschmeißen konnten sie den wohl nicht mehr. Das war sein Glück jetzt, daß er schon so lange beim *Töpfer* war. Dort hatten sie ja in letzter Zeit auch kräftig abgebaut. Wie überall. Die Angelernten waren natürlich immer zuerst dran. Die konnte man jederzeit ersetzen, wenn wieder mehr Aufträge da waren. Aber deswegen brauchte sich Helmut keine Sorgen zu machen. Immerhin. Das war schon eine Beruhigung in seinem Alter. Die Jungen, die fanden zur Not wieder was. Aber wenn man in die Jahre kam und womöglich nicht mehr so mithalten konnte, dann nahm einen doch keiner mehr. Oder höchstens für noch weniger Geld. Dann konnte man ja gleich stempeln gehen. Aber das reichte hinten und vorne nicht. So gesehen war Helmut ja noch gut dran. Die hätten ihn ja auch abschieben können, als die Härterei modernisiert wurde. Zwar machten ihm die neumodischen Öfen am Anfang ganz schön zu schaffen. Eine Zeitlang produzierte er jedenfalls erheblich mehr Ausschuß als sonst, und der Meister konnte das nicht immer decken. Doch inzwischen hatte sich Helmut an die neue Technik gewöhnt. Und alles in allem war die Arbeit leichter geworden. Die Abzugsglocken nahmen doch ziemlich viel weg vom Gestank. Außerdem hatte man eine Klimaanlage eingebaut. Drum zog's auch nicht mehr ständig von irgendwoher. Früher waren ja immer welche erkältet gewesen. Und das zahlte sich auf die Dauer nicht aus. Klar, rechnen konnten sie beim *Töpfer*. Da hatte der Betriebsrat wahrscheinlich offene Türen eingerannt. Auch der Krach war weniger geworden durch die Umstellung. Das juckte Helmut freilich nicht. Er hatte eh schon einen Gehörschaden.

In Willis Firma war in dem Punkt alles noch wie gehabt. Auch an seinem jetzigen Arbeitsplatz hatte er eine Menge Lärm. Aber das war noch das wenigste, meinte er. Ob man später mal taub wurde, darauf kam's auch nicht mehr an. Eigentlich war Ohrenschutz vorgeschrieben. Willi benutzte ihn aber nicht. Das war ihm zu lästig. Er bekam Kopfschmerzen davon. Ihm brummte sowieso immer der Schädel, seitdem er als Erodierer arbeiten mußte.

Daß die neue Tätigkeit abwechslungsreicher war als das, was er 18 Jahre lang gemacht hatte, konnte er ja nicht verlangen. Er beklagte sich auch nicht über den Mief und den Dreck und die Nässe und daß es ihn oft körperlich schlauchte. Das gehörte halt dazu. Auch der Vorarbeiter war ganz in Ordnung. Er teilte Welz und den beiden jüngeren Kollegen, die das gleiche taten wie er, die Arbeit zu und kontrollierte auch, was sie gemacht hatten. Aber im großen und ganzen war er gerecht, wenn ein Werkstück falsch erodiert war und einer dem anderen den Schwarzen Peter zuschieben wollte. Abgesehen von solchen Reibereien hatte man in der Abteilung wenig miteinander zu tun. Zu reden war da nicht viel.

In der Pause las jeder Zeitung und schaute, daß er ein paar Minuten Ruhe hatte. Außerhalb des Betriebs sah man sich nie. Wenn Willi aus dem Werk raus war, wollte er andere Gesichter sehen. Helmut kannte er noch aus der Zeit im Sportverein. Genau wie Karl Malik. Sie hatten zusammen Faustball gespielt. Jetzt droschen sie öfter mal Skat. Später war noch Wolfgang Müller dazugestoßen. Und zwei, drei andere. Man traf sich im Biergarten oder fuhr zum Baden. Dann brachte natürlich jeder seinen Anhang mit, und ab und zu lud man sich umschichtig nach Hause ein. Willi war meistens mit von der Partie gewesen. Lieber feste feiern als nüchtern ins Grab fallen. »Hab' ich von dir«, hatte Uschi gesagt, als er das Geburtstagsfest abblasen wollte. »Mensch, Willi«, hatte sie ihn gedrängt, »was sollen denn deine Freunde denken, wenn du dich an so einem Tag hinterm

Ofen verkriechst. Hast doch sonst immer gern einen draufgemacht. Und man wird schließlich nur einmal 40. Das muß doch gefeiert werden. Jetzt erst recht. Das bringt dich auf andere Gedanken. Du tust ja gerade so, als ob das schon eine halbe Beerdigung wär'! Aber das ist doch kein Alter für einen Mann. Hast du selber gesagt, erinnerst dich nicht mehr? Wie du über Helmut gespottet hast? Also bitte, dann nimm dich jetzt bitte zusammen.«
Uschi hatte leicht reden. Sie wußte ja nicht, wie das war. Und er konnte es ihr auch nicht erklären. Er kannte sich doch selbst nicht mehr. Angefangen hatte es vor einem halben Jahr. Erst waren es nur die Beine. Die kribbelten, als würden lauter Ameisen die Waden raufkriechen. Er konnte die Füße kaum noch auf dem Boden halten. Es riß ihm die Fersen hoch. Seine Muskeln zitterten, und er mußte die Beine bewegen, immer schneller. Als ob er mit dem Absatz wie rasend auf einen Blasebalg trete. Und wenn ihn dann alle anstarrten – »He Willi, hat dir einer Juckpulver in den Hintern geblasen?« – und wenn sie lachten, ganz laut, und gar nicht genug kriegten, mußte er aufspringen und raus an die Luft. Immer häufiger kam das vor. Daß er nichts mehr hören wollte, keinen mehr sehn. Daß ihm jedes Geräusch zuviel war. Und wenn er im Auto oder im Bus saß, mußte er gleich das Fenster aufreißen. Oder sogar aussteigen. Weil es ihm schlecht wurde. Weil es nach Öl roch.
Uschi sagte: »Das bildest du dir bloß ein.« Auch als sie über Pfingsten beim Camping waren, hatte sie das gesagt. Er hatte fast nichts mehr essen können. Seitdem er das Petroleum in der Lampe nachgefüllt hatte, schmeckte alles danach. Uschi sagte: »Du spinnst.«
Aber es war ja nicht nur der Geruch. Es war die Angst, die mit diesem Geruch hochkam. Die ihn überwältigte. Gegen die er sich nicht wehren konnte. Über die er nicht einmal sprechen konnte. Es verstand ihn ja doch keiner. Man lachte ihn höchstens noch aus. Er war schließlich nicht der erste,

der an der Erodiermaschine stand. Und nicht der einzige. Seine beiden Kollegen dachten sich ja anscheinend auch nichts dabei, wenn sie die Dämpfe des Ölbades einatmeten. Das ging nicht anders. Zum Erodieren brauchte man eine Flüssigkeit, die Strom nicht leitete. Damit in dieser Flüssigkeit elektrische Funken zwischen Elektrode und Werkstück übersprangen, wodurch das Metall abgetragen wurde. Aber ob die Dämpfe wirklich nicht schadeten?
»Absolut harmlos«, sagte der Betriebsrat. Aber woher wußte er das? Das wurde doch bisher alles nicht richtig untersucht, meinte Willi Welz. Je länger er mit dem Zeug umgehen mußte, desto weniger traute er dem Frieden. Das Gekrabbel in den Beinen und überhaupt, daß er so zappelig war, das hatte er doch vorher nicht gekannt. Das mußte doch einen Grund haben.
Am schlimmsten war's, wenn wieder die Nachtschicht bevorstand. Als Härter hatte er nur in Wechselschicht gearbeitet. Doch nachdem man ihm die Tätigkeit als Erodierer zugewiesen hatte, war eine zusätzliche Nachtschicht erforderlich. Und da war er allein in der Halle und mußte zwei Maschinen bedienen und war verantwortlich dafür. Aber die konnten doch mal kaputtgehen. Wer garantierte denn, daß die nicht auf einmal Flüssigkeit verloren oder wer weiß was passierte?
Das war ihm einfach zu gefährlich. Direkt unheimlich war das, so allein mit diesen technischen Dingern, von denen er doch keine Ahnung hatte. Wenn er wieder eine Nacht überstanden hatte, fürchtete er sich schon vor der nächsten. Er war so angespannt, daß jeder Pulsschlag dröhnte in seinem Kopf, der vor Müdigkeit wie ausgehöhlt war. Kaum hatte er sich hingelegt, begann alles zu flattern in ihm. Dann hielt er es im Bett nicht mehr aus. Die Decke wurde ihm zu schwer. Er mußte irgendwas tun. Aufstehen, das Fenster öffnen, eine Zigarette rauchen, noch eine Flasche Bier aus dem Kühlschrank holen, den Fernseher wieder einschalten oder

das Radio, falls nichts mehr zu sehen war. Doch damit konnte er sich immer nur für kurze Zeit ablenken. Dann ging es von neuem los.
Wenn Uschi ihn fragte, ob ihm nicht gut sei, brummte er nur: »Wie kommst du denn darauf?« Gab sie sich damit nicht zufrieden, vergrub er das Gesicht in der Zeitung oder verzog sich aufs Klo. Um ihren wachsenden Unmut zu beschwichtigen, versuchte sie, seinen Zustand als Krankenschwester zu betrachten, wobei sie zu der Überzeugung kam, sie könne ihm am ehesten dadurch helfen, daß sie alles vermied, was den Verdacht erwecken konnte, sie wolle ihm helfen. So bemühte sie sich, sein Schweigen zu überhören, ihn nicht zu drängen: Was hast du, was ist denn mit dir, muß doch was sein, ich seh's dir doch an. Aber sie brauchte gar nichts zu sagen. Es reichte, daß sie ihn von der Seite anschaute, wenn er knackend Nägel abbiß, die Haut von den Fingern zupfte, bis es blutete. Oder wenn er plötzlich die Beine ausstreckte und gleich wieder an sich zog, den Oberkörper nach vorn warf, die Fäuste auf die Schenkel stützte, sprungbereit, sich dann aber in den Sessel zurückfallen ließ, die Hände unter die Achseln klemmte und einige Atemzüge lang dasaß wie gefesselt. So sehr sie sich zwang, seine Unruhe nicht zur Kenntnis zu nehmen, sie konnte nicht vermeiden, daß sie ihm immer wieder besorgte Blicke zuwarf. Und so flüchtig diese auch waren, er bemerkte sie meistens sofort. Er schien nur darauf gewartet zu haben, daß er aufspringen und schreien konnte. »Was starrst du mich denn so an! Kümmer du dich um deine Patienten und laß mich gefälligst in Ruhe.« Obwohl sie dann jedesmal daran denken mußte, daß es im ganzen Haus zu hören war, wenn er von einem Raum in den anderen stampfte und Türen zuschlug, waren ihr diese Ausbrüche doch immer noch lieber, als wenn er aussah wie ein geprügelter Hund. Sie wollte nicht, daß er ihr leid tat. Er war doch früher nicht so gewesen. Es gab ja auch jetzt noch genügend andere, die ihr den Hof

machten. Auch Ärzte, jawohl, das sollte er ruhig wissen. Vielleicht riß er sich dann mal ein bißchen am Riemen. So konnte es doch nicht weitergehen.
Acht Jahre lebten sie nun schon zusammen. Wäre es nach Willi gegangen, hätten sie auch geheiratet, spätestens, nachdem sie in der Neubausiedlung, die sich am östlichen Stadtrand in Richtung Flughafen ausbreitete, eine Zweizimmerwohnung bezogen hatten. Aber Uschi hatte ihm vorgerechnet, daß sie trotz der höheren Steuern besser dran seien, wenn sie nicht auf die Rente verzichte. Ihr Mann sei zwar erst 37 gewesen, als er vom Berg gestürzt sei, habe aber als Maurerpolier ziemlich gut verdient, und sie sehe nicht ein, daß sie das Geld der Versicherung schenken solle. Ein Paar ohne Trauschein sei doch heute nichts Ungewöhnliches mehr. Er habe ja selbst erlebt, daß sich der Makler überhaupt nicht dafür interessiert habe, und sie arbeite ja gottlob nicht in einem katholischen Krankenhaus.
Dagegen hatte Willi nichts sagen können. Eine Begründung, warum sie seine Frau werden sollte, war ihm nicht eingefallen, zumindest keine, die sich so vernünftig anhörte wie die, mit der ihm Uschi diesen Wunsch ausgeredet hatte. Und sie hatte ja recht. Was wollte er denn noch mehr? Er hatte doch, was er brauchte. Oft kamen sie den ganzen Sonntag nicht aus dem Bett, und wenn er abends mit Helmut und Karl beim Skat saß, hatte er immer ein tolles Blatt in der Hand. Die anderen sollten ihn nur reizen. »Na, Willi, was macht deine wilde Ehe? Hast du die Kleine schon gezähmt?« Die waren ja bloß neidisch, daß sie's nicht auch ohne Fangeisen geschafft hatten. Da lachte er doch. Da konnte ihm keiner. Da spielte er einen Grand mit vieren und kassierte Stich um Stich. Aber dann wollte er auf einmal nicht mehr daran erinnert werden. Verstand keinen Spaß mehr. Warf einfach die Karten auf den Tisch. Drehte seinen Freunden den Rücken zu und soff sich voll. Er konnte, auch wenn die Männer unter sich waren, nicht mehr mithalten.

Sobald Uschi ihn anschaute, hatte er das Gefühl, er müsse um Verzeihung bitten, aber es würde ihm nichts nützen, daß er beteuerte, es sei doch nicht seine Schuld. Er ertrug ihre Blicke um so weniger, als er ja selber sah, was aus ihm geworden war: ein Jammerlappen, ein Nervenbündel, ein Häufchen Elend, ein Schlappschwanz, eine Null. Was immer Uschi sagte oder tat, er empfand es als Vorwurf, daß er nicht sagen konnte, was ihn innerlich aufscheuchte und umtrieb, warum er unfähig war, etwas dagegen zu tun. Daß Uschi jederzeit abhauen konnte, war nun eine ständige Drohung.

Das erste Mal hatte er versagt, als Uschi die Pille vergessen hatte. Er kontrollierte heimlich die Einnahme, seitdem Uschi im vierten Monat einen Abgang hatte. Da war ihm ein Stein vom Herzen gefallen. Denn damals hatten sie gerade das Wohnzimmer neu eingerichtet, aber trotzdem zwei Wochen nach Jugoslawien fahren wollen. Dafür war Willi sogar zu Überstunden bereit gewesen, was sich insofern günstig getroffen hatte, als seine Firma bestrebt gewesen war, die Phase einer kurzfristigen Wiederbelebung der Konjunktur möglichst ohne Neueinstellungen zu überbrücken. Aber ein Kind hätte alle Pläne zunichte gemacht. Uschi konnte ihre Arbeit nicht aufgeben. Was er verdiente, langte doch nicht für drei, zumal sie ja dann auch eine größere Wohnung gebraucht hätten. Aber das hatte Willi für sich behalten.

Zum Glück war Uschi ebenfalls nicht mehr auf das Thema zu sprechen gekommen. Der Beruf machte ihr ja offensichtlich auch Spaß. Sonst hätte sie nicht ständig von der Klinik erzählt. Sie hatte immer wieder neue Geschichten auf Lager, wer jeweils mit wem was hatte und wie tolpatschig sich der neue Stationsarzt anstellte und was für ein Theater der Chef bei der Visite veranstaltete und wer von den Patienten immer nett war und wer alle tyrannisierte und daß der junge Mann mit dem Magendurchbruch nun doch gestorben war. Willi staunte nur so, was Uschi alles erlebt. Selbst wenn bei ihm im Betrieb auch mehr los gewesen wäre, hätte er zu Hause nicht daran denken wollen. Also schwieg er lieber. Dann wurden ihm auch keine Fragen gestellt. Daß man ihn vor sechs Monaten zu einem Arbeitsplatzwechsel gezwungen hatte, erfuhr Uschi erst, als er krankgeschrieben wurde.

Er hatte sich nach einer neuen Stelle umgesehen, allerdings kaum damit gerechnet, noch woanders unterzukommen. Dafür war er schon zu lang in derselben Firma. Im Grunde wollte er dort auch bleiben, nur eben nicht so. Das packte er einfach nicht. Das hielten seine Nerven nicht aus. Deshalb hatte er sich an den Vorarbeiter gewandt, und der hatte das auch eingesehen und mit dem Abteilungsleiter gesprochen. Doch der war stur geblieben. Da könne ja jeder kommen. Mit solchen Extratouren fange man gar nicht erst an. Wenn es einem zuviel werde, dann müsse er halt gehen. So redete der. Weil der nicht wußte, wie das war, wenn man innen drin schlotterte.

Eine Zeitlang hatte Welz versucht, die Zähne zusammenzubeißen. Sein Zustand war aber immer unerträglicher geworden. Schließlich hatte er den Betriebsrat um Unterstützung gebeten. Der war doch eigentlich für so was da. Aber bei dem war auch nicht viel zu holen gewesen. Gegen die Anordnung von oben könne er nichts unternehmen. Man brauche eine ausreichende Begründung, warum dem Kollegen seine jetzige Tätigkeit nicht zuzumuten sei. Er solle sich doch erst einmal krank melden. Vielleicht lasse der Abteilungsleiter dann eher mit sich reden wegen einer Versetzung. Mehr könne er im Moment leider nicht für ihn tun, hatte der Betriebsrat bedauert.

Welz war dankbar gewesen für diesen Tip. Doch als er im Wartezimmer saß, wurde ihm mulmig. Hatte er nicht von Wolfgang Müller gehört, daß in seinem Betrieb neuerdings die Namen von Kollegen, die häufiger fehlten, am Schwarzen Brett ausgehängt würden? Und bei ihm in der Abteilung, hatte Wolfgang behauptet, habe man zwei Leute deswegen schon entlassen. Die anderen würden sich kaum noch zum Arzt trauen. Dabei hätten die meisten was. Sei ja auch kein Wunder. Bei dem Stress, hatte Wolfgang gesagt. »Mit den neuen Vorgabezeiten geht dir der Arsch auf Grundeis.« Da konnte Willi nicht mitreden. Das war auch nicht sein Problem. Und er wußte doch, daß Wolfgang gern auf den Busch klopfte. »Die Bosse«, sagte der immer, »die quetschen den Arbeiter aus wie eine Zitrone, und wenn nichts mehr rauskommt, schmeißen sie uns auf den Müll. So ist das nämlich. War immer so. Und das wird auch nicht anders, solang wir das Maul halten. Ihr werdet's schon auch noch merken«, schimpfte Wolfgang Müller, wenn keiner mehr was sagte, weil alle nur in Ruhe ihr Bier trinken wollten. Aber er fing immer wieder damit an. Er war eben ein alter Sozi. Das lag bei ihm in der Familie. Sein Großvater, hieß es, war sogar Kommunist. So einem durfte man nicht alles glauben. Der Betriebsrat, beruhigte sich Willi, hätte ihn doch nicht zum Arzt geschickt, wenn das ein Kündigungsgrund wäre. Er wollte doch nicht bloß krankfeiern. Er fühlte sich doch wirklich hundeelend. Er konnte doch bald nicht mehr. Womöglich drehte er nachts noch mal durch. Und was dann? Wenn er Hals über Kopf aus der Halle rannte und die Maschinen stehen ließ?

Nach der Untersuchung erklärte der Arzt, es sei alles normal, Leber, Nieren, Herz, Blutdruck, er könne nichts Auffälliges feststellen. »Organisch sind Sie gesund, verstehen Sie?« Willi Welz nickte. Er wollte den Doktor nicht mit Fragen behelligen. Das Wartezimmer war gesteckt voll, und Dr. Brandel schrieb ja auch schon was auf. »Von diesen Kapseln«, sagte er, »nehmen Sie zunächst morgens und abends eine. Das wird Ihnen helfen, ein bißchen gelassener zu werden. Dann schlafen Sie automatisch auch besser.«

Der Arzt wollte dem Patienten das Rezept aushändigen, zögerte jedoch. Er traute dem gehorsamen Nicken nicht, zwei-

felte auf einmal, ob dieser Herr Welz, dessen Beruf er noch nie gehört hatte, seine Anweisungen befolgen würde. Daher bemühte er sich, ihren Sinn zu erläutern, und zwar so, wie er annahm, daß es auch ein einfacher Arbeiter verstehen konnte. Dabei kam ihm eine Anzeige zu Hilfe, in der das Präparat, das er soeben verordnet hatte, mit dem Slogan *medikamentöse Stoßdämpfung* angepriesen worden war. »Sie müssen sich das ungefähr so vorstellen wie ein Auto mit erstklassigen Stoßdämpfern. Wenn Sie mit dem über eine holperige Straße fahren, spüren Sie die Schlaglöcher eben viel weniger als in einem schlecht gefederten Wagen, nicht wahr?«
Da er mit dem Eindruck, den seine Worte auf dem Gesicht des Patienten hinterlassen hatten, noch nicht zufrieden war, fügte Dr. Brandel hinzu: »Wir können zwar, um bei diesem Bild zu bleiben, die Straße nicht neu teeren, aber einen großen Teil der Erschütterungen abfangen, so daß sie erträglicher werden, auch für Menschen, die von Natur aus oder wegen einer momentanen Krise überempfindlich sind.«
Der Arzt schaute den Patienten erwartungsvoll an, um dann noch einmal zu bekräftigen: »Dieses Mittel eignet sich nach meinen Erfahrungen gerade für Fälle wie Ihren besonders gut, da es normalerweise nicht so müde macht wie andere, die im Prinzip ähnlich wirken.« Woher er seine Erfahrungen bezog, sagte Dr. Brandel nicht. Es war ihm wahrscheinlich selbst gar nicht mehr bewußt, so oft hatte ihm die Herstellerfirma schon *Nobrium* empfohlen als *die wirksame therapeutische Hilfe für den Berufstätigen, wenn ein unvermeidbares Übermaß an Stress zu Erschöpfungsreaktionen führt, die als vielfältige vegetative Beschwerden imponieren.* »Also wie gesagt«, fuhr der Arzt fort, »morgens und abends je eine Kapsel. Gewöhnlich bessern sich dadurch die Beschwerden ziemlich bald. Trotzdem halte ich es für angebracht, Sie zusätzlich für einige Zeit krankzuschreiben.«
Willi Welz begriff nicht, warum der Doktor ›trotzdem‹

sagte. Deswegen war er doch zu ihm gekommen. Eine andere Arbeit konnte er ihm nicht verschaffen. Das wußte er selbst. Aber Hauptsache, er hatte erst mal den Schein. Eine Weile raus aus dem Trott, das war besser als nichts. Und vielleicht halfen ja auch die Pillen. Der Waschzettel versprach, *Nobrium* bewirke *eine fühlbare Entspannung* und führe daher *bei nervösen, überreizten und überforderten Patienten zur Wiedererlangung einer ruhigen Aktivität und eines ausgeglichenen Allgemeinbefindens.* Bei starker innerer Unruhe, Angst und schweren Störungen könne die Dosis auf dreimal täglich eine Kapsel erhöht werden.
»Aber das ist doch kein Grund, im Bett zu bleiben«, schrie Uschi. Sie war fuchsteufelswild, daß sich Willi nicht einmal angezogen hatte, als sie aus der Klinik kam. Er habe kein Fieber, nichts gebrochen, körperlich sei doch alles in Ordnung, also brauche er sich auch nicht zu schonen. »Im Gegenteil«, hielt sie ihm vor. »Ein bißchen Bewegung kann dir nicht schaden. Geh spazieren oder schwimmen. Aber tu was. Sonst wirst du noch richtig krank.«
In den ersten Tagen war er wenigstens gegen Mittag immer aufgestanden, hatte einige Male auch eingekauft und notdürftig die Wohnung aufgeräumt. Doch je näher der Termin rückte, an dem er wieder zum Arzt mußte, desto schwerer konnte er sich noch zu irgend etwas aufraffen. Besser wurde es erst wieder, nachdem er für weitere zwei Wochen krankgeschrieben war. Da wollte er sogar das Wohnzimmer weißeln. Er hatte ja Zeit, und wenn Dr. Brandel recht hatte, konnte er das auch. Daß ihm manchmal das Blut in den Hals sprang und klopfte wie verrückt, daß er nach Luft schnappte und feuchte Hände hatte, das waren nur die Nerven. Das EKG sei einwandfrei, hatte der Doktor versichert. Er solle noch eine Kapsel mehr nehmen, am besten nach dem Mittagessen. »Aber aufpassen mit Alkohol. Und Vorsicht beim Autofahren!«
Willi hatte sich nicht anmerken lassen, daß es ihm egal war,

ob sein Reaktionsvermögen beeinträchtigt werden könnte. Wenn er nur ruhiger wurde. Einen Führerschein hatte er ohnehin nicht. Das konnte der Doktor natürlich nicht wissen. Aber es ging ihn ja auch nichts an. Und was war denn dabei, daß Uschi in dem Punkt die Hosen anhatte. Darauf kam es doch wirklich nicht an. Wenn ein Reifen zu wechseln war oder der Keilriemen oder Zündkerzen, brauchte sie ihn ja doch. Und überhaupt: Er war vielleicht im Augenblick nicht topfit. Aber das mußte doch nicht so bleiben. Das konnte doch nicht. Das wurde schon wieder. Er würde es ihr schon zeigen.

Es sollte eine Überraschung sein. Wenn er gleich in der Frühe anfing und sich dranhielt, hatte er gedacht, schaffte er's. Gestrichen war ja schnell, und wenn er den Boden und die Möbel gut abdeckte, war bis abends auch wieder alles sauber und an seinem Platz. Er malte sich aus, was Uschi für Augen machen würde. Daß sie ihn anschauen würde wie früher. Daß er wüßte, sie traute ihm auch sonst wieder was zu. »Na, siehst du, bald bist du wieder der alte.« Aber jeden Morgen sagte er sich, das habe ja noch Zeit.

Einmal stand er bereits vor dem *Flamuco*-Laden, hatte sich ausgerechnet, wieviel Kilo wischfeste Wandfarbe er verlangen wollte, als hinter den Tapetenrollen und Teppichboden-Mustern im Schaufenster plötzlich das Gesicht eines Verkäufers auftauchte, ihm zunickte, als kenne er ihn. Womöglich hatte der ihn beim Arzt gesehen. Und wenn der ihn dann fragte: Wie geht's? Mußte ja gar nicht so gemeint sein. Aber schon beim Gedanken daran wurde er rot und stammelte eine Erklärung, die alles noch schlimmer machte. Als er über die Straße rannte, fühlte er Augen auf sich gerichtet, die ihn anstarrten wie einen Dieb.

Selbst wenn er so tun könnte, als habe er sich eben Urlaub genommen, um mal wieder die Wohnung in Schuß zu bringen, wie sollte er die Farbkübel an der Frau vom Hausmeister vorbeischmuggeln? Der Glöckner blieb doch nichts ver-

borgen. Bestimmt würde die ihn abpassen. Er kannte sie doch. Wie sie in der Tür lehnte mit schiefem Kopf. »Ach, der Herr Welz. Immer fleißig:« Wie sie grinste, scheißfreundlich. »Da wird sich Ihre Frau aber freuen.« Als ob sie nicht ganz genau wüßte, daß zwei Namen am Briefkasten standen. Das falsche Luder. Willi stockte das Herz, als er im Hausflur Schritte hörte. Er flüchtete sich in den Fahrstuhl. Es dauerte endlos, bis er die Wohnung im dritten Stock erreicht hatte. Doch die Alte ging ihm nicht aus dem Kopf. Die tratscht ja überall rum. Also hat sie sicher längst herausbekommen, warum ich fast drei Wochen schon nicht mehr in der Arbeit bin. Da kannst du Gift drauf nehmen!
Daß er es laut gesagt, fast geschrien hatte, wurde Willi erst bewußt, als der Nachrichtensprecher auf einmal hinter einer Landkarte verschwunden war. Dann waren zerstörte Häuser zu sehen. Rauchende Trümmer. Tote. Uniformierte mit Maschinengewehren. Panzer. Schreiende Frauen, Kinder. Irgendwo war Krieg. Wie immer. Beinahe täglich wurden diese Bilder gezeigt. Willi schaute kaum hin. Und er hörte auch selten richtig zu. Das Fernsehen lief meistens nur, damit es nicht so still war in der Wohnung. Damit es so aussah, als könne man mit jemand reden. Damit sich etwas bewegte, auch wenn man bloß auf dem Sofa lag. Und weil es irgendwie beruhigend war, wenn man nichts zu tun hatte mit dem, was in der Welt passierte. Massenkarambolage auf der Autobahn. Erdbeben, Überschwemmung. Ölpest, Banküberfall. Bombenangriff. Das hatte man selbst noch nicht erlebt. Auch die Politiker, die aus Flugzeugen oder schwarzen Limousinen stiegen, einer unsichtbaren Menge zuwinkten, Hände schüttelten oder in Mikrophone sprachen, mal lächelnd, mal tief zerfurcht, waren weit weg. Sie beschäftigten sich vorwiegend mit Dingen, die Willi höchstens dem Namen nach kannte. Haushaltsdefizit. Investitionszulage. Energiekrise. Entsorgung. Dollarkurs. Nachrüstung.

Um so mehr erschrak er, als auf dem Bildschirm ein Mann erschien, der ihn vorwurfsvoll anblickte. Seine Stimme klang besorgt. Sie nannte Zahlen, die sich Willi nicht vorstellen konnte. Daß sie bedrohlich waren, konnte er freilich nicht überhören. Und als er in der steil nach oben zuckenden Fieberkurve den Prozentsatz der Arbeitslosen, in ihrem Spiegelbild dagegen den sinkenden Krankenstand erkannte, ahnte er, daß die Drohung auch ihm galt. Nach einer Pause, in der Willi den Atem anhielt, wies eine Frauenstimme darauf hin, daß die Zahl der gesundheitlich beeinträchtigten Arbeitslosen in den letzten zehn Jahren um das Fünffache gestiegen sei. Eine Infratest-Studie habe ergeben, daß zwei Drittel der Erwerbslosen mit gesundheitlichen Einschränkungen oder einem schlechten subjektiven Befinden vom Arbeitgeber gekündigt oder die Kündigung nahegelegt worden sei.
Nachdem er den Fernsehapparat ausgeschaltet hatte, stolperte Willi in die Küche, stierte, die Hände an der Bierflasche kühlend, den neuen Elektroherd an, blieb, wieder im Wohnzimmer, vor der altdeutschen Schrankwand stehen, und während sein Blick über die für diesen Raum viel zu wuchtigen Sessel, die Couch und den Messingtisch mit Rauchglasplatte wanderte, zählte er in Gedanken immer wieder nach, wie viele Monatsraten noch ausstanden, bis ihnen das, was sie als ihr Eigentum vorzeigten, tatsächlich gehörte.
Abends ging er, noch ehe der Kommissar den Täter überführt hatte, ins Bett, um nicht länger sehen zu müssen, wie Uschi, Kartoffelchips knabbernd, sich in die Sofaecke kuschelte. Am Wochenende, als endlich wieder mal die Sonne schien, wollte sie unbedingt rausfahren. »Frische Luft«, sagte sie, »tut uns beiden gut. Schau dich doch an. Hockst ja nur noch vor der Glotze. Und nachts geisterst du herum, daß ich auch kaum noch zum Schlafen komm'. Und sonst ist ja sowieso nichts mehr los mit dir.«

Willi brach der Schweiß aus. Er japste. Es war, als sacke der Boden unter seinen Füßen weg. Das ging doch nicht, dachte er. Er konnte nichts anderes denken. Bei dem Wetter war doch die ganze Stadt auf den Beinen. Er suchte nach Ausreden. Aber alles, was ihm einfiel, konnte er nicht sagen. Wenn er einen Kollegen traf. Oder den Abteilungsleiter. Wie's der Teufel wollte. Dann war's aus. Dann mußte er am Montag wieder zur Arbeit. Aber das konnte er nicht. Das mußte Uschi doch einsehen. Oder glaubte sie auch, daß er bloß blaumachte? Wie sie ihn anschaute! So hatte sie ihn noch nie angeschaut. So feindselig. So weit weg schon.
»Entweder du kommst jetzt mit. Oder...«
Sein Magen stülpte sich um. Das hätte er sich ja denken können. Als er auf dem Klo saß, vornüber gekrümmt, fühlte er sich, so mies ihm war, doch auch erleichtert. Er zog die Wasserspülung. Wen Uschi jetzt anrief, wollte er gar nicht wissen. Jetzt war eh schon alles versaut. Sollte sie sich doch einen schönen Tag machen. Mit Evi oder mit wem sie wollte. Seinetwegen konnten die Weiber auch über ihn herziehen. Was er für eine Flasche war. Wenn man ihn nur in Frieden ließ. Damit er sich die Decke über die Ohren ziehen konnte.

Obwohl sich die innere Unruhe nicht gebessert hatte und Willi Welz auch noch über Übelkeit und plötzliche Durchfälle klagte, wollte ihn Dr. Brandel nicht länger krankschreiben. Welz sah keinen anderen Ausweg, als seinen restlichen Jahresurlaub zu nehmen.
Drei Tage, bevor auch diese Frist abgelaufen war, mußte Uschi nachts den Notarzt rufen, der den Patienten umgehend ins Krankenhaus einwies. Diagnose: Hinterwandinfarkt. »Aber Ihr Mann ist ja noch jung«, tröstete die Schwester von der Intensivstation. »Wenn alles glattgeht, ist er bald wieder auf den Beinen.« Uschi Dürr nickte eifrig. Als dürfe sie die Kollegin nicht enttäuschen.

6.

Es roch nach Friedhof, fand Petersen. Chrysanthemen, fand er, gehörten aufs Grab. Diese üppig verströmende Trauer. Dieser betäubende Trost. Allerheiligen. Das beschwörende Ritual. Aber hier, im klimatisierten Konferenzsaal des *Sheraton*-Hotels, ging es um wissenschaftliche Daten und Fakten, um Erklärungen und Argumente. Also komm, ermahnte sich Jürgen Petersen, als ihn erneut Duftschwaden bedrängten und die geballte Pracht weißer, rostroter, gelber und lila Blüten nicht verbergen konnte, wie schlaff das Laub schon an den langen, mit krampfhafter Künstlichkeit sich spreizenden Stengeln hing.

Er zwang sich, seine Aufmerksamkeit dem Podium zuzuwenden, wo der Tagungsvorsitzende, ein etwa 60jähriger Professor im nachtblauen Anzug, bemüht war, die Eröffnungsansprache so schwungvoll abzulesen, als habe er sie in diesem Augenblick und eigens für die sehr geehrten Damen und Herren, die zu seinen Füßen versammelt waren, formuliert. Seine Stimme schwoll an, strömte dahin, versickerte dann, sammelte sich wieder, wurde von einer geheimnisvollen Kraft emporgehoben, wölbte sich, schäumte, brach ab, strebte jedoch, kaum war sie verebbt, einem neuen Höhepunkt zu, dem eine abrupte Pause folgte, die gerade so lang dauerte, daß der Sprecher hören konnte, ob sich Beifall regte, um für den Fall, daß dieser sich zu einer rauschenden Woge steigerte, den darin untergehenden Satz von vorn zu beginnen.

Das Bedürfnis, den Mund aufzureißen, überkam Petersen

so plötzlich, daß er kaum noch die Hand vorhalten konnte. Einige Sekunden lang verstopfte ihm das Gähnen die Ohren, preßte die Augen zu. Um so deutlicher nahm er wieder den süßlichen Modergeruch wahr. Er schüttelte sich, griff nach dem Programmheft, blätterte darin, kreuzte einige Vorträge an, bei denen der Titel versprach, daß sie interessant sein könnten. *Arbeitsbelastungen und ihre Bewältigung.* Oder: *Psychophysische Verarbeitung von Stress am Arbeitsplatz.* Das hörte sich doch schon ganz gut an.

Er nahm die Brille ab, rieb sich die Augen, putzte umständlich die Gläser, setzte die Brille wieder auf und schaute sich im Saal um, als suche er bekannte Gesichter. Aber daß ihm ausgerechnet Harry zunicken würde, darauf war er wirklich nicht vorbereitet. Dunkler Vollbart, halbmondförmige Stirnglatze, Rollkragenpullover, Lederjacke – kein Zweifel, das war der Typ, mit dem Ingrids Freundin zusammen war. Petersen hatte ihn gelegentlich auf Feten getroffen, wußte aber von ihm nicht viel mehr, als daß er Soziologe war. Einer von denen, die es Ende der sechziger Jahre ziemlich jung zum Professor gebracht hatten. Für die sich also die Studentenbewegung rentiert hatte. Doch das war Ingrids Meinung, und die war natürlich alles andere als objektiv. Weil Ingrid einfach nicht in den Kopf wollte, warum sich Petra mit diesem Macker abgab. Diesem Chauvi. Ein Klugscheißer sei das, behauptete sie. Der rümpfe die Nase über die angepaßten Studenten, die vollgefressenen Arbeiter, BILD-Leser, *Neckermann*-Touristen, Bausparer, Spießer. Dabei mache er es sich doch auch nur bequem auf seinem Lehrstuhl. Dieser Apo-Opa!

Petersen sah, wie das schwarze Gestrüpp, in dem Harrys Mund versteckt war, auf einmal die Zähne freigab. Brauchst gar nicht so zu grinsen, murrte er lautlos. Ingrid wird schon recht haben. Daß sie manchmal ein bißchen arg emotional war, wußte er selber. Doch er duldete nicht, daß dieser arrogante Kerl sie auslachte. Jürgen warf Harry einen Blick zu, der ihm zeigen sollte, daß er ihn durchschaut hatte. Der andere beachtete ihn freilich gar nicht. Er reckte den Hals, um besser sehen zu können, was sich auf dem Podium abspielte. Und das war ja tatsächlich zum Lachen. Wie der Fotograf den Redner aus nächster Nähe ins Visier nahm. Wie er in die Knie ging, aber anscheinend immer noch nicht den passenden Ausschnitt gefunden hatte. Wie er dann den Oberkörper vorschob, während er mit der linken Hand am Objektiv die Schärfe einkreiste, bis es endlich blitzte. Der Professor ignorierte das aufdringliche Interesse an seinem Porträt. Zu oft hatte es schon die Spalten der auf aktuelle Berichterstattung spezialisierten Ärztezeitschriften gefüllt, als daß er es noch für nötig erachtet hätte, seine Erscheinung, die jeder einigermaßen wohlgesonnene Betrachter markant nennen mußte, besonders vorteilhaft ins Bild zu rücken, und sein routinierter Redefluß stockte auch nicht, als der Fotograf vor dem Mikrofon tänzelte wie ein Boxer, der darauf lauert, daß sich der Gegner eine Blöße gibt. Hätte er noch einige Sätze abgewartet, wäre der Nachwelt überliefert worden, wie das Gesicht des Ordinarius für kurze Zeit seine akademische Fassung verlor, als werde es aufgewühlt von den Wortkaskaden, die mit zunehmender Lautstärke ins Mikrofon stürzten.

Jürgen Petersen stutzte. Als er begriff, was der Herr Vorsitzende über *suspekte soziologische Erhebungen und Lösungen arbeitsmedizinischer Probleme* zum besten gab, konnte er gar nicht schnell genug mitschreiben. »Jeder Arzt, der etwas von der Materie versteht, wird auf Anhieb erkennen, daß hier Laien oder Amateure, Ignoranten oder Ideologen tätig waren.« Er hätte gern gesehen, wie Harry auf diesen Angriff reagierte, konnte sich jedoch auch die nächsten Passagen nicht entgehen lassen. »Die Umfrage, der Königsweg der Sozialwissenschaften, macht einen Fehlschluß häufig zum Prinzip: Aus dem, was die Leute sagen, wird über das, was die Leute denken, auf das, was in der Realität vorhanden ist, geschlossen. Den Abstand zwischen wissenschaftlicher Wahrheit und soziologischer Wirklichkeit kann man im Bereich zwischen Gesundheit und Krankheit mitunter kaum ermessen.«

»Ein starkes Stück«, entfuhr es Petersen. Er bedauerte, daß Harry, der zwei Reihen hinter ihm saß, diese Bemerkung nicht hören konnte. Ja, du hast richtig gehört, wollte er ihm zurufen. Tut mir leid, daß ich dich vorhin so angepflaumt habe. Zum Glück hast du's nicht gemerkt. Ich kenne dich ja gar nicht. Aber weil Ingrid dich nicht leiden kann und weil ich gerade wieder mal Krach habe mit ihr, na ja, du weißt ja, wie so was läuft. Ob du mir sympathisch bist oder nicht, spielt keine Rolle. Es geht um die Sache. Deswegen bin ich ja hier. Und du wirst dich doch auch nicht zum Vergnügen von diesem Medizinpapst beschimpfen lassen. Na also. Vielleicht bist du genau der Mann, den ich suche. Wenn eure Forschungsprojekte wirklich, wie Ingrid behauptet, nur Selbstzweck wären, dann würde sich dieser Herr Prof. Dr. med. Dr. phil. ja nicht derart ereifern.

»Arbeit und Beruf werden oft kritiklos und laienhaft zum maßgeblichen oder herausragenden Ursachenfaktor hochstilisiert und für den Großteil aller Gesundheitsschäden verantwortlich gemacht.« Je länger um ihn herum in Hände geklatscht und auf Tische getrommelt wurde, desto heftiger spürte Petersen das Verlangen, sich auf die Seite derer zu schlagen, denen der Professor den Mund verbieten wollte.

»Wenn sach- und fachfremde Gremien oder Forschergruppen ungeniert zu Dingen, von denen sie nichts wissen können, Stellung nehmen, braucht man sich nicht zu wundern, daß in den Medien immer häufiger Verallgemeinerungen zu finden sind, die sozialpolitisch in die Irre führen.«

Das Licht ging aus, und auf die Leinwand, die als helles Rechteck an der Stirnseite des Saales schwebte, wurden Überschriften aus Zeitungen projiziert. *Arbeit macht krank ... Mit 50 bist du kaputt ... Stress am Arbeitsplatz, da werde ich richtig aggressiv...* Der Professor schwieg, bis es wieder hell wurde. Die dann folgenden Sätze leitete er mit einer weit ausholenden Handbewegung ein, als müsse er einen Vorhang beiseite schieben. »Hier werden alle medizinischen Erkenntnisse über die Bedeutung von Anlage und Konstitution, Schicksal und Alterung sowie gesundheitswidrigem Verhalten nicht berücksichtigt, statt dessen exogene Schadensfaktoren wie Arbeitswelt und Umwelt überbewertet.«

Nachdem der Beifall abgeflaut war, konnte der Redner, nunmehr der Zustimmung der Mehrheit gewiß, scheinbar sachlich die Ergebnisse epidemiologischer Untersuchungen erwähnen. Solche bevölkerungsbezogenen Analysen der Häufigkeit und möglichen Ursachen sogenannter Volkskrankheiten wie jener des Herz-Kreislauf-Systems hätten nie – bei diesem Wort schnellte die Stimme hoch, um nach einem Augenblick atemlos gespannter Stille dem Rest des Satzes größeres Gewicht zu verleihen – einen erheblichen Anteil beruflicher Einflüsse in der Entstehung dieser Krankheiten ergeben. Dagegen seien meist enge Beziehungen zu eigenverantwortlich erworbenen Risiken, wie Nikotin- und Alkoholkonsum, Überernährung beziehungsweise deren Folgen, aufgedeckt worden. Dessenungeachtet werde jedoch von sozialwissenschaftlicher Seite immer wieder die ursächliche Rolle von Arbeitsstress in der Pathogenese des Herzinfarktes und anderer kardiovaskulärer Erkrankungen hervorgehoben. Retrospektive Studien, die vereinzelt derartige Zusammenhänge nahelegten, seien von eingeschränktem Aussagewert, da die Belastungen, denen Infarktpatienten in der Vergangenheit ausgesetzt gewesen seien, rückblickend aus der Sicht des Kranken und seiner aktuellen Situation beurteilt werden müßten. Dabei sei zu bedenken, daß im heutigen Sprachgebrauch so ziemlich alles, was einen bei oder an der Arbeit störe, unter diesen Begriff falle und auch eine einheitliche wissenschaftliche Definition fehle. Wegen der

Allgegenwärtigkeit von Stress und wegen des subjektiven Charakters der Stressreaktion sei es schwierig, wenn nicht unmöglich, den behaupteten ursächlichen Zusammenhang zu belegen.
Petersen konnte sich nicht verkneifen, wenigstens in Gedanken *Heuchler* zu rufen, während der Professor betonte, es liege ihm fern, die Gesundheitsrisiken der Arbeitswelt zu bagatellisieren oder die Forschungsergebnisse anderer Disziplinen in Frage zu stellen. Die Gesetzgebung und die arbeitsmedizinische Praxis verlangten jedoch gesicherte Erkenntnisse, und er könne sich des Eindrucks nicht erwehren, daß dieses Postulat in den soziologischen Beiträgen vernachlässigt werde. Beifall brauste auf, dessen allmähliches Versiegen der Redner mit halboffenem Mund abpaßte, um dann das Urteil zu sprechen. »Diese Beiträge zeichnen sich vielmehr aus durch viel Ideologie, Polemik, Demagogie bis hin zur Forderung nach langfristiger gesellschaftlicher Veränderung.«
Harry, der im Verzeichnis der Tagungsteilnehmer als Professor Harald Richter geführt wurde, hatte das rechte Bein spitzwinklig über das linke Knie gelegt, seine Arme baumelten hinter der Stuhllehne. Als er Petersens Blick bemerkte, zog er langsam die Schultern hoch, um einen Moment in dieser Haltung gespielter Ratlosigkeit zu verharren, ehe er die Schultern so entschlossen wieder fallen ließ, als sei er es ein für allemal leid, sich mit den Repräsentanten der Ordinarien-Universität und ihren Gefolgsleuten auseinanderzusetzen. Denn dazu habe seinesgleichen schon während der Studentenzeit alles Wesentliche gesagt: *Unter den Talaren der Muff von tausend Jahren.*
Plötzlich richtete er sich auf, warf den Kopf in den Nacken und fixierte den nächsten Redner, der gerade darum bat, in Erinnerung rufen zu dürfen, daß sich die Arbeitsmedizin traditionsgemäß mit Arbeitsunfällen und Berufskrankheiten beschäftige. Auf einer Tagung wie dieser, wo die Frage

gesundheitlicher Gefährdung im Arbeitsleben ja nicht nur von Ärzten erörtert werde, sei wohl auch der Hinweis nützlich, daß eine Berufskrankheit definitionsgemäß Folge einer besonderen Einwirkung sei, bei einer bestimmten Personengruppe auftrete und bei dieser durch deren Arbeit bedingt sei sowie in einer Häufigkeit vorkomme, die über dem Durchschnitt der übrigen Bevölkerung liege. Der in letzter Zeit allzu bereitwillig geäußerten Kritik müsse vom Standpunkt der Arbeitsmedizin entgegengehalten werden, daß die in der Bundesrepublik Deutschland gültige Berufskrankheiten-Verordnung von 1976 auch aus heutiger Sicht nur wenige und keine gravierenden Lücken aufweise. Damit solle nicht bestritten werden, daß sich eine Reihe von – gewöhnlich als arbeitsbedingt charakterisierten – Erkrankungen der statistischen Erfassung durch die Unfallversicherungen, denen Arbeitsunfälle und Berufskrankheiten zu melden seien, weitgehend entziehe.
Zu dieser Gruppe seien zum Beispiel die als Begründung von Arbeitsunfähigkeit und Frühinvalidität weit verbreiteten Erkrankungen des Bewegungsapparates, der Atemwege und des Herz-Kreislauf-Systems zu rechnen. Dabei sei der berufliche Anteil noch unklar. Nach den bisher vorliegenden Untersuchungen scheine er jedoch, wie sein Vorredner dankenswerterweise schon deutlich gemacht habe, erheblich geringer zu sein als der anderer Einflüsse, so daß die Voraussetzung für eine Anerkennung als Berufskrankheiten nicht gegeben sei. In diesem Zusammenhang dürfe auch nicht vergessen werden, daß die einschlägigen Bestimmungen ja nicht nur die technische Entwicklung in der Industrie widerspiegelten, sondern auch das Fortschreiten des wissenschaftlichen Erkenntnisstandes, und dieser zweifellos mühsame Weg zwinge alle Beteiligten im Rahmen der Begutachtung von eventuell neu in die Liste der Berufskrankheiten aufzunehmenden Gesundheitsschäden naturwissenschaftliche Kriterien der Kausalität zu beachten, da philosophische

Evidenz für die Anerkennung einer Berufskrankheit bekanntlich nicht in Betracht komme.
Petersen klappte das Notizbuch zu. Er hatte sich dabei ertappt, daß er das Fragezeichen, das er hinter *philosophische Evidenz* gemalt hatte, immer wieder nachgefahren war, als müsse er sich durch diese Bewegung etwas vor Augen führen, wovon ihn der Redner ständig ablenken wollte. Die Spur, die der Kugelschreiber auf dem Papier hinterlassen hatte, war zu einer Acht verschmolzen.
Der Vorsitzende hatte sich, beifällig nickend, dem Referenten zugewandt, den diese Geste anfeuerte, auch mit seinen weiteren Ausführungen Professor Stockhans nicht zu enttäuschen. Denn an dem Direktor des Instituts für Arbeitsphysiologie der Universität Pottstadt kam keiner vorbei, der auf diesem Gebiet eine Karriere anstrebte. In seiner Eigenschaft als Vorsitzender dieser Tagung thronte er nun in der Mitte des langen Tisches, an dem unter seiner Regie die für den Nachmittag vorgesehene Podiumsdiskussion stattfinden würde, und er war offensichtlich zufrieden, daß er auch diesen Privatdozenten am Institut für Arbeits- und Sozialmedizin der Universität Reichsberg um seine Teilnahme gebeten hatte, sagte der doch nichts, was er in ähnlicher Weise nicht selbst schon gesagt hatte.
Petersen lehnte sich zurück. *Naturwissenschaftliche Kriterien der Kausalität.* Je länger er über diesen Satz nachdachte, desto weiter entfernte sich die Stimme des Vortragenden. Da beißt sich doch der Hund in den Schwanz, widersprach er, obwohl er sah, daß er das Einvernehmen der beiden Herren auf dem Podium nicht stören konnte. Aber es war wie bei Fernsehübertragungen von Bundestagsdebatten, wenn er den Ton wegdrehte. Dann brauchte er sich nicht mehr zu ärgern. Im Gegenteil. Dann waren die Wortgefechte, die da mit so viel Eifer ausgetragen wurden, meistens nur noch komisch. Dann konnte man den Vertretern dieser oder jener Meinung ins Gesicht schauen, ohne sich

ihre Meinung anhören zu müssen. Um so deutlicher sah man dann, was dahintersteckte, und man konnte sich endlich mal in Ruhe eigene Gedanken machen.
Diese Argumentation führt doch immer wieder nur dazu, daß der Zusammenhang zwischen den heute vorherrschenden Erkrankungen und Arbeitsbedingungen bestritten wird, weil er naturwissenschaftlich nicht nachweisbar ist. Aber was bei einer Untersuchung herauskommt, hängt eben vor allem davon ab, wonach man sucht und welche Methoden man anwendet. Wenn man den theoretischen Blickwinkel einengt auf Erscheinungen, die mit dem Instrumentarium der Naturwissenschaften erfaßt werden können, lassen sich zum Beispiel Bakterien als Erreger dieser oder jener Krankheit identifizieren. Doch von den realen Wechselwirkungen zwischen dem Menschen und seiner natürlichen wie gesellschaftlichen Umwelt sieht man auf diese Weise nur einen schmalen Ausschnitt. Es ist, als greife man aus einem dreidimensionalen Netz einzelne Stränge heraus, ohne zu berücksichtigen, daß die Verknüpfungen in Wirklichkeit weit komplexer sind, als es bei der isolierten Betrachtung eines Verbindungsstücks zwischen zwei Knotenpunkten erkennbar wird. Bleibt es also bei *philosophischer Evidenz?*
Petersen starrte den Redner mit einem Ausdruck vorwurfsvollen Mitleids an, als bedauere er, den Herrn Privatdozenten darauf hinweisen zu müssen, daß diese Frage nur zu beantworten sei, wenn er sich zu einer Erklärung herablasse, was er darunter verstehe. Der Tonfall, in dem er seinen Kontrahenten angesprochen hatte, verriet freilich, daß er durch diese Retourkutsche Zeit gewinnen wollte, um erst einmal für sich selbst die Begriffe zu klären. *Evidenz* konnte er ohne weiteres mit Augenscheinlichkeit übersetzen, und wenn er dies im Sinne von Gewißheit deutete, war seine Position schon wesentlich besser. Doch was hatte es mit dem Adjektiv auf sich? War eine philosophische Gewißheit weniger wert als eine naturwissenschaftliche?

Nur mal langsam, unterbrach Petersen den Dialog in seinem Kopf. Bevor man solche Urteile abgibt, sollte man sich einigen, wovon die Rede ist. Na schön. Ich gehe also davon aus, daß die Philosophie weder über den anderen Wissenschaften noch als eine besondere geistige Tätigkeit neben ihnen steht. Sie erforscht vielmehr die allgemeinen Gesetzmäßigkeiten, die in der Natur, in der Gesellschaft und im Denken wirksam sind, weshalb sie den verschiedenen Einzelwissenschaften, die sich mit speziellen Teilgebieten der Wirklichkeit beschäftigen, erst die Grundlage liefert.
So, Herr Doktor. Jetzt sind Sie an der Reihe.
In Ihren Augen ist Philosophie offenbar nichts als müßige Spekulation, die der wissenschaftlichen Erkenntnis eigentlich nur im Weg sei, jedenfalls nicht zu jenem Grad der Gewißheit führe, der bei der Entscheidung, ob ein Anspruch auf gesetzlich geregelte Entschädigung eines beruflichen Risikos wissenschaftlich zu begründen sei, erreicht werden müsse. So wird jedoch Kausalität auf juristisch abgrenzbare Sachverhalte beschränkt, und infolge dieser theoretischen Engstirnigkeit kann die Arbeitsmedizin lediglich sozialrechtlich festgeschriebene Handlangerdienste leisten, wodurch sie mehr die Unternehmer vor Forderungen der Beschäftigten als diese vor arbeitsbedingten Gesundheitsschäden bewahrt.
Der Referent trank einen Schluck Wasser. Als er nach einem Seitenblick auf den Vorsitzenden mit einem Räuspern wieder zu sprechen begann, versuchte Petersen, sich auf die Stimme zu konzentrieren. Es dauerte eine Weile, bis er die Worte verstand, doch dann konnte er, teils erleichtert, teils belustigt, feststellen, daß er nicht viel verpaßt hatte.
»Nach der am weitesten gefaßten Definition sind arbeitsbedingte Erkrankungen solche, die unter Angehörigen einer bestimmten Berufs- oder Tätigkeitsgruppe oder in bestimmten Arbeitsbereichen regelmäßiger und häufiger auftreten als in der übrigen Bevölkerung.«

Nicht schlecht, nickte Petersen. So könnte man erst mal einen Überblick bekommen. Indes wandte der Vortragende ein, »daß eine Häufung bestimmter Krankheiten in einzelnen Gruppen allein keinen ursächlichen Zusammenhang mit der jeweils verrichteten Tätigkeit begründen kann.« »Das hat doch auch niemand behauptet«, entgegnete Petersen. Inzwischen hatte er schon Übung darin, den Vortragenden auszublenden, wenn er seine Überlegungen störte. Bevölkerungsstudien sollen ja gar keinen Kausalbeweis liefern, wie er für Rentenansprüche bei Berufskrankheiten gefordert wird, wo man gewissermaßen den Richter überzeugen muß, daß die Kugel in der Brust des Opfers zur Tatwaffe des Angeklagten gehört. Na ja, das Bild ist natürlich ziemlich grob, doch es macht den Unterschied anschaulich. Die Schuldfrage muß ja nur im individuellen Fall eindeutig beantwortet werden. Wenn es darum geht, jemandem zu seinem Recht zu verhelfen. Wenn erlittenes Unrecht zumindest entschädigt werden soll. Will man aber Schäden verhüten, kann man sich zunächst mit Indizien begnügen, daß es in bestimmten Gegenden mehr Tote und Verletzte gibt als in anderen. Stellt sich dann heraus, daß dort häufiger mit bestimmten Waffen geschossen wird, kann man gegen deren Gebrauch vorsorglich etwas unternehmen, auch wenn noch nicht bis ins Detail geklärt ist, wer auf wen geschossen hat. Vermindern diese Maßnahmen die Anzahl der Getroffenen, ist die Praxis zugleich die Probe auf die Kausalität, die durch epidemiologische Erhebungen und daran anknüpfende Befunde als wahrscheinlich anzunehmen war. Das wird freilich schon im Ansatz verhindert, wenn man den arbeitsbedingten Gesundheitsverschleiß, soweit er nicht in einem Katalog anerkannter Berufskrankheiten unterzubringen ist, als natürliches Schicksal, bloßen Zufall oder persönliches Versagen versteht. Dann erschöpft sich Prävention in Appellen an den einzelnen, er solle gefälligst eine kugelsichere Weste anlegen oder aus dem Schußfeld gehen.

Petersen spürte ein Kitzeln in den Mundwinkeln, als er sich diesen Vergleich notierte. Na, was sagst du jetzt, schmunzelte er, und es war ihm schnuppe, daß ihn der Referent nicht hören konnte. Für den war er ohnehin nur ein Schreiberling. Und so einen duldete er höchstens als Sprachrohr seiner eigenen Meinungen. Aber das könnte euch so passen. Daß es eine Auseinandersetzung unter Experten bleibt, von der die Öffentlichkeit ausgeschlossen ist, weil sie sonst vielleicht dahinterkäme, wie sie übers Ohr gehauen wird.
»Berufsspezifische Gewohnheiten«, tönte es von oben, »spielen unter Umständen eine wichtigere Rolle als schädliche Arbeitseinflüsse.« Wenn beispielsweise in Berufen mit starkem Alkoholkonsum, wie im Gaststättengewerbe, in der Brauindustrie oder im Bauhandwerk, Lebererkrankungen überdurchschnittlich häufig seien, so gehe das sicherlich nicht auf das Konto nachteiliger Wirkungen an solchen Arbeitsplätzen. Das sei wohl ebenso klar wie die Tatsache, daß die Mär vom Klapperstorch, der die Kinder bringe, nicht dadurch wahrscheinlicher werde, daß statistisch eine eindeutige Beziehung zwischen der Zahl der Storchennester und der Geburtenrate nachweisbar sei.
Petersen drehte sich, demonstrativ den Kopf schüttelnd, nach Harry um, als könne der ihn im Verdacht haben, daß er in das schadenfrohe Gelächter einstimme. Doch Harry schien weder zu hören noch zu sehen, was in seiner Umgebung vorging. Er lag mehr als daß er saß, so weit hatte er die Beine von sich gestreckt. Seine linke Hand schirmte die Augen ab, so daß man auf den ersten Blick den Eindruck haben konnte, er sei eingeschlafen. Tatsächlich war er aber in ein Buch vertieft, das, durch die Tischkante gestützt, schräg auf seinem Bauch stand, und er ließ sich auch nicht stören, als der Redner, wegen der Bedeutung, die dem Faktor Stress in der allgemeinen Diskussion um arbeitsbedingte Risiken beigemessen werde, die Ausführungen des Herrn Vorsitzenden zu dieser Frage ergänzen wollte. Dabei zitierte er zuerst

eine vom Bundesministerium für Forschung und Technologie durchgeführte Befragung, derzufolge sich von hundert Beschäftigten etwa 70 durch Anspannung und Konzentration, 55 durch Arbeitstempo und Stress – diesen Begriff setzte der Vortragende hörbar in Anführungszeichen – und 37 durch Lärm bei der Arbeit besonders beansprucht fühlten. Solche Angaben seien aber wissenschaftlich nur sehr begrenzt tauglich, da sie durch zahlreiche unkontrollierbare Einflüsse verzerrt werden könnten.
An dieser Stelle blickte Harry flüchtig hoch, wobei er allerdings so abwesend wirkte, als wolle er nur schauen, ob noch immer derselbe Referent sprach. Dann beugte er sich wieder über das Buch, offensichtlich überzeugt, daß er nichts versäumte. Was die Arbeitnehmer heute als Stress bezeichneten, bedürfe dringend der Objektivierung. Beim letzten Wort war der Redner dem Mikrofon so nahe gekommen, daß es dröhnte. Er fuhr erschrocken zurück, stockte, bis er sich in seinem Manuskript wieder zurechtgefunden hatte. »Zu diesem Zweck haben wir an unserem Institut die klassischen Stresshormone Adrenalin, Noradrenalin sowie Cortisol in Blut und Urin gemessen.« Durch Labortests mit physischen und psychischen Belastungen sowie eine Untersuchung von Studenten anläßlich der ärztlichen Vorprüfung seien die biochemischen Funktionsgrößen gewissermaßen geeicht worden, bevor man anhand dieser Parameter Lärmeinwirkungen bei Arbeitern eines Stahlröhrenwerkes, Fließbandarbeit von Frauen in der Elektronikindustrie und Wechselschichtarbeit in einem metallverarbeitenden Betrieb überprüft habe. In keinem Fall hätten sich jedoch Hinweise ergeben, daß diese gewohnte tägliche Arbeit einen wesentlichen Stressfaktor darstelle. Obwohl sie subjektiv durchaus unterschiedlich bewertet worden sei, habe man keinen deutlichen Anstieg der Meßwerte registriert, die bei besonderen Belastungen zu erwartende verstärkte Abgabe der Stresshormone sei ausgeblieben.

Harry legte das Buch beiseite, setzte sich gerade und betrachtete, seinen Bart kraulend, den Redner, der mittlerweile bei seinen Schlußbemerkungen angelangt war und warnend die Stimme hob. »Der Versuch hektischer Minimierung vermeintlicher Risiken in der Arbeitswelt kann auch zu einer Vernachlässigung anderer wichtiger Probleme führen!« Ferner sei nicht einzusehen, warum die Arbeitswelt eine Alibifunktion für das weit verbreitete gesundheitliche Fehlverhalten übernehmen solle.
Petersen sah, wie Harry die Stirn runzelte und einen Filzstift zückte, um sich etwas aufzuschreiben.
»Unabhängig von wissenschaftlichen Erwägungen müssen auch die ökonomischen Grenzen für unter Umständen wünschenswerte Verbesserungen des Arbeitsschutzes bedacht werden.«
Bei diesem Satz warf Harry den Stift auf den Tisch und strahlte. Er ließ das Podium nicht aus den Augen, während der Referent, wie betäubt vom brandenden Beifall, sein Manuskript ordnete, bevor er sich vom Rednerpult losriß und, erst tastend, dann immer sicherer werdend, daß sein Auftritt ein Erfolg war, auf den Vorsitzenden zuging, der ihn mit ausgebreiteten Armen empfing. Kaum hatte Privatdozent Dr. Blendinger an dem mit Namensschildern bestückten Tisch den für ihn reservierten Platz eingenommen, schnellte Harrys Hand in die Höhe. Der Vorsitzende dankte dem Kollegen für seinen hochinteressanten Vortrag, der sicherlich viele Fragen angeregt habe. In Anbetracht der fortgeschrittenen Zeit müsse er die Diskussionsredner aber leider bitten, sich möglichst kurz zu fassen.
Harry, der schon eines der im Saal aufgestellten Mikrofone für seine Größe zurechtgebogen hatte, wartete gelassen ab, bis ihm das Wort erteilt wurde. Er habe das Bedürfnis, Herrn Blendinger zu dem soeben bewiesenen Mut zu beglückwünschen. Nach dieser Eröffnung, die wohl für beide Lager des Auditoriums überraschend kam, wurde es

schlagartig still. Denn, so fuhr Harry fort, auch für einen traditionellen Arbeitsmediziner gehöre Mut dazu, über Gesundheitsrisiken in der Arbeitswelt zu sprechen und dabei konsequent die wissenschaftliche und politische Diskussion, wie sie seit etwa zehn Jahren geführt werde, auszublenden. Erfreulicherweise habe der Vortragende zum Schluß auch noch eine Erklärung geliefert, was ihn zu dieser Leistung befähigte. Die um sich greifende Unruhe beantwortete Harry damit, daß er das Mikrofon noch näher an seinen Mund heranholte. »Immerhin«, sagte er dann, »räumt Herr Blendinger ein, daß Verbesserungen des Arbeitsschutzes wünschenswert wären. Seine Sorge gilt jedoch den Kosten, die eine tatsächlich auf die Ursachen arbeitsbedingter Erkrankungen einwirkende Prävention mit sich bringt. Da dieses Argument, wie Herr Blendinger selbst zugibt, nichts mit Wissenschaft zu tun hat, will ich darauf auch nur mit einem Zitat aus Goethes *Faust* eingehen: *Das also war des Pudels Kern.*«

Da und dort wurde Gelächter laut, was den Vorsitzenden zu der dringenden Bitte veranlaßte, doch zur Sache zu kommen. Er sei, erwiderte Harry, bereits mittendrin. Natürlich könnten Wissenschaftler nicht übersehen, daß die praktische Umsetzung ihrer Erkenntnisse dort an Grenzen stoße, wo dies wirtschaftliche Konsequenzen habe. Das sei aber primär eine politische Frage, die auch als solche behandelt werden müsse, um so mehr, als nicht nur die Verwertung wissenschaftlicher Forschung, sondern auch ihre Entstehung, also welche Fragen jeweils in welcher Weise aufgegriffen würden, von den realen gesellschaftlichen Entwicklungen abhänge. Daß beispielsweise das Waldsterben oder der Totschlag von Robben in der Öffentlichkeit sehr viel mehr Aufmerksamkeit fänden als die Zumutungen des Arbeitslebens, entscheide ganz wesentlich darüber, wie dieses Problem von der Wissenschaft wahrgenommen werde. Je nachdrücklicher im Bereich des Arbeitsschutzes politische

Forderungen erhoben würden, desto mehr sei auch die Wissenschaft gezwungen, aus der Forschungsidylle des Labors herauszutreten und sich der komplexen Wirklichkeit der Arbeits- und Lebensbedingungen zu stellen. Wenn dieser Schritt gewagt werde, könne man sich freilich nicht mehr hinter der Fiktion wissenschaftlicher Objektivität und angeblich exakter Methoden verschanzen.
Der Vorsitzende hatte sich nach vorn gebeugt. Seine rechte Hand umklammerte den Mikrofon-Ständer, die Finger der linken trommelten auf den Tisch. Harry nickte ihm begütigend zu und deutete mit erhobenem Daumen an, daß er höchstens noch eine Minute der kostbaren Zeit beanspruchen werde. »Als Soziologe«, sagte er, »muß ich an die triviale Tatsache erinnern, daß das, was das Wohlbefinden und oft genug auch die Organe beeinträchtigt, immer Ergebnis sozialer Prozesse ist, folglich nicht auf die – quasi schicksalhaft – durch Maschinen und gefährliche Arbeitsstoffe gegebenen Gesundheitsrisiken reduziert werden kann. Hinter jedem Fall arbeitsbedingter Erkrankungen steht ein Mensch, dessen gesamte Lebenssituation von der Notwendigkeit abhängiger Arbeit geprägt wird, der aber auch Bedürfnisse hat, die über seine Fähigkeiten und Funktionen als Produktionsfaktor sowie die Regeneration der Arbeitskraft hinausgehen. Mit dieser Einsicht muß sich sowohl die Konzeption der Forschung als auch ihr politischer Standort verändern. Die Arbeitsmedizin blockiert jedoch schon im Vorfeld eine fruchtbare wissenschaftliche Auseinandersetzung mit industriell produzierten Belastungen und ihren individuellen wie gesellschaftlichen Folgen, indem sie die Schwelle für den Beweis eines ursächlichen Zusammenhangs so hoch schraubt, daß sie letzlich nie zu überwinden ist. Anstatt von einem solchen Zusammenhang auszugehen und nach spezifischen Wirkungsmechanismen zu fragen, besteht sie auch dort, wo aufgrund von täglichen Erfahrungen der Betroffenen eigentlich längst Klarheit herrscht, auf

einer wissenschaftlichen Klärung. Dabei verlangt sie zweifelsfrei gesicherte Ergebnisse, ohne zu erkennen, daß ihre bornierte Orientierung an vermeintlich harten Daten wichtige Aspekte arbeitsbedingter Gesundheitsbeeinträchtigungen verfehlt. Damit werden der staatlichen und betrieblichen Politik willkommene Vorwände geliefert, um das auf diesem Gebiet durchaus vorhandene Wissen weiterhin zu ignorieren. So ergreifen die Vertreter der Arbeitsmedizin, ob es ihnen bewußt ist oder nicht, eindeutig Partei in einem Konflikt, der allen vornehmen Umschreibungen zum Trotz nach wie vor durch die gegensätzlichen Interessen von Arbeit und Kapital bestimmt wird.«

Der Vorsitzende hatte Mühe, die aufwallende Empörung einzudämmen. Mit beschwörenden Gesten versuchte er, die lautstarke Mehrheit im Saal zu ermahnen, daß es unter ihrer Würde sei, sich durch derartige Unterstellungen provozieren zu lassen. Dem rotgesichtigen Herrn in der ersten Reihe, der nicht davon abzuhalten war, seine Meinung kundzutun, daß solche ›Klassenkampfparolen‹ auf einer wissenschaftlichen Veranstaltung nichts zu suchen hätten, warf der Vorsitzende einen väterlich strafenden Blick zu. »Bitte, Herr Kollege, ich muß doch bitten«, stammelte er immer wieder, als komme es jetzt vor allem darauf an, die Form zu wahren. Nachdem er sich mit dieser Meinung durchgesetzt hatte, dankte er scheinheilig für den Diskussionsbeitrag und bat um weitere Wortmeldungen.

Harry räumte bereitwillig das Feld. Sein Nachfolger, der gut einen Kopf kleiner war, verstellte erst mit umständlicher Sorgfalt das Mikrofon, so daß er, während die letzten Unmutsäußerungen verstummten, erwartungsvolle Blicke auf sich zog. Seine graue Flanellhose, die dunkelblaue Clubjacke mit Messingknöpfen und die tizianrote Krawatte konnten ihn in den Augen jener Tagungsteilnehmer, die in der Überzahl waren und sich, standesgemäß gekleidet, auch äußerlich von Ketzern wie Harry abgrenzten, als Verbündeten ausweisen. Doch diese Hoffnung machte er schon mit dem ersten Satz zunichte.

»Wenn ich«, begann er, und die sanfte, fast ein wenig schläfrig klingende Stimme verstärkte die Wirkung seiner Aussage, »wenn ich Industriearbeiter wäre und die beiden ersten Referate verstanden hätte, müßte ich vermuten, daß hier Blinde über die Farbe meiner Augen redeten. Entschuldigen Sie, daß ich das zunächst mal so unwissenschaftlich formuliere. Aber es ist schon erstaunlich, wie mißtrauisch, ja geradezu ängstlich die Arbeitsmedizin gegenüber den täglichen Erfahrungen in den Betrieben ist. Den Betroffenen wird jegliche Zuständigkeit in Gesundheitsfragen abgesprochen. Als Sozialwissenschaftler sehe ich natürlich den historischen Hintergrund dieser Enteignung. Sie ist ein Resultat der beherrschenden Stellung, die den Experten bei der Anerkennung und Entschädigung von Arbeitsfolgen im Rahmen der Sozialgesetzgebung eingeräumt wurde. Sie allein befinden darüber, ob und in welchem Ausmaß, plakativ ausgedrückt, Arbeit krank macht. Die Betroffenen werden zwar neuerdings an der standardisierten Beschreibung von Arbeitsbedingungen beteiligt, und man gesteht ihnen auch zu, daß sie aus ihrer Sicht gesundheitliche Beeinträchtigungen schildern. Die Bewertung dessen, was die Arbeitenden in ihrer Umgebung und an sich selbst wahrnehmen, bleibt jedoch in jedem Fall den Wissenschaftlern vorbehalten. Um sich dieses Urteil anmaßen zu können, ohne ihren angeblich neutralen und nur der wissenschaftlichen Wahrheit verpflichteten Expertenstatus zu gefährden, beharren sie auf Maßstäben, die Objektivität garantieren sollen, tatsächlich aber bloß den Schein wahren, die auf diese Weise gewonnenen Erkenntnisse würden mit ihrem Gegenstand übereinstimmen.«

Jürgen Petersen sah, daß der Vorsitzende nur auf eine Gelegenheit lauerte, um den Tagungsverlauf wieder in die von der Mehrheit gewünschte Bahn zu lenken. Als die sanfte

Stimme erklärte, Arbeitsanforderungen würden nicht nur durch Technikeinsatz bestimmt, horchte Professor Stockhans auf. Gleich darauf verfinsterte sich sein Gesicht.
»Vielmehr«, hörte Petersen, »beruhen sie auf unternehmerischen Strategien, und sie treffen auf soziale Subjekte, die biographisch vorgeprägt sind und dementsprechend in jeweils unterschiedlichen historischen und gesellschaftlichen Zusammenhängen denken, fühlen und handeln. Der Mensch kann die Bedingungen, unter denen er lebt und arbeitet, kritisch reflektieren und verändernd auf sie einwirken. Er ist aber zugleich emotional betroffen und verarbeitet die an ihn gerichteten Forderungen immer auch unbewußt. Welche Folgen dies für die Gesundheit hat, hängt nicht allein von der naturgegebenen körperlichen und seelischen Beschaffenheit ab, sondern ebenso von Bedürfnissen, Motiven, sozialen Kontakten und Erfahrungen. Die Gesamtheit dieser Sachverhalte bildet das Objekt arbeitswissenschaftlicher Forschung. Sollen sie angemessen im Bewußtsein widergespiegelt werden, und nichts anderes ist ja, jedenfalls für mich, der Sinn objektiver Erkenntnis, dann kann man aber nicht so tun, als sei Wissenschaft unabhängig von weltanschaulichen oder politischen Positionen und könne sich freihalten von gesellschaftlichen Einflüssen. Eine solche Denkhaltung, die ihre Voraussetzungen und praktischen Schlußfolgerungen verleugnet, ist bloß objektivistisch. Sie stutzt die Wirklichkeit derart zurecht, daß sie in ein Wissenschaftsverständnis paßt, für das objektive Meßbarkeit eine ähnliche Bedeutung zu haben scheint wie das Dogma von der unbefleckten Empfängnis in der katholischen Kirche.«
Einige Zuhörer lachten und klatschten, wurden aber übertönt von Zischlauten und Buhrufen. Jemand warf ein: »Wir brauchen keine philosophischen Ergüsse, sondern Fakten.« Ein anderer forderte: »Zur Sache!« Und ein dritter rief: »Schluß mit dem Geschwätz!«
So ging es eine Weile hin und her, wobei der Redner neugie-

rig die Gesichter derer betrachtete, die sich über seine Ausführungen empörten. Als wieder Ruhe einkehrte, versicherte er, daß er die Ungeduld durchaus verstehe. Doch er halte es für unumgänglich, grundsätzliche Positionen zu klären, bevor man über die Ergebnisse einzelner Studien diskutiere. Daher möge man ihm bitte erlauben, seine Behauptung zu begründen, daß die arbeitswissenschaftliche Forschung, jedenfalls in ihrer bisher vorherrschenden Form, dem Problem arbeitsbedingter Erkrankungen nicht gerecht werde. Das zeige sich besonders deutlich an der leider auch von Sozialwissenschaftlern übernommenen Unterscheidung zwischen Belastung und Beanspruchung oder, im Englischen, zwischen *stress* und *strain*. Denn zugrunde liege die aus der technischen Werkstoffprüfung stammende Vorstellung, daß eine Kraft, etwa Druck oder Stoß, auf einen Gegenstand einwirke und dort bestimmte Veränderungen, zum Beispiel einen Bruch, erzeuge. Der Mensch sei freilich, und in diesem Punkt lasse sich wohl auch unter den hier Versammelten Einigkeit herstellen, kein toter Gegenstand, und die Arbeit übe auf ihn nicht einfach einen Druck aus, dessen Stärke wie eine physikalische Kraft bestimmt werden könne. Doch genau diese gedankliche Amputation sei notwendig, um objektive Gegebenheiten, die auf jedes Individuum bei einer bestimmten Arbeit in gleicher Weise einwirkten, säuberlich zu trennen von subjektiven Verarbeitungsreaktionen. Abweichend vom allgemeinen Sprachgebrauch würden unter Belastung lediglich die objektiven Anforderungen verstanden, während man die individuellen Reaktionen als Beanspruchung bezeichne.

»Wem erzählen Sie denn das!« Der Zwischenruf fand sogleich Unterstützung: »Wenn Sie sich nur auch zu klaren Definitionen entschließen würden, dann müßten wir hier nicht unsere Zeit vergeuden!« Der Beifall, mit dem diese Bemerkung aufgenommen wurde, ermunterte weitere Mißfallensbekundungen, bis schließlich der Vorsitzende den Tumult dämpfte. Er hob beschwichtigend die Hände und drängte den Redner, er möge doch bitte zum Schluß kommen. Der schaute sich um, als prüfe er die Stimmung im Saal, zog dann einen Zettel aus der Jackentasche. »Gestatten Sie«, sagte er, an Professor Stockhans gerichtet, »daß ich auf eine Ihrer Publikationen zurückgreife, um meine Bedenken zu verdeutlichen. Ich habe mir hier die entscheidende Passage notiert, will mich aber nicht dem Vorwurf aussetzen, ich würde das Zitat aus dem Zusammenhang reißen. Lassen Sie mich daher, wenigstens kurz, Ihren Gedankengang rekapitulieren. Sie betonen also in diesem Aufsatz, daß sich die Beanspruchungen eines Menschen nicht direkt aus den Belastungen, sondern nur über die Kenntnis intervenierender Variablen erklären ließen. Zu diesen veränderlichen Größen, die zwischen den objektiven Reizen und den subjektiven Reaktionen vermitteln sollen, rechnen Sie insbesondere persönliche Eigenschaften und Verhaltensweisen sowie soziale Gegebenheiten, etwa die Wohnsituation oder familiäre Verhältnisse. Dieser Ansatz mache verständlich, warum die gleiche Belastung im einen Fall ohne Konsequenzen für die Gesundheit bleibe, im anderen dagegen eine Gefährdung bedeute. Die Entstehung von Erkrankungen, die auch sonst verbreitet sind, aber in Verbindung mit bestimmten Tätigkeiten gehäuft auftreten, führen Sie dann darauf zurück, ich zitiere, *daß die Anpassungs- und Kompensationsmöglichkeiten gegenüber der Belastung unter Berücksichtigung persönlicher Voraussetzungen und weiterer intervenierender Variablen bei einem Menschen nicht mehr ausreichen, womit die Beanspruchungen für diese Person zu stark werden. Dies kann einmal dadurch verursacht sein, daß die Belastungen zu groß sind, oder aber, daß die individuellen Anpassungskapazitäten zu klein sind.*«

Der Vorsitzende hatte mit mißtrauischer Wachsamkeit zugehört, aber keinen Anlaß entdeckt, um Einspruch zu erheben. Jetzt runzelte er die Stirn, als sei er gespannt, was der junge Mann ausgerechnet an diesen Sätzen zu beanstanden haben könnte. Der Diskussionsredner zupfte an seiner Krawatte und wandte sich Professor Stockhans zu.

»Wenn ich Sie richtig verstehe, räumt Ihr Denkschema immerhin ein, daß das Individuum nicht wie eine Maschine passiv den auf seinen Organismus treffenden Reizen ausgeliefert ist, sondern die dadurch bedingten Reaktionen abschwächen oder verstärken kann, je nachdem, wie es die Belastungen subjektiv einschätzt und dementsprechend damit fertig zu werden versucht. Die mechanistische Vorstellung vom körperlichen Verschleiß durch zu starke Beanspruchung infolge übermäßigen Arbeitsdrucks wird also ergänzt um ein Übergangsstadium, in dem sich der einzelne den Gegebenheiten anpaßt, bis seine Bewältigungsmöglichkeiten erschöpft sind. Wie und warum dies geschieht, bleibt allerdings ungeklärt, da man ja die Fiktion aufrechterhalten will, krankmachende Belastungen existierten unabhängig vom Wissen und Handeln der Beteiligten, könnten daher von außenstehenden Experten durch direkte Beobachtung am Arbeitsplatz oder anhand von Laborwerten objektiv ermittelt werden. Wissenschaftlich im wahrsten Sinne unbegreiflich ist auf diese Weise, daß in der Realität eine Wechselwirkung zwischen Belastung und Bewältigung besteht, indem sich das eine jeweils durch das andere bestimmt. Dieser lebendige Vermittlungsprozeß erstarrt, wenn man, wie es mit den üblichen Methoden praktiziert wird, für beide Elemente vorher theoretische Kategorien bildet, die erst dann inhaltlich in Beziehung gesetzt werden, aber keinen inneren Zusammenhang aufweisen. Die von Ihnen genannten intervenierenden Variablen sind deshalb lediglich als scheinbar feststehende Verbindungsglieder zwischen Belastung und Beanspruchung zu erfassen, ohne zu erklären, wie die Art der Bewältigung jeweils die Belastung mit produziert und von ihr gleichzeitig hervorgebracht wird, wie also im konkreten Fall eine bestimmte Krankheit entsteht. Um darauf näher einzugehen, müßte ich freilich Ihre Geduld über Gebühr strapazieren.«

Der Vorsitzende schaute auf die Uhr, als sei er durch diese Bemerkung wieder an seine Pflicht als Diskussionsleiter erinnert worden. Obwohl der Redner gar keine Anstalten machte, weiterzusprechen, vielmehr mit gesenktem Kopf neben dem Mikrofon stand und über die letzten Sätze nachzudenken schien, beeilte sich Professor Stockhans, sein Bedauern zum Ausdruck zu bringen, daß er die interessanten, wenn auch in seinen Augen reichlich spekulativen Ausführungen hier abbrechen müsse. Es bleibe aber ohnehin nur noch Zeit für maximal zwei kurze Wortmeldungen.

Der Mann in der dunkelblauen Clubjacke blickte auf, und als überall Hände in die Höhe fuhren und ungeduldig geschüttelt wurden, tastete er erneut nach seiner Krawatte, drehte unschlüssig den Kopf hin und her. Dann erkannte er, wem der Vorsitzende nach ihm das Wort zu erteilen bereit war. Er nickte dem etwa gleichaltrigen Mann im braunen Cordanzug zu, bevor er sich, augenscheinlich beruhigt, daß das Mikrofon bei diesem Kollegen in guten Händen sei, auf seinen Platz zurückzog.

»Ich möchte den Ausführungen meines Vorredners nur einige praktische Gesichtspunkte anfügen. Weil die Arbeitsmedizin ihre Zuständigkeit begrenzt auf objektiv bestimmbare Belastungen, kann sie Gesundheitsvorsorge allenfalls in der Weise betreiben, daß Grenzwerte festgelegt werden, wann Arbeitsanforderungen zu hoch sind. Solche quantitativen Abweichungen setzen natürlich eine Norm voraus, an der sie gemessen werden können, und das sind eben die Konstitution, die Persönlichkeit, die Fähigkeiten, die sozialen Umstände et cetera eines Durchschnittsmenschen. Nur wenn dessen Bewältigungskapazität nicht ausreicht, so daß Belastungen gleichsam automatisch Beanspruchungen hervorrufen, die sich in medizinisch nachweisbaren Schäden niederschlagen, gelten Arbeitsanforderungen objektiv als zu groß, und man kann dann höchstens noch jene Personen, die angeblich aufgrund individueller Mängel zu stark beansprucht werden und deswegen trotz an sich zumutbarer Belastungen krank werden, rechtzeitig aussondern. Die Bedeutung von Arbeitsstress wird aber auch deswegen unterschätzt, weil man die Folgen ebenfalls unabhängig von den betroffenen Subjekten beurteilen will. Das beruht auf dem Mißverständnis der klinischen Medizin. Durch die Anwendung naturwissenschaftlicher Methoden, die in vielen Bereichen zweifellos notwendig und hilfreich sind, wurde sie zu dem Trugschluß verführt, sie sei selbst nichts als Naturwissenschaft. So orientiert sich ihr Gesundheitsbegriff im wesentlichen an körperlicher Unversehrtheit, was in der Praxis schlicht mit Arbeitsfähigkeit, wenn nicht bloß mit Verwendbarkeit für den Betrieb übersetzt wird. Die physiologischen Konsequenzen langfristig einwirkender Bedingungen, die unterhalb der dadurch definierten Krankheitsschwelle bleiben, werden also ebenso vernachlässigt wie emotionale oder soziale Beeinträchtigungen, und da man nur die Spitze des sprichwörtlichen Eisbergs im Blick hat, sieht man auch nicht, wie sich solche Prozesse gegenseitig durchdringen und hochschaukeln können. So kann zum Beispiel eine ständige körperliche und seelische Anspannung, bedingt durch eine Überaktivität des sympathischen Nervensystems, eine bestimmte Form des Umgangs mit Arbeitsanforderungen immer wieder bestärken, die ihrerseits die damit verbundenen Belastungen weiter erhöht. Ich werde das in meinem Vortrag heute nachmittag näher erläutern. Festzuhalten ist aber schon jetzt: Will man solche Mechanismen wissenschaftlich durchschaubar und für die Beteiligten einsichtig machen, wird man um den Erkenntniswert subjektiver Daten nicht herumkommen, das heißt: Man muß die Betroffenen zum Sprechen bringen und hinhören, was sie über ihre Beanspruchungen sagen, welche

Beeinträchtigungen sie wahrnehmen, und mehrheitlich objektiv gesetzten Arbeitsbedingungen zuschreiben. Mit anderen Worten: Wenn es um die Erfassung und Bewertung von Belastungen geht, sind die arbeitenden Individuen als die eigentlichen Experten anzusehen. Aufgabe der Wissenschaftler wäre es dann, diese Befugnisse zu fördern und für die Gestaltung der Arbeitsbedingungen zu nutzen.«

Jürgen Petersen klatschte so heftig, daß er, als ihm seine spontane Reaktion bewußt wurde, im ersten Moment selbst erschrak, um so mehr, als sich rechts und links von ihm keine Hand rührte. Doch die unwilligen Blicke stachelten ihn erst recht an, aus der Rolle des innerlich unbeteiligten Beobachters zu fallen. Bis er sich sagen mußte, daß man ihm ja nicht ansah, warum er auf diesem Kongreß war. Höchstens, daß er eifrig mitgeschrieben hatte, konnte ihn verraten. Aber egal, wofür er gehalten wurde, er wollte den Sozialwissenschaftlern den Rücken stärken. Wenn er auch nicht alles verstanden hatte, was die beiden letzten Redner dargelegt hatten, so war doch unüberhörbar, daß sie, falls sie zu einem Interview bereit wären, ihm genügend Zitate liefern könnten, um seine Meinung abzusichern.

Doch wen interessierte denn seine Meinung? Das war ja vielleicht für ihn persönlich wichtig, daß er nicht nur wiederkäute, was irgendwelche Autoritäten von sich gaben. Wenn er allerdings im *Wissenschaftsmagazin* einen Report über Herzinfarkt als arbeitsbedingte Erkrankung veröffentlichen wollte, reichte es nicht, daß er mehr oder weniger einleuchtend begründen konnte, warum die Forschung auf diesem Gebiet so viele Lücken hatte und Fälle wie Alfred Fleisser in den offiziell anerkannten Theorien nicht vorkamen. Dann mußte er schon ein bißchen mehr bieten als Forderungen, was seiner Ansicht nach zu tun wäre. Dr. Buchmann würde ihm sicherlich auch mal die Rubrik *Observer* überlassen. Da konnten sich Wissenschaftler und Publizisten zu aktuellen Fragen äußern. Ganz subjektiv. Da mußte nicht je-

der Satz mit Zahlen, eigenen Befunden oder Quellenangaben untermauert werden. Aber dafür hätte er nicht wochenlang recherchieren müssen.
Daß plötzlich eine Frauenstimme an sein Ohr drang, machte diesen Gedanken für Petersen nur noch unangenehmer. Einige Sekunden lang lähmte ihn die Erinnerung an den Abend davor, als er allein zur U-Bahn-Haltestelle getrottet war. Er hörte wieder den Regen, nachdem sich Ingrid verabschiedet hatte, sah, wie der helle Fleck auf der Straße, wo eben noch ihr rotes VW-Kabrio gestanden hatte, im Nu naß war, spürte die Kälte, die rauschende Leere im Kopf und konnte sich nicht wehren gegen das Gefühl, daß es ihm recht geschah, wenn vorbeifahrende Autos durch Pfützen pflügten und Wasserschollen auf seine Füße warfen.
Aber dann gab er sich einen Ruck. Hör endlich auf, dich zu bemitleiden. Das verkannte Genie! Also komm. Versuch's mal ein paar Nummern kleiner!
Petersen betrachtete die schwarzhaarige Frau, die zu einer beigen Cordhose einen offenbar selbst gestrickten Pullover trug. Nachdem ihr durch eine leutselige Geste von Professor Stockhans gegenüber einem noch schneller ans Mikrofon stürzenden Kollegen der Vortritt verschafft worden war, hatte sie sich als Hochschullehrerin für Arbeitsmedizin vorgestellt. Das gibt es also auch, wunderte sich Petersen. Er fand es erstaunlich genug, daß eine akademische Laufbahn in diesem Fach für das weibliche Geschlecht überhaupt möglich war. Als er jedoch verstand, was sich diese Ärztin herausnahm, traute er seinen Ohren kaum. »Ich möchte«, sagte sie, wobei sie ihrem Vorredner zulächelte, »dem Eindruck entgegentreten, die Arbeitsmedizin sei völlig gleichgeschaltet. Wenn es auch zutrifft, daß sie sich in ihrer an den Universitäten derzeit noch vorherrschenden Form vor allem für experimentelle Laborforschung und toxikologische Meßwerte anstatt für die Krankheiten der Arbeitnehmer und ihre subjektiv geäußerten Leiden interessiert, so

standen doch einige ihrer Vertreter immer auch auf der Seite der Arbeiterbewegung. Zu nennen ist hier zum Beispiel der sozialdemokratische Arzt Ignaz Zadek, auf dessen Initiative hin sich der Internationale Kongreß für Hygiene und Demographie schon 1894 geschlossen für die Einführung des Acht-Stunden-Tages ausgesprochen hat. Solche Stellungnahmen suchen wir in der gegenwärtigen Auseinandersetzung um die weitere Verkürzung der Wochenarbeitszeit leider vergeblich. Das liegt vor allem daran, daß sich diese fortschrittlichen Ansätze überwiegend außerhalb der Hochschulen entwickeln mußten. So wurde etwa der in Düsseldorf tätige Ludwig Tekely, der sich neben anderen für eine präventiv ausgerichtete gewerbehygienische Medizin engagiert hat, trotz Bewerbung nie Professor. Zudem wurden derartige Bemühungen 1933, als die meisten der arbeitnehmerorientierten Arbeitsmediziner emigrieren mußten, gewaltsam unterbrochen. Doch nun scheint es höchste Zeit, an diese Tradition wieder anzuknüpfen, weil die Probleme gesundheitsschädigender Arbeitsbedingungen in einem Ausmaß gewachsen sind, das neue Lösungsversuche erzwingt. Dabei werden wir – und das sage ich gerade in diesem Kreis ganz bewußt – sozialwissenschaftliche Theorien und Methoden nicht länger als unzulässige Einmischung in unsere inneren Angelegenheiten abwehren können. Und wir werden, wenn die Forschung praktische Bedeutung erlangen soll, auch mit Gewerkschaftern zusammenarbeiten müssen, und zwar nicht erst, wenn wir ihnen gesicherte Ergebnisse, was immer das im Einzelfall heißen mag, zur gefälligen Kenntnisnahme übergeben können. Wir müssen vielmehr vom hohen Roß der über alle politischen Kämpfe erhabenen Experten heruntersteigen und die Interessenvertretung der Arbeitnehmer schon einbeziehen, wenn die wissenschaftlichen Fragestellungen formuliert werden, wobei ich keineswegs übersehe, daß dies bei vielen Gewerkschaftern ebenfalls auf Unverständnis oder sogar Ablehnung stößt, haben sie doch gelernt, daß sie den Fachleuten auch dort, wo es um ihre ureigensten Belange geht, nicht das Wasser reichen können. Aber ich sehe keinen anderen Weg, es sei denn, wir bekennen uns offen dazu, daß wir eine Humanisierung der Arbeitswelt gar nicht wollen.«

Nach diesem Plädoyer hielt es der Vorsitzende für angebracht, die Diskussion zu beenden und den Tagungsteilnehmern eine viertelstündige Pause zu gönnen.

7.

Wie lange er schon am Fenster saß, hätte Alfred Fleisser nicht sagen können. Er saß einfach da und wunderte sich nicht einmal, daß es so einfach war, abzuwarten, was geschah. Es genügte, daß er atmete, und auch das geschah ohne sein Zutun. Mühelos. Er brauchte sich nicht zu bewegen, um die Bewegung in seinem Körper zu spüren. Sie war wie der Wind, der draußen durch die Bäume strich. Ein leiser Schauer erfaßte die mächtige Krone der Eiche, die ihr knorrig verworrenes Geäst vor dem Fenster ausbreitete. Sie war, schätzte Fleisser, mindestens 80, wenn nicht schon 100 Jahre alt. Die fein verzweigten Spitzen überzogen den Himmel mit einem Gespinst dunkler Adern.

Kaum merklich verlosch der Tag. Nebel stieg aus den Wiesen, ein heller, allmählich dichter werdender Rauch. Fleisser blickte in die weitläufige Hügellandschaft hinaus, ohne etwas Bestimmtes sehen zu wollen. Je länger er in dieser absichtslosen Aufmerksamkeit verharrte, desto deutlicher nahm er wahr, daß er Zeit hatte. Es war immer noch ein ungewohntes und irgendwie beunruhigendes Gefühl, dem er sich auch jetzt nur überlassen konnte, weil er sicher war, daß niemand ihn beobachtete. Er mußte nicht fürchten, daß man ihn anschaute. Mitleidig. Besorgt. Oder kopfschüttelnd. Auf jeden Fall so, daß er eine Erklärung schuldig war, warum er nicht wenigstens Licht machte. Daß er sich verpflichtet fühlte, aufzuspringen, als habe er ein für allemal den Druck abgeschüttelt, der ihm die Brust zerquetscht hatte. Als denke er nicht mehr daran, wie er an seinem

Schreibtisch zusammengesackt war. Er konnte nicht ertragen, daß hinter seinem Rücken geflüstert wurde: Mit dem ist ja wohl nicht mehr viel los. Wenn man ihm aber versicherte, er sehe schon wieder viel besser aus, klang es auch wie ein Vorwurf. Um sich dagegen zu wehren, beteuerte er bei jeder Gelegenheit, er würde ja gern, lieber heute als morgen, wieder zur Arbeit gehen, wenn man ihn nur ließe. Seit drei Wochen war er in der Klinik für Herz- und Kreislauf-Krankheiten Lauterberg, wo nichts von ihm verlangt wurde, als daß er auf seine Gesundheit achtete. Er mußte täglich den Puls fühlen, Blutdruck messen, Medikamente einnehmen, sich immer wieder vom Arzt untersuchen lassen, aber nicht im Bett liegen, sondern auf dem Fahrradergometer trainieren, turnen, schwimmen, wandern, Vorträge anhören, an Gruppengesprächen und Entspannungsübungen teilnehmen. Er war ängstlich bemüht, den vorgeschriebenen Behandlungsplan genau einzuhalten, was er allerdings vor sich und den anderen verbarg, indem er so tat, als sei das alles eigentlich gar nicht mehr nötig. Seine Pumpe funktioniere doch einwandfrei. Die hätten die Ärzte prima geflickt, das müsse man ihnen lasssen. Jetzt laufe sie wieder wie geschmiert. Die kleine Narbe da drin, die spüre er ja überhaupt nicht, und er sei schließlich noch zu jung, um bloß ein bißchen Sport zu treiben und im übrigen den lieben Gott einen guten Mann sein zu lassen.

Als er in der Intensivstation wieder zu sich gekommen war, hatte er zunächst nur eine grün gekleidete Gestalt gesehen, deren Umrisse wie hinter einer Milchglasscheibe verschwommen waren. Etwas später hatte er die Flaschen mit farblosen und gelblichen Flüssigkeiten erkannt, den Ständer, von dem ein Plastikschlauch zu seinem linken Arm führte. Über einen Bildschirm, auf der anderen Seite des Bettes, waren im Takt eines piepsenden Tones flimmernde Schlangenlinien und Zacken gezuckt. Das, hatte er sich,

wieder etwas später, sagen lassen, sei sein Herzschlag. Nachdem er am vierten Tag in ein Dreibettzimmer gebracht worden war, hatte er, den Kopf leicht nach rechts drehend, einen schmalen Streifen Himmel über einem Ziegeldach erspäht. Bald danach, nun schon am Bettrand sitzend, die gewickelten Beine auf einen Schemel gestützt, war sein Blick bis in den Innenhof des Städtischen Krankenhauses *Ludwigshöhe* vorgedrungen. Und während er wieder aufgestanden und die ersten Schritte gegangen war, hatten die golden und rotbraun leuchtenden Kastanien ihr Laub verloren. Erst waren nur einzelne Blätter hinabgeschwebt, hatten sich, wie von unsichtbaren Fäden gehalten, noch einige Wimpernschläge lang in der Luft gewiegt, um endlich, langsam und lautlos, ins Gras zu sinken. Dann, nach einem bedrückend blauen Föhntag, war ein jäher, jaulender Sturm über die Bäume hergefallen, hatte sie geschüttelt, gezaust. Und dann nichts als Regen, ein unaufhörliches Rauschen, Nebelschwaden, die kahlen Kastanien wie verkohlt. Bis zu jenem Morgen, als Fleisser nach dem Aufwachen freudig erschrocken war bei dem Gedanken, daß er heute wieder nach Hause kommen würde. Da hatte sich Schnee auf das schwarze, starre Gezweig gelegt, und dieser überraschend frühe, wenngleich wie ein Spuk schon mittags wieder verfliegende Wintereinbruch hatte die Tage und Nächte im weißen Krankenzimmer traumhaft entrückt.
Von der Stationsärztin war Fleisser vor seiner Entlassung noch einmal beruhigt worden. Die Befunde seien sehr zufriedenstellend. Das EKG zeige, daß der Infarkt schon vernarbe. Das Herz schlage wieder völlig normal. Natürlich müsse er noch einige Zeit kürzertreten. Doch mit dem Anschlußheilverfahren werde er bestimmt auch diese Phase überwinden. Sie freue sich jedenfalls, daß der Antrag, den sie aus ärztlicher Sicht in seinem Fall nachdrücklich befürwortet habe, so prompt bewilligt worden sei.
»Alle Achtung«, hatte Dr. Christian gestaunt, als er den Pa-

tienten bereits dreieinhalb Wochen nach dem Infarkt in der Klinik Lauterberg begrüßen konnte. »Das ist ja ausnahmsweise mal so gelaufen, wie wir es uns wünschen!« Der für Station IV A zuständige Arzt war nach einem munteren »Herein« aufgesprungen und dem zögernd Eintretenden mit ausgestreckten Händen entgegengegangen, als habe er schon lange auf ihn gewartet. Die lebhafte Herzlichkeit hatte Fleisser überrumpelt. Er wagte nicht, es sich bequem zu machen, saß auf der Vorderkante des ihm angebotenen Sessels, während der Doktor, sichtlich bemüht, jeden Verdacht zu zerstreuen, er könne es eilig haben, zu plaudern anfing. »Die meisten Ihrer Leidensgenossen, müssen Sie wissen, kommen nämlich, wenn überhaupt, immer noch zu spät zu uns. Da die Kollegen in den Akut-Krankenhäusern leider kaum die Chance nutzen, mit dem Patienten, sobald er die Intensivstation überstanden hat, über die Möglichkeiten einer Rehabilitation in einer darauf spezialisierten Klinik zu sprechen und die notwendigen Schritte einzuleiten. Aber bei Ihnen hat die Organisation tadellos geklappt. Sogar die Befunde sind rechtzeitig bei uns eingetroffen.«
Dr. Christian hatte sich über den Bericht des Städtischen Krankenhauses gebeugt. Fleisser war erleichtert gewesen, daß ihn die graublauen, ständig »Kopf hoch« mahnenden Augen für kurze Zeit losgelassen hatten. Er sah die glatten braunen Hände des Arztes. Von weißen Ärmeln umringt, lagen sie vor ihm auf dem Schreibtisch wie kostbare Gegenstände in einer fremden Wohnung. Er glaubte, draußen Schritte zu hören, die plötzlich innehielten. Sein Herz pochte.
Von Schwester Monika hatte er erfahren, daß außer ihm im Lauf des Tages noch fünf Neue auf diese Station kämen. Mittwochs, hatte die Schwester erklärt, sei immer Schichtwechsel. Rund ein Drittel der Patienten habe dann die Therapie hinter sich, und die freigewordenen Betten würden mit anderen Kranken belegt. Im Durchschnitt dauere der

Aufenthalt in Lauterberg vier bis sechs Wochen. »Wenn nichts dazwischenkommt«, hatte die Stationsschwester gelächelt, »können Sie also bis Weihnachten wieder zu Hause sein.«

Nach dieser tröstlichen Auskunft hatte sie Fleisser einen Zettel ausgehändigt, auf dem notiert war, wo und wann er zu den am nächsten Morgen beginnenden Untersuchungen erscheinen mußte. Blutentnahme, Urinprobe, Röntgen, EKG ... In Zukunft, hatte ihm Schwester Monika noch eingeschärft, solle er bitte jeden Tag auf die Tafel vor ihrem Zimmer schauen. Dort werde hinter seinem Namen jeweils eingetragen, was an diagnostischen und therapeutischen Maßnahmen für ihn vorgesehen sei. Die angegebenen Termine müßten unbedingt eingehalten werden. Denn er könne sich ja vorstellen, was sonst für ein Durcheinander entstehe. Bei 250 Patienten müsse eben jeder ein bißchen Rücksicht nehmen. Lauterberg sei schließlich kein Hotel und ein Heilverfahren kein Urlaub. Manche Patienten müßten leider immer wieder daran erinnert werden, daß sie hier nicht tun und lassen könnten, wozu sie gerade Lust hätten.

Als die Schwester zum Telefon gegriffen hatte, hatte Fleisser verschwinden wollen. Er war aber durch einen energischen Wink von ihr zum Bleiben aufgefordert worden. »Heute nachmittag um vier«, hatte sie ihm dann strahlend mitgeteilt, »haben Sie gleich ein erstes Gespräch mit Dr. Christian.«

Er war fast zehn Minuten zu früh vor dem Arztzimmer gewesen, hatte immer wieder auf die Uhr geschaut, bis der große Zeiger endlich die Zwölf erreicht hatte. Daraufhin war er noch einmal zwei Minuten vor der dunkelgrün lackierten Tür gestanden, hatte gelauscht, ob drinnen Stimmen zu hören seien, war aber sofort wieder zurückgeschreckt, einige Pulsschläge lang atemlos von der Vorstellung, die Tür werde plötzlich aufgerissen. Er hatte sich, in

der Hosentasche kramend, als suche er etwas Wichtiges, einige Schritte entfernt, um nach einem neuen Anlauf, heftiger, als er beabsichtigt hatte, anzuklopfen. Obwohl er sich sagte, daß er ja nichts dafür konnte, wäre ihm wohler gewesen, der Doktor hätte sich nicht so viel Zeit genommen. Seitdem er das Zimmer betreten hatte, waren schon wieder fünf Minuten verstrichen, ohne daß Dr. Christian etwas gefragt hatte. Und er machte auch keine Anstalten, zur Sache zu kommen, als er sich zurücklehnte und Fleisser anschaute. Mit den Fingerspitzen streichelte er den buschigen Schnurrbart, der den Schwung seiner Adlernase auffing. Aus eigener Erfahrung wisse er natürlich, unter welchem Zeitdruck dort – dabei deutete er auf den vor ihm liegenden Befundbericht – im allgemeinen gearbeitet werde. Da sei man völlig ausgelastet mit medikamentösen und technischen Problemen, ganz abgesehen von all dem unvermeidlichen Schreibkram. Außerdem würden Fragen der Rehabilitation in der Ausbildung der Ärzte immer noch zu wenig berücksichtigt. Viele Kollegen seien daher einfach nicht informiert, was ein gut ausgestattetes Zentrum wie Lauterberg an Hilfen bieten könne für das Leben nach dem Infarkt.
Fleisser hatte die Augen niedergeschlagen, als müsse er sich dafür entschuldigen, daß ausgerechnet ihm das Glück zuteil geworden war, schon jetzt eine Kur antreten zu dürfen, noch dazu in dieser Gegend.
Lauterberg lag oberhalb einer nach Süden hin sich öffnenden Bucht am Ostufer des Wagrainer Sees. Auf dem Luftbild, das Fleisser in der Empfangshalle überrascht hatte, war die blaue, mit winzigen Segeln gespickte Wasserfläche umrahmt von sommerlichem Grün. Helle, da und dort leicht geschlängelte Wege durchkreuzten Wiesen, von denen sich bauschige Baumgruppen abhoben. In der unteren Bildhälfte, vor einem dunklen Waldstück, erkannte man bei näherem Hinsehen den Klinikkomplex. Aus der Vogelperspektive waren freilich sogar die sogenannten Bettenhäuser,

drei mehrstöckige Flachdachbauten, von denen glasverkleidete Gänge zum langgestreckten Hauptgebäude mit dem daran anschließenden Schwimmbad und der Turnhalle führten, kaum größer als Zündholzschachteln, so ausgedehnt war der Park, der die Klinik der Landesversicherungsanstalt für Arbeiter umgab. Hier konnte man ungehindert spazierengehen, während man sich sonst auf den eingezäunten Wegschneisen zwischen den Gärten der Villenbesitzer drängte. Und man hatte, solange man in Lauterberg weilte, sogar freien Zugang zum See, der normalerweise nur an zwei öffentlichen Badestränden erreichbar war, wo die Erholungsuchenden aus der Stadt bei schönem Wetter dichter zusammengepfercht wurden als in der Fußgängerzone. Wären nicht die Schmerzen hinter dem Brustbein gewesen, die immer wieder zum Stehenbleiben zwangen, man hätte vergessen können, warum man hier war.

Selbst unter Fachleuten, hatte Dr. Christian erläutert, sei man sich keineswegs einig, was Rehabilitation bedeute. Eines müsse aber ganz klar gesagt werden: Der Zustand vor dem Infarkt im Sinne von Unversehrtheit lasse sich auch durch die beste Therapie, einschließlich der weit fortgeschrittenen Techniken der Herzchirurgie, nicht wiedererlangen. Man überfordere die Medizin, wenn man von ihr erwarte, sie könne in wenigen Wochen die Schäden, die in vielen Jahren durch einen falschen Lebensstil entstanden seien, restlos beseitigen. Er verwende daher lieber den Begriff Nachsorge, um zum Ausdruck zu bringen, daß solche Bemühungen dort einsetzten, wo die Vorsorge, die das eigentliche Anliegen sein müsse, versagt habe. Damit würden auch keine falschen Hoffnungen geweckt, eine vollständige Wiedergutmachung dieser Versäumnisse sei möglich. Es bleibe aber die begründete Zuversicht, daß man nicht mehr behebbare Schäden durch noch vorhandene Funktionen des Organismus ausgleichen könne. Ein Beispiel, das sich ohne weiteres auf die Situation nach einem Herzinfarkt übertra-

gen lasse, seien beinamputierte Skiläufer. Er kenne doch sicherlich auch solche Menschen, die mit bewundernswerter Energie den Verlust eines Organs kompensierten, so daß sie mitunter sicherer und schneller als viele Gesunde die Hänge hinunter wedeln könnten. »Sie fahren doch Ski?«
Fleisser war sich wie ein Versager vorgekommen, daß er den Doktor enttäuschen mußte, und dieses Gefühl nahm in dem Maße überhand, wie er den in sich aufsteigenden Groll unterdrückte. Er konnte nicht zugeben, daß er dem Arzt insgeheim vorwarf, er habe leicht reden. In der Tat wirkte aber Dr. Christan wie jemand, der genügend Zeit und Geld hatte, um sich nach Belieben mit Skifahren, Surfen oder Tennisspielen zu vergnügen. Und er sah so einschüchternd gesund aus, daß man sich unweigerlich schämte, wenn man, höchstens ein paar Jahre älter als er, gerade noch einmal mit dem Leben davongekommen war und jetzt auch noch seine Dienste in Anspruch nehmen mußte.
»Aber Sie haben doch Sport getrieben?« Die Frage des Stationsarztes hatte eher wie eine Feststellung geklungen. Fleisser war dankbar gewesen, daß er diesmal mithalten konnte. Tief Luft holend, erzählte er von seiner aktiven Zeit im TV Bergstadt. Er freute sich, daß er dem Doktor damit offensichtlich eine Freude machen konnte, wenn es ihn auch ein wenig in Verlegenheit versetzte, wie dessen Gesicht aufleuchtete, als er den Pokal erwähnte. Bayerischer Juniorenmeister über 3000 Meter, das war schon was. Aber es war eben lang her. Er beeilte sich, darauf hinzuweisen, daß er während der ersten Jahre noch in der Betriebssportgemeinschaft seiner Firma wenigstens Fußball gespielt habe. Linksaußen. Na ja, mit Leichtathletik hätten die Kollegen da nicht viel am Hut gehabt, doch er sei ja nebenbei immer noch gelaufen, nur so für sich, abends oder am Wochenende, durch den Kerschlacher Forst, das seien nur einige Minuten von seinem Haus. In letzter Zeit, freilich, da habe er auch den Waldlauf ziemlich vernachlässigt, weil, nun ja, man könne

halt nicht immer, wie man vielleicht wolle. Er habe ja beruflich allerhand am Hals gehabt...

Fleisser war nicht entgangen, wie der Stationsarzt genickt und die Stirn gekräuselt und ihn mit großen Augen angeschaut hatte bei dieser Erklärung, die sich auf einmal wie eine faule Ausrede anhörte. Er starrte auf seine Fußspitzen. Natürlich wäre es besser gewesen, er hätte sich öfter mal aufgerafft. So gescheit war er selber. Doch der Doktor wußte ja nicht, wie es zuging in so einer Abteilung, wo fast alles immer schon vorgestern fertig sein sollte, aber kaum mal was reibungslos klappte. Der hatte doch keine Ahnung, was da los war, wenn wieder eine neue Maschine ins Haus stand und die Herrschaften oben ein Blatt Papier nahmen und ausrechneten, bis wann die und die Bauteile für den Prototyp geliefert werden mußten. Als ob man das alles vorhersehen könnte. Da tauchten doch ständig neue Engpässe auf. Weil man sich eben noch nicht so auskannte mit der neuen Technik, wie wenn die Fertigung eingelaufen war. Weil das Material nicht genügend geprüft war. Oder weil in den Zeichnungen immer wieder mal was nicht stimmte, und dann war es ja nicht damit getan, daß die Konstrukteure das schnell in Ordnung brachten, sondern man mußte dann oft noch ein Dutzend andere Sachen ändern deswegen. Das hielt natürlich auf. Doch an den Terminen war nicht zu rütteln. Die standen felsenfest. Irgendwie sah man das ja auch ein. Schließlich ging's da um einen Haufen Geld. Aber der Meister mußte dann immer den Kopf hinhalten. An dem zerrte jeder rum, von oben runter genauso wie von unten her. Die Höheren interessierte nur, was geplant war. Das mußte durchgedrückt werden, koste es, was es wolle. Doch wenn man den Leuten zu heftig auf die Hühneraugen trat, legten die sich womöglich quer.

Also mußte man ziemlich viel auffangen. Und war immer in vorderster Front. Der eine schrie nach Werkzeugen. Der zweite wollte was wissen. Dem dritten fehlten irgendwelche

Teile, ohne die er nicht weitermachen konnte. Und dann lief man sich notgedrungen die Hacken wund, daß man's selber herbrachte, obwohl man eigentlich gar nicht zuständig war für so was. Doch darauf konnte man sich nicht rausreden, wenn der Termin anders nicht zu halten war. So ging's immer rund den ganzen Tag, rund um die Uhr. Man rannte mal dorthin, dann sprang man wieder zurück, weil man schon nicht mehr wußte, Mensch, was wolltest du denn überhaupt. Da gab es schon mal einen Blackout. Und dann saß man halt morgens um vier schon im Bett und überlegte, was heute wieder alles auf einen zukam. Und wenn man am Abend endlich raus war aus dem Werk, konnte man das nicht einfach abstellen wie einen Koffer. Man hatte tagsüber einfach zuviel auf dem Buckel. Da konnte man sich noch so oft sagen: Nun mach mal weniger Hektik, morgen ist auch noch ein Tag. Wenn man drinsteckte, war man halt doch wieder am Rotieren. Sonst schaffte man's nicht. Solange man nicht mit dem Kopf unterm Arm daherkam, kümmerte es ja auch kein Aas, wie's einem ging. Ob man nur noch von Flügelnasen und Querrudern und Rippenstegen und Bremsklappen und und und, ob man bald jede Nacht davon träumte. Schwitzte im Schlaf. Sich hin und her wälzte. Manchmal mit einem Schrei hochfuhr, daß die eigene Frau glauben mußte, man wär' für die Klapsmühle reif. Aber das konnte sich der Herr Doktor natürlich nicht vorstellen. Wenn der an Flugzeuge dachte, sah er natürlich nur das Vergnügen. Was da alles passieren mußte, damit er mal schnell nach Teneriffa oder so flitzen konnte, daran dachte er natürlich nicht. Der konnte die Tür hinter sich zumachen und seelenruhig warten, bis ihm die Schwester einen Patienten schickte. Und dem nahm er dann auch noch übel, daß er sich nicht so gut gehalten hatte wie er selbst. Tat ganz erstaunt, daß man noch beide Beine hatte und trotzdem nicht Ski laufen konnte. Schaute einen bloß vorwurfsvoll an, wenn man ihm erklären wollte, warum man nach dem

Stress, und das war's doch, ehrlich, war in dem Fall doch wirklich nicht übertrieben, warum man dann nicht mehr so ohne weiteres durch den Wald rennen konnte wie ein junger Hund.

Es sei, hatte sich Dr. Christian vernehmen lassen, wissenschaftlich zweifelsfrei erwiesen, daß das Herz ein Mindestmaß an körperlicher Aktivität brauche, um gesund zu bleiben. Aber auch für ein bereits geschädigtes Herz sei Bewegung nicht grundsätzlich eine Belastung. Im Gegenteil. Ein Training könne ihm helfen, mit seinen Kräften schonender umzugehen. Je mehr die Skelettmuskeln beansprucht würden, desto besser werde ihre Durchblutung sowie das Zusammenwirken mit dem Zentralnervensystem, und um so ökonomischer funktioniere der Kreislauf in den vom Herz entfernten Körperregionen. Dort werde dann für die gleiche Leistung weniger Sauerstoff benötigt, so daß auch die Blutpumpe weniger arbeiten müsse.

Der Doktor hatte sich nach vorn gebeugt und Fleissers Augen gesucht. »Sie werden es ja am eigenen Leib erlebt haben, als Sie nach dem Infarkt wieder aufgestanden sind, um sich zu waschen oder allein zur Toilette zu gehen. Da hat Ihr Herz bestimmt schneller geschlagen als sonst bei solchen geringen Anstrengungen, und auch die Atmung war beschleunigt. Denn Sie müssen sich vorstellen, daß selbst beim Gesunden schon durch eine 14tägige Bettruhe die Muskelmasse und die Sauerstoff-Aufnahmefähigkeit des Organismus um etwa ein Viertel abnehmen. Daher ist eine richtig dosierte Bewegungstherapie das A und O der Rehabilitation. Wer den Herzinfarkt als Warnschuß begreift, kann hinterher unter Umständen sogar leistungsfähiger werden als zuvor. Wenn er nämlich durch ein sportlich aktives Leben den Kreislauf gewissermaßen auf einen Spargang umschaltet, wird die gleiche Wirkung mit geringerem Aufwand erzielt, was das Handicap mitunter mehr als ausgleicht. Zumindest läßt sich aber das Fortschreiten der krankhaften Vorgänge, die zu einem Mißverhältnis zwischen dem Angebot und dem Bedarf an Energie im Herzmuskel führen, entscheidend verlangsamen. Und in jedem Fall, was ja ein bedeutsamer psychologischer Nebeneffekt ist, nehmen das Selbstvertrauen und die Lebensfreude zu, wenn man erfährt, wie sich die Grenzen, die einem nach dem Infarkt zunächst gesteckt sind, immer weiter ausdehnen, das heißt: Je mehr man den Körper wieder in Schwung bringt, desto mehr kann man sich zumuten. Und dazu wollen wir in Lauterberg sozusagen Starthilfe geben. Das setzt natürlich voraus, daß der Patient bereit ist, aktiv zu werden. Aber Sie werden bald merken, daß sich die Mühe lohnt.«

Fleisser hatte genickt. Was freilich weniger ein Zeichen der Zustimmung gewesen war als vielmehr eine durch scheinbaren Gehorsam getarnte Abwehrbewegung. Denn innerlich hatte er sich gegen die wohlmeinenden Belehrungen gesträubt, das meiste auch gar nicht verstanden. Wozu denn auch? Das war es doch nicht, was er wissen wollte. Warum erzählte ihm denn der Doktor lang und breit, daß es gut für ihn wäre, wenn er wieder mehr Sport treiben würde? Das wußte er doch. Und er wollte ihm ja gern den Gefallen tun und mitmachen bei seiner Bewegungstherapie. Vielleicht half sie ihm ja. Vielleicht konnte er dann wieder zwei Stufen auf einmal nehmen, ohne daß es ihm gleich die Brust zusammenschnürte. Schön wär's ja. Denn so war es doch nichts. Man kam sich ja blöd vor, wenn man stehenbleiben und sich Nitro in den Mund sprühen mußte, sobald es mal ein bißchen steiler wurde. Bis zu der Bank da droben auf der Anhöhe, von wo man den ganzen See vor sich hatte, wenn er da raufsteigen könnte mit Waltraud und den Kindern, und Hugo müßte keine Rücksicht mehr nehmen auf seinen Vater, also das wär' schon ein Erfolg. An ihm sollte es nicht liegen. Solang er in der Klinik war, hatte er ja sonst nichts zu tun. Aber dann? Wie ging es dann weiter? Konnte er wieder zurück in seine Abteilung? Würde er das schaffen? Und wollte man ihn überhaupt noch? Oder würde er abgeschoben wie der Hafner Fritz? Der war doch auch ein Werkstattmensch. Und auch die meiste Zeit im Prototypenbau. Und so einer saß jetzt den ganzen Tag am Schreibtisch und mußte Stücklisten abschreiben. Wo er doch an den Wirbel gewöhnt war! Der doch immer auch Spaß gemacht hatte! Auch wenn es einem manchmal zuviel wurde. Aber man sah wenigstens, was man auf die Füße gestellt hatte. Das zeigten sie dann sogar mal im Fernsehen. Wenn die neue Maschine doch noch rechtzeitig zur internationalen Luftfahrtschau in Paris fertig geworden war. Dann konnte man sagen: Schau her, da war ich mit dabei.

Plötzlich war der Doktor aufgestanden. Fleisser hatte sich ebenfalls erheben wollen. Schuldbewußt. Weil er in Gedanken ganz woanders gewesen war. Anscheinend nicht mitbekommen hatte, daß das Gespräch beendet war. Zugleich aber verärgert, daß man ihn jetzt einfach sitzen ließ. Doch da hatte der Stationsarzt schon wieder Platz genommen. Er hielt ihm ein Bild unter die Nase. »Sehen Sie«, sagte er, »dieses Geflecht stellt die Herzkranzgefäße dar. Wir Ärzte nennen sie Koronararterien oder auch nur Koronarien, weil Kranz im Lateinischen *corona* heißt.«

Fleisser sah die schmalen Hände, die nun die Zeichnung auf dem Schreibtisch ausbreiteten und glattstrichen.

»Das Herz«, kommentierte die dunkle, volltönende Stimme, »ist ein etwa faustgroßer Hohlmuskel, der durch sein rhythmisches Zusammenziehen das Blut in die Körpergefäße treibt. Für diese Arbeit benötigt er, genau wie jedes andere Organ, Nährsubstanzen und Sauerstoff, die ihm über ein eigenes Netz der Blutversorgung, eben die Koronarien, geliefert werden.«

Der Zeigefinger tippte auf ein rotes, gekrümmtes Rohr. Es ragte zwischen zwei blauen, oben abgeschnittenen Schläuchen aus einem kartoffelähnlichen Gebilde.

»Das hier«, sagte Dr. Christian, »ist die Hauptschlagader

oder Aorta. Daneben haben wir die Hohlvene und die Lungenarterie, die uns aber jetzt nicht interessieren. Was ich Ihnen zeigen will, ist die Verteilung der Koronargefäße, die da, aus dem Anfangsteil der Aorta, entspringen. Die rechte Kranzarterie zieht an der Rückseite, der Hinterwand, des Herzens entlang und versorgt dort die Muskulatur mit sauerstoffreichem Blut. Diese Aufgabe übernimmt an der Vorderseite die linke Koronararterie, die mit ihren zahlreichen Ästen außerdem die Herzspitze und die Seitenwand erreicht.«

Nach einer Pause, in der Fleisser vergeblich versucht hatte, sich den Klumpen, der das Herz sein sollte, in seiner Brust vorzustellen, war das Blatt um 180 Grad gedreht worden, so daß der rote Stamm der Hauptschlagader nach unten wies.

»Weil ich gerade von Ästen gesprochen habe«, sagte der Stationsarzt, »so betrachtet, erinnert die Gefäßversorgung des Herzmuskels ja tatsächlich an eine Baumkrone, nicht wahr? Bis zu einem gewissen Grad stimmt dieser Vergleich auch, und wir können leichter verstehen, was bei einem Infarkt passiert. Wird ein dicker Ast beschädigt, dann welkt das Laub an allen kleinen Ästen, die nach dieser Stelle abzweigen. Und genauso stirbt, wenn eine Kranzarterie durch einen Blutpfropfen, einen sogenannten Thrombus, verstopft wird oder aus anderen Gründen kein Blut mehr durchläßt, der jenseits davon liegende Teil des Herzens ab. Denn dort wird das Gewebe nicht mehr ernährt. Ob man ein solches Ereignis überlebt, hängt vor allem von der Lokalisation und der Ausdehnung des zugrunde gehenden Bezirks ab, den wir als Infarkt bezeichnen. Bei Ihnen war zum Beispiel der absteigende Ast der linken Kranzarterie betroffen, etwa in dieser Höhe.«

Der Doktor hatte die Abbildung wieder umgedreht, dann einen Kugelschreiber quer über den auf der linken Herzseite nach unten laufenden Aderstrang gelegt, wodurch dieser in zwei Hälften geteilt wurde.

»Hier war also die Blutzufuhr unterbrochen. Folglich blieb der Nachschub an Sauerstoff aus, die Herzmuskelzellen in dem Gebiet unterhalb dieses Hindernisses konnten nicht weiterleben, und das haben Sie ja dann zu spüren bekommen.«

»Allerdings«, hatte Fleisser bekräftigt, war aber, über seine heisere Stimme erschrocken, gleich wieder verstummt. Schlagartig begann es zu dröhnen in seinem Kopf. Aus dem Telefonhörer drang ein langgezogener Hupton. Die Luft war stickig. Ihm brach der Schweiß aus. Er beugte sich über die Zeichnung. Es war ein Geflecht, das er nicht entwirren konnte. Eine Hand legte sich auf seine Schulter. Er wußte, daß es Bogner war. Obwohl sich der Abteilungsingenieur am anderen Ende der Halle zu schaffen machte. So tat, als sehe er ihn gar nicht. Aber das konnte nur Bogner sein. Der hatte eben doch den längeren Arm. Das war nicht zum Aushalten.

Er hatte nachgegeben. Die Schreibtischkante war gegen seine Brust gestoßen.

Er hörte eine Stimme. Doch nicht hinter seinem Rücken. Und sie sagte auch nicht: Mensch Alfred, wie siehst du denn aus. Das war vorbei. War es doch. Daran durfte er nicht mehr denken. »In der Regel«, sagte die Stimme, und Fleisser war erleichtert, daß der Doktor nicht gemerkt hatte, was ihm durch den Kopf geschossen war, nein, Gedanken lesen konnte er wohl doch noch nicht, dieser Schlaumeier, der natürlich ganz genau wußte, wie es aussah im Herz, wenn der Infarkt einschlug, ja, wie ein Blitz, so war das nämlich, von wegen Äste und welkes Laub, das tät' ja nicht weh!

»In der Regel«, sagte Dr. Christian ungerührt, »kommt so etwas nicht aus heiterem Himmel, sondern kündigt sich schon vorher durch Herzschmerzen an. Solche Anfälle von Brustenge oder, wie wir Ärzte sagen, Angina pectoris, deuten auf einen oft Jahrzehnte dauernden Krankheitsprozeß hin, bei dem die Herzkranzgefäße immer enger und starrer

werden, insbesondere durch Einlagerungen von Cholesterin in die Gefäßwand. Der Volksmund nennt diesen Vorgang Arterienverkalkung. Medizinisch spricht man von Arteriosklerose beziehungsweise Koronarsklerose, wobei sich dort, wo die einst glatte Gefäßinnenhaut rauh und rissig wird, meist Blutgerinnsel bilden, und wenn sich solche winzigen Blutpfröpfe tapetenartig übereinanderlegen, füllen sie zuletzt die gesamte Lichtung aus und blockieren den Blutdurchfluß. Das gleiche kann geschehen, wenn ein anderswo entstandener Thrombus zum Herz geschwemmt wird, dort in einer Koronararterie steckenbleibt und sie verstopft.«
Der Doktor hatte den Kopf in den Nacken gelegt, um sein Gegenüber zu mustern. Na, schienen seine hellen Augen zu fragen, habe ich das nicht gut erklärt? Fleisser übersah das herausfordernd zufriedene Lächeln. Zu viele eigene Fragen beschäftigten ihn. Aber so alt sei er doch noch nicht, wandte er schließlich zaghaft ein. Worauf Dr. Christian erfreut die leider weit verbreitete Meinung korrigierte, die Sklerose sei nur eine Verkalkung alter Leute. Die krankhaften Veränderungen an der Gefäßinnenwand könnten schon sehr früh einsetzen. Denn es gebe eine ganze Reihe von Bedingungen, die der Arteriosklerose und damit auch dem Herzinfarkt Vorschub leisteten. Und dann ging es los: Fettstoffwechselstörungen, Rauchen, erhöhter Blutdruck, Zuckerkrankheit, Gicht, Übergewicht, Bewegungsmangel...
Vor lauter Begeisterung, den heutigen Stand der medizinischen Wissenschaft darlegen zu können, achtete der Arzt überhaupt nicht darauf, daß der Patient in immer kürzeren Abständen mal das linke, mal das rechte Bein über das andere schlug, die Arme vor der Brust verschränkte, sie wieder fallen ließ, das Kinn in die Hand stützte, den Oberkörper straffte, den Mund öffnete, aber dann doch nicht wagte, den Doktor zu unterbrechen. Zu fragen, was denn das alles mit ihm zu tun habe. Ob er ihm nicht mal erklären könne, warum gerade er...

Auf einmal hatte Fleisser wieder die blaue Tafel vor sich gesehen. Wie auf Befehl wiederholte er, was da stand. Zeile für Zeile. Fast schon blind vor Wut. *Risikofaktoren bei Arteriosklerose und Herzinfarkt.* Ganz oben: *Hyperlipidämie (erhöhte Blutfette).* Am Schluß: *erbliche Belastung.* Eine Zeile höher: *chronische Entzündungen.* Und darüber: *Risiko-Persönlichkeit und psychosozialer Stress.* An dem Punkt blieb er hängen.

Freiwillig wäre er die Liste bestimmt nicht immer wieder durchgegangen, bis er sie auswendig hersagen konnte. Aber die mußten das Ding ja ausgerechnet neben den Telefonzellen aufhängen!

Er hatte versprochen, daheim kurz Bescheid zu sagen, daß er gut angekommen war. Traudel wäre am liebsten mitgefahren. Aber Doris war ja erst zehn. Na ja, in dem Alter hätte sie schon mal allein zurechtkommen können die paar Stunden. Seine Mutter war ja oft auch den ganzen Tag nicht dagewesen. Wenn sie hamstern war. Und später dann in der Fabrik. Aber das waren andere Zeiten. Und ihm war's ja auch lieber so. Aber Waltraud machte sich halt Sorgen. Unnötig natürlich. Das hatte er ihr auch gesagt. Ja schon... Aber... Ruf wenigstens gleich an. Na gut. Das war ja nicht zuviel verlangt. Doch der eine Apparat war kaputt, der andere besetzt. Und es dauerte eine Ewigkeit, bis der Kerl im grünen Trainingsanzug fertig war. Der quasselte und quasselte. Warf eine Münze nach der anderen in den Schlitz. Scherte sich nicht drum, ob andere vielleicht auch. Lachte bloß. Ja, auf einmal wieherte der auch noch los. Als ob es ein Witz wäre, daß man seinetwegen da rumstehen mußte. Bald zehn Minuten schon. Eine Unverschämtheit! Man müßte, jawohl, höchste Zeit, daß man mal Krach schlug. Aber das nützte ja nichts. Der würde nur mit den Achseln zucken. Rutsch mir den Buckel runter. So sah der aus. Dem seine Bierruhe, wenn man hätte. Trotzdem war er hier gelandet. Geschah ihm ganz recht. Man roch es ja meilenweit. Der qualmte immer noch. Als er endlich rauskam, hatte er die *Camel*-Packung schon in der Hand. Fingerte schon wieder nach einem Glimmstengel. Obwohl hier an jeder Tür so runde Aufkleber pappten. *Rauchen – Nein danke.* Aber im Freien lagen die Kippen überall rum. Und der natürlich auch. Konnte es kaum erwarten. Auf einmal hatte er's eilig. Dreckskerl! Hau bloß ab!

»Aber ich«, war Fleisser herausgeplatzt, »habe doch nie geraucht. Und auch sonst...« Er hatte gespürt, wie sich seine Fingernägel in die Handflächen bohrten. Hatte hastig die Fäuste unter die Arme geklemmt. Ein Lächeln aufgesetzt. Abgewiegelt.

Der Stationsarzt hatte die Brauen hochgezogen, sich freilich sofort besonnen, verständnisvoll nickend, seine Bereitschaft bekundet, die unausgesprochene Frage zu beantworten. Als der Patient auf dieses Angebot nicht einging, half er nach. »Nun?« Der Tonfall, in dem er das sagte, ermunterte Fleisser, er solle nur losschießen, man sehe ihm doch an, daß er noch einiges auf dem Herzen habe.

Na ja, stotterte der Angesprochene, er meine ja bloß, bei ihm müsse doch wohl... Er schluckte. Sein Magen stieß gegen das Herz. Dem es zu eng wurde. Das um sich schlug.

In der Eingangshalle, begann Fleisser von neuem, hänge doch diese Tafel. Und da habe er gelesen, daß auch Stress... Er gab sich einen Ruck, schaute dem Doktor ins Gesicht. »Also ich meine, ob die Hetze und das ganze Hin und Her bei der Arbeit, ob das in meinem Fall vielleicht schuld war.«

»Wenn ich Sie richtig verstehe«, erwiderte Dr. Christian, »möchten Sie wissen, ob Stress, oder sagen wir besser: eine ständige Überbeanspruchung im Beruf ebenfalls das Herz schädigen kann. Tja, das werden wir hier oft gefragt, und für die meisten Patienten scheint der Zusammenhang auch ganz klar zu sein. Wissenschaftlich ist das allerdings noch immer umstritten, jedenfalls nicht so eindeutig belegt wie die anderen Risiken. Grundsätzlich müssen wir natürlich schon damit rechnen, daß auch bestimmte Arbeitssituationen als seelische Belastungen empfunden werden können und daß der Körper dann darauf in einer Weise reagiert, die das Herz in Mitleidenschaft zieht. Beim Infarkt kommt es ja, wie ich schon erwähnt habe, zu einem akuten Mißverhältnis zwischen dem Angebot und dem Bedarf an Energie im Herzmuskel. Entweder wird zuwenig Blut herangeschafft, oder der Herzmuskel braucht mehr Sauerstoff, als ihm zur Verfügung gestellt werden kann. Meist trifft beides zusammen. Sind die Herzkranzgefäße sklerotisch verändert, können sie vielleicht gerade noch im Ruhezustand genügend Blut liefern, sich aber nicht mehr, wie das normalerweise geschieht, erweitern, um einen erhöhten Sauerstoffbedarf bei körperlicher Anstrengung zu decken.«

Der Arzt stockte. Seine Augen irrten auf dem Schreibtisch umher. Fleisser senkte den Kopf. »Sie müssen wissen«, hörte er nach einer Weile, die sich schier endlos dehnte, »daß es in der Wand der Blutgefäße sogenannte glatte Muskelfasern gibt. Die unterliegen nicht, wie etwa unsere Beinmuskeln, dem Willen, sondern reagieren gleichsam automatisch auf Befehle, die ihnen vom vegetativen Nervensystem und bestimmten Hormonen erteilt werden. So ziehen sie sich unter Umständen plötzlich zusammen, und die Blutzufuhr wird dann an dieser Stelle abgeschnürt. Ein solcher Krampf oder Spasmus der Herzkranzarterien kann zum Beispiel durch heftige Aufregung, Angst oder starke innere Anspannung ausgelöst werden und in seltenen Fällen auch ohne Koronarsklerose zum Infarkt führen. Selbst wenn sich die Gefäße nicht verkrampfen, kann jedoch das Herz bei seelischen Belastungen in akute Not geraten. Denn dabei wird von einer Schaltzentrale im Zwischenhirn der Sympathikus genannte Teil des vegetativen Nervensystems alarmiert, und dieser regt dann die Nebenniere an, ein Hormon ins Blut abzugeben, das seine Wirkung verstärkt. Das Ergebnis ist vor allem ein gesteigerter Sauerstoffverbrauch im Herzmuskel. Bleibt der psychische Druck über längere Zeit bestehen, gerät die nervöse und hormonelle Regulation des Herz-Kreislauf-Systems immer mehr aus dem Gleichgewicht. Das Herz ist schneller erregbar, der Puls beschleunigt, der Blutdruck erhöht, die Gerinnbarkeit des Blutes kann zunehmen, der Cholesterinspiegel... Na, jedenfalls vermutet man, daß durch solche seelisch bedingten Körperreaktionen auf die Dauer ebenfalls die Koronarsklerose gefördert wird...«

Der Stationsarzt hatte sich an die Nase gegriffen. Nun spreizte er mehrmals hintereinander Daumen und Zeigefinger, um seinen Schnurrbart zu glätten. Schließlich ließ er die Hand fallen, entblößte die Zähne.

»Aber ich glaube, das führt jetzt doch ein bißchen zu weit.«

Fleisser rührte sich nicht. In seinen Ohren rauschte das Blut.

»Um auf Ihre Frage zurückzukommen«, sagte der Doktor. Er wartete, bis Fleisser den Blick hob. »Ich persönlich bin der Auffassung, daß es nicht so sehr die Arbeit ist, die das Herz überfordert, sondern die Art, wie jemand damit umgeht. Wer sich über jede Kleinigkeit aufregt und alles 180prozentig machen will, sich vor lauter Ehrgeiz keine Ruhepause mehr gönnt, der wird eben durch die gleiche Arbeit viel stärker unter Druck gesetzt als jemand, der seinen Beruf gelassen nimmt und nicht mehr leisten will, als tatsächlich von ihm verlangt wird. Nicht wahr?«

Fleisser hatte geschwiegen.

»Aber darüber werden wir in den nächsten Wochen noch ausführlicher sprechen. In unseren Diskussionen zur Gesundheitsbildung geht es nicht nur um Ernährung, Genußmittel und so weiter. Wir wollen Ihnen vielmehr Impulse geben für einen gesünderen Lebensstil auf allen Gebieten, und deswegen gehören auch Psychologen zu unserem Team...«

Dr. Christian hatte den Patienten angeschaut, als müsse der hocherfreut sein über diese Mitteilung.

»Denn der Infarkt«, hatte er mit eindringlichem Eifer hinzugefügt, »ist ja nicht nur eine Panne unseres Lebensautos, die einen ohnehin fälligen Kundendienst in der Werkstatt beschleunigt hat. Wenn wir danach genauso unvernünftig weiterrasen, wird der nächste Schaden nicht lange auf sich warten lassen. Und der ist mit großer Wahrscheinlichkeit nicht mehr zu reparieren. Das heißt also: Wir müssen unsere gesamte Fahrweise umstellen und dürfen die Verantwortung für unsere Gesundheit nicht an den Mechaniker abtreten.«

Fleisser war den aufblitzenden Augen ausgewichen.

Im Grunde könnten die Ärzte ja tatsächlich nur Defekte der Körpermaschine beheben, solange das noch möglich sei, und notfalls Ersatzteile einbauen. Aber der Verschleiß hänge doch in erster Linie vom Verhalten des Besitzers ab.

Der Stationsarzt hatte einen Augenblick überlegt.

»Natürlich«, war ihm dann eingefallen, »spielt auch das Material eine Rolle, wenn wir mal bei diesem Vergleich bleiben. Einige Menschen halten aufgrund ihrer vererbten Konstitution sicherlich mehr aus als andere. Doch gerade beim Herzen kann jeder ganz wesentlich selbst dazu beitragen, daß es geschont wird. Wie für einen Automotor, so gibt es nämlich auch für die Herzmuskelfasern einen Drehzahlbereich, bei dem sie am effektivsten arbeiten. Je langsamer und kräftiger das Herz schlägt, desto besser nutzt es die zugeführte Energie aus. Und auf dieser Einsicht beruhen die wichtigsten vorbeugenden Maßnahmen, die aber genauso zur Verhütung eines zweiten Infarktes notwendig sind. Im Mittelpunkt steht, wie gesagt, das körperliche Training. Durch seinen positiven Einfluß auf die Ökonomie des Gesamtkreislaufs wird das Herz entlastet, und zugleich nimmt sein Sauerstoffbedarf ab. In diesem Sinne wirkt übrigens auch seelische Entspannung...«

Das Kinn auf die gefalteten Hände gestützt, hatte Dr. Christian den Patienten beobachtet, als prüfe er die Wirkung seiner Worte.

»Leider kann man ja belastende Lebenssituationen oft nicht so ändern, wie man das vielleicht möchte. Man muß sich ihnen also anpassen, indem man versucht, weniger heftig darauf zu reagieren. Hierzu werden Sie bei uns ebenfalls verschiedene Möglichkeiten kennenlernen, um den Anforderungen im Beruf oder in der Familie künftig in einer Weise begegnen zu können, daß Ihr Herz nicht unnötig strapaziert wird.«

Das Telefon hatte geschrillt. Alfred Fleisser war zusammengefahren. Aufgestanden. Niemand hatte ihn daran gehindert. »In Ordnung«, hatte die Stimme des Arztes gesagt. »Ich komme sofort.« Der Hörer war aufgelegt worden. »Tut mir leid«, hatte sich Dr. Christian entschuldigt. »Man braucht mich dringend auf der Station.« Dem Patienten zulächelnd, hatte er sich erhoben. »Fürs erste ist es ja wohl auch genug.« Er hatte Fleisser die Hand gereicht. Kühl und fest.

»Bestimmt haben Sie noch eine Menge Fragen. Aber wir wollen nichts überstürzen. In den nächsten Wochen finden Sie hier immer jemand, der Rede und Antwort steht. Haben Sie keine Hemmungen. Dafür sind wir ja da.«

Er hatte Fleisser am Arm genommen, ihn zur Tür begleitet. »Und denken Sie daran: Das einzige, worum Sie sich jetzt kümmern müssen, sind Sie selbst. Nutzen Sie die Chance! Also dann«, hatte der Stationsarzt gerufen, »bis morgen früh.«

Er war die Treppe hinaufgestürmt. Wie betäubt hatte Fleisser der weißen Gestalt nachgeblickt.

Das Licht wurde angeknipst.

»Ach, da bist du!«

Rolf Funke schob mit dem Absatz die Tür hinter sich zu.

»Ich dachte schon, du hättest einen Kurschatten aufgetrieben und würdest mal auf die Art was für dein Herz tun.«
Alfred Fleisser rieb sich die Augen.
»Müßte eigentlich mit zur Behandlung gehören«, witzelte sein Zimmergenosse weiter. »Bettgymnastik auf Rezept, wär' doch nicht schlecht?«
Rolf grinste für zwei.
»Einmal oder dreimal täglich, was meinst?«
Alfred hob die Schultern.
»Na ja, ich wär' ja schon froh, wenn wir ein bißchen mehr Auswahl hätten. Wenigstens zum Anschauen.«
Rolf schwächte sein Grinsen ab.
»Mußt du doch zugeben. Die paar Frauen, die sich hierher verirren ...«
Er zog den Pullover über den Kopf, strich das schüttere Haar aus der Stirn.
»Beim Infarkt hapert's halt noch mit der Gleichberechtigung. Soll an den Hormonen liegen«, sagte er nach einer Weile, nun schon mehr zu sich selbst, als habe er eingesehen, daß mit Alfred im Moment nicht viel anzufangen war. Er ging auf sein Bett zu, blieb unschlüssig stehen.
»Aber ich kapier' das nicht. In der Pille sind doch die gleichen Hormone. Aber die können gefährlich werden. Hat der Arzt zu meiner Frau gesagt. Sie muß entweder mit dem Rauchen aufhören, oder. Beides zusammen wär' zu riskant.«
Rolf setzte sich auf die Bettkante, nestelte an den Schuhen.
»Da erfinden sie endlich mal was Vernünftiges«, schnaufte er, »und dann verbieten sie's einem. Als ob drei Kinder nicht mehr als genug wären. Heutzutage.«
Während er kurz hochtauchte, nach Luft schnappte, streifte er die Schuhe ab, bückte sich aber noch einmal, um sie unter das Bett zu stellen. Alfred nickte. Da könnte sich Doris mal ein Beispiel nehmen. Wie oft hatte er sie schon ermahnt. Aber es war ja kein Wunder, daß sie nicht auf ihn hörte.

Wenn ihre Mutter immer abwiegelte: Das lernt sie noch früh genug. Waltraud konnte richtig fuchtig werden: Du mit deinem Ordnungsfimmel. Kümmerst dich ja sonst auch nicht um das Kind.

»Ich hab' doch keinen Geldscheißer«, sagte Rolf.

»Genau«, pflichtete Alfred bei.

»Oder glaubt der Herr Doktor vielleicht, unsereins kriegt sowieso keinen mehr hoch?!«

Das hätt's aber jetzt wirklich nicht gebraucht, dachte Alfred. Er steckte die Hände in die Achselhöhlen, zog den Kopf ein, machte den Rücken krumm, als wolle er in sich hineinkriechen. Wie oft und seit wann weniger und warum, das ging doch keinen was an. Das interessierte ihn auch bei anderen nicht. Dann sollte man ihn aber bittschön damit verschonen. Schlimm genug, daß die Patienten untereinander. Aber wieso mußte denn das Thema Nummer eins auch in den Therapiestunden aufs Tapet gebracht werden? Man war doch hier in einer Klinik und nicht bei Beate Uhse. Als gäb's nichts Wichtigeres, wenn man schon in so einem Kreis zusammensitzen und reden sollte. Wo doch auch Frauen dabei waren. Wenn Waltraud das hören würde! Was einem da alles erzählt wurde. Daß die Befürchtung, man könne dem Herz nach einem Infarkt solche Aufregungen nicht mehr zumuten, fast immer unbegründet sei. Daß der plötzliche Liebestod, wenn überhaupt, höchstens bei Seitensprüngen vorkomme. Wenn man eine Treppe raufsteigen oder schnell um einen Häuserblock gehen könne, dürfe man auch. Ja, man müsse sogar. Gerade im fortgeschrittenen Alter. Um in Übung zu bleiben. Denn nichts beeinträchtigt die Potenz so sehr wie der Trainingsverlust. Training! Wer dachte denn an so was? War doch kein Sport. Und das sagte sie ja dann auch. Hüten müsse man sich nämlich vor Leistungsdruck, weil der unweigerlich zu Versagensangst führe, und dann ginge erst recht nichts mehr. So redeten die! Ärzte, Psychologen, und was sie sonst noch alles waren. Und wie die einen anschauten, wenn man nichts sagte. Man kam sich vor, als werde man ausgezogen. Vor versammelter Mannschaft.

»Könnte mich glatt schon wieder aufs Ohr hauen«, sagte Rolf. »Wenn das nicht bald besser wird, dann kann sich der Doktor seine Tabletten an den Hut stecken. Blutdruck hin oder her.«

Er streckte sich, gähnte. Dann griff er nach einer Illustrierten, betrachtete das Titelbild, legte sie wieder weg.

»Überhaupt: Wie sie dich hier mit Chemie vollstopfen, das hält auf die Dauer der stärkste Bock nicht aus.«

Alfred wandte sich dem Fenster zu. Hohläugig starrte ihn sein Spiegelbild an. Er verzog den Mund. Wollte grinsen. Ja, das war doch zum Lachen. Er brachte die Zähne nicht auseinander. Nein, zum Kotzen war's. Daß man sich das immer wieder anhören mußte. Nicht mal sagen konnte: Halt's Maul. Man mußte ja auskommen miteinander, wenn man ständig zusammen war. Mindestens drei Wochen noch. Und man wollte ja auch keinen vor den Kopf stoßen. Hatte doch jeder seine Probleme. Über die er natürlich auch mal reden wollte. Verstand man ja. Ihm konnte man doch wirklich nicht nachsagen, daß er kein Verständnis für andere hätte. Aber die blöden Witze dauernd, das ganze Getue. Was sollte denn das?!

»Weißt du, was der Neue behauptet?«

»Welcher?« fragte Alfred.

»Na, der Welz Willi, der vorige Woche gekommen ist. Du weißt doch, der am Tisch neben uns, der Skat spielt wie ein Weltmeister.«

Ausgerechnet der, dachte Alfred. Der war ihm vom ersten Tag an auf die Nerven gegangen. Wie der das Foto von seiner Freundin herumzeigte. Im Bikini. Und nur darauf wartete, daß einer durch die Zähne pfiff.

»Also der schwört Stein und Bein, daß einem hier was ins Essen gemischt wird. Wie beim Barras. Meinst du, die dürfen das?«

Alfred schwieg.
Der Welz war ja gerade erst 40. Und hatte auch noch keine Kinder. Aber Rolf! Der sollte doch nicht so tun. Der war ja schon über 50. Und hatte doch auch immer rangeklotzt. Jeden Tag zehn Stunden und den Samstag oft noch dazu. Jahrelang. Immer auf Hochtoüren. Da kam man halt auf dem Zahnfleisch daher. Wußte nicht mehr, wo hinten und vorne war. Hatte er doch selber gesagt. Und jetzt wollte er einem weismachen, daß er trotzdem am Abend noch... Also komm. Das kannst du deiner Großmutter erzählen. Da bist du doch heilfroh, wenn dir keiner mehr auf die Pelle rückt. Da kriegst nämlich kaum noch das Maul auf. Ob du Männlein oder Weiblein bist, das ist dir dann erst mal egal. Gib's doch zu!
Der Stuhl war umgekippt, so heftig hatte sich Fleisser erhoben. Ein brenzlicher Nebelgeruch schlug ihm entgegen, als er das Fenster öffnete. Die feuchte Kälte griff an den Hals. Er ließ sich nicht anmerken, daß ihm das Atmen schwerfiel.
»Jetzt langt's aber!« schrie Funke von hinten. »Bist du schwerhörig, Mann?«
»Wirst schon nicht gleich erfrieren«, brummte Fleisser, ohne sich umzudrehen.
Er blickte auf die Uhr. Eine halbe Stunde noch bis zum Abendessen. Er könnte sich ja solange in die Halle setzen. Vielleicht war um diese Zeit keiner da, der einen störte, wenn man den Fischen zuschaute in den grün erleuchteten Aquarien. Wie sie über der versunkenen Landschaft aus Wurzeln, Steinen und schlingernden Pflanzen schwebten. Mit den Flossen fächelten. Rot, schwarz, blauschillernd, gelb, silbrig. Blitzartig durcheinanderzuckten. Lautlos.
»Sag mal«, fragte Rolf Funke, »was hast du eigentlich die ganze Zeit gemacht? Warst ja auch nicht beim Ergometertraining.«
Fleisser hatte die Stirn gegen die Scheibe gelehnt. Er rührte sich nicht.

»Ist dir nicht gut?«
Fleisser eiste sich los.
»Wieso?«
»Na ja«, sagte Rolf, »ich dachte halt. Wie du da im Dunkeln gehockt bist und dann plötzlich das Fenster aufgerissen hast...«
»War ein bißchen müde«, wehrte Alfred ab. »Muß wohl eingenickt sein.«
»Hat dir sicher besser getan als dieser Vortrag«, meinte Rolf, sichtlich erfreut, wieder ein Gesprächsthema zu haben. »Im Ernst«, lachte er. »Das nächste Mal schwänz' ich auch.«
»Was heißt schwänzen«, verteidigte sich Alfred. »Wir sind doch nicht in der Schule.«
Rolf überhörte den gereizten Ton.
Das war vielleicht wieder ein Gelaber!
Er richtete sich auf.
»Stell dir vor«, legte er los, »dieser Schnösel von einem Therapeuten...«
Alfred kramte im Schrank herum. Er wollte nicht wissen, was der Weißkittel gesagt hatte. Das konnte er sich doch denken. Nur zu gut war ihm die letzte Stunde noch in Erinnerung. Als dieser Doktor, der gar kein richtiger Doktor war, nicht mal das Hörrohr an die Brust legen und Spritzen geben konnte, sondern nur redete, von einem Obermeister erzählt hatte. So eine richtige Leuchte der Leistungsgesellschaft sei das gewesen. Kaum drei Wochen in Lauterberg, habe er schon wieder in seine Abteilung zurückgewollt. Man brauche ihn dort. Ohne ihn gehe alles drunter und drüber. Von diesem Unentbehrlichkeitswahn, hatte der Doktor gesagt und dabei wie ein Pastor geguckt, sei er erst kuriert worden, als er auf seinen Rat hin mal eine Art Grabrede für sich entworfen habe. Jawohl, Grabrede. Als würde er schon unterm Rasen liegen. Mitunter müsse man eben zu drastischen Mitteln greifen, um jemand zur Vernunft zu bringen.

Und das habe in diesem Fall auch gewirkt. Denn der Mann sei schließlich doch noch dahintergekommen, daß die Bilanz seines bisherigen Lebens nicht aufgehe. Daß er vor lauter Karrierestreben seine Gesundheit sträflich vernachlässigt habe, geradezu arbeitssüchtig gewesen sei. Wie ein Alkoholiker immer wieder trinken müsse, so könnten solche Menschen nicht mehr ohne Hektik leben. Sie würden sich auch dann noch zu Höchstleistungen anspornen, wenn sie bereits merkten, daß sie mit ihren Kräften am Ende seien. Die Arbeit werde zur unverzichtbaren Droge.

»Heilandzack«, stieß Alfred zwischen den Zähnen hervor. Seine Strickweste hing nicht auf dem Bügel. Aber er wußte ganz genau: Er hing sie doch immer gleich auf. Immer! Sakkerment! Hast du vielleicht? wollte er fragen. Doch Rolf war nicht zu bremsen. Mußte ihm unbedingt auf die Nase binden, was der Seelendoktor heute wieder für Sprüche vom Stapel gelassen hatte.

»Fragt er doch allen Ernstes reihum, ob denn nicht jeder, fragt er, wenn er heute auf sein Verhalten am Arbeitsplatz zurückschaut, ob er dann nicht eingestehen müßte, daß er zuviel des Guten getan hat. Der warf uns doch tatsächlich vor, wir hätten ja, wenn wir nur gewollt hätten, auch mal fünf gerade sein lassen können. Behauptet der einfach. Wie findest denn das?«

Alfred steckte den Kopf noch tiefer in den Schrank.

»Aber auf die Tour darf man mir nicht kommen«, prahlte Rolf. »Ist doch wahr. Von Tuten und Blasen keine Ahnung, aber schlau daherreden. Der hat doch noch nie einen Betrieb von innen gesehen. Hab' ich ihm auch gesagt. Sonst müßte er nämlich wissen, hab' ich gesagt, daß unsereiner, wenn er sich an seine Rezepte halten tät, also immer schön der Reihe nach und ruhig Blut, ob's pressiert, ist mir wurscht, was ich schaffe, das schaff' ich, und mehr ist nicht drin, wenn wir so an die Arbeit drangehen wollten, dann könnten wir schnell den Hut nehmen, oder?«

Alfred hatte mittlerweile seine Weste unter Rolfs Jackett entdeckt, knöpfte sie zu. Als er oben angelangt war, stellte er fest, daß er ein Knopfloch ausgelassen hatte. Umständlich jeden Handgriff überprüfend, fing er von vorne an. Aber Rolf war nicht abzuschütteln.

»Was nützt es denn, wenn ich seh', daß die Zeiten meist viel zu knapp sind. Ich muß mich dranhalten, sonst komm' ich nicht auf meine Prozente. Und dann verdien' ich nicht nur weniger, ich muß auch noch froh sein, wenn mich keiner anschnauzt deswegen. Was ich für ein Schlappsack bin. Oder noch schlimmer. Einige hat man ja schon gefeuert...«

»Mach's mal halblang«, warf Fleisser ein.

Er war schon an der Tür gewesen. Hatte nur noch auf eine Gelegenheit gewartet, um abhauen zu können. Aber da war der Wortschwall in sich zusammengefallen. Wie wenn ein Springbrunnen plötzlich abgedreht wird. Nichts sprudelte mehr, plusterte sich auf. Keine Kälte, die ins Gesicht klatschte. Wie weggepustet die Kraft, die Funke kurz hochgerissen hatte. Über den gewölbten Bauch starrte er auf seine Hände, die zwischen den Schenkeln hingen.

Auf einmal hatte Fleisser Oberwasser. Er stieß sich von der Wand ab, trat einen Schritt vor. War der Meister, der einen seiner Männer zurechtwies. Behutsam zwar, doch was sein mußte, das mußte sein.

»So wild ist das nun auch wieder nicht«, sagte er. »Meine Leute arbeiten doch auch auf Prämienbasis. Und die Zeiten, die da gestoppt werden, die sind an sich ganz gesund. Da muß sich keiner ein Bein ausreißen, damit er seinen Verdienst behält. Sondern die Routine bringt das mit sich, daß er schneller fertig wird.«

Funke blickte auf.

»Bei euch vielleicht«, gab er unwillig zurück. »Aber seitdem sie bei uns alles umgekrempelt haben, werden die Vorgabezeiten am grünen Tisch berechnet. Die Amis haben da so eine Methode erfunden: MTM. Falls dir das was sagt.«

Fleisser deutete ein Kopfschütteln an.
»Der Trick dabei ist, daß nämlich das, was du wirklich tust, überhaupt nicht zählt. Die nehmen nicht mehr direkt am Arbeitsplatz die Zeit auf. Das war ja schon schlimm genug, wenn dir der Meister vorgeworfen hat, du würdest zaubern, also absichtlich überflüssige Bewegungen machen, um Zeit zu schinden...«
Funke ließ das Kinn auf die Brust sinken.
»Ich mein', es ist bestimmt nicht einfach, für die Firma und gleichzeitig für die Kollegen dasein. Aber so gut müßte ein Meister doch seine Abteilung kennen...«
Fleisser kaute auf der Unterlippe.
Solche gab's natürlich. Die immer bloß rumplärrten. Sich nicht einstellen konnten auf die Leute. Ein jeder hatte ja was anderes. Der eine, den konnte man erst ansprechen, wenn er seine vier, fünf Halbe Bier intus hatte. Dem anderen war die Frau auf und davon. Das mußte man natürlich wissen. Aber einige, die zogen halt ums Verrecken nicht mit. Konnte man machen, was man wollte. Auch wenn's hart auf hart ging, mit denen war nicht zu rechnen. Und dann konnte sich schon was anstauen. Und manchem ging eben dann der Gaul durch.
»So einfach ist das nicht«, sagte er.
»Trotzdem...«, erwiderte Funke. »Trotzdem müßte er Mensch bleiben. Daß der Preis jetzt oft nicht mehr stimmt, ich mein', daß wir einen Haufen Sachen umsonst machen müssen, das könnte er... hier, meine Herren, das und das ist bei der Kalkulation nicht berücksichtigt, könnte er wenigstens mal sagen.«
Fleisser verlagerte das Gewicht von einem Bein auf das andere. Als Funke hochschaute, hoffte er, daß er ihn fragen würde, warum er eigentlich so rumstehe. Dann könnte er endlich loswerden, was ihm schon lang auf der Zunge lag. Daß er dringend noch ein wenig Bewegung brauche. Und frische Luft. Aber der dachte ja gar nicht daran. Das war ty-

pisch für die Sorte. Wenn man ihnen den kleinen Finger reichte, wollten sie sofort die ganze Hand. Hauptsache, er konnte sich auskotzen. Alles andere war dem egal.
»Man ist doch keine Maschine«, sagte Funke. »Müßte man aber sein. Die schauen ja nur noch in ihre Tabellen rein, und dann wird, weiß der Geier wie, festgelegt, welche Handgriffe für eine Arbeit nötig sind, und unterm Strich kommt dann eine Zeit raus, die völlig idiotisch ist.«
Er stierte auf seine geballten Fäuste, ohne sie zu sehen. »Weil wir sollen ja die in der Produktion verstumpften Maschinenwerkzeuge wieder scharf schleifen, und zwar hopphopp. Es ist ja kein Vorrat da, und wenn wir nicht rechtzeitig fertig werden, steht der Laden still. Also kriegen wir von daher immer schon Druck. Und der Meister, anstatt daß er uns deckt, setzt meistens noch extra eins drauf. Das Schleifen geht aber nicht nach Null-acht-fünfzehn. Da braucht's halt Erfahrung und Fingerspitzengefühl. Sonst könnten's ja gleich Roboter nehmen. Und da mußt auch mal in Ruhe überlegen können, wie du's am geschicktesten anstellst. Wenn's zum Beispiel knifflige Sachen sind oder welche, wo's ganz genau sein soll. Oder wenn du ein Trumm zum ersten Mal in die Hand bekommst, dann mußt du erst ausprobieren, wie das an deiner Maschine läuft. Verstehst?«
Fleisser kratzte sich am Handgelenk, um zu vertuschen, daß er auf die Uhr geschielt hatte. Doch Funkes Frage war gar nicht an ihn gerichtet. Er schien nur laut zu denken.
»Oder oft fehlt ja auch noch ein bestimmtes Teil, das du für eine Arbeit brauchst. Also mußt du es, hilft dir ja nichts, selber besorgen, bevor du anfangen kannst. Aber das geht alles auf deine Kosten. In den MTM-Zeiten ist das nicht drin. Da darfst du dir nicht mal die Nase putzen oder den Schweiß abwischen. Wenn's nach denen ginge, wären wir bloß noch dressierte Affen. Hat der Müller schon recht.«
Funke nickte gedankenverloren. Bis es Fleisser zu dumm wurde.

»Nimm's mir nicht übel, aber ich ...« Weiter kam er nicht.
»Ach so«, fuhr Funke hoch. »Kannst du ja nicht wissen. Der Wolfgang, weißt, ist einer von meinen Kollegen. Und der hat gesagt, als das mit MTM bei uns losgegangen ist, auf gut deutsch, hat er gesagt, heißt das: mit teuflischen Methoden.«
Seine Augen tasteten sich zu Fleisser hin, rutschten ab.
»Na ja«, lächelte er verlegen. »Im allgemeinen übertreibt er natürlich, der rote Wolf. So nennen sie ihn. Weil er's dauernd mit den Bossen hat, und daß die nur auf den Profit aus sind. Also, ich weiß nicht. So kann man das heute doch nicht mehr sehn. Aber sein Großvater, na ja, der war bei den Kommunisten. Sogar im KZ deswegen. Ich glaub', das ist so ein Vorbild für ihn. Was die sich früher alles getraut hätten. Da könnten wir uns eine Scheibe abschneiden. Wird er natürlich ausgelacht. Trotzdem: Mit dem Leistungslohn, da hat er 100 Prozent recht.«
Fleisser begann, hin und her zu gehen. Rolf Funke achtete nicht darauf.
»Er ist halt noch recht jung«, sagte er. »Kaum dreißig. Da haut man ja vielleicht schneller mal auf den Putz. Und kann es sich auch eher leisten.«
Die Ellbogen auf die Knie gestützt, den Kopf zwischen den Händen, glotzte er vor sich hin.
Eigentlich haben wir den Wolfgang ganz schön hängenlassen, dachte er. Wie er sich mit dem Betriebsrat angelegt hat. Weil der zu lasch war seiner Ansicht nach. Stimmte ja auch. Nur, allein konnte der ja auch nichts ausrichten ...
»Ich mein', gemeckert haben ja alle«, sagte Funke. »Aber so richtig den Mund aufgemacht hat dann doch keiner. War ja auch zwecklos.«
Er dachte an den Meister.
Wenn man sich bei dem mal beschwerte, weil er einem weniger Punkte gegeben hatte, dann wurde der bloß patzig. Rieb einem hin, man solle halt nicht so viel quatschen, dann

würde man auch mehr zusammenkriegen. Konnte ja sein, daß manche fixer waren. Aber daß man mal zu einem Kollegen was sagte, das sollte doch noch drin sein. Außerdem gab's eben Arbeiten, die mehr Geld brachten als andere. Und die wurden so verteilt, daß es, ja, es war schon ein gewisser Versuch, den Haß aufeinander zu schüren.
»Die Stimmung war ziemlich mies«, sagte er.
Er dachte: Man hat's halt in sich reingefressen irgendwie. Früher war man ja auch nicht auf der faulen Haut gelegen. Doch jetzt ließ einen das den ganzen Tag nicht los: Daß man am Abend seine Zeit nicht voll hatte. Schon morgens dachte man dran. Ob einen was aufhalten würde. Ob die Kontrolle was zu beanstanden hatte und das Werkzeug zurückschickte, was einem dann von der Prämie abgezogen wurde. Und oft beschäftigte man sich noch im Bett damit, wie man die Prozente am nächsten Tag wieder aufholen könnte. Und jedesmal, wenn man merkte, daß man es wahrscheinlich nicht schaffte, fing man innerlich zu flattern an. Aber man wollte mithalten. Man mußte. Die anderen konnten es ja auch, dachte Funke.
Er sagte: »Dann haben sie die Werkstatt frisch gestrichen. Als ob das Betriebsklima dadurch besser würde. Na gut, dann wurden auch Stühle angeschafft. Früher mußten wir ja im Stehen arbeiten. Das war schon eine Erleichterung. Da hatte es allerdings den ersten schon umgehauen.«
Den Kopf zur Seite neigend, als lausche er dem Nachhall des letzten Satzes, fügte er hinzu: »Komisch, ich glaub', das hab' ich dir noch gar nicht gesagt. Daß ich der zweite war in diesem Jahr...«
Kurz nach Ostern hatte ein Kollege gefehlt, der in den letzten Jahren nie krank gewesen war. Obwohl er Asthma hatte. Aber zur Arbeit kam er immer. Mit fünfundfünfzig, das konnte sich jeder ausrechnen, wenn man da auch noch dauernd wegbleiben würde, fackelte die Personalabteilung nicht lang. Wer oft krankgemeldet war, stand ja zu der Zeit

immer schon am Schwarzen Brett. Und die beiden Entlassungen in der Scharfschleiferei hingen auch damit zusammen. Behauptete Wolfgang Müller. Und das glaubten ihm die meisten. Ausnahmsweise. Man griff sich eben die Schwächsten raus. Durch die Rationalisierung brauchte man ja weniger Leute. Die schafften jetzt mehr. Seitdem auf Leistung gearbeitet wurde, mußten die Aufträge schneller durchgezogen werden. Die Werkzeuge hielten zwar nicht mehr so lang. Doch die Betriebsleitung meinte, man könne sie ja ein paarmal nachschleifen und notfalls neue anschaffen. Das komme immer noch billiger. Konnte schon sein. Aber die Qualität war halt nicht mehr wie früher. Und wenn dann plötzlich noch zwei, drei Mann ausfielen, war der Teufel los. Das meiste war eh immer supereilig. Aber dann wurde von allen Seiten gedrängelt. Dann ballte sich's. Und dann konnte man schon auch sauer werden auf die, die sich ins Bett legten. Verschnieft war ja fast jeder damals mehr oder weniger. Kein Wunder bei dem Sauwetter.

Daß es in diesem Fall keine Grippe war, hatte Rolf Funke erst zwei Tage später erfahren. Denn in den Pausen hielt er sich von den anderen möglichst fern. Das Gerede strengte ihn nur unnötig an. Er wollte seine Ruhe haben. Doch dann mußten wieder Überstunden gemacht werden. Der Willich, hatte der Meister gesagt, kommt wohl so bald nicht wieder. Herzinfarkt.

»Ich hab' doch nie, nie an so was gedacht«, sagte Rolf Funke. »War ja immer wohlauf und hab' gearbeitet. Bis dann, am Sonntag auf einem Spaziergang, da ist es passiert...« Er verstummte. Bog die gefalteten Hände auseinander, daß die Finger knackten. Raffte sich auf. »Ist doch komisch, oder?«

Alfred Fleisser war stehengeblieben. Eine Zeitlang hörte man nur den Atem der beiden Männer. Als sich ihre Blicke trafen, fragte Alfred: »Was soll'n da komisch sein?«

»Na ja, daß es in einer Abteilung mit fünfunddreißig Mann gleich zwei hintereinander erwischt.«

Rolf wußte nicht, wohin er schauen sollte, so drohend sah Alfred auf ihn herab.
»Entschuldige. Ich red' immer nur von mir.«
Alfred warf den Kopf zurück. Seine Hand fuhr in den Nakken. Er spürte die Knoten, die schmerzhaft gespannten Muskelstränge. Die um so härter wurden, je länger Rolf schwieg. Was erwartete der denn von ihm? Stimmte ja. Er hatte ja wirklich die ganze Zeit gejammert. Als ob er der einzige wäre, der sich bei der Arbeit hetzen müßte. Der hatte doch keinen blassen Schimmer. Das war doch ganz was anderes. Ob man als Meister die Verantwortung für die Abteilung hatte oder sich bloß um seinen eigenen Kram kümmern mußte. Rolf war ja nur angelernt. Von dem verlangte doch keiner, daß er hinter allem und jedem herrannte. Den quatschte auch nicht ständig jemand an. Zu dem kam man nicht wegen jedem Scheiß. Und was die anderen machten, das brauchte ihn von Haus aus nicht zu interessieren. Im Grunde konnte der doch seinen Stiefel wegarbeiten. Wie lang er an einem Werkzeug rumschliff, hatte er ja selber in der Hand. Wenn er ordentlich hinlangte, schaffte er's schon. Daß es auch bei ihm mit den Zeiten manchmal zu eng wurde, wollte man ja gar nicht bestreiten. Aber das war doch kein Vergleich. Da stand ja auch längst nicht so viel auf dem Spiel. Wenn die neue Maschine im Juni zur Ausstellung sollte, dann mußte eben bis da und da alles fertig sein. Basta. Sonst starb ja das ganze Programm! Das hatte man pausenlos im Nacken. Man mußte. Auf Biegen und Brechen. Und immer den Leuten gut zureden. Auch wenn man einen dikken Knödel im Bauch hatte. Das ging nicht anders.
In den anderen Abteilungen ging es doch auch, dachte Alfred.
»Wie sind wir überhaupt draufgekommen?« fragte Rolf.
»Auf was?«
»Na, auf meine Arbeit...«
Rolf breitete ein versöhnliches Lächeln aus.

»Ist doch eigentlich blöd«, räumte er ein. »Wozu in den alten Geschichten rumstochern. Das ändert jetzt auch nichts mehr. Ist nun mal passiert. Muß ja froh sein, wenn sie mich wieder nehmen.«
»Ich hab' nicht damit angefangen«, trotzte Alfred.
»Hab' ich doch auch nicht gesagt.«
»Aber es hat dir anscheinend Spaß gemacht, mir brühwarm zu erzählen, was unser Beichtvater heute wieder alles durchgehechelt hat.«
»Hab' mich halt geärgert«, rechtfertigte sich Rolf.
»Was meinst du wohl, warum ich erst gar nicht hin bin?«
Alfred ging auf die Tür zu. Machte kehrt. Blieb stehen, immer noch auf dem Sprung.
»Ich kann's nämlich schon nicht mehr hören. Wie die sich aufmandln. Immer ganz genau wissen, was wir alles nicht hätten tun dürfen. Was wir in Zukunft unbedingt vermeiden müssen. Denn sonst könnten sie natürlich für nichts garantieren.«
»Hast ja recht«, versuchte Rolf zu beschwichtigen.
So kannte er Alfred gar nicht. Er hatte doch in den Gruppen nie was gesagt. War überhaupt immer ruhig. Nicht gerade unterhaltsam. Spielte nicht mal Skat. Verstand auch nicht viel Spaß. War aber meistens freundlich. Und hilfsbereit. Ein wirklich umgänglicher Typ. Wenn man Alfred als Meister hätte, dann wär' vielleicht manches leichter. Aber was war denn auf einmal in ihn gefahren? Wieso geht er jetzt ausgerechnet auf mich los, dachte Rolf. Er war doch völlig seiner Meinung. Beichtvater, das traf den Nagel auf den Kopf. So hätten sie's gern. Daß man wie ein reuiger Sünder daherkroch. Die vermiesten einem ja alles. Die Butter. Das Bier. Zigaretten sowieso. Und sogar wenn man sich am Sonntag vor den Fernseher pflanzte, mußte man schon ein schlechtes Gewissen haben. Statt Sportschau sollte man natürlich besser selber was tun. Radfahren, laufen, irgendwas. Damit das Herz wieder auf Trab kam. Na, und dann

auch noch der Therapeut mit dem erhobenen Zeigefinger. Dieses Bürscherl. Das gestandenen Männern beibringen wollte, wie man richtig arbeitet.

»Ehrlich«, sagte Rolf. »Mir geht das genauso auf den Geist. Wenn ich mir vorstell', ich sag' zu unserem Meister: Also, passen S' auf, das Werkzeug da, das bleibt erst mal liegen, ich muß mich nämlich für eine halbe Stunde beim autogenen Training entspannen. Das ist doch absolut hirnrissig!«

Alfred nickte. Er hatte sich wieder gefangen.

»Stimmt schon. Aber was willst machen. Wir sind ja nicht zum Vergnügen hier. Müssen's eben schlucken.«

»Na, ich weiß nicht«, meinte Rolf. »Sagen könnt' man schon mal was.«

Alfred legte die Hand auf die Türklinke.

»'s gibt gleich Essen. Ich geh' schon vor.«

»Aber ist doch wahr«, rief ihm Rolf hinterher. »Wir müssen uns ja nicht alles gefallen lassen.«

8.

Auf dem Schreibtisch das übliche Chaos. Haufenweise Bücher. Sonderdrucke und Kopien von Artikeln aus Fachzeitschriften. Kreuz und quer übereinander. Ein Stapel Publikationen mit grünem Umschlag. Weißer Aufdruck: *Wissenschaftszentrum*. Zwei dunkle Leitz-Ordner. Auf dem einen der Vermerk: Patienten. Auf dem anderen: Wissenschaftler. Daneben ein dicker Packen: *Forschungsbericht Herz-Kreislauf-Krankheiten und industrielle Arbeitsplätze*. Zwischen den Seiten unzählige Papierfetzen, ein Filzstift, eine Tube UHU, ein Lineal. Die übrigen Utensilien wahllos verstreut. Hefter, Locher, Schere, Tipp-Ex. Ein Marmeladenglas voll Büroklammern. In einem zweiten bunte Kugelschreiber. Zwei Farbbandkassetten. Ein Bündel unbeschriebene Blätter. Notizzettel. Getippte Manuskriptentwürfe. Übersät mit handschriftlichen Korrekturen. Kaffeeflecken. Tabakkrümel.

Jürgen Petersen starrte auf das Durcheinander.

Seit dem Kongreß im *Sheraton* war schon wieder eine Woche vergangen. Das Material lag bereit. Mehr als genug. Er konnte anfangen. Er mußte endlich anfangen. Und er hatte auch immer wieder Anlauf genommen. Aber er kannte das doch. Es war ja immer so. Kein Grund zur Aufregung. So war er halt. Vielleicht könnte er auch anders arbeiten. Zielstrebiger. Aber oft hatte er eben gerade durch Umwege etwas Neues entdeckt. Unvorhergesehenes, das er sonst nicht beachtet hätte. Und dazu mußte er sich auch äußerlich der produktiven Verwirrung aussetzen, ohne die eine schöpferische Klärung nicht möglich war. Behauptete er jedenfalls. Denn erst wenn er völlig den Überblick zu verlieren drohte, konnte er, einigermaßen überzeugt, nichts Wesentliches ausgelassen zu haben, den Wust des von anderen bereits Geschriebenen beiseite schieben. Dann sah er über den Berg. Traute sich zu, den Weg allein zu finden. Was er beschreiben wollte, breitete sich ganz deutlich vor seinen Augen aus. Zeile um Zeile wurde das elektrische Summen der Kugelkopfmaschine von stotternden Anschlägen übertönt. Und manchmal konnte er sich sogar mitreißen lassen von der taumelnden Unbeschwertheit, mit der er als Kind in den ersten Schnee hinausgestürmt war. Kaum zögerte er jedoch einen Moment zu lang, weil ihm nicht gleich das passende Wort einfiel, holten ihn wieder Zweifel ein. Er mußte sich umschauen, ob die Richtung überhaupt stimmte. Und schon wuchs, was er noch vor sich hatte, ins Unermeßliche. Die Stille nahm überhand. Er hörte das Blut in den Schläfen. Immer lauter wurde das Herz. Sein Herz. Das nicht nur ein Wort war. Es jagte ihn weiter. Aber er war wie gelähmt. Seine Haut zum Zerreißen gespannt. Das ferne Rauschen der Straße schwoll an. Die Schläge der Kirchturmuhr. Er mußte mitzählen. Seine Gedanken rasten. Er floh, wie im Traum, ohne von der Stelle zu kommen. Kopflos.

Petersen zog das Blatt aus der Maschine, zerknüllte es. So ging es nicht. Wenn er so weitermachte, verrannte er sich von Mal zu Mal mehr. Er mußte noch einmal in Ruhe überlegen, worauf er eigentlich hinauswollte. Also. Der Einstieg war doch klar. Alfred Fleisser lieferte sozusagen den leibhaftigen Beweis, daß die medizinischen Erklärungen für die Entstehung des Herzinfarktes und damit auch die bisherigen Versuche zu seiner Verhütung nicht genügten. Das sollte der Auftakt sein, um dann die theoretischen und praktischen Versäumnisse im Umgang mit diesem gesundheitspolitischen Problem zu beschreiben. Dazu hatte er ja schon einige brauchbare Formulierungen.

Kaum war die Medizin mit Penicillin und anderen Antibiotika zu neuen Siegen aufgebrochen, konfrontierte sie die nach dem Zweiten Weltkrieg sprunghaft ansteigende Herzinfarkt-Rate mit einer Epidemie, gegen die das verfügbare Arsenal der Seuchenbekämpfung nichts ausrichten konnte. Um so begieriger griffen die Ärzte das Konzept der Risikofaktoren auf, schlugen sie doch auf diese Weise zwei Fliegen mit einer Klappe. Sie erfüllten scheinbar die Forderung, Vorbeugen sei besser als Heilen, mußten aber das Eingeständnis, daß der »Volksseuche« chronisch sich entwickelnder Herzkrankheiten nur durch Ausschalten der Ursachen beizukommen ist, nicht mit einer Absage an ihre naturwissenschaftlich verkürzten Forschungsmethoden verbinden. Indem der Infarkt vor allem als Ergebnis negativen Gesundheitsverhaltens betrachtet und dieses auf den Bereich des privaten Konsums eingeengt wird, lassen sich vorsorgende Aktivitäten weitgehend in die Verantwortung des Individuums abschieben. Diese Ideologie erlaubt es, die *Grenzen der Medizin* anzuerkennen, ohne die Heilkunde in Frage zu stellen. Pillen, Spritzen oder Skalpellkünste versprechen den Kranken weiterhin Hilfe, und zusätzlich kann man jene, die noch gesund sind, aber aufgrund der Abweichungen bestimmter physiologischer Meßwerte als gefährdet gelten, wie Patienten behandeln. Bluthochdruck, erhöhte Fettspiegel, Diabetes oder Gicht eröffnen ein weites Feld für eine medikamentöse Schein-Prävention, deren Nutzen zwar für die Betroffenen durchaus nicht immer, für Ärzte und Pharmaindustrie aber in jedem Fall erwiesen ist. Was sich ihrem Zugriff entzieht, fällt in die Zuständigkeit der Gesundheitserziehung. Die Erfahrungen einschlägiger Aufklärungskampagnen lehren jedoch, daß damit auf breiter Basis keine nennenswerten Erfolge zu erzielen sind. Deshalb versucht man nun, den pädagogischen Appellen durch ökonomische Strafandrohungen Nachdruck zu verleihen. Die sogenannte Selbstbeteiligung, bei der die Versicherten unmittelbar zur Kasse gebeten werden, wenn sie medizinische Dienste in Anspruch nehmen, verlangt jedem finanzielle Opfer ab, unabhängig davon, ob er persönlich durch riskantes Verhalten auffällig wurde oder sich brav an die Empfehlungen der medizinischen Wissenschaft gehalten hat. Es wird also sozusagen eine Kollektivschuld unterstellt. Die immer wieder diskutierten Prämienzuschläge in der Krankenversicherung sollen dagegen gezielt potentielle Missetäter treffen. Die Losung heißt: Gesundheit oder Geld her, was in der Praxis wohl bedeuten würde, daß zur fürsorglichen Bespitzelung der Bürger eine Art medizinische Polizei eingeschaltet wird, die den Krankenkassen die notwendigen Dossiers für die individuelle Berechnung der Beiträge liefert. Die satirische Überzeichnung entlarvt den Zynismus einer Denkweise, die Krankheiten wie den Herzinfarkt letztlich nur als Konsequenz sträflichen Leichtsinns oder vorsätzlicher Verstöße gegen die Vernunft denunzieren kann...

Gar nicht übel. Hatte er das wirklich schon vor zwei Wochen geschrieben? Nein, fast drei Wochen war es her. Was hatte er nur getan die ganze Zeit? Petersen spürte ein Zusammenzucken in der Brust. Es kostete ihn Mühe, nicht im Kalender nachzuschauen. Er trug jeden Tag ein, was er sich vorgenommen hatte, und wenn etwas erledigt war, wurde es abgehakt. Als müsse er Rechenschaft ablegen, daß er nicht faulenzte, auch wenn er kein Manuskript als Ergebnis seiner Arbeit vorweisen konnte. Irgendwann in der vorletzten Novemberwoche, das wußte er auch so, hatte er vermerkt: Exposé für WM. Ja, er war drauf und dran gewesen, die Geschichte dem *Wissenschaftsmagazin* anzubieten. Doch als

er begonnen hatte, den Inhalt auf zwei oder drei Seiten zu skizzieren, war ihm klargeworden, daß für den Schluß noch entscheidende Bausteine fehlten. Der geplante Bericht, so war es ihm vorgekommen, hing wie eine mit kühnem Schwung bis zur Hälfte fertiggestellte Brücke in der Luft, und er sah noch keine Möglichkeit, das andere Ufer zu erreichen. Deswegen hatte er sich entschlossen, den Kongreß abzuwarten. Was sich ja auch als richtig erwiesen hatte.
Aber warum hatte er dann gleich alles wieder in die Ecke geworfen? Er hätte ja erst mal weitermachen können, so frisch von der Leber weg. Das brachte wenigstens einen Aspekt des Themas schon auf den Punkt. Ziemlich polemisch natürlich. Die Attacken auf das medizinische Monopol müßten im einzelnen begründet und mit Zitaten abgesichert werden. Das dürfte jedoch nicht allzu schwer fallen. Da wußte er Bescheid. Und von Dr. Buchmann bekäme er bestimmt Rückendekkung. Er verkörperte ja selbst, was in der offiziellen Sprachregelung *Escaper* hieß, auf deutsch: Ausbrecher. Denn er gehörte ja zu jener gar nicht so kleinen Gruppe von Menschen, die durch die Maschen der Risikofaktoren-Fahnder schlüpften. Mit 50 war er ausnahmsweise mal beim Arzt gewesen. Nicht freiwillig, doch für eine zusätzliche Lebensversicherung, die er seiner 15 Jahre jüngeren Frau zuliebe abgeschlossen hatte, war eine Untersuchung verlangt worden. Daß sich aus der Kombination von starkem Zigarettenrauchen und erhöhtem Cholesterinspiegel für ihn die vierfache Infarkt-Gefährdung eines Gleichaltrigen ohne diese Warnzeichen errechnete, verkündete er, als sei es eine stramme Leistung. Kurz vor seinem 60. habe er, quasi als Geburtstagsgeschenk, ein EKG machen lassen, und der Doktor sei zutiefst enttäuscht gewesen, so gesund habe sich sein Herz auf dem Papierstreifen dargeboten. Als Rache, ja, anders könne er das wirklich nicht sehen, sei ihm dann ein leicht erhöhter Blutdruck bescheinigt worden. Als ob das nicht eine ganz normale Reaktion sei, wenn man sich eine Stunde vorher mit der

Anzeigenabteilung herumgestritten habe, weil die einem wieder einmal in letzter Minute noch zwei Doppelseiten habe wegschnappen wollen. Aber von solchen alltäglichen Dingen hätten die Ärzte ja keine Ahnung.
Klar, daß man bei Dr. Buchmann offene Türen einrannte, wenn man die Lücken in der vorherrschenden Theorie aufdeckte. Doch Fleisser sollte ja nicht nur als *paradoxer Fall* vorgestellt werden. Sonst könnte man ihn rasch abtun als Ausnahme von der Regel des statistischen Zusammenhangs zwischen medizinischen Risikofaktoren und Herzinfarkt. Um dem zuvorzukommen, hatte Petersen von Anfang an nach anderen Deutungen gesucht, die wissenschaftlich mindestens so gut fundiert waren. Und eine Weile hatte er tatsächlich geglaubt, er könne mit den gegensätzlichen Verhaltenstypen A und B das Kaninchen aus dem Zylinder zaubern. Das paßte gar so schön: Der eine, repräsentiert durch Fleisser, war besonders anfällig, der andere, in Gestalt von Dr. Buchmann, dagegen geschützt.
Na gut. Bis hierher war doch alles ganz einfach. Er mußte ja bloß die Spur seiner Ermittlungen nachzeichnen. Die hatte ihn zunächst in eine Sackgasse geführt. Denn bei den Befunden, die eine Bezeichnung zwischen Typ-A-Verhalten und Herzkrankheiten zeigten, handelte es sich ebenfalls nur um zahlenmäßig belegte Wahrscheinlichkeitsaussagen, so daß die Liste der Risikofaktoren lediglich um psychologische Eigenschaften verlängert wurde. Die gesellschaftlichen Bedingungen, unter denen sich solche Charakteristika herausbildeten und verfestigten, blieben genauso ausgeklammert wie im Fall der Ernährungs- und Rauchgewohnheiten. Wurden diese, wenigstens unterschwellig, als persönliche Schuld gebrandmarkt, so erschien die Persönlichkeit als Schicksal. Für die Prävention war damit erst recht nichts anzufangen, da die infarktgefährdenden Verhaltensweisen höchstens durch eine langwierige individuelle Therapie zu beeinflussen wären. Das war also auch nicht das Ei des Kolumbus.

Petersen stand auf, entfernte sich einige Schritte vom Schreibtisch, als wolle er Abstand gewinnen von dem Ballast, der sich dort angehäuft hatte. Würde er nicht so tief drinstecken, wäre es ja zum Lachen. Daß ihm der Platz immer noch nicht reichte! Er hatte damals in der Schreinerei gar nicht genug bekommen können, seine Maßangaben weiter und weiter ausgedehnt, völlig vergessen, daß er in dem verwinkelten Mansardenzimmer nicht nur arbeiten, sondern auch schlafen und wohnen mußte. Als er die mit weißem Resopal beschichtete Preßspanplatte unter dem schrägen, nach oben schwenkbaren Fenster aufgestellt hatte, war er aber doch erschrocken. Wie riesig sie war. Zwei Meter auf einsdreißig. Geradezu unanständig groß. Anstößig, in jeder Hinsicht. Breiter als die Schaumstoffmatratze auf der gegenüberliegenden Seite des Raumes, wo durch eine Brüstung, die einen Kaminvorsprung mit einem Stützbalken verband, eine Koje abgetrennt wurde. Die war freilich nur zwei Meter auf einszehn. Daher konnte auch das Bett nicht mehr haben.

Gib's doch zu.

Was soll ich schon wieder zugeben?

Daß du genau das gewollt hast.

Was?

Daß du immer einen Grund hast.

Wofür?

Daß dir niemand zu nahe kommen kann.

Erzwungene Nähe verhindert jede Annäherung.

Klugscheißer.

Jürgen griff nach einer der Zeitungen, die auf dem Boden herumlagen. Das Geraschel war wohltuend. Er schlug eine Seite nach der anderen um, so laut er nur konnte. Er wollte das Hörspiel in seinem Kopf abschalten. Er wußte ja, wie das endete. Er würde Ingrid aus dem schwarzen Büchlein zitieren lassen, das sie ihm damals zum Geburtstag geschenkt hatte. *Ein fliehendes Pferd.* Mit einer spitzen Stimme müßte sie die beiden Sätze sagen, die auf Seite 97 von Klaus' Buch berichtet wurden: *Wer leben wolle, dürfe sich nicht an die Arbeit verlieren. Die Arbeit mache unfähig zur Liebe.* Und sofort würde er ihr ins Wort fallen. Ja, sehe sie denn nicht, was für eine verzweifelte Schau dieser kaputte Typ an dieser Stelle abziehe. Und bevor sie etwas erwidern könnte, würde er schreien: Aber wenn sie schon dieses Geglitzer für bare Münze nehme, dann solle sie's doch mal einem zeigen, der von Glück sagen könne, daß er überhaupt Arbeit habe. Verliere er die, wisse so einer nämlich gar nicht mehr, wie er leben solle. Von Liebesfähigkeit ganz zu schweigen. Jawohl. Aber das könne sie sich natürlich nicht vorstellen. Sie und ihre für die Produktion von Schein hochbezahlten Kollegen, ihre jeder Mühe die strahlende Stirn bietenden Club-Freunde, sie könnten natürlich nur mitleidig lächeln über einen, der überzeugt sei, daß die Arbeit einmal das erste Lebensbedürfnis des Menschen werden könne.

Jürgen warf die Zeitung weg, begann auf und ab zu gehen. Getroffene Hunde bellen. Als er es ausgesprochen hatte, fühlte er sich etwas erleichtert. Ach, Ingrid. Er wußte, daß er ihr Unrecht tat. Sie hatte ihm das Buch doch nur geschenkt, weil es von dem Starkritiker, der den Autor wegen seiner zeitweiligen Sympathien für die Kommunisten früher einmal zum Stümper erklärt hatte, als ›Glanzstück deutscher Prosa‹ gerühmt worden war. In diesem Fall müsse man ihm wohl recht geben, hatte Ingrid gemeint. Es sei wirklich brillant geschrieben. Mehr hatte sie doch nicht gesagt. Aber er hatte gleich wieder einen Vorwurf herausgehört. Auch wenn sie nichts sagte, warf er ihr oft schon vor, sie würde ihm immer etwas vorwerfen. Und wehe, sie verteidigte sich gegen den Vorwurf, ihm etwas vorgeworfen zu haben. Sagte sie, daß sie doch gar nichts gesagt habe, hielt er ihr unweigerlich entgegen: Aber gedacht habe sie's. Darauf konnte sie nichts anderes mehr sagen, als daß es nicht wahr sei. Und dann mußte er ihr beweisen, daß sie eben doch das denke, was er sage. Er könne ihr das auch keineswegs vorwerfen. Denn er bestreite ja nicht, daß er seine Arbeit ernster nehme als sie die ihre. Für sie, und dabei habe sie bestimmt die Mehrheit der schreibenden Zunft auf ihrer Seite, habe er einfach nicht gelernt, Kosten und Nutzen realistisch zu kalkulieren. Nicht wahr, das sei doch aus ihrer Sicht das Problem. Er müsse sich halt damit abfinden, daß die Verhältnisse nun mal nicht so seien, wie sie vielleicht sein könnten. Er begnüge sich aber lieber mit Wasser, wenn er für den Wein mehr bezahlen müsse, als er sich selber schuldig sei. Ach, das verstehe sie nicht? Nun, er könne auch deutlicher werden. Natürlich wisse er, daß er seine Arbeitskraft verkaufen müsse. Und natürlich wolle er sie so teuer wie möglich verkaufen. Aber eben nicht um jeden Preis. Das könne sie ihm vorwerfen. Bitte. Dann solle sie aber bitte auch so ehrlich sein und sagen, daß sie von ihm verlange, ein anderer zu sein als der, der er sei.

Es war furchtbar, wenn er so redete. Die große Oper. Hinterher hörte er es selbst. Doch der Rechtfertigungszwang war stärker. Als müsse er immer wieder bekräftigen, daß es das einzig Richtige gewesen war, Ingrid nicht mit sich zu behelligen.

Als sie sich kennengelernt hatten, war sie seit acht Monaten geschieden. Höchste Zeit sei es gewesen. Noch ein Jahr länger, dann wären die Wunden zu tief geworden. So aber, nun ja, Experiment mißlungen, Patient lebt. Ein befreundeter Anwalt hatte die Trennung in beiderseitigem Einvernehmen abgewickelt. Sachlich, ohne Kämpfe oder Tränen. Nein, bloß kein Trara. Das sei ja heutzutage wahrlich nicht mehr nötig. Auch finanziell habe man sich rasch geeinigt. Ihr Exmann, der schon während der Ehe eine Werbeagentur aufgezogen hatte und vor allem von der Pharmaindustrie fette Aufträge kassierte, hätte sogar weiterhin die Hälfte der Miete gezahlt. Gottlob sei sie aber nicht darauf angewiesen. Das eine Zimmer habe sie nur vermietet, weil sie sich in der

großen Wohnung doch ein wenig verloren vorgekommen sei. Die Marion wolle allerdings früher oder später mit ihrem Freund aufs Land...
Das Angebot war verlockend. Zur Straße hin, nur Anliegerverkehr, zwei weitläufige Räume mit hohen Stuckdecken, sommersüber durchflutet von grünem Platanenlicht. Jürgen hätte das ruhigste Zimmer bekommen, nach hinten, mit Blick auf Flieder, Rhododendron, Rosen. Und eine Blautanne im Schnee. Aber er war den Verdacht nicht losgeworden, es sei ein Bestechungsversuch. Wenn er sich erst einmal eingerichtet habe in dieser Umgebung, werde er schon zur Vernunft kommen. Nicht mehr gar so stur sein. Bevor man nicht wisse, was man alles haben könne, könne man doch eigentlich überhaupt nicht glaubhaft darauf verzichten, nicht wahr? Sirenenklänge.
Blödsinn.
Nach dreieinhalb Jahren Wohngemeinschaft war es ja wohl nicht unbedingt neurotisch, daß er den Wunsch hatte, die Tür hinter sich schließen zu können. Sicher zu sein, daß er nicht gestört wurde und daß die unberechenbar losratternden Salven der Schreibmaschine keinen störten, auch nicht nachts um elf. Und in diesem alten Hinterhaus, wo der früher zum Wäschetrocknen benutzte Teil des Speichers ausgebaut worden war, hatte er niemand über sich. Und keine Nachbarn ringsum. Ein Zimmer, Küche, Bad. Mehr brauchte er nicht. Besucher waren allerdings in der mit Bergen von Büchern, Zeitschriften und Zeitungen vollgestopften Wohnung kaum unterzubringen. Außerdem scheute er ihre nachsichtig-spöttischen Blicke, wenn sie, offenbar unvermeidlich, die Spitzweg-Idylle wiederzuerkennen glaubten. Aha, der arme Poet. Als ob man nur die Wahl hätte zwischen dem trügerischen Glanz der Warenwelt und dem idealistischen Schein geistiger Freiheit!
Mannomann, du haust vielleicht auf den Putz. Der ganz große Durchblicker. Aber unfähig, in seinem Dickschädel

mal das Gerümpel wegzuräumen. Also los jetzt. Keine Ausflüchte mehr.
Petersen setzte sich. Gehorsam. Er blätterte in seinem Notizbuch, merkte aber, daß er nicht bei der Sache war. Er ging in die Küche, kochte Kaffee. Als er zurückkam, war die Stille noch bedrückender als zuvor. Er hielt es nicht mehr aus, hob den Telefonhörer ab. Hastig wählte er die vertraute Nummer. Besetzt. Gott sei Dank. Er wartete eine Weile, froh, daß er in dieser Zeit nichts anderes tun mußte, als zu warten. Dann probierte er es von neuem. Wieder nichts. Beim vierten Versuch hatte er Glück. Aber es war nicht Ingrids Stimme, die sich meldete. »Ach, du bist's«, sagte Marion. Es hörte sich an, als habe sie jeden anderen eher erwartet als ihn. Nein, Ingrid sei nicht da. Ins Theater. So, so. Ja, mit Petra. Nein, Harry sei auch nicht mit. Auch. Es klang, als wolle sie ihn trösten. Doch dann fügte sie noch hinzu: Bei den beiden scheine es auch zu kriseln. Jürgen schwieg. Ob sie etwas ausrichten solle? Ja, das heißt: nein. »Sag ihr nur, daß ich angerufen habe. Ich rühre mich wieder. Vielleicht morgen.«
Nachdem er aufgelegt hatte, glühte sein Ohr.
Und wenn Ingrid ihn dann wieder nach seiner Geschichte fragte? Aber er war doch ein gutes Stück weitergekommen seit dem Abend im *Nuovo mondo*, den er durch sein dämliches Verhalten versaut hatte. Ja, gab er ja zu. Tat ihm auch leid. Ehrlich. Er konnte sich doch selbst nicht ausstehen, wenn er so verbissen war. Aber jetzt hatte er wirklich alles, was er brauchte. Mußte es also bloß noch aufschreiben. Bloß! Jürgen entschuldigte sich sofort für den Ton, in dem er das gesagt hatte. Auch wenn er es nur in Gedanken gesagt hatte, wollte er sich diesen Ton nicht durchgehen lassen. Er wollte nicht wieder damit anfangen. Es gab auch wirklich keinen Grund mehr. Daß Ingrid den Freund ihrer Freundin nicht mochte, konnte ihm doch egal sein. Für ihn zählte, daß Harry was auf dem Kasten hatte. Und daß er kein Blatt vor

den Mund nahm. Genau. Das wäre als nächstes an der Reihe. Die Diskussion zwischen Arbeitsmedizinern und Sozialwissenschaftlern. Wo die vorgetragenen Argumente derart zugespitzt werden, daß der Leser das Fragezeichen, mit dem die Veranstalter das Thema *Gesundheitsrisiko Arbeitswelt* entschärft hatten, von ganz alleine strich. Jawohl, meine sehr geehrten Damen und Herren, das sieht doch ein Blinder mit dem Krückstock. Petersen sprang auf, faßte mit einer übertrieben schauspielerhaften Geste in die Luft, um dann, ein imaginäres Mikrofon in der Faust, seine Meinung zu äußern, die er als journalistischer Berichterstatter nur durch andere sagen lassen konnte: Hinter den Scheingefechten um wissenschaftliche Beweise, das hat ja gerade diese Diskussion wieder einmal überdeutlich gezeigt, verbergen sich politische Widerstände gegen die Einsicht, daß auch chronische Volkskrankheiten arbeitsbedingt sind. Denn diese Einsicht könnte im Bewußtsein der Betroffenen eine beträchtliche Sprengkraft entwickeln.

Könnte! Du sagst es. Kann aber nicht.

Er wandte sich wieder dem Schreibtisch zu, und als er seine Kongreß-Aufzeichnungen sah, wußte er auch, warum er seinen Auftritt selbst nicht recht ernst nehmen konnte. Mein lieber Petersen, wies er sich selbst zurecht. So einfach sind die Bedenken nun auch wieder nicht abzutun. Er hörte, daß er mit sich plötzlich in der dritten Person sprach. Um so besser, dachte er. Dann konnte er, ohne seine vorwissenschaftliche Überzeugung preisgeben zu müssen, sachlich auf die Schwierigkeiten der Belastungsforschung eingehen.

Ob Arbeitsstress den Herzinfarkt mit begünstigt, auslöst oder gar seine wesentliche Ursache ist, kann man schon deswegen so schwer belegen, weil die gefährdeten Personen oft bereits vorher aufgrund gesundheitlicher Beeinträchtigungen oder Leistungsminderungen von sich aus den Arbeitsplatz wechseln oder vom Betrieb sozusagen abgeschoben werden. Wenn man nur untersucht, was an beruflichen Belastungen zum Zeitpunkt des Infarkts nachweisbar ist, findet man daher selten eindeutige Beziehungen. Ja, es ist denkbar, daß man an hochgradig belastenden Arbeitsplätzen nur noch eine olympiareife Auswahl antrifft, während sich die Kranken dort häufen, wo die Anforderungen viel geringer sind. Man muß also zumindest die Berufsbiographien genau anschauen, wenn man erfahren will, was Arbeitsbelastungen tatsächlich zur Entstehung von koronaren Herzkrankheiten beitragen. Hier taucht aber gleich ein weiteres Problem auf. Üblicherweise werden ja nur solche Belastungen mit einer hohen Infarktgefährdung verknüpft, denen erkrankte Arbeitnehmer häufiger ausgesetzt sind als herzgesunde in vergleichbaren Altersgruppen und beruflichen Situationen. Man nimmt demnach an, daß das, was beiden gemeinsam ist, keine nachteiligen Folgen für die Gesundheit hat. Indes könnte dies ja schon ein unspezifisches Erkrankungspotential bedingen, also gleichsam den Boden vorbereiten, auf dem dann relativ geringe zusätzliche Belastungen für das Herz zuviel werden...

Wo hast'n das her?

Petersen zog einen Schmollmund. Mußte denn das sein? Er war doch gerade so schön in Schwung, und nun hielt ihn diese kleinliche Frage wieder wer weiß wie lange auf.

Er wollte sich ja nicht mit fremden Federn schmücken. Aber im Moment genügte es doch, daß er einige Fehlerquellen entdeckte, aus denen der Verdacht geschöpft wurde, Arbeit und Herzinfarkt hätten nichts miteinander zu tun. Er hatte gelesen, daß nur wenige Personen ausschließlich vom Beruf, der Branche oder der beim Auftreten der Krankheit ausgeübten Tätigkeit her als besonders infarktgefährdet zu definieren waren. Aber wo? Meine Güte. Er hatte in den letzten Wochen so vieles gelesen, daß er sich wirklich nicht mehr an jede Einzelheit erinnern konnte.

Petersen wühlte mißmutig in den Papierhaufen. Jedem anderen würde er sagen: Rutsch mir doch... Aber dieser Pedant ließ ihm ja doch keine Ruhe. Selber Pedant. Schon gut. Er wußte, daß er sich nicht entwischen konnte. Also? Es fehlte nur noch das richtige Stichwort. Vielleicht Risikogruppen? Ja, dazu hatte der Computer im Hirn einiges auf Lager. Es ging um eine schriftliche Befragung von Arbeitern. So viel war klar. In einer Großstadt sollten annähernd vollständig jene Arbeiter erfaßt werden, die während eines Zeitraums von zweieinhalb Jahren ihren ersten Infarkt erlitten hatten. Na, bitte. Ganz verkalkt war er noch nicht. Natürlich konnten in die Fragebogen-Erhebung nur die Patienten einbezogen werden, die das akute Ereignis überlebt hatten. Also etwa 50 Prozent der Männer und 20 Prozent der Frauen. Ja, wenn es sie erwischte, waren Frauen erheblich schlechter dran. Doch insgesamt starben ja immer noch mehr als doppelt so viele Männer an Herzinfarkt. Im Alter zwischen 45 und 64 Jahren war die Infarktmortalität der Männer sogar fast fünfmal so hoch wie die der Frauen. Fabelhaft, was in den Gedächtnisspeichern alles aufbewahrt wurde. So, meinst du? Und wo ist bitte diese Statistik schon wieder her? Die gehört doch überhaupt nicht zu dem, was du suchst. Doch. Nein. Doch. Ich weiß nicht, gab Petersen nach. Wegen so einer Nebensächlichkeit stritt er sich doch nicht mit sich herum. Jedenfalls waren 400 Arbeiter und Arbeiterinnen nach überstandenem Infarkt unter den verschiedensten Gesichtspunkten verglichen worden mit einer Gruppe von berufstätigen LVA-Versicherten. Das hatte er sich doch irgendwo aufgeschrieben...
Richtig. Jetzt dämmerte es ihm. Dieser dicke Schmöker mußte es sein. *Soziale Ursachen des Herzinfarkts.* Das klang vielversprechend. Er hatte den Titel in der Bibliothek aufgestöbert, und es war ja auch ein typisches Bibliotheksbuch. Für solche Publikationen interessierten sich höchstens ein paar hundert Fachleute, die im gleichen Bereich

wissenschaftlich tätig waren. Aber die lasen das Zeug in der Regel auch nur diagonal, damit sie's in ihren Publikationen zitieren konnten.
Und so was sagt ausgerechnet ein Journalist! Also komm. Du willst doch nicht im Ernst behaupten, daß du das alles von vorne bis hinten durchgeackert hast. Dann wäre dir ja wirklich nicht mehr zu helfen. Oder bist du ein Masochist? Ehrlich. Dieses psycho-soziologische Fachchinesisch ist doch noch schwerer zu verkraften als das Medizinerlatein.
Jürgen Petersen schnitt eine Grimasse. Es war nicht zu übersehen, daß er in dem Buch gelesen hatte. Überall unterstrichene Sätze, Ausrufe- und Fragezeichen. Doch hängengeblieben war anscheinend nicht viel. Das meiste, was er angemerkt hatte, kam ihm ziemlich fremd vor. Ungefähr auf halber Strecke hatte er es ja dann offensichtlich auch aufgegeben, sich zurechtzufinden im Gestrüpp der unzähligen Daten, deren statistische Analyse immer wieder neue Details zutage förderte, ohne daß für ihn der Zusammenhang zwischen Arbeit und Herzinfarkt verständlicher geworden wäre. Aber er meinte sich doch deutlich zu entsinnen, daß die verwirrenden Stränge irgendwo übersichtlich zusammengefaßt waren. Petersen klappte das Buch zu, schlug es nach einer Weile wieder auf, blätterte, wollte es endgültig weglegen. Da stolperte er über einen Satz, der ihm damals natürlich unwichtig erschienen war. Und da funkte es plötzlich. Die Studie sei entstanden im Rahmen eines Forschungsprojekts über Herz-Kreislauf-Krankheiten und industrielle Arbeitsplätze...
Alles klaro, Herz sticht Karo.
Sehr witzig! Und wieso erst jetzt? Die vollständigen Ergebnisse des inzwischen abgeschlossenen Projekts liegen doch seit fünf Tagen auf deinem Schreibtisch. Und es sieht ja beinahe so aus, als hättest du dich auch schon damit beschäftigt. Zumindest hast du höchst originelle Lesezeichen zwischen die Seiten geklemmt. Lineal und Alleskleber zum Bei-

spiel. Und ein bißchen drin herumgeschmiert hast du auch. Aber von systematischer Arbeit hält der Kollege Petersen ja nichts. Er vertraut lieber auf seine Intuition. Halt's Maul!
Petersen spürte einen malmenden Druck in den Schläfen. Seine Zähne knirschten. Ober- und Unterkiefer waren wie zusammengeschweißt. Er mußte sie fast gewaltsam auseinanderreißen. Die Backenmuskeln begannen sich erst zu lokkern, als er in dem Bericht über das Forschungsvorhaben am *Wissenschaftszentrum* die Stelle gefunden hatte, wo auf wenigen Seiten dargestellt wurde, was bei der Auswertung des mehr als fünfhundert Punkte umfassenden Fragenkatalogs, den an die vierhundert Infarktkranke und rund dreihundert gesunde Arbeiter beiderlei Geschlechts beantwortet hatten, herausgekommen war. Als erstes sprang ihm eine aufreizend unumstößlich formulierte Aussage ins Auge: *Es konnte nachgewiesen werden, daß die Arbeitsbedingungen für die Infarktentstehung mindestens die gleiche Bedeutung haben wie die medizinischen Risikofaktoren.* Das wurde allerdings gleich wieder eingeschränkt durch den Hinweis, daß *auch Persönlichkeits- und Verhaltensmerkmale sowie Bedingungen im außerberuflichen Bereich eine erhebliche Infarktrelevanz besitzen.* Ja, was denn nun, maulte Petersen vor sich hin. Demnach konnte man in das undurchschaubar verknotete Ursachenbündel eben noch Arbeitsbelastungen einflechten, aber das Ganze hieß nach wie vor *multifaktorielles Geschehen,* was nur eine wissenschaftlich klingende Umschreibung dafür war, daß man nichts Genaues wußte.
Der nächste Absatz versöhnte ihn jedoch wieder. Bitte, hier steht's ja, triumphierte er. Es klang, als müsse er sich oder vielmehr diesem Meckerfritzen, der ihn dauernd mit seiner eigenen Stimme austricksen wollte, unter die Nase reiben, daß die Sucherei eigentlich völlig überflüssig gewesen sei. Denn im Augenblick stecke er erst einmal das Terrain ab, und dabei müsse er nicht jeden Stein herumdrehen. Es rei-

che, wenn er das Wesentliche im Kopf habe. Und das hatte er doch. Oder war ihm etwa nicht auf Anhieb eingefallen, daß zur Erfassung der Arbeitsbedingtheit des Infarkts die gesamte Belastungsbiographie und die beruflichen Abwärtsbewegungen hinzugezogen werden müßten? Und daß sich der Infarkt nicht nur mit dem bei Kranken auffindbaren Mehr an Belastungen erklären lasse, sondern auch mit den krankmachenden Bedingungen, die bei der scheinbar gesunden Vergleichsgruppe ebenfalls vorhanden seien und gewissermaßen ein *kollektives Schicksal* der Arbeitnehmer widerspiegelten? Schicksal natürlich nicht im Sinne von naturgegeben oder gottgewollt. Die Wissenschaftler setzten diesen Ausdruck ja auch in Gänsefüßchen, und etwas später wurde der Herzinfarkt als *Produkt gesellschaftlichen Fehlverhaltens* bezeichnet. Okay. Das war ein gutes Zitat. Wurde notiert, damit er beim nächsten Mal Roß und Reiter nennen konnte. Aber alles in allem hatte er das doch intus und zum Glück auch in groben Zügen bereits schriftlich festgehalten. Bitte schön! Mußte bloß noch abgetippt werden. Nun gut. Eins zu null.
Aber daß es für Arbeiter, wie die Autoren anschließend hervorheben, verschiedene Wege zum Infarkt gibt, darauf wärst du wohl nicht gekommen?
Wieso, konterte Petersen kampflustig. Hätte man das nicht schon vorher wissen können? Die Untersuchung ging ja davon aus, daß Arbeitsbelastungen unter Umständen zu Herzkrankheiten führen könnten. Dann war doch klar, daß diese Entwicklung bei einem Dreher nicht genauso verlief wie bei einem Schlosser und bei diesem wieder anders als bei einem angelernten Maschinenbediener, und daß der nicht über einen Kamm geschoren werden konnte mit einem Industriemeister wie Alfred Fleisser. Und so weiter und so fort. Um das festzustellen, braucht man doch kein Wissenschaftler zu sein. Typisch Laie! Das wissenschaftliche Vorgehen, wurde Petersen belehrt, versuche aber, in der Vielfalt der Erschei-

nungen das Allgemeingültige aufzudecken. Die Befunde sollten auf möglichst viele Personen und Situationen sowie unabhängig von zeitlichen Veränderungen zutreffen. Zu diesem Zweck überprüfe man gewöhnlich, ob bestimmte Belastungsmomente im Durchschnitt sämtlicher Fälle, bei denen sie beobachtet würden, die vermuteten Folgen hätten, nämlich die Erkrankungshäufigkeit gegenüber den Fällen ohne diese Merkmale erhöhten. Auf diese Weise verwische man freilich durch statistische Mittelwertbildung die tatsächlich existierenden Unterschiede in den Beziehungen zwischen Belastung und Infarkt, die in einzelnen Teilgruppen jeweils andere und zum Teil sogar gegenläufige Formen annehmen könnten. Die krankmachenden Arbeitsbedingungen seien viel zu komplex, als daß man erwarten könne, die gleichen exakt abgrenzbaren Ursachen würden bei allen Arbeitern immer die gleiche Wirkung zeitigen. Statt dessen müsse man nach Leitbelastungen und Belastungsschwerpunkten fahnden, die zwar alle infarktträchtig seien, doch in unterschiedlichen Gruppen von Arbeitern besondere Gesetzmäßigkeiten aufwiesen.
Meinetwegen, knurrte Petersen. Wenn ihr nur endlich zu Potte kommt! Er gähnte. Es war schon neun, und er hing immer noch in den methodischen Fallstricken der Infarktforschung fest. Dabei hatte er beim ersten Durchblättern des Forschungsberichtes gedacht, die Ergebnisse seien die lang gesuchten Antworten auf die bisher offengebliebenen Fragen. Und als er sich jetzt näher darauf eingelassen hatte, war ja zunächst auch alles ganz einleuchtend gewesen. Durch die schriftliche Befragung einer großen Anzahl von Arbeitern sollte sozusagen flächendeckend der Zusammenhang zwischen Arbeitsbelastungen und koronaren Herzkrankheiten durchforstet werden, um Problemfelder und Risikogruppen einzukreisen, die man in den späteren Phasen des Projekts genauer analysieren wollte. Doch was ein Orientierungsversuch sein sollte und deswegen Überblicksstudie ge-

nannt wurde, schien sich im Wirrwarr verschiedener Wege zum Infarkt zu verlieren. Wie viele solche Wege gab es denn? Mußte man, auch wenn man drei oder vier erkundet hatte, trotzdem jedesmal wieder zum Ausgangspunkt zurück? War also praktisch für jeden Beruf oder jede Tätigkeit erst der Weg zu beschreiben, ehe man etwas dagegen unternehmen konnte, daß diejenigen, die ihn gingen, dort landeten, wo die Medizin mit enormem Aufwand nur noch wenig retten konnte? Das war doch ein hoffnungsloses Unterfangen.

Und was sollte man denn davon halten: Der Herzinfarkt, so verkündeten die Forscher, könne nach ihrer Untersuchung zum Beispiel verursacht werden sowohl durch beruflichen Aufstieg als auch durch beruflichen Abstieg; sowohl durch Knochenarbeit als auch durch psychosozialen Stress; sowohl durch hohe objektive Belastungen als auch durch geringe subjektive Belastbarkeit. Sowohl als auch, äffte Petersen nach. Die Wissenschaft war doch keine öffentlich-rechtliche Anstalt, wo der Proporz der staatstragenden Parteien ängstlich über die Ausgewogenheit der Programme wachte. Offenbar konnte man ja diese Liste beliebig lange fortsetzen und war am Ende so klug als wie zuvor. *Da steh' ich nun, ich armer Tor!* Erraten, Goethe war der Schelm. Doch sein Doktor Faust hilft mir auch nicht weiter. Herrgott noch mal. Dichter müßte man sein. Dann könnte man die Tatsachen und alle angeblich wissenschaftlich gesicherten Mutmaßungen, die über sie in Umlauf gesetzt werden, in den Wind schreiben und sich seinen eigenen Reim auf die Wirklichkeit machen. Ist doch wahr, feuerte sich Petersen an. Kann mir nicht jemand mal klipp und klar sagen: Also paß auf, wenn das und das und vielleicht auch noch das zusammenkommt, dann beginnt im Körper von Maier, Müller, Schulze et cetera die Zeitbombe Herzinfarkt zu ticken?! Oder ist das zuviel verlangt?

Er wollte sich eine Zigarette anzünden. Doch auf einmal

hallte die muntere Werbestimme, die das HB-Männchen wieder auf den Boden zurückholte, in seinem Kopf: *Frohen Herzens genießen.* Scheißspiel. Nachdem er eine Zeitlang vor sich hingestiert hatte, ohne etwas sehen zu wollen, bildeten sich aus den Buchstaben nach und nach wieder Wörter und Sätze. Na ja, lenkte er ein, als er allmählich auch den Sinn erfaßte. Das war ja besser als nichts. Man habe, las er, bei männlichen Industriearbeitern deutlich drei für Infarkt bedeutsame Belastungskonstellationen unterscheiden können. Solche mit Hilfe eines speziellen statistischen Verfahrens ermittelten Gefährdungen zeichneten sich aus durch eine Häufung bestimmter Verknüpfungen von Einzelmerkmalen der objektiven Arbeitssituation, die überwiegend in der Gruppe der Herzkranken nachgewiesen worden sei. Das umfangreichste dieser sogenannten *Cluster* sei insofern auch das hervorstechendste, als der Anteil der Infarktpatienten 94 Prozent betrage und es fast ausschließlich aus unteren Vorgesetzten bestehe. Dazu rechne man Gruppenführer, Vorarbeiter, einfache Meister sowie Ober- und Abteilungsmeister. Deren Belastungsschwerpunkte lägen im psychosozialen Bereich: starker Verantwortungs- und Qualifikationsdruck, ein ausgeprägtes Maß an Rollenkonflikten und allgemein eine hohe berufsbiographische Belastungskumulation.
Unter diesen Begriffen konnte sich Petersen wenig vorstellen, aber das kümmerte ihn im Moment nicht. Hauptsache, er hatte endlich den roten Faden. Denn untere Vorgesetzte in der Industrie gehörten auch zu den wenigen Risikogruppen, die anhand berufsbezogener Kennzeichen statistisch bestimmt werden konnten. Daß mit dieser Zwischenposition in der betrieblichen Rangordnung ein charakteristisches Belastungsmuster verbunden sei, hatte sich außerdem in intensiven Fallstudien bestätigt, wobei von 13 untersuchten Patienten vier Vorarbeiter gewesen waren. Hier hatten sich darüber hinaus Hinweise ergeben, daß die beruflichen

Anforderungen erst in dem Maße infarktgefährdend wurden, wie sie die Betroffenen immer wieder zu einer riskanten Arbeitsweise drängten. Die tieferen Gründe für diese Verflechtung und deren gesundheitliche Konsequenzen wurden dann an insgesamt 150 Angehörigen dieser Berufsgruppe eingehend erforscht. Und der für diesen Teil des Projekts zuständige Dr. Frisch hatte auf dem Symposium Anfang Dezember einen Vortrag gehalten, dessen Thema zwar die *Krise der Stressforschung* gewesen war, doch dabei hatte er am Beispiel der Vorgesetztenstudie erläutert, wie diese Krise aus seiner Sicht zu überwinden sei.

Solange man nach medizinischem Vorbild immer wieder neue psychosoziale Risikofaktoren suche, müsse man sich damit begnügen, diese statistisch mit einer erhöhten Herzinfarkthäufigkeit in Verbindung zu bringen. Man könne also die Beziehungen zwischen bestimmten Arbeitsbelastungen und dem Auftreten dieser Erkrankung lediglich mengenmäßig erfassen und mit Zahlen mehr oder weniger wahrscheinlich machen, daß sie kein Zufall seien. Nicht zu erklären sei auf diese Weise, warum die verschiedensten schädlichen Reize, die für sich genommen unspezifisch seien, im Organismus gerade diese Folgen hätten und damit den Herzinfarkt und nicht irgendeine andere Krankheit hervorrufen könnten. Bei der Untersuchung der besonderen Infarktgefährdung unterer Vorgesetzter, in deren Rolle krankmachende Belastungen eine sehr bezeichnende, wenn auch beileibe nicht die einzige Ausprägung erführen, habe sich dagegen die Beschaffenheit dieses Zusammenhangs bis in die Feinstrukturen der Arbeitsbedingungen und des Bewältigungsverhaltens hinein aufspüren und ein deutlicher Bezug zu koronaren Herzkrankheiten herstellen lassen.

An dieser, in seinen Aufzeichnungen mit einem fetten Ausrufezeichen markierten Stelle war Jürgen Petersen, der als einer der wenigen Journalisten auch nach der Pressekonferenz am Sonntagmittag noch im Konferenzsaal des *Shera-*

ton-Hotels ausgeharrt hatte, mit einem Schlag hellwach geworden. Voilá, hatte er gedacht. Wer lange bohrt, kommt schließlich doch noch auf den Grund. Schön wär's natürlich, überlegte er jetzt, wenn man die Ergebnisse durch Passagen aus dem Interview mit Fleisser veranschaulichen könnte. Aber eins nach dem anderen. Erst mußte er mal kapieren, was die Wissenschaftler im einzelnen herausgefunden hatten. Und das ging eben nicht holterdiepolter. Das brauchte seine Zeit. Und einen klaren Kopf. Also fing er heute lieber nicht mehr damit an. Er lehnte sich, die Hände im Nacken verschränkt, zurück und streckte die Beine aus. Es reichte ja wohl auch. Immerhin saß er seit mittags am Schreibtisch, und jetzt war's gleich halb elf. Wenn das seine Kollegen in der *IG Druck und Papier* wüßten! Die würden ihn glatt für verrückt erklären. Und hätten sie denn nicht recht? Öffentlich stimmte er lauthals ihrer Forderung zu, vierzig Stunden seien unter den heutigen Bedingungen und angesichts von zwei Millionen Arbeitslosen zuviel, aber privat duldete er frühkapitalistische Verhältnisse.
Was heißt: dulden? Du schaffst sie dir selber! Freiwillig!
Von wegen freiwillig!
Ach, möchtest du vielleicht tauschen mit einem Maschinensetzer, der jeden Tag darauf gefaßt sein muß, daß sein Typ nicht mehr gefragt ist? Tut uns leid, die neue Technik macht's möglich, und man muß eben ein bißchen flexibel sein. Also bitte. Du hast's doch noch gut. Trotz alledem. Petersen knipste die Arbeitslampe aus. Er war zu müde, um noch länger mit sich zu verhandeln. Das war ja auch, wie man so sagte, ausdiskutiert. Er wollte bloß noch in Ruhe ein Glas Wein trinken. Vielleicht ein bißchen lesen. Und morgen würde er weitersehen.
Kaum hatte er es sich auf der Couch bequem gemacht, fiel ihm das *Wissenschaftsmagazin* in die Hände. Er hatte die Dezember-Ausgabe bisher nur flüchtig angeschaut, erinnerte sich aber an einen Medizinbeitrag von einem Autor,

dessen Namen er noch nie gehört hatte. Und als er ihn gelesen hatte, war es mit der Ruhe, zu der er sich gerade mühsam überredet hatte, sofort wieder vorbei. Dr. Buchmann hatte ihm zwar immer die Stange gehalten. Doch irgendwann war auch seine Geduld zu Ende. Er mußte ja das Blatt jeden Monat vollkriegen. Und es gab genügend Leute, die sich auf diesem Gebiet versuchten. Lehrer, die keinen Job fanden. Biologen, Soziologen, Psychologen. Sogar einige fertige Ärzte. Weil ihnen der Medizinbetrieb zum Hals heraushing. Oder warum auch immer. Jedenfalls kauerten sie in den Startlöchern. Und vielleicht konnte sich der eine oder andere doch halbwegs verständlich ausdrücken. Und wenn so einer auch noch ein bißchen fix war, dann hatte der scheinbar unentbehrliche Meister Petersen bald das Nachsehen. Seit August war von ihm nichts mehr im WM erschienen, obwohl er im Impressum als ständiger Mitarbeiter geführt wurde. Ganz abgesehen davon, daß ihm das Geld ausging.

Lieber Herr Dr. Buchmann,
hoffentlich haben Sie mich noch nicht ganz abgeschrieben. Sie wissen ja, daß ich ziemlich lange brauche, bis ich ein Thema ausgebrütet habe, und leider dauert es, je mehr Wissen und Erfahrung ich mir aneigne, immer länger, weil auch die Ansprüche zunehmen. Den Sommer über war ich, wie ich Ihnen bei meinem letzten Besuch ankündigte, mit diversen Rundfunk-Aufträgen eingedeckt. Doch seit meinem Urlaub wollte ich mich schon einige Male bei Ihnen melden. Ich bin nämlich einer Geschichte auf der Spur, die Sie bestimmt interessieren wird. Die Recherchen führten mich allerdings immer wieder in neue Gebiete, und so habe ich erst vor kurzem einen Punkt erreicht, an dem es mir vertretbar erscheint, die Suche zu beenden.

Der Arbeitstitel *Herz im Stress* klingt natürlich ein wenig reißerisch. Ich finde jedoch, der Allerweltsbegriff Stress sollte unbedingt in die Überschrift, gerade weil jeder damit bestimmte Vorstellungen verbindet, die er dann anhand meines Berichts überprüfen kann. Das ist das Ziel. Nur: Im Moment sehe ich noch nicht, wie ich es erreichen kann. Das Material, das ich zusammengetragen habe, ist so umfangreich, daß ich beim besten Willen nicht mit der üblichen Länge von maximal 30 Manuskriptseiten auskomme. Nun haben wir ja im vorigen Jahr meinen Report über die Krebsforschung auf zwei Hefte verteilt, und weil an Herz-Kreislauf-Krankheiten doppelt so viele Menschen sterben wie an bösartigen Geschwülsten und die Betroffenen meistens noch erheblich jünger sind, was schlaglichtartig die Bedeutung dieses Problems erhellt, dachte ich, diesmal sei sogar eine dreiteilige Artikel-Serie gerechtfertigt. Mein Vorschlag versucht nicht nur, die Not der Materialfülle in eine Tugend umzumünzen. Eine solche Gliederung ergibt sich auch aus der Sache.

Wenn man nachweist, daß das medizinische Modell der Herzinfarktentstehung ergänzungsbedürftig ist, dann müßte man in der zweiten Folge zeigen, welche Erklärungen andere Disziplinen bieten. Hier würde deutlich, daß diese größtenteils bloß Lückenbüßer sind, da sie zusätzlich psychologische oder soziale Gegebenheiten berücksichtigen, dabei aber ebenfalls von der Annahme geleitet werden, man müsse nur möglichst viele solche Faktoren möglichst genau bestimmen, dann könne man sie zusammensetzen wie einen Flickenteppich, der irgendwann alle wesentlichen Ursachen der Erkrankung enthalte und somit eine brauchbare Grundlage für vorbeugende Strategien sei.

Auch das Forschungsprojekt am Wissenschaftszentrum, das ich im dritten Teil der Serie vorstellen möchte...

Das Telefon hatte geklingelt. Kurz vor Mitternacht. Das konnte, hatte er gedacht, nur Ingrid sein. Er hatte abgewartet. Einmal. Zweimal. Dreimal. Sooft der schrille Ton für kurze Zeit abgebrochen war, hatte er, schwer vor Müdigkeit und Wein, seinen Pulsschlag gespürt. Beim fünften, nein, beim sechsten Mal würde er den Hörer abnehmen. Auf keinen Fall früher. Sonst, hatte er gedacht, wüßte Ingrid sofort, daß er noch am Schreibtisch war. Er hatte so tun wollen, als sei er eben erst heimgekommen, noch atemlos vom Treppensteigen. Sie sollte nicht denken können, er habe auch am Sonntagabend nichts anderes im Kopf. Aber, hatte er gleich darauf gedacht, was sollte denn das Theater. Er würde sich ja doch verraten. In seiner Verfassung genügte ein beiläufiges Zeichen der Anteilnahme, daß er sagte, wie es um ihn stand. Sein Herz ausschüttete. Wieder nur von sich redete. Bitte, hatte er gedacht, als es zum siebenten oder achten Mal geklingelt hatte, bring mich bitte nicht soweit. Und dann war es stillgeblieben. Danke, hatte er gesagt. Schön, daß du noch an mich gedacht hast. Aber glaub mir, es ist besser so. Heute nicht mehr. Vielleicht morgen.

Am anderen Tag war Petersen, wie er es sich vorgenommen hatte, früh aufgestanden, und als das Zwölf-Uhr-Läuten der Johanniskirche über die Dächer brandete, hatte er, für ihn selbst überraschend, ein vierseitiges Exposé fertig. Beim Durchlesen stolperte er immer wieder über Sätze, die er glaubte unbedingt ändern zu müssen. Aber er widerstand der Versuchung, um sich nicht von neuem zu verzetteln, hier etwas zu lesen, was ihn veranlassen würde, dort nachzuschlagen, und so würde eins das andere ergeben, bis er nicht mehr wüßte, wo anfangen. Ein Exposé, sagte er sich, war ja nur eine Art Grundriß. Da mußte er nicht schon die

Ausstattung des geplanten Hauses genau kennen. Nun gut. Fehlte also bloß noch der Schluß des Briefes.

Auch das Forschungsprojekt am Wissenschaftszentrum, das ich im dritten Teil der Serie vorstellen möchte, verfolgte ursprünglich das Ziel, bestimmende Umstände für psychosozialen Stress am Arbeitsplatz und seine gesundheitlichen Folgen zu identifizieren, also Faktoren, die im Sinne des lateinischen Ursprungswortes dieses Begriffs als von außen wirkende Einflüsse etwas auslösen, was schließlich den Herzinfarkt nach sich zieht, indem krankheitserregende Prozesse in Gang gesetzt, beschleunigt oder aufrechterhalten werden. So richtete sich das Augenmerk zunächst auf einzelne Merkmale der objektiven Arbeitsbedingungen, um abzuschätzen, ob und in welchem Ausmaß sie als infarktfördernde Belastungen in Betracht kommen. Im Verlauf der Untersuchung wurde jedoch immer offenkundiger, daß sich sowohl die objektiven Belastungen untereinander wechselseitig produzieren als auch ihrerseits mit der jeweiligen subjektiven Bewältigung untrennbar verflochten sind. Zu dieser Einsicht gelangten die Wissenschaftler, als sie ihren Forschungsgegenstand nicht nur von außen gewissermaßen vermessen haben hinsichtlich Umfang und Gewicht seiner verschiedenen Bestandteile, sondern in ihn gleichsam einzudringen versuchten. Hilfreich war vor allem die Vereinigung der üblichen standardisierten Methoden, etwa Fragebogenerhebungen und statistische Auswertung der Daten, mit sogenannten qualitativen Verfahren. Bei diesem Vorgehen soll jedes Element, in diesem Fall also die objektiven Stressreize, die dadurch hervorgerufenen seelischen und körperlichen Reaktionen sowie das Bewältigungsverhalten als Teil des Ganzen begreifbar und mit jedem anderen Element vermittelt werden.

Der Zusammenhang der beobachteten Erscheinungen muß demnach von vornherein berücksichtigt werden, obwohl er genaugenommen erst als Ergebnis zutage tritt. Das ist möglich, weil hier die theoretische Abstraktion nicht, wie bei der quantitativen Messung, am Anfang steht. Das Allgemeine wird nämlich Stück für Stück aus dem Besonderen herausgeschält. Qualitative Forschung beginnt daher in der Regel mit der Analyse einiger konkreter Fälle, wobei die dem Problem angemessenen Fragen in der Sache selbst entdeckt und ganzheitliche Kategorien entwickelt werden. Ganzheitlich in dem Sinne, daß man nicht nach gradlinigen Verbindungen zwischen einzelnen Ursachen und Wirkungen sucht, vielmehr die wechselseitigen Beziehungen als in sich geschlossene Prozesse erfassen kann. So wurde der innere Zusammenhang, den die verschiedenen Elemente des Belastungsgeschehens hervorbringen und in dem sie zugleich entstehen, als ein Netzwerk aufeinander angewiesener Regelkreise sichtbar. Das Entscheidende dabei ist, daß unter bestimmten Bedingungen die Arbeitsanforderungen ein Bewältigungsverhalten provozieren, das diese gewissermaßen hochschaukelt zu Belastungen, und die können dann ihrerseits jenes ohnmächtig auf Arbeitsdruck reagierende Bewältigungsmuster schaffen, das kennzeichnend für potentielle Infarktpatienten ist. In der gleichen Arbeitssituation wurde aber auch noch ein anderer Bewältigungstyp beobachtet, der sich insofern unterscheidet, als der Druck nicht in erster Linie durch persönliche Anstrengung abgepuffert, sondern an die Umgebung weitergegeben wird, wenn auch meist indirekt. Diese Reaktion läßt sich eindeutig Magen-Darm-Krankheiten zuordnen. Beide Bewältigungsformen sind jedoch auf der Ebene der sozialen Beziehungen ebenfalls zwei Seiten einer Medaille. Vereinfacht aus-

gedrückt: Was bei den einen Herzinfarkt begünstigt, fördert bei anderen ein Verhalten, das eher Magengeschwüre produziert, seinerseits aber wieder eine infarktgefährdende Bewältigungsweise unterstützt.
Das ist jedenfalls die Auffassung von Dr. Frisch, einem der fünf Autoren, mit dem ich mich kürzlich ausführlich über das Projekt unterhalten habe. Seine Kollegen stimmen nicht in allen Punkten mit ihm überein. Trotzdem waren sie einverstanden, daß er mir eine Kopie des noch nicht veröffentlichten Abschlußberichts überließ, und sie sagten auch ihre Unterstützung zu, damit die Ergebnisse über den kleinen Kreis der Experten hinaus bekannt werden und nicht bloß ein kostspieliges Alibi abgeben. In der Tat könnte mit dem von staatlichen Institutionen finanziell unterstützten Vorhaben die Aufgeschlossenheit gegenüber der Brisanz arbeitsbedingter Infarktrisiken demonstriert werden, ohne fürchten zu müssen, daß eine informierte Öffentlichkeit darauf drängt, die Erkenntnisse in die Praxis umzusetzen. Ich bin überzeugt, daß dieser Gesichtspunkt auch für Sie ein zusätzlicher Anreiz ist, das heiße Eisen anzupacken.

Junge, Junge, entfuhr es Petersen, als er den Brief noch einmal überflog. Er war unsicher, wie er den Ausruf verstehen sollte. War es eine Anerkennung, daß er nun doch in relativ kurzer Zeit das für heute vorgesehene Pensum geschafft hatte? Oder nahm er sich wegen seiner Gründlichkeit auf den Arm? Er entschied sich dafür, daß das Schreiben, obwohl zu lang, seinen Zweck erfüllte und Dr. Buchmann einen Eindruck vermitteln konnte, was in dem Thema drinsteckte. Er sah ihn vor sich, wie er in dem schwarzen Ledersessel versank, mit einer Handbewegung seine Bereitschaft andeutete, zuzuhören, sich in Rauch hüllte, regungslos. Und wie er dann plötzlich den Körper hochstemmte, die Zi-

garette von den Lippen zupfte: Ach, das ist ja interessant. Sie meinen also, man kann wirklich beschreiben, unter welchen Umständen jemand Gefahr läuft, sich zu Tode zu schuften? Wenn ich Sie richtig verstanden habe, belegt dieses Projekt nicht nur allgemein, daß Stress im Beruf aufs Herz schlagen kann und daß dies viel häufiger geschieht, als es der Risikofaktoren-Rummel der Medizin vermuten läßt. Das wäre ja an sich schon eine hübsche Story. Doch die von Ihnen zitierte Untersuchung enthüllt offenbar die verhängnisvollen Mechanismen der industriellen Infarktproduktion. Na, dann nichts wie los!
Auf dem bereits frankierten Kuvert waren dunkle Fingerabdrücke. Petersen wischte die Hände an der Hose ab, bevor er den Brief zusammenfaltete, zögerte jedoch. Wenn er ihn abgeschickt hatte, gab es kein Zurück. Der Alte war bestimmt einverstanden. Womöglich rief er ihn gleich nach der Redaktionskonferenz am Mittwoch an. Und dann mußte er ihm einen Termin nennen. Bis Weihnachten waren es noch zweieinhalb Wochen. Das müßte wenigstens für den ersten Teil reichen. Was heißt: müßte? Das muß reichen! Er nickte eifrig. Warum denn nicht? Aber ja! Wahrscheinlich hatte er bis Neujahr sogar schon den zweiten Teil. War ja alles vorbereitet. Und über die Feiertage hatte er keine Störungen zu befürchten. Da krochen selbst die wenigen, die ihn sonst gelegentlich vom Schreibtisch weglockten, in den Schoß der Familie. Die meisten stöhnten zwar jedesmal und schworen hinterher: nie wieder! Doch dann gab es halt immer wieder ein letztes Mal.
Jürgen hatte sich schon während der Studienzeit geweigert, noch länger mitzuspielen beim Ringelreihen um den Lichterbaum. Das war allerdings mehr Notwehr gewesen als ein souveräner Entschluß, wie seine alle Jahre wieder nach Canossa pilgernden Mitbewohner in der WG vermutet hatten. Innerlich seien sie ja auch längst fertig mit diesem sentimentalen Quatsch. Der bürgerlichen Gefühlsdressur. Die

ziehe bei ihnen nicht mehr. Aber... Sein Vater, hatten sie gesagt, als habe er damit einen nie mehr aufzuholenden Vorsprung, sein Vater sei eben kein Rechtsanwalt, Arzt oder mindestens Abteilungsleiter. Fahrer bei einer Spedition und jetzt Pförtner, da sei natürlich nicht viel zu holen. Und deswegen könne der ihn auch nicht erpressen. So laufe das nämlich. Das durchschaue man doch. Glasklar. Aber man wäre ja blöd, wenn man dem Herrn Papa nicht die Knete abknöpfe. Der habe doch mehr als genug. Weil er aber ein reaktionärer Scheißer sei, sei er auch imstande, den Hahn zuzudrehen. Man müsse eben mitspielen. Eiskalt. Wem nütze es denn, wenn sie auf die Möglichkeit verzichteten, ihr Bewußtsein zu entwickeln ohne entfremdete Arbeit? Die Ursachen der Entfremdung würden doch dadurch nicht abgeschafft, oder? Und wenn nicht einige noch dieses Privileg hätten, wäre doch längst in Vergessenheit geraten, was das Privateigentum auch in den Köpfen anrichte.
Lieber Marx, steh mir bei, daß ich nicht zum Himmel schrei. Jürgen grinste, spürte freilich, daß der Spott eine Spur zu überlegen wirkte. Als glaube er selbst nicht daran, müsse ihn erzwingen. Da war ein schmerzhaftes Ziehen, ein Zerren um den Mund. Wie von einer Narbe. Immer wenn er fürchten mußte, auf seinen Vater angesprochen zu werden, nahm sein Gesicht diesen angestrengt erwachsenen Ausdruck an. Der alte Grantelhuber, den seine Mutter in jugendlicher Verblendung mal geheiratet habe, sei eben zufällig sein Erzeuger, mehr aber auch nicht. Verdammt!
Gedankenverloren nach der Kaffeetasse tastend, hatte er nicht bemerkt, daß der Unterteller daran klebengeblieben war. Ein klirrender Schlag, und schon war die schwarze Brühe über den Schreibtisch geschwappt. Zum Glück hatte der Brief nichts abbekommen. Nur das Exposé. Das war nicht mehr zu retten. Verdammter Mist!
Nachdem er die ersten zweieinhalb Seiten noch einmal abgetippt hatte, stockte er. Auf einmal erkannte er, daß er Dr.

getan hätte: Er hatte sich auf die Zusammenfassung beschränkt. War ihm das 200seitige Manuskript bei der Lektüre wie ein Kaleidoskop vorgekommen, in dem sich die einzelnen Teile immer wieder zu anderen Bildern fügten, so schien am Schluß alles festzustehen und in eine einheitliche Form gebracht. Denn im letzten Kapitel hatten sich die Forscher, ungeachtet der immer noch vorhandenen Differenzen, geeinigt auf *ein soziales Modell der Herzinfarktgenese.* Durch den Zwang, die Gemeinsamkeiten hervorzuheben, war freilich der Inhalt dieses großen Sammeltopfes arg verwässert, vergleichbar den vielsagenden Kommuniqués, die Politiker unterschiedlicher Richtungen nach zähen Verhandlungen der Öffentlichkeit unterbreiteten, wovon diese aber über die Medien im allgemeinen nur noch die rasch konsumierbaren Informationshäppchen bekam. Und sehr viel mehr, fand Petersen, war in dem Exposé auch nicht übrig, hatte ihn doch plötzlich die Realität seines Berufs eingeholt, nachdem er sich wochenlang geradezu ausschweifend jeder zeitlichen Begrenzung entzogen hatte. Wie ein Fremder las er, was er am Vormittag geschrieben hatte.

> Durch langfristig hohe oder sogar wachsende Belastung wird die körperliche, psychische und soziale Bewältigungsfähigkeit geschwächt. Dabei entwickeln sich Leistungsanforderungen und individuelles Leistungsvermögen gegenläufig, was eine zunehmende relative Überforderung zur Folge hat. Diesen Vorgang kann man als Leistungsschere charakterisieren. Dazu tragen insbesondere Belastungen aus dem Arbeitsbereich bei, da dort erheblich häufiger als in Freizeit-Situationen ein Verhalten begünstigt wird, das zur Selbstausbeutung führt, das heißt: Die Arbeitenden nehmen auch Belastungen, die sie eigentlich nicht mehr verkraften können, in Kauf. Daß sie sich sozusagen ins eigene Fleisch schneiden, bleibt...

Moment mal. Das müßte schon ein bißchen genauer dargestellt werden. Petersen kramte nach dem Forschungsbericht, wollte noch einmal nachschauen, wie die Wissenschaftler das Bild von der Schere erklärten. Doch als er den schweren Packen in der Hand hatte, war es, als falle er sich selbst in den Arm. Mann, bist du noch zu retten! Wenn du jetzt diese Stelle aufschlägst, wo das Lineal dazwischensteckt, Seite 188, das weißt du doch schon auswendig, dann findest du die sieben Bestandteile des sozialen Modells, und bei jedem Punkt wirst du auf Kapitel soundsoviel, Absatz eins, zwei, drei und so weiter verwiesen. Aber dann hast du wieder bloß lauter Splitter, die nicht zusammenpassen. Also Finger weg! So ein Text soll ja dem Leser nicht vorgaukeln, er sei gesättigt, wie es ein Zeiungsbericht tun müßte, auch wenn ihn die Redaktion auf 30 Zeilen zusammenstreicht, sondern den Appetit anregen.
Na schön, beruhigte sich Petersen. Vorsichtshalber kreuzte er den Satz über das In-Kauf-Nehmen von Überforderung an und vermerkte am Rand: ergänzen? Danach konnte er sich wieder dem Manuskript zuwenden.

> Daß sie sich sozusagen ins eigene Fleisch schneiden, bleibt zunächst verborgen. Die Leistungsschere hinterläßt zwar von Anfang an Spuren, nämlich nervöse und hormonelle Fehlregulationen, wodurch physiologische Funktionen beeinträchtigt, unter Umständen auch die daran beteiligten Körperteile in Mitleidenschaft gezogen werden. Medizinisch faßbare Anzeichen einer Erkrankung treten jedoch nicht auf, solange das Individuum noch über genügend Reserven verfügt, um solche Entgleisungen oder auch beginnende organische Schäden aufzufangen. Diese Möglichkeiten schwinden in dem Maße, in dem die Bewältigungskapazität, da die Belastungen andauern, weiter abgebaut wird. Damit öffnet sich die Leistungsschere noch

mehr. Der Betroffene kann den ihm gestellten Aufgaben immer weniger gerecht werden, was er allerdings entweder nicht wahrhaben will oder dadurch wettzumachen versucht, daß er das Letzte aus sich herausholt, um bei der Arbeit trotz allem noch mithalten zu können. Häufig ist damit ein Gesundheitsverhalten verbunden, das auf Leistungssteigerung zielt, wie hoher Nikotin- und Koffeinkonsum oder forcierte sportliche Betätigung. Weitgehend verzichtet wird dagegen auf das, was der Entspannung und Erholung dienen könnte, wodurch die Belastung zusätzlich verstärkt wird. Das beschleunigt wiederum den gesundheitlichen Verschleiß, der sich oft schon durch Befindlichkeitsstörungen, etwa Nervosität, schlechten Schlaf oder verschiedene körperliche Mißempfindungen, ankündigt, und um so größer wird die Wahrscheinlichkeit, daß ein beliebiger Belastungsschub im privaten oder beruflichen Bereich, der gewissermaßen das Faß zum Überlaufen bringt, den Herzinfarkt auslöst...

Hm, brummte Petersen. In der Kürze lag eben doch nicht immer die sprichwörtliche Würze. Das war so allgemein, daß es fad schmeckte, wenn man etwas kräftiger zubiß. Man müßte die Schilderung also zumindest so konkretisieren, daß klar würde, wie sich die Leistungsschere bildete und was ihre Schenkel derart auseinanderdrängte, daß der Organismus in einen lebensgefährlichen Spannungszustand geriet. Er zündete sich eine Zigarette an. Als sie zu Ende war, mußte er unbedingt aufs Klo. Von dort wich er in die Küche aus, um etwas Eßbares zu suchen. Kauend näherte er sich wieder dem Schreibtisch. Sein Blick fiel auf die Randbemerkung. Ergänzen? »Ja, doch«, sagte er laut, als er die Versuchung spürte, sich mit einer neuen Zigarette abzuspeisen. Eine Weile nagte er noch am Kugelschreiber. Dann raffte er sich auf.

Bestimmte Arbeitsbedingungen erzeugen gleichsam einen Sog, dem die Betroffenen um so schwerer widerstehen können, als es sie momentan entlastet, wenn sie sich mitziehen lassen. Indem sie dem auf sie ausgeübten Druck nachgeben, gehen sie sonst unvermeidlichen Konflikten aus dem Weg, und je mehr sie die Anforderungen verinnerlichen, so daß der äußere Zwang zu einer scheinbar freiwilligen Haltung wird, desto weniger spüren sie ihn, was ihnen obendrein noch eine gewisse Ersatzbefriedigung verschaffen kann durch übermäßige Identifikation mit der Arbeit und das dadurch vorgespiegelte Gefühl der Unentbehrlichkeit. So können sie aber nicht zum Ausdruck bringen, was über ihre Kräfte geht, und schon gar nicht sich wehren gegen unzumutbare Ansprüche von seiten des Betriebs, ja, sie erkennen diese schließlich nicht einmal mehr als Belastung. Statt dessen versuchen sie, ihre Leistung um jeden Preis aufrechtzuerhalten, auch wenn sie sich mehr abverlangen müssen, als sie auf die Dauer geben können, ohne ihre Gesundheit aufs Spiel zu setzen...

Schon besser. Obwohl es immer noch nicht reichte. Wer von der Sache nicht mehr wußte als das, was da stand, mußte der nicht, fragte sich Petersen, jetzt sofort fragen, wo denn dieser Sog hauptsächlich gefunden wurde? Aber das konnte man nicht in drei oder vier Sätzen beantworten, es sei denn, man begnügte sich mit einem begrifflichen Gerippe. Kein Fitzchen Fleisch würde mehr an die Realität lebendiger Menschen erinnern. Denn man könnte dann nur von der *Grundkonstellation arbeitsbedingter koronarer Herzkrankheiten* sprechen. Diese rufe eine *hochgradige Leistungs- und Zeitverdichtung* hervor, die sich *entstrukturierend* auf das individuelle wie kollektive Bewältigungsverhalten auswirke. So ähnlich hatten es die Wissenschaftler mit kaum noch zu überbietender Anschaulichkeit formuliert.

Spar dir deine billigen Witze!

Aber es stimmte doch. Was sollte denn Dr. Buchmann, von weniger berufsmäßig vorbelasteten Lesern gar nicht zu reden, damit anfangen, wenn er behauptete, der Infarkt entwickle sich bevorzugt in *unterdeterminierten Drucksituationen?* Typisch für sie, das hatte er in einer Publikation von Dr. Frisch gelesen, sei der *Widerspruch zwischen sachlichen Arbeitsanforderungen und betrieblicher Kontrollstruktur.*

Ach, was Sie nicht sagen. Und was heißt das bitte?

Petersen sprang auf, holte das Tonbandgerät. Warum eigentlich nicht? Wenn er schon dauernd Selbstgespräche mit verteilten Rollen inszenierte, dann konnte er sie ja auch mal mitschneiden. Vielleicht hörte er dann, daß das, was ihm durch den Kopf ging, gar nicht so verkehrt war, wie es ihm vorkam, sobald er es aufschreiben wollte. Ja, zum Teufel, das leere Papier war immer wieder wie eine Wand, hinter der lauter unsichtbare Augen lauerten. Die überall Fehler sahen. Nur druckreife Sätze duldeten.

Quatsch nicht lang herum, sondern sag endlich, was es mit dieser unterde..., na, mit dieser Dingsbumssituation auf sich hat.

Er merkte, daß er in Fahrt kam, drückte auf die Aufnahmetaste. »Also«, hörte er sich sagen, »du möchtest wissen, was der gemeinsame Nenner der Umstände ist, unter denen es zwar nicht zwangsläufig, aber doch mit großer Wahrscheinlichkeit zum Herzinfarkt kommt. Tja, nach der bereits erwähnten Publikation, auf die ich mich im folgenden hauptsächlich stütze, weshalb meine Ausführungen bitte im Konjunktiv zu verstehen sind...«

Er legte sich seine Notizen zurecht, und als er weitersprach, verlor seine Stimme zunehmend den ironisch verfremdeten Klang, mit dem er sich anfangs hatte versichern müssen, daß er den Trick natürlich durchschaue.

Arbeitssituationen, in denen gefährlicher Druck entstehen kann, werden deswegen unterdeterminiert genannt, weil die Tätigkeit nicht in der Weise bestimmt ist wie etwa am Fließband, wo die gleichförmigen, sich ständig wiederholenden Arbeitsverrichtungen für alle dort Beschäftigten einheitlich festgelegt sind und von ihnen quasi mechanisch ausgeführt werden müssen. Unterdeterminierte Arbeitssituationen gewähren dem einzelnen dagegen einen gewissen Handlungsspielraum. Die Arbeit kann auch nach jahrelanger Gewöhnung nur bis zu einem relativ geringen Grad mit Routine erledigt werden. Sie verlangt vielmehr stets ein Mindestmaß an Konzentration, Sorgfalt, Fingerspitzengefühl und Verantwortung.

Verstehe ich nicht. Seitdem dieser Mister Taylor Ende des vorigen Jahrhunderts damit begonnen hat, die Ausbeutung wissenschaftlich zu perfektionieren, klagen doch alle darüber, daß die moderne Industriearbeit mehr und mehr zerstückelt wurde und den Menschen tagaus, tagein zu den gleichen Handgriffen nötigt. Und jetzt behauptest du, dieser Stumpfsinn sei immer noch gesünder als Tätigkeiten, bei denen man noch ein bißchen mitdenken muß und den Arbeitsablauf wenigstens teilweise selber mitbestimmen kann.

Behaupte ich natürlich nicht. Der Vergleich sollte nur den Unterschied deutlich machen. Im übrigen gelten die Methoden von Frederick Taylor und seinen Nacheiferern längst nicht mehr als das Nonplusultra. Man mußte einsehen, daß man auch mit den raffiniertesten Techniken nie vollständig über die Arbeitskraft verfügen kann. Wo dem Individuum überhaupt kein Anreiz mehr geboten wird, so viel und so gut wie möglich zu arbeiten, wehrt es sich gegen den Zwang, indem beispielsweise mehr Ausschuß produziert oder Leistung zurückbehalten wird. So hat man in den letzten Jahren neue Organisationsformen eingeführt, die dem einzelnen oder Gruppen von Arbeitern wieder mehr Freiheit bei

der Gestaltung ihrer Tätigkeit lassen, nicht weil das Management dies aus Gründen der Humanität für erforderlich hält, sondern weil man damit die Effektivität des Arbeitseinsatzes zu steigern hofft. Je nach den betrieblichen Rahmenbedingungen können sich daraus aber genau die mit unterdeterminierten Drucksituationen verbundenen Belastungen ergeben. Denn die relative Selbständigkeit, die dem Arbeitenden in solchen Fällen eingeräumt wird, ist ja nur die eine Seite. Sie wird überlagert von rigiden Sach- und Zeitvorgaben sowie ebensolchen Kontrollstrukturen.
Was soll denn das schon wieder heißen?
Verzeihung. Das war ein wörtliches Zitat. Gemeint sind starre Anforderungen samt den zu ihrer Durchsetzung notwendigen Maßnahmen der Überwachung. Also: Ohne Rücksicht auf die tatsächlichen Gegebenheiten einer Tätigkeit besteht die Firmenleitung darauf, daß der Arbeitende seine Leistung bis zu einem festgesetzten Termin beziehungsweise in einer bestimmten Zeitspanne oder in ganz bestimmter Qualität erbringt. Meistens wird beides erwartet. In der Arbeitsrolle muß demnach die Widersprüchlichkeit individuell ausgetragen werden, und der einzelne haftet persönlich für die aus den objektiven Bedingungen sich ergebenden Verzögerungen, Unregelmäßigkeiten, Fehler und so weiter, auch wenn diese in Wirklichkeit ihm gar nicht allein angelastet werden können, da seine Tätigkeit vielfältig mit der von anderen verwoben ist. Die Drucksituation entwickelt sich folglich aus der Unvereinbarkeit der notwendigen Eigenverantwortlichkeit bei der Erfüllung der Arbeitsaufgaben und dem übergestülpten, autoritär gehandhabten Kontrollrahmen. Den schematischen Vorschriften von oben hinsichtlich der sachlichen und zeitlichen Gestaltung der Arbeit stehen deren wechselnde Erfordernisse gegenüber.
Ein bißchen konkreter, wenn ich bitten darf.
Na, zum Beispiel werden im Zuge betrieblicher Rationalisierung oft Arbeitsabläufe, die bis dahin von jedem entspre-

chend dem jeweiligen Bedarf überwiegend selbst eingeteilt werden konnten, durch eine zentrale Planung starr festgelegt. Den Beschäftigten werden bestimmte Entscheidungen aus der Hand genommen, ohne daß sie ihre Arbeit deswegen viel besser in den Griff bekommen könnten. Doch man kann ihnen genauer auf die Finger schauen und ihre Leistungen untereinander vergleichen. Diesem Zweck dienen auch Vorgabezeiten, die auf standardisierten Verfahren der Arbeitsanalyse beruhen, etwa dem als MTM bekannten *Methods-Time-Measure-System.* Da solche Verfahren von rechnerisch ermittelten Durchschnittswerten ausgehen und viele Besonderheiten vor Ort nicht berücksichtigen, sind sie häufig zu knapp, und hinzu kommt im allgemeinen noch eine Form der Entlohnung, die den einzelnen durch Prämienabzüge dafür bestraft, wenn er die Norm nicht einhalten kann, obwohl dafür in der Regel Mängel der Planung und falsche Voraussetzungen bei der Zeitkalkulation verantwortlich sind. Man verläßt sich aber darauf, daß die unvermeidlichen Unstimmigkeiten an der Basis ausgeglichen werden. In dem Maße, wie die einzelnen stillschweigend durch größere Anstrengungen auch solche Aufgaben erledigen, die in der zur Verfügung gestellten Zeit und mit den bereitgehaltenen Mitteln eigentlich nicht zu bewältigen sind, sieht sich die Betriebsleitung darin bestärkt, daß die personelle und technische Ausstattung ausreicht. Das Resultat ist der bereits erwähnte Sog, der die Betroffenen immer wieder in ein bestimmtes Reaktionsmuster hineinzieht: Aus Angst davor, es nicht zu schaffen und für Pannen den Kopf hinhalten zu müssen, aber auch aus Angst davor, gegenüber den als tüchtiger eingeschätzten Kollegen den kürzeren zu ziehen und womöglich sogar den Arbeitsplatz zu verlieren, setzen sie sich ständig selbst unter Druck. So können sie sich aber immer weniger auf die sachlichen Notwendigkeiten ihrer Arbeit konzentrieren. Sie gönnen sich keine Pause mehr, wollen alles sofort erledigen und haben trotzdem nie das Gefühl, genug getan zu haben. Obwohl sie sich deswegen eher noch mehr verausgaben, sind sie heimlich überzeugt, daß es sich gar nicht lohnt. Sie erledigen ihre Arbeit zunehmend lustlos. Der Motor läuft weiterhin auf Hochtouren, aber es wird ihnen immer gleichgültiger, was dabei herauskommt. Da sie nur noch darauf bedacht sind, sich selbst über die Runden zu bekommen, sind sie anderen gegenüber mißtrauisch. Nach außen hin geben sie sich zwar oft hilfsbereit, fürchten jedoch immer, hintergangen oder ausgenützt zu werden. Daher können sie auch mit Kollegen nicht offen darüber sprechen, was sie belastet, geschweige denn mit ihnen gemeinsam nach Möglichkeiten suchen, dem Arbeitsdruck zu begegnen. Je mehr sie sich von anderen zurückziehen und auf gegenseitige Unterstützung verzichten, desto größere Anstrengungen müssen sie unternehmen, um zu beweisen, daß sie es aus eigener Kraft schaffen. Schließlich reden sie sich ein, der verzweifelte Kampf gegen die drohende Niederlage sei eine heldenhafte Leistung, auf die sie stolz sein könnten, womit sie sich endgültig die Einsicht verbauen, wie sie durch ihr Verhalten selbst dazu beitragen, zum Opfer von Belastungen zu werden. Der Teufelskreis von individueller Angstbeschwichtigung und zwanghaftem Druckverhalten, der unverkennbar Merkmale des für Herzinfarkt-Kandidaten charakteristischen Typ-A-Verhaltens aufweist, verhindert ja gerade, daß der Stress abgebaut wird. Denn der für den Betrieb kostenlose Mechanismus der Selbstüberforderung beseitigt scheinbar die objektiv bestehenden Engpässe, und so verschiebt sich die Grenze dessen, was offiziell als zumutbar angesehen wird, immer weiter, ohne daß jemand daran Anstoß nimmt.

Aber wo treten denn nun solche Situationen bevorzugt auf?

Ach so, die Risikogruppen. Warte mal. Also: Außer Vorarbeitern, Meistern et cetera wurden insbesondere Metallarbeiter in der Industrie eingehend untersucht, und von diesen vor allem zwei Berufsgruppen, nämlich Metalloberflächenbearbeiter, wie Galvaniseure, Härter, Erodierer, und Werkzeugmacher. Beide waren durch eine erhöhte Infarkthäufigkeit aufgefallen, obwohl sie auf den ersten Blick wenig miteinander zu tun haben. Im einen Fall handelt es sich ja um angelernte, verhältnismäßig unqualifizierte und statusmäßig niedrige Tätigkeiten, im anderen dagegen um Facharbeiter mit vergleichsweise hoher Qualifikation. Gemeinsam ist ihnen aber, daß durch das Zusammentreffen von Handlungsspielräumen mit betrieblichen Überwachungs- und Zwangsmaßnahmen widersprüchliche Anforderungen entstehen, deren Bewältigung infolge geringer sozialer Hilfeleistung und Konkurrenz im Kollegenkreis erschwert wird. Dieser Zusammenhang wurde übrigens von einem der anderen Autoren *kontrollierte Autonomie* genannt.

Quatsch mit Soße, sagte Petersen und schaltete das Tonbandgerät aus. Auf welche Begriffe die Wissenschaftler ihre Erkenntnisse brachten, war doch nebensächlich. Am besten wäre es überhaupt... Er sprang auf, ging eine Zeitlang hin und her, blieb stehen. Genau, sagte er. Genau! Beim zweitenmal hörte er ganz deutlich, welchen Tonfall er nachgeahmt hatte. Es war das aus dem Hals gepreßte Bayerisch, in dem Alfred Fleisser von seiner Arbeit gesprochen hatte, oft mitten im Satz abbrechend, um nach einer Pause zu bekräftigen, was er verschluckt hatte. Ja, genau, dachte Petersen. Das fehlte bei Werkzeugmachern und angelernten Metallarbeitern. Deren Belastungen standen nur auf dem Papier. Er müßte sich also... Petersen begann von neuem auf und ab zu marschieren. Er zählte die Schritte von einer Wand zur anderen. Eins, zwei drei, vier. Dann mußte er schon wieder umkehren. Eins, zwei, drei. Er machte vor dem Schreibtisch halt, klappte das Fenster hoch. Ein kalter Luftzug fuhr ihm durchs Haar. Er sträubte sich. Doch er kam

nicht darum herum. Er mußte sich zumindest noch in Betrieben umschauen und mit den Leuten reden.
Und das fällt dir jetzt ein, nachdem du dich endlich aufgerafft hast, Dr. Buchmann das Exposé zu schicken?!
Nur keine Panik. Rom wurde auch nicht an einem Tag erbaut.
Ha, ha! Blöde Sprüche helfen mir da bestimmt nicht weiter.
Dann vielleicht noch einmal Goethe: *Nicht Kunst und Wissenschaft allein, Geduld will bei dem Werke sein.*
Hör bloß auf!

9.

Guck mal, wollte Alfred Fleisser sagen. Er war stehengeblieben, als ihn plötzlich Sonne überschüttet hatte. In einer Schonung funkelten die Schneekapuzen der jungen Fichten. Darüber der Himmel. Wie blaues Glas. Doch Heiner Sturm war schon zu weit voraus, als daß er noch hätte hören können, was ihm sein Vetter zeigen wollte. Und während Alfred aus der Loipe stieg, um den Nachfolgenden nicht den Weg zu versperren, trieb Heiner seinen massigen Körper mit kräftigen Pendelschwüngen der Arme und Beine weiter, den Blick auf die abwechselnd nach vorn stoßenden Skispitzen geheftet. Vor einem gemächlich dahinstapfenden Paar hob er kurz den Kopf, scherte aus und überholte die beiden mit einigen Schlittschuhschritten. Wieder in der Spur, jagte er mit langgestrecktem Hals davon. Erst als er die Abzweigung zur Waldschenke erreicht hatte, schaute er sich um.
Vor drei Wochen hatte Fleisser die ersten Gehversuche auf den schmalen Brettern unternommen, unter der Aufsicht von Dr. Christian, der die Patientengruppe immer wieder angehalten hatte, den Puls zu zählen. 180 Schläge pro Minute minus Lebensalter, das war jedem eingeschärft worden als Grenzwert für die Belastung, die er seinem Herz zumuten könne. Er solle es nur mal probieren, hatte der Stationsarzt ihn ermuntert, als er für Fleisser auch noch passende Stiefel gefunden hatte. Ski und Stöcke seien in jeder Größe vorhanden. Denn Langlauf gehöre in Lauterberg mit zur Therapie. Das ideale Ausdauertraining für den Winter, zudem ein billiges Vergnügen. Er habe ja den Kerschlacher

Forst direkt vor der Haustür, und für einen sportlichen Typ wie ihn sei das ein Kinderspiel.
Obwohl alle fanden, Alfred sei ein Naturtalent, brachte ihn der Gedanke, in seinem Alter ein Anfänger zu sein, immer wieder aus dem Rhythmus. Heiner war zwar auch nicht viel jünger gewesen, als er begonnen hatte. Aber jetzt hatte er eben sechs Jahre Vorsprung, und wenn er ihm zuschaute, kam er sich wie ein hölzerner Hampelmann vor. Er hätte lieber erst noch eine Zeitlang für sich geübt, und nicht gerade hier, wo er ständig damit rechnen mußte, beobachtet zu werden von Nachbarn, die es an diesem strahlenden Januartag ebenfalls in den weiß vermummten Wald gezogen hatte. Doch Waltraud war nicht davon abzubringen gewesen, daß es allein zu gefährlich sei. Man wisse doch nie. Er sei nun mal angeschlagen, und sie kenne ihn doch, er traue sich, wenn man nicht auf ihn aufpasse, bestimmt gleich wieder zuviel zu, und dann bekomme er womöglich einen Herzanfall, und was dann?
Alfred hatte sie ausgelacht. »Aber geh, Traudel.« Schließlich habe ihm das der Doktor verordnet. Aber wenn es sie beruhige...
Ob ihm nicht gut sei, fragte Heiner, der sofort umgekehrt war, als er bemerkt hatte, wie weit Alfred abgeschlagen war.
Doch, doch. Er fühle sich prima.
Heiner wiegte mißtrauisch den Kopf hin und her.
»Sollen wir nicht lieber wieder zurück?«
»Aber wieso denn«, wehrte Alfred ab. »Wir sind doch erst eine halbe Stunde unterwegs.«
Er blickte an Heiner vorbei.
»Guck mal.«
Wie das heute alles blitzt, hatte er sagen wollen. Aber auf einmal war es unaussprechlich. Zu Heiner konnte er das nicht sagen. So hatten sie nie miteinander gesprochen. Auch wenn sie zusammen draußen gewesen waren am

Wagrainer See, wo Heiner einen Dauerstandplatz für seinen Wohnwagen hatte, oder früher bei Bergtouren, aber das war lang, lange her, hatte doch jeder fast immer nur von seinem Beruf geredet. Außer für CNC-Maschinen und neue Stahlwerkstoffe und überhaupt die ganze Verfahrenstechnologie im Werkzeugbau, die sein Hobby war, interessierte sich Heiner höchstens mal für Fußball. Und wenn er nicht am Fachsimpeln war, schimpfte er auf seine Leute oder den Papierkram, der ihm durch die Umstellung im Betrieb aufgehalst wurde.

»Was soll denn da sein?«

Heiner hatte sich umgedreht, aber nichts entdecken können, was in seinen Augen eines Hinweises wert gewesen wäre.

Alfred, das Gesicht der Sonne zugewandt, blinzelte. Im Gezweig hüpften Vögel. Flocken stäubten herab.

»Ach so«, lachte Heiner, nachdem er eine Weile ratlos hin und her geschaut hatte. Er deutete nach oben.

Und nun sah auch Alfred das metallische Glitzern, das langsam über den Himmel strich, eine helle Spur in das Blau ritzte.

»Hast schon wieder Sehnsucht nach deinen Fliegern, was?«

Alfred war dankbar für das Mißverständnis.

»Na ja«, druckste er, als habe ihn Heiner ertappt. »Das wirst so schnell nicht los.«

»Mußt ja auch gar nicht. Sei froh, daß dir dein Beruf Spaß macht.«

Alfred stocherte mit den Stöcken im Schnee. »Gehn wir?«

»Wenn du meinst«, sagte Heiner, zögerte jedoch.

»Also vorhin«, begann er von neuem. »Daß ich so losgeprescht bin, verstehst schon, manchmal brauch' ich das einfach. Daß ich alles rausschwitz', verstehst?«

»Klar«, sagte Alfred. »Geht mir beim Waldlauf genauso.«

»Nicht, daß du glaubst, du mußt mithalten...«

»Schon gut«, stieß Alfred zwischen den Zähnen hervor, ver-

barg aber seinen Ärger hinter einem Grinsen. »Mit den Latten da schaff' ich das sowieso nicht.«
»So hab' ich's doch nicht gemeint.«
»Ist ja gut.«
»Ehrlich«, bekräftigte Heiner. »Du hast die Bewegung wirklich schon ganz toll raus. Es ist doch nur, weil, na, du weißt doch, daß Waltraud sich Sorgen macht.«
Alfred nickte, als wolle er Heiners Blick abschütteln.
»Los, gehn wir!«
Die *Waldschenke* war rappelvoll.
»Hätten wir uns ja denken können«, meckerte Heiner. »Bei so einem Wetter ist natürlich Krethi und Plethi unterwegs.«
Er musterte die Ausflügler, die sich an den blaukariert gedeckten Tischen drängten. Die meisten waren auf Skiern oder zu Fuß gekommen. Einige verrieten freilich durch ihre Kleidung, daß sie mit dem Auto vorgefahren waren. Und deswegen hätte ihnen Heiner Sturm am liebsten die Stühle unterm Hintern weggeholt. Die faule Bagage solle doch in der Stadt bleiben. Verpeste bloß die Luft.
»Saubande, dreckige«, knurrte er. »Unsereins tut was für die Gesundheit, und dann mußt dich mit denen auch noch um einen Platz bei der Brotzeit streiten.« Er bahnte sich, mit den Armen rudernd, einen Weg durch die wogende Menge. Alfred, der am Eingang wartete, sah seinen Vetter auf eine Bedienung einreden. Die blies aber nur kurz die erhitzten Backen auf und steuerte dann, in der rechten Hand einen Stapel Teller balancierend, die linke mit leeren Maßkrügen behängt, energisch weiter auf die Theke zu.
»Ja, so was! Der Herr Fleisser. Grüß Gott. Das ist aber eine Überraschung. Wie geht's denn? Gut schauen S' aus. Und schon wieder sportlich. Alle Achtung...«
Ehe Fleisser, betäubt vom Lärm der dampfenden Wirtsstube, die Stimme einer Person zuordnen konnte, wurde seine Hand ergriffen, und er spürte, daß der anderen Hand

zwei Finger fehlten, und sofort hatte er wieder das beschämende Gefühl, der Weißhaarige im grünen Trainingsanzug, der jetzt einen grauen Trachtenjanker und eine schwarze Lederbundhose trug, müsse ihm ansehen, wie er auf seinen breiten Buckel gestarrt hatte und um ein Haar die Tür der Telefonzelle aufgerissen und diesem rücksichtslosen Kerl mal ordentlich heimgegeigt hätte. Aber Adolf Rauchecker sah nichts als den netten, stets hilfsbereiten Herrn Fleisser, dessen einziger Fehler war, daß er nicht Karten spielte, und er freute sich über diese unverhoffte Begegnung genauso, wie er sich in der Klinik gefreut hatte, den neuen Zimmergenossen seines Skatbruders Funke kennenzulernen.
»Daß wir uns so bald schon wieder treffen, hätten Sie wohl auch nicht gedacht, gell?«
Fleisser bemühte sich, ebenfalls erfreut zu wirken, war aber heilfroh, daß sich ein Lodenmantel zwischen ihn und Rauchecker schob. Und dann tauchte zum Glück auch Heiner wieder auf.
»Höchstens da hinten«, schnaubte er. »Da könnten wir uns zur Not noch dazwischenquetschen.«
»Aber nein«, rief eine heisere Stimme hinter ihm.
Heiner fuhr herum, blickte in ein rotglänzendes Gesicht.
»Verzeihen Sie«, sagte der Weißhaarige. »Aber bei mir am Tisch, da drüben, das Ehepaar wollte schon zahlen, als ich auf die Toilette bin...«
Heiner kniff die Augen zusammen.
»Wenn's dem Herrn Fleisser recht ist...«
Der Weißhaarige trat einen Schritt vor, schaute Alfred an, der Heiner anschaute, und der wußte nun erst recht nicht mehr, was er von der freundlichen Einmischung halten sollte.
»Ach, ihr kennt euch?«
Bevor Fleisser etwas sagen konnte, antwortete Adolf Rauchecker für ihn.

»Ja, freilich. Wir sind sozusagen alte Herzensfreunde.« Er zwinkerte Fleisser zu und wandte sich, mit einer einladenden Handbewegung die Richtung weisend, zum Gehen. Heiner Sturm glotzte seinen Vetter an. Bis der sich einen Ruck gab und ihn aufklärte.
»Na, bitte!« sagte Rauchecker. Die Bedienung kassierte schon, und nachdem sie auch noch gleich die Getränkebestellung der beiden neuen Gäste entgegengenommen hatte, hellte sich sogar Sturms finstere Miene auf. Das Bier war dann natürlich doch wieder viel zu kalt und der Schweinebraten zu fett für seinen Magen. Aber wenigstens ließ sich Alfreds Bekannter nicht lumpen und trank einen Enzian mit, und daß einer, der Rauchecker hieß, in der Zigarettenindustrie war, das war doch, nichts für ungut, ehrlich ein Witz. Nun ja, er habe sich auch mal was anderes vorgestellt. Fleisser beugte sich über seinen Teller. Er kannte die Geschichte. Aber wenn es Heiner interessierte, um so besser. Dann brauchte er nichts zu reden, konnte sich ein bißchen ausruhen. So schnell hörte der Rauchecker bestimmt nicht mehr auf. Er fing ja wieder bei Adam und Eva an. Lehre in einer Werkzeugmaschinenfabrik, und nach zwei Gesellenjahren, das sei dann schon '44 gewesen, habe er eine Vorarbeiterstelle bekommen im Flugzeugbau. Das sei schon immer sein Traum gewesen, seit der Zeit in der Fliegerhitlerjugend, da hätten sie Segelflugzeuge gebastelt. Aber nach dem Zusammenbruch habe man eben nehmen müssen, was man bekommen habe.
Zusammenbruch, dachte Alfred Fleisser.
»Seltsam«, sagte Heiner Sturm.
Adolf Rauchecker zündete sich eine Zigarette an.
»Wieso?« fragte Alfred seinen Vetter.
»Na, daß ihr's alle mit der Fliegerei habt.«
»Ich nicht mehr«, warf Rauchecker ein. »Bei mir ist es eine unglückliche Liebe geblieben.« Er stieß den Rauch durch die Nase. »Aber vielleicht war das ja auch mein Glück, gell?«

Fleisser wich seinem Blick aus, tunkte hastig ein Stück Knödel in die Soße.
»Jedenfalls«, sagte Heiner Sturm beharrlich, »für einen meiner Vorarbeiter war Flugzeugbau auch immer das Höchste. Ich glaub', der Bauer ist heut noch nicht ganz darüber weg, daß er damals den Sprung nicht geschafft hat.«
Rauchecker inhalierte tief.
»Du weißt doch«, sagte Heiner zu Alfred. »Bevor er zu uns kam, war der Max ein oder zwei Jahre bei euch drunten am Bodensee im Maschinenbau.«
Alfred kaute weiter.
»Aber das ist doch eigentlich wurscht. Ob ich irgendwelche Blechteile von einem Flugzeug oder einer Fräsmaschine meinetwegen montier'. Oder in meinem Fall: Ob wir Schneidwerkzeuge oder Schnitte zum Stanzen oder sonst was machen. Es geht ja immer um die Technik, und wenn ich mich damit richtig befasse, wird's einem doch nirgends langweilig, oder?«
»Langweilig«, gab Rauchecker zurück. »Wer redet denn davon! Bei der Hektik heutzutage. Und die kommt ja gerade durch die Technik. Schauen S', als ich in der Zigarettenproduktion begonnen hab', da sind die Maschinen noch mit einer Geschwindigkeit von 1200 Stück in der Minute gefahren. Inzwischen stoßen sie 5000 und mehr aus in der gleichen Zeit, aber wir haben zwei Drittel weniger Personal.«
»Fünftausend«, wiederholte Sturm ungläubig. »Natürlich«, sagte er dann, als besinne er sich plötzlich, daß der andere den Eindruck haben könnte, seine Branche sei etwas Besonderes.
»Bei uns im Werkzeugbau wird auch rationalisiert, was das Zeug hält. Die Laufzeiten der Werkstücke in den Maschinen, die werden immer kürzer. Zum Beispiel: Um eine Platte auszuschneiden, hatten wir vorher einen Arbeitsaufwand von, sagen wir, zehn Stunden. Jetzt brauchen wir vielleicht noch drei. Nur mal als Beispiel.«

Er schielte über den Rand seines Glases zu Rauchecker hin, war aber offensichtlich mit der Wirkung seines Gegenzugs nicht zufrieden.
Der Personalbestand, fügte er eifrig hinzu, sei zwar bei ihnen ungefähr gleich geblieben, man habe jedoch immer mehr Leute in die Arbeitsvorbereitung versetzt, und die knobelten jetzt mit ihren Computern die Pläne aus. Dadurch sei er als Meister in gewisser Weise entlastet worden, aber nur, was das Fachliche betreffe, weil er noch viel mehr als früher hinter allem her sein müsse. Die in der Arbeitsplanung hätten ja immer den genauen Durchblick, wie es in den einzelnen Abteilungen laufe. Man müsse nur auf den Bildschirm schauen und wisse sofort, ob alles vorschriftsmäßig erledigt werde. Der Große Bruder, wie es so schön heiße, nicht wahr, alles unter Kontrolle. Na, und dann sei natürlich erst mal immer der Meister dran. Davon hätten die Leute draußen an den Werkbänken und Maschinen natürlich keine Ahnung. Die würden bloß lange Gesichter ziehen, wenn er ihnen mal ein bißchen einheize. Müsse er ja. Die Betriebsleitung erwarte das von einem. Die frage doch nicht danach, wie er die Leistung aus den Leuten raushole, und er mache nun mal, wenn man ihm aufs Dach steige, aus seinem Herzen keine Mördergrube. Ihm werde ja auch nichts geschenkt. Aber ehrlich. Also erwarte er auch von den anderen, daß sie ihr Bestes gäben. Andernfalls habe er natürlich auch seine Mittel. Ja, sicher. Ja, wo komme man denn sonst hin! Das sei jetzt sogar einfacher als vor der Umstellung. Insofern habe das, was so eine Beraterfirma damals nach dem Wechsel im Vorstand ausgeheckt habe, für ihn auch einige gute Seiten. Er entscheide ja darüber, wie die Leute verteilt würden, und die Arbeitsplätze seien, auch in finanzieller Hinsicht, unterschiedlich bewertet. Na ja, und dann habe er natürlich vor allem mit den Prämien ein Druckmittel in der Hand. Wolle er gar nicht verhehlen. Wieviel Leistungszulage er einem gebe, das wirke sich na-

türlich aus. Nur bringe das halt alles furchtbar viel Schreiberei mit sich und koste einen Haufen Zeit, wofür er im Betrieb einfach nicht die Ruhe finde. Da komme ja ständig einer gerannt, oder das Telefon schreie nach ihm. Und wenn er dann daheim noch über den Papieren hocke, dann könne er schon manchmal... Nein, ein Vergnügen sei's nicht...
Alfred Fleisser wedelte mit der Hand vor den Augen, als wolle er einen Schwarm Fliegen verscheuchen.
»Verzeihung«, sagte Rauchecker.
»Wie bitte? Ach so. Aber so war's doch nicht gemeint«, sagte Fleisser, als Rauchecker die Zigarette ausdrückte.
Wie viele Leute er denn als Gruppenführer unter sich habe, wollte Heiner Sturm wissen. Was, nur acht? Und lauter Frauen? Na, da sei er ja Hahn im Korb.
Ja, ja, lächelte Rauchecker. Mit seinen Damen sei er, bis auf wenige Ausnahmen, immer tadellos zurechtgekommen. Sie hätten sich darauf verlassen können, daß er sie, wenn möglich, aus der Schußlinie halte, und er sei auch selten hintergangen worden. Im großen und ganzen sei er gut damit gefahren, ja, könne man wohl sagen. Man dürfe halt nie vergessen, daß man mit Menschen arbeite, gell? Das sei leider durchaus nicht mehr selbstverständlich, und dann wundere man sich, wenn die Frauen mit ihren Maschinen nicht sorgfältig umgingen. Aber er habe sich immer um Ausgleich bemüht, schon im eigenen Interesse. Sonst gebe es nämlich noch viel mehr Störungen als üblich. Das hänge schon auch von der Personalführung ab. Könne ihm keiner weismachen, daß man das nicht merke. Er müsse ja immer Feuerwehr spielen und die Dinger wieder flottkriegen, schnell, schnell. Aber mal angenommen, er könne das nicht selber schaffen, weil es ein technischer Defekt sei. Müsse er also die Werkstatt alarmieren. Jetzt sei aber von den Spezialisten gerade keiner frei. Oder die Reparatur dauere ein, zwei Tage oder noch mehr. Dann könne man sich ja denken, was das für ein Remmidemmi sei, wenn man auf dieser Maschine ei-

nen bestimmten Filtertyp gefahren habe, und der Vorrat gehe aus. Dann könne die Zigarettenmarke, für die man diesen Filter brauche, eben auch nicht weiterlaufen. Da sei nämlich kaum Luft drin in der Produktion. Und manchmal streikten ja zwei, drei Maschinen auf einmal. Es gebe aber ganz einfach zu wenige Reservemaschinen, um auszuweichen in so einem Fall, und auch wenn man gar nichts dafür könne, bekomme man immer den Daumen der Obrigkeit zu spüren.
Die Hände um sein Glas gewölbt, hatte Sturm vor sich hin gestiert. Als Rauchecker einen Moment schwieg, um sich eine neue Zigarette anzustecken, blickte er auf, hielt nach der Bedienung Ausschau, streckte ihr das leere Glas hin, schrie: »Noch eins!«
Fleisser schreckte hoch. Und nachher tut dir wieder der Ranzen weh, grollte er im stillen. Aber was ging ihn denn das an! Sollte doch Heiner saufen, bis ihm der Magen platzte. Und Rauchecker konnte seinetwegen ruhig weiterqualmen. Er hielt sich da raus. Bei dem war's ja auch gar kein Wunder, daß die Entwöhnungsversuche während der Kur nichts genützt hatten. In seiner Firma war für jeden eine Schachtel pro Tag umsonst. Logisch, daß da kaum einer nein sagte. Und irgendwohin mußte das Zeug ja. 60 Millionen Stück täglich stellten die her. Bloß in dem einen Werk. In dem anderen hätten sie die Produktion mittlerweile sogar auf 80 Millionen steigern müssen. Konnte man sich wirklich kaum vorstellen. Und Rauchecker Firma war ja nicht die einzige. Was da Tag für Tag in die Luft gepustet wurde! Ein klein wenig wenn man hätte von dem Geld, könnte man...
Im ersten Augenblick dachte Fleisser, es sei auf ihn bezogen, als sein Vetter plötzlich mit der flachen Hand auf den Tisch klatschte, dreimal hintereinander, und dabei bedrohlich leise sagte: »Na, na, na.« Heiner Sturm lehnte sich zurück. »Nun übertreiben Sie mal nicht!«

»Aber genauso ist es«, keuchte Rauchecker, nachdem er sich von einem Hustenanfall erholt hatte. Laß sie doch, dachte Fleisser.
Er bezeichne das immer als modernes Sklaventum, hörte er Rauchecker sagen. Man habe den Untertanen inzwischen Lesen und Schreiben beigebracht, sie gelehrt, mit Messer und Gabel zu essen. Sie könnten sich dies und das kaufen, auch ein bißchen was von der Welt sehen. Aber im Grunde genommen habe sich doch wenig geändert. Wie der Mensch das verkrafte, daß von immer weniger Leuten immer mehr in immer noch kürzerer Zeit geleistet werden müsse, das kümmere die Unternehmen herzlich wenig. Vielleicht, das wolle er ja gar nicht bestreiten, habe sich seine Generation zu sehr drücken lassen. Das sei einem anerzogen worden. Das könne man nicht mehr ablegen. Bis halt Schluß sei. Entweder endgültig, wie bei seinem Kollegen. Der habe den Infarkt nicht überstanden, obwohl er fünf Jahre jünger gewesen sei. Oder wie bei ihm, mit einer Gnadenfrist sozusagen.
Heiner Sturm kramte in der Anoraktasche. Fleisser sah seinem Gesicht an, was er suchte. Geschieht ihm ganz recht, dachte er, als Heiner eine seiner weißen Magentabletten in den Mund schob. Aber er tat es so verstohlen, daß sich Fleisser schäbig vorkam. Rauchecker achtete nicht auf die beiden. Man könne nur hoffen, daß von den Jüngeren manche schon eine gesündere Einstellung hätten. Er lachte wie einer, der nichts zu lachen hat. »Aber von mir aus können die Maschinen jetzt rückwärts fahren. Ich hab's hinter mir.«
Fleisser horchte auf.
»Ja, mein Lieber«, nickte ihm Rauchecker zu. »Erinnern Sie sich an den jungen Seelendoktor? Sie waren ja, glaube ich, nicht sehr gut auf ihn zu sprechen. Und ich weiß natürlich nicht, wie ich in Ihrem Alter reagiert hätte. Aber mir hat es geholfen, die von ihm empfohlene Lebensbilanz zu ziehen. Man hätte mich in meiner Firma wahrscheinlich, nein, be-

stimmt wieder genommen. Nach über 30 Jahren, das können sie sich ja doch nicht leisten, einen dann so mir nichts, dir nichts abzuservieren. Doch in Lauterberg, ich war immerhin zwei Monate dort, da sieht man mit der Zeit manches anders, gell?«

»Ja, ja«, sagte Fleisser. »Stimmt schon.« Er beobachtete aus den Augenwinkeln, wie Heiner einen Bierfilz knickte, dann in zwei Hälften riß und diese weiter zerrupfte.

»Aber Sie wollen doch nicht schon in Rente gehen?«

»Schon ist gut«, rief Rauchecker. »In einem Jahr werde ich 60. Und wer weiß, wie lange ich noch um die Grube herumtanzen kann.«

Alfred Fleisser zuckte.

Nein, nein, da wolle er sich nichts in die Tasche lügen. Das habe er lange genug getan. Zu lange. Sonst wäre es vielleicht gar nicht soweit gekommen. Und wofür solle er sich denn noch abrackern. Er sei ja allein. Seit zwei Jahren, ein schwerer Schlag... Aber gottlob. Er habe sich zwar anfangs gesträubt, weil Alt und Jung unter einem Dach, das gehe ja selten gut. Aber heute sei er doch froh, daß er im Haus seiner Tochter...

»Meine Güte«, unterbrach sich Adolf Rauchecker und schaute auf die Uhr. »Sie ist sicher schon beunruhigt, wo ich bleibe.«

»Ja«, sagte Heiner Sturm. »Für uns ist es auch höchste Zeit.« Er schnalzte ungeduldig mit den Fingern, als die Bedienung vorbeirauschte, ohne von ihm Notiz zu nehmen. »Zahlen!« schrie er ihr hinterher.

Fleisser duckte sich.

»Zusammen?«

»Ja«, sagte Rauchecker.

»Aber auf meine Rechnung«, sagte Sturm.

»Aber ich bitte Sie«, sagte Rauchecker.

Die beiden Männer schauten sich an.

Die Bedienung, die Fäuste in die Hüften gestemmt,

schnaufte. »Na gut«, sagte Heiner Sturm und steckte, nach einem Seitenblick auf seinen Vetter, den Geldbeutel wieder ein. »Dann also danke schön. Vielleicht ein anderes Mal.«
Adolf Rauchecker strahlte. Er habe zu danken für die anregende Unterhaltung.
»Das wäre aber wirklich nicht nötig gewesen«, sagte Alfred Fleisser.
»Alles Gute weiterhin«, wünschte ihm Rauchecker.
Als er draußen die Handschuhe überstreifte, glaubte er, immer noch die beiden Fingerstummel zu spüren.
Sein kindlicher Leichtsinn in der Werkstatt des Vaters, hatte Adolf Rauchecker gesagt, habe ihn vermutlich vor dem Heldentod bewahrt. Von seinem Jahgang seien nur wenige aus dem Krieg zurückgekehrt. Also beginne er jetzt eigentlich schon sein drittes Leben.

Hilde Petersen hantierte mit der gewohnten Heftigkeit in der Küche. Unüberhörbar. Die Herren, die sich auf dem Bildschirm zum *Internationalen Frühschoppen* versammelt hatten, redeten unablässig. Vor dem Fenster flatterten, scharrten, pickten und schilpten die Vögel im Futterhäuschen. Die Schallwogen eines unsichtbaren Flugzeugs erschütterten den gläsernen Winterhimmel. Aber mit jedem Geräusch wurde das Schweigen zwischen den beiden Männern im Wohnzimmer noch undurchdringlicher. Es war eine Mauer, die Jürgen, sooft er sie abtastete, spüren ließ, was er nicht auszusprechen wagte. Er sah, ohne hinschauen zu müssen, den fast kahlen Schädel, das fahle, im Schatten des halb zugezogenen Vorhangs zerfließende Gesicht, das über den Hemdkragen quellende Kinn, den in sich zusammengesunkenen Körper, bis zur Hüfte in eine Wolldecke gehüllt, auf der Sessellehne die braunfleckige Hand, die ihm bei der Begrüßung, nach kurzem Druck erschlaffend, sofort wieder entrissen worden war.
Jürgen Petersen konnte sich nicht erinnern, seinen Vater je-

mals umarmt zu haben. Die äußere Nähe wurde um so unerträglicher, je deutlicher er fühlte, wie weit er sich innerlich von diesem Menschen entfernt hatte. Er wußte, daß ihm vorgeworfen worden war, sich beteiligt zu haben an Bestrebungen, die immer noch die Ausrottung der Juden zum Ziel hatten. Er wußte, daß vielen seiner Altersgenossen, groß geworden im Deutschen Jungvolk, nicht in den Kopf wollte, warum die Feinde von gestern über Nacht zu Freunden erklärt worden waren. Er wußte aber auch, daß als Feinde nach wie vor die Russen geblieben waren sowie deren Freunde im eigenen Land und daß diesen, obwohl sie gegen die braunen Verbrecher gekämpft hatten wie nur wenige andere, bald wieder offen der Kampf angesagt worden war. Er wußte, daß man sie ab '56 erneut wie Verbrecher eingesperrt hatte. Er wollte nicht wissen, was aus seinem Vater geworden wäre, hätte er nicht fünf Jahre vorher schon die Polizeiuniform ablegen müssen. Er sah, was aus ihm geworden war. Ein Wrack. Gestrandet in der Portierloge des Landgerichts.

Daß sich sein Vater selbst so sah, hätte Jürgen spätestens bei ihrem letzten Zusammentreffen im Herbst begreifen müssen. Aber er hatte weggeschaut, buchstäblich. Seitdem er nur noch zu Besuch in der Wohnung seiner Eltern war, hatte er sich dazu gezwungen, der Anwesenheit des von Jahr zu Jahr mehr gebeugten Mannes gerade so viel Beachtung zu schenken wie den Möbeln, die sich die beiden angeschafft hatten, Ende der fünfziger Jahre, als es aufwärts gegangen war, auch bei Hans-Georg Petersen. Als er durch vorzeigbare Leistungen hatte beweisen wollen, daß ihm Unrecht getan worden war, um sich wieder sehen lassen zu können im Kreis der anderen Männer seiner Familie, die Berufssoldaten, Gerichtsvollzieher oder Lehrer waren. Und als seine Frau schließlich doch noch seinen lang gehegten Wunsch erfüllt hatte, wenn auch nicht freiwillig.

Sie war, sagte Hilde Petersen, immer gern Schwester gewesen, und ihre Kolleginnen, die Atmosphäre auf der Station, die Ärzte, die kleinen Aufmerksamkeiten dankbarer Patienten, das alles habe sie anfangs schon arg vermißt. Aber nach zwei Fehlgeburten hatte der Doktor gewarnt, wenn sie weiterarbeite, bestehe wohl gar keine Chance, daß sie noch ein Kind austrage. Trotzdem war nichts daraus geworden. Achgottachgott, warum denn nur. Sie hatte sich schon so gefreut auf was Kleines. Bei Jürgen, sagte sie, war es ihr nicht vergönnt gewesen, die schönsten Jahre richtig zu genießen. Als sie ihn ganz für sich hatte, war er schon ein halber Mann, 14 und kaum zu zähmen. Die schlimmsten Rabauken, sagte sie, waren seine besten Freunde. Obwohl er auf dem Gymnasium war, trieb er sich nur mit solchen herum, die in der Lehre waren oder schon arbeiteten in der Fabrik. Da wäre eben, sagte sie, öfter mal eine starke Hand nötig gewesen. Doch der Vater war immer auf Achse gewesen damals, und er hatte auch, sagte sie, nie eine Beziehung zu dem Kind gehabt. Wahrscheinlich, sagte Hilde Petersen, die fast vier Jahre älter war als ihr Mann, was heute niemand mehr für möglich hielt, wahrscheinlich, sagte sie, sei er einfach noch zu jung gewesen, kaum 23, und kurz davor die Entlassung und dann fast vier Jahre mal diese, mal jene Arbeit und dann vollauf beschäftigt, um sich reinzufinden in den neuen Beruf, für den er doch eigentlich gar nicht bestimmt gewesen sei. Diese Schufterei bei der Spedition. Aber er habe wirklich versucht, das Beste daraus zu machen, und er sei nun mal ihr Mann.

Als das Telefon geklingelt hatte, war Jürgen noch mitten in der Arbeit am zweiten Teil seiner Serie für das *Wissenschaftsmagazin* gewesen, voll diebischer Freude, den Heiligen Abend wie einen gewöhnlichen Tag verbringen zu können. Die Mutter hatte sich bedankt für das schöne Päckchen, vor allem natürlich für seinen ausführlichen Brief, der wieder das Allerschönste gewesen sei. Auch der Vater lasse vielmals danken für das Buch. Nach dieser Eröffnung, die sich in nichts unterschieden hatte von früheren Weihnachtstelefonaten, hatte Jürgen erwartet, daß seine Mutter fragen würde, was er sich denn gekauft habe. Sie hatten vor Jahren vereinbart, daß sie ihm lieber das Geld schicke, damit er sich selber etwas aussuchen könne. Er war auch darauf vorbereitet gewesen, sie anzuschwindeln. Sie brauchte ja nicht zu wissen, daß er knapp bei Kasse war. Doch kaum hatte sie den Dank des Vaters ausgerichtet, war es aus ihr herausgesprudelt. Er selbst wolle es ja nicht wahrhaben. Doch dafür habe sie immer noch einen Blick. Schon im Sommer habe er öfter Schmerzen gehabt in der Brust. Er habe es ihr ja verheimlichen wollen und dann behauptet, das komme von der Wirbelsäule. Ja, ja, das gebe es natürlich. Aber sie habe gleich gewußt, daß es das Herz sei. Aber er habe sich partout nicht untersuchen lassen und sei auch ganz fuchtig geworden, als sie bei dem ersten Anfall, der für sie eindeutig gewesen sei, Dr. Weiß gerufen habe. Und am vierten Advent, ausgerechnet, wo nur der Notdienst erreichbar gewesen sei, da sei es schon wieder passiert, noch stärker als beim letzten Mal, und jetzt wisse sie gar nicht mehr, was sie tun solle. Sie sei schon fix und fertig mit den Nerven, und es wäre halt eine große Hilfe, wenn...

Die Nachricht, daß sein Vater an Angina pectoris litt, hatte Jürgen Petersen den Atem verschlagen. Er war nicht erschrocken, nur überrascht. Überrumpelt vom Staunen darüber, daß es so etwas gab. Das ist doch nicht zu fassen, hatte er gedacht. Da bist du im Verlauf deiner Recherchen auf das Forschungsprojekt am *Wissenschaftszentrum* gestoßen, und das hat unter anderem gezeigt, daß nicht nur die beim Eintritt des Infarkts nachweisbaren Arbeitsbelastungen zu berücksichtigen sind. Denn, so hast du erfahren, der oft schon lange vorher auf anderen Arbeitsplätzen oder durch früher ausgeübte Tätigkeiten hervorgerufene Gesundheitsverschleiß kann berufliche Abwärtsbewegungen auslösen.

Daher findet man unter Umständen dort, wo tatsächlich geringere Belastungen vorliegen, mehr Herzkranke als in den Bereichen, wo die Beschäftigten in hohem Maß krankmachendem Stress ausgesetzt sind. Das erklärt den auf den ersten Blick paradox anmutenden Befund, daß sogenannte Schonarbeitsplätze statistisch mit einer deutlich vermehrten Infarkthäufigkeit verknüpft sind. Du hast gelesen, daß in der Überblicksstudie, wie schon in anderen Untersuchungen, zum Beispiel Lagerarbeiter und Pförtner unter Infarktpatienten überrepräsentiert waren. Du hast zur Kenntnis genommen, daß der Öffentliche Dienst häufig nicht der Ausgangspunkt, sondern die Endstation einer Berufskarriere ist und daß die dort angetroffenen Minderbelastungen vor allem eine Minderbelastbarkeit der Infarktgruppe signalisieren. Es leuchtet dir ein, daß auf Schonarbeitsplätzen bevorzugt jene landen, die zuvor im Erwerbsleben bereits gesundheitlich so beeinträchtigt wurden, daß selbst unterdurchschnittliche Belastungen für sie schon zuviel sein können. Ebenso plausibel erscheint dir, was im Rahmen des Forschungsvorhabens erstmals belegt wurde, daß Gesundheitsschäden auch die Folge solcher Ausgliederungen sein können, da sich selbst im günstigsten Fall für die Betroffenen zusätzliche Belastungen ergeben, und zwar durch den Wechsel der Anforderungen, auch wenn diese objektiv geringer werden. Das wurde, notierst du dir, auf die Formel gebracht: Mehrbelastung durch Minderbelastung. Die von Umsetzung und Ausgliederung betroffenen Arbeiter, das entnimmst du einer Teilstudie des Projekts, sind zumindest kurzfristig zu erhöhten Anpassungsleistungen gezwungen, zumal solche Prozesse fast immer mit einem Verlust an Kompetenz, Qualifikation, Einkommen, Status und Selbstwertgefühl einhergehen, wodurch die Bewältigungsfähigkeit überfordert werden kann. Am ehesten zu verkraften ist dies, so läßt du dich von den Wissenschaftlern informieren, wenn innerhalb des Betriebs ein anderer Arbeitsplatz zugewiesen wird und dabei aufgrund des Lebensalters oder der Dauer der Betriebszugehörigkeit die jeweils geltenden Voraussetzungen der Besitzstandssicherung erfüllt sind. In solchen Fällen stellt sich die formal geregelte und meist gesundheitlich begründete Umsetzung gleichsam als schwer verdienter *Lohn der Angst* dar und nicht als selbstverschuldeter Abstieg. Ganz anders ist die Situation dagegen, wenn jemand, weil er seinem bisherigen Beruf oder der Tätigkeit in einer bestimmten Branche nicht mehr gewachsen ist, woanders einen weniger belastenden Arbeitsplatz sucht. Dabei kommt er, wie es in dem Forschungsbericht heißt, nicht selten vom Regen in die Traufe: Die Anforderungen werden kaum reduziert, nur verändert, und es treten im allgemeinen neue Belastungen hinzu, insbesondere aus dem sozialen Umfeld, etwa durch Diskriminierung, Unterbeschäftigung oder Isolation. Die eingeschränkte Leistungsfähigkeit wird dann schnell als persönliches Versagen gedeutet. Die Umwelt bestärkt den Betroffenen in dem Gefühl, quasi als menschlicher Schrott auf diesen Arbeitsplatz abgeschoben worden zu sein.

Das alles, hatte sich Jürgen Petersen gesagt, weißt du also, und dann ruft deine Frau Mama an und teilt dir mit, daß du gleich noch in der eigenen Familie die Probe aufs Exempel machen kannst. Die Wirklichkeit, hatte Petersen gedacht, ist doch allemal phantastischer als jede noch so gut erfundene Geschichte. Erschrocken war er erst, nachdem seine Mutter aufgelegt hatte. Aber auch dann war es keine Gemütsbewegung gewesen, die eine Verbindung herstellte zu seinem Vater. Er hatte sich eingestehen müssen, daß er die ganze Zeit überhaupt nicht an den Kranken gedacht hatte, der in den nächsten Stunden womöglich schon wieder ergriffen wurde von einem Schmerz, der die Brust einengte und sich steigern konnte bis zum Vernichtungsgefühl. Er hatte sich nicht wehren können gegen die Vorstellung, daß die Gesichtszüge, die er aus dem Spiegel oder von Fotos kannte, abblätterten wie zu dick aufgetragene Schminke, und wenn auch niemand sah, was da zum Vorschein kam, so war es doch nicht mehr möglich, jenen Ausdruck hochmütigen Angeekeltseins anzunehmen, mit dem er aus der obersten Reihe des Hörsaals herabgeblickt hatte auf den Anatomie-Professor, der den Studenten einen in Formalin schwimmenden grauen Fleischklumpen als besonders schönes Exemplar der von ihm zum erstenmal beschriebenen Mißbildung vorführte.

Jürgen sprang auf. Hans-Georg Petersen verschluckte ein Schnarchen, schnappte nach Luft. Der auf die Brust gesunkene Glatzkopf ruckte hoch.
»Was ist?«
»Entschuldige«, sagte sein Sohn.
»Was denn?«
»Ich wollte dich nicht wecken.«
»Ist das Essen schon fertig?«
Jürgen schaute auf die Uhr.
»Wir essen doch immer erst um eins. Hast du schon Hunger?«
Er hätte es gern in einem anderen Ton gesagt. Aber in welchem? Wenn er in Gedanken probte, kriegte er höchstens den munteren Es-geht-uns-ja-schon-wieder-viel-besser-Ton hin, in dem Dr. Weiß mit seinen Patienten redete. Der gute alte Hausarzt. Dieser Heuchler. Vielleicht meinte er es sogar ehrlich. Aber er spielte eine Rolle, die ihm andere vorschrieben. Er mußte, wo sich seine Wissenschaft hinter namenlosen Diagnosen verschanzte, der Onkel Doktor aus verklärten Kindertagen bleiben. Und das konnte er nur, indem er heuchelte. Als Mensch war er genauso hilflos wie die, deren Leiden, vereiteltes Leben und allen Fortschritten zum Trotz nicht verhindertes Sterben er sich dadurch vom Leib hielt, daß er mit jedem Handgriff, jedem Rezept die Illusion nährte, er könne ihnen helfen.

»Warum stehst du eigentlich?«
Jürgen tat so, als habe er dem Nachrichtensprecher zugehört. Doch erst jetzt, als er auf die Frage seines Vater antworten sollte, drangen einzelne Worte in sein Bewußtsein. *Null-Lösung. Genfer Verhandlungen. SS-20.* Dann erschien das Bild eines alten Mannes, der das Lachen des ewigjungen Siegers in die Kamera hielt.
»Ach so«, sagte Jürgen, während die Stimme im Fernsehen drohte, Präsident Reagan habe die Kreml-Führung erneut gewarnt... Das Blut hämmerte in seinen Schläfen. Doch als er hörte, was über die sowjetische Vorrüstung bei Mittelstreckenraketen behauptet wurde, brauchte er nicht mehr lange zu überlegen.
»Ich wollte nur mal schnell Wolfgang anrufen.«
»Wen?«
»Wolfgang Müller«, antwortete Jürgen, ohne den Bildschirm aus den Augen zu lassen. »Vielleicht erinnerst du dich an ihn«, fügte er rasch hinzu. »Ziemlich klein, drahtig, mit pechschwarzen Haaren. Sieht fast wie ein Italiener aus.«
Er wunderte sich, wie leicht es ihm von den Lippen ging. Als sei das mit dem Anruf keine Ausrede gewesen, sondern die einzig vernünftige Erklärung, warum er plötzlich aufgesprungen war. Fast glaubte er selbst schon daran, daß er unbedingt noch Wolfgang anrufen müsse, ob es bei ihrer Verabredung heute nachmittag bleibe. »Wir kennen uns von früher«, sagte er. »Ja, wir sind viel zusammengesteckt. Zum Leidwesen der Mutter.« Auch darauf reagierte der Vater nicht, und um so zwanghafter empfand Jürgen das Bedürfnis, von Wolfgang zu erzählen.
Er sei oft bei den Müllers gewesen, wollte er sagen. Habe sich dort immer sehr wohl gefühlt, obwohl die wirklich in überaus beengten Verhältnissen gelebt hätten. Fünf Kinder. Die beiden jüngsten, Zwillinge, seien gerade in die Schule gekommen, als der Vater verunglückt sei. Bei der Arbeit,

von einem vollbeladenen Gabelstapler erfaßt. Der Fahrer habe nichts sehen können und bei der Hektik und dem Lärm in der Halle auch die Schreie zu spät gehört. Zu Tode gequetscht. Gräßlich. Fünfzehn sei Wolfgang damals gewesen und habe dann schnell Geld verdienen müssen. Sei schließlich in der Werkzeugschleiferei hängengeblieben. Dabei hätte er das Zeug gehabt zu viel mehr. Unter anderen Bedingungen, wollte Jürgen sagen, wäre so einer auch auf die Uni gegangen. Es hätte wie Dankbarkeit geklungen.
Aber er sagte nur: »Wolfgang war auch häufiger bei uns, in der alten Wohnung. Da kam er nach der Arbeit oft noch auf einen Sprung vorbei. Aber da warst du wahrscheinlich immer unterwegs.«
Es klang wie ein Vorwurf.
Das Fernsehen zeigte den schnauzbärtigen Polen. Der Sprecher sagte, was Alexander Haig über die Solidarität des Westens mit *Solidarnosc* gesagt hatte. Einen Augenblick hoffte Jürgen, sein Vater werde nicken: Jawohl. Ganz recht. Dann müßte er ihn bloß lange genug anschauen, damit er herausrückte mit seiner Meinung: Wann demonstriert ihr denn mal gegen die da drüben? Aber der Alte hörte anscheinend gar nicht hin. Und offenbar interessierte es ihn auch nicht, wie sein Sohn darüber dachte, daß Leute, die im eigenen Land lieber heute als morgen die Gewerkschaften abschaffen würden, auf einmal um die Rechte der Arbeiter besorgt waren. Oder wußte er das und sagte deswegen nichts?
»Also was ist jetzt?« murrte Hans-Georg Petersen. »Stehst rum wie bestellt und nicht abgeholt. Das macht mich nervös.«
»Entschuldige«, sagte Jürgen und setzte sich auf die Couch. »Ich dachte, du wolltest telefonieren?«
»Das eilt nicht.«
Daß sich der Vater mit dieser Erklärung zufriedengab, ließ Jürgen keine Ruhe. »Um die Zeit stör' ich Wolfgang vielleicht beim Mittagsschlaf«, sagte er. Und nach einer Pause:

»Die Müllers haben immer Punkt zwölf gegessen.« Der Vater schwieg. »Ich wollte ihn schon beim letztenmal besuchen, aber da war er gerade auf einem Gewerkschaftsseminar.« Beharrliches Schweigen. »Er ist Vertrauensmann...« Der Vater sagte immer noch nichts. Und dann stützte er auch noch den Kopf in die Hand, als wolle er sich gegen Blicke abschirmen.
Im *Weltspiegel* wurde jetzt nicht nur mit Worten geschossen. Jürgen hatte plötzlich das Gefühl, schon durch das Zuschauen zum Komplizen zu werden. Er wollte nichts zu tun haben mit den Reportern, die von einem Kriegsschauplatz zum anderen jagten, bis sie beim Anblick verbrannter Häuser und zerfetzter Körper nichts mehr sahen als sensationelle Bilder, die um so besser verkäuflich waren, je mehr Schrecken sie einfingen. Eine lauernde Spannung überkam ihn. Er wäre erleichtert gewesen, hätte er sich verraten können. Der Vater müßte doch nur fragen, was er eigentlich von diesem Wolfgang wolle. Doch mit einer geradezu rachsüchtigen Sturheit vermied er alles, was seinem Sohn Gelegenheit geboten hätte, die Wahrheit zu sagen.
Die Wahrheit! Jürgen schauderte es bei diesem Wort. Er war bereit, ein Geständnis abzulegen. Auf der Stelle. Schonungslos. Ja, ich bin kein Haar besser als dieser Professor Monstrum im Anatomie-Hörsaal. Oder noch schlimmer. Ein herzloser Schuft. Aber als er sich vorstellte, er müsse solche Selbstbezichtigungen laut sagen, fand er sie in ihrer verkrampften Aufrichtigkeit so verlogen wie die Würde schwarzer Roben und den Bibelschwur. Wer wollte ihn denn anklagen wegen einer kleinen Notlüge! Machten nicht alle Kinder ihren Eltern ständig etwas vor, was diese für Zuneigung oder wenigstens Mitleid halten konnten und worauf sie, als Gegenleistung für aufopferungsvolle Liebe, Anspruch zu haben glaubten? Aber ja. Ohne diese Täuschung wäre der familiäre Gefühlskreislauf doch längst zusammengebrochen.

Auf einmal kam es Jürgen beinahe barmherzig vor, daß er verschwiegen hatte, warum er nun doch hier war. An Weihnachten, als ihm die Mutter die Ohren vollgejammert hatte, wie furchtbar es sei, wenn der Mann bloß noch daheim herumsitze und sich aufrege über jeden Laut, hatte er sich taub gestellt. Unmöglich, nein, er könne jetzt nicht weg, frühestens Ende Januar, wenn er diese Arbeit vom Tisch habe, nein, auch nicht für kurz, allein die Fahrt, jedesmal sechs Stunden, ausgeschlossen, er brauche jetzt jeden Tag. Ja, dachte Jürgen, so war es ja auch. Damals war er tatsächlich noch überzeugt gewesen, daß ihm nichts anderes übrigbleibe, als nach Neujahr – bis dahin hoffte er, mit dem zweiten Teil fertig zu sein – den Schluß in Angriff zu nehmen, obwohl dafür eigentlich noch weitere Erkundungen nötig wären. Aber er hatte es sich ja selbst zuzuschreiben. Warum war ihm denn erst in letzter Minute eingefallen, daß man das, was die Wissenschaftler mit *unterdeterminierter Drucksituation* und *kontrollierter Autonomie* meinten, nicht einfach in verständliches Deutsch übersetzen könne. Man müsse es vielmehr wieder auf die Alltagserfahrungen beziehen, damit auch für Außenstehende anschaulich werde, wie die Betroffenen durch sachlich und zeitlich schwer miteinander zu vereinbarende Leistungsanforderungen in eine subjektiv bedrohliche Zwickmühle gedrängt würden, bis sie keinen anderen Ausweg mehr fänden, als sich durch ein letztlich selbstzerstörerisches Bewältigungsverhalten anzupassen, auch wenn ihnen das damit verbundene Risiko, zumindest am Anfang, oft durchaus bewußt sei.
Nur zu, hatte Dr. Buchmann gesagt. Er solle nur tun, was er nicht lassen könne. Wenn er sich etwas in den Kopf gesetzt habe, sei es ihm ja erfahrungsgemäß sowieso nicht mehr auszureden. Er freue sich jedenfalls, hatte Dr. Buchmann versichert, das neue Jahr mit einer Geschichte von ihm beginnen zu können. Ab 11. Januar sei er wieder in der Redaktion, und wenn er, sagen wir mal, eine Woche später das

Manuskript habe, ja, das müsse doch zu schaffen sein, nicht wahr, seien ja noch gut fünf Wochen bis dahin, na schön, bis zum 20., das Datum solle er sich ganz dick anstreichen, und wenn also dann alles da sei, und das sei es bestimmt, er kenne ihn doch, könne die Serie im April-Heft starten...
Ganz schön ausgepicht. Inzwischen hörte sich das gar nicht mehr so aufmunternd erwartungsvoll an.

Petersen traute Dr. Buchmann sogar zu, seine väterlichen Streicheleinheiten seien nichts als sorgfältig getarnte Peitschenhiebe. Der wußte doch ganz genau, wie er ihn am besten antreiben konnte. Nur aus dem Grund hatte er auch gleich nach der Redaktionskonferenz angerufen. Weil er eben wußte, daß sein lieber Petersen fest damit rechnete und stolz war, wenn seine Prognose zutraf, und sich dann um so mehr ins Zeug legte. Hatte er ja auch. Und der erste Teil der Geschichte war ihm wider Erwarten schnell von der Hand gegangen, obgleich er nebenbei immer wieder versucht hatte, sich die Arbeitssituation von Metallarbeitern vor Ort anzuschauen. Zuerst hatte er bei den Vereinigten Motoren- und Turbinenwerken vorgefühlt, weil das eines der größten Unternehmen in seiner Nähe war. Dort hatte man ihn jedoch höflich abgewimmelt. Er könne sich höchstens einer offiziellen Betriebsführung anschließen. Eine solche finde aber in diesem Jahr nicht mehr statt, und danach sei es auch noch ungewiß. Vom Kollegen Huber in der Bezirksleitung der IG Metall, den er zwei Tage später endlich erwischt hatte, war er, ein bißchen verschämt, aufgeklärt worden: Na ja, bei VMT gebe es halt nur wenige Bereiche, die nicht irgendwie mit Rüstung zu tun hätten. Nach einigem Hin und Her hatte er ihm dann zwei Betriebsräte benannt, an die er sich wenden könne. Der eine war allerdings vor dem verabredeten Termin krank geworden, und der andere hatte erst noch die Einwilligung von oben abwarten müssen. Hatte er jedenfalls gesagt. Aber mit so einem stacheligen Unterton, daß man sofort spürte: Der traute

dem unbekannten Schreiberling nicht. So, so, über Herzinfarkt bei Arbeitern. Ja, da höre man allerhand. Bei ihnen im Betrieb aber nicht, nein, könne er sich nicht erinnern. Vielleicht früher mal. Ach, trotzdem? Hm. Na ja, eigentlich... Also von ihm aus könne er sich schon umsehen im Werkzeugbau und in der Härterei, es sei nur wegen, na ja, er wisse doch, die Presse habe nicht den besten Ruf, könne er natürlich nichts dafür, doch grundsätzlich, leider, müsse das über die Geschäftsleitung laufen. Der Herr Petersen solle doch nach den Feiertagen noch einmal anrufen. Der Herr Petersen! Als ob man ihn nicht auch mit Kollege anreden könnte! Er erwartete ja nicht, daß er gleich geduzt wurde. Aber schließlich zahlte er als Mitglied der Journalistenunion seit über vier Jahren pünktlich seinen Beitrag bei der Gewerkschaft. Also hätte sich der Herr Betriebsrat ja schon ein wenig solidarisch zeigen können!
Er hatte sich zwar saumäßig geärgert, aber einsehen müssen, daß er auf die Schnelle nicht mehr in Betriebe hineinkommen würde. Und dann hatte er sich, zähneknirschend, gut zugeredet. Daß es, genau betrachtet, ja auch eine Schnapsidee sei. Und daß man alles übertreiben könne. Er habe doch wahrlich lang genug gebraucht. Brauche sich ja bloß mal sein Konto anzuschauen. Also bitte. Solche Extravaganzen könne er sich nicht mehr leisten. Stimmte ja auch. Unter ökonomischen Gesichtspunkten war das, was er jetzt tat, ein unverantwortlicher Luxus, riskierte er doch, das Manuskript nicht rechtzeitig abliefern zu können, und ohne Ware gab's nun mal kein Geld. Dafür hatte er freilich die unbezahlbare Chance, daß es doch noch so wurde, wie er es sich ursprünglich vorgestellt hatte. Und das Tollste war, daß ihn genaugenommen ja erst seine Mutter auf den Gedanken gebracht hatte. Ausgerechnet! Nach dem Gespräch mit ihr war er zunächst völlig aus dem Konzept gekommen. Ein baldiger Besuch bei den Eltern war einerseits kaum noch zu umgehen gewesen, um sein Gewissen zu beruhigen, ande-

rerseits jedoch nach wie vor aberwitzige Zeitverschwendung, es sei denn... Am zweiten Weihnachtstag hatte er dann Wolfgang angerufen. Und der schien ja auch nur darauf gewartet zu haben. Na klar, das wäre ja gelacht. Aber sicher könne er ihm da weiterhelfen, bei ihm in der Firma sei es wahrscheinlich schwierig, der Betriebsrat, na ja, so ein typischer Sozialpartnerklüngel, und leider sei es bisher nicht gelungen, die Kollegen mobil zu machen, da renne jeder bloß mit der Faust in der Tasche herum, aber es gehe auch anders, zum Glück... Ja, ja, er wisse schon welche, na, Mensch, sonst könne man doch den ganzen Gewerkschaftskram hinschmeißen! Von Wissenschaft habe er natürlich keine Ahnung, aber was Stress sei, mein lieber Mann, das erlebe er jeden Tag, und Kollegen mit Herzinfarkt, ob er solche persönlich kenne, na, danke, gerade in letzter Zeit, haufenweise, allein bei ihm in der Abteilung zwei, und ein guter Bekannter, bloß zehn Jahre älter. Also ehrlich, da frage man sich schon manchmal, wann man selbst an der Reihe sei...
Hans-Georg Petersen hatte sich aufgerappelt, schlurfte, den Rücken mühsam gerade biegend, auf den Fernseher zu.
»Aber warum sagst du denn nichts!«
Jürgen schnellte hoch, stürzte zu dem braunen Kasten, aus dem jetzt Musik dröhnte. Tschaikowsky. Nußknacker-Suite. »Soll ich ausschalten?« Der Vater nickte. Ein grimmiges Lächeln verbog seinen Mund.
»Wird Zeit, daß ich mir Fernbedienung anschaffe«, sagte er. »Oder am besten such' ich mir gleich einen Platz auf dem Friedhof.« Er drehte sich um, beklopfte das Barometer neben der Balkontür.
»Na, komm«, sagte Jürgen. »Das hat ja wohl noch ein bißchen Zeit. Man kann bei so was heute auch operieren. Die Chirurgen setzen dann künstliche Gefäßbrücken ein, damit das Herz wieder mehr Blut bekommt...«
Als sein Vater mit den Schultern zuckte, mußte er wegschauen.

»Es bleibt schön«, murmelte Hans-Georg Petersen und ließ sich wieder in den Sessel fallen.
»Jürgen!« rief Hilde Petersen aus der Küche. »Kommst du bitte mal?«
Ihr Gesicht glühte. Sie wischte mit der Schürze den Schweiß von der Stirn. »Schau«, sagte sie und öffnete die Backröhre. »Dein Lieblingsgericht! Rehschulter mit Pfifferlingen und Preiselbeeren... Und Blaukraut... Und selbstgemachte Spätzle.« Es war ein Jubeln, das nach einem Echo lechzte. Doch Jürgen begnügte sich mit einem matten »Oh!« Die Mutter, vor dem Herd kniend, schaute zu ihm hoch.
»Was ist?« fragte sie bekümmert. »Habt ihr euch gestritten?«
»Aber woher denn. Du weißt doch, daß wir seit Jahren ein Stillhalteabkommen haben.« Jürgen bemühte sich, unbeschwert auszusehen, als sie ihm das Tranchiermesser reichte. Er säbelte eine Scheibe von dem Braten ab, begutachtete mit übertriebener Neugier das Fleisch, um dann zu verkünden: »Sieht toll aus.« Aber seine Begeisterung kam zu spät.
»Ach ja, es ist schon ein Kreuz«, seufzte die Mutter. »Ihr seid halt doch zu verschieden.«
Hoffentlich, dachte Jürgen.
Er wollte endlich reinen Tisch machen.
Als er angekommen war, mit dem Frühzug um halb zwölf, hatte die Mutter natürlich alle Hände voll zu tun gehabt. Aber auch jetzt schien sie nichts hören zu wollen. Mußte unbedingt noch Soße nachschöpfen. Und dann die Spätzle warmstellen. Und dann noch einmal in die Küche. Und kaum hatte er das Gespräch auf seine Arbeit gelenkt, mit einem scherzhaften Vorwurf in der Stimme, da habe sie ihm vielleicht etwas eingebrockt, fast zwei Monate beschäftige ihn diese Geschichte schon, außer einem kleinen Zeitungsbericht habe er nichts mehr zustande gebracht, und es sei immer noch kein Ende abzusehen, denn nun müsse er

noch ..., da unterbrach sie ihn: »Darüber können wir doch später in aller Ruhe reden«, sagte sie mit einem verschwörerischen Blick auf den schweigend über seinen Teller gebeugten Vater. Er bleibe doch ein paar Tage, nicht wahr? Und jetzt solle er sich's erst einmal schmecken lassen. Es schmecke ihm doch? Sie habe den Eindruck, daß er seit seinem letzten Besuch noch magerer geworden sei. Oder täusche sie sich? Jürgen konnte nur noch die Scheinfragen mit ja oder nein beantworten und sich den Mund vollstopfen und freudig überrascht sein, was die Mutter als Nachspeise auftischte. »Na, rate mal.« Natürlich! Mit Mandeln und Honig gefüllte Bratäpfel. Und Vanillesoße im Überfluß. Ob er noch wisse, wie er als Kind immer *Nillsoß* gesagt und nie genug bekommen habe?

Er bestand darauf, beim Abspülen zu helfen, und schließlich gelang es ihm auch, der Mutter so nebenbei mitzuteilen, daß er nachmittags einen Freund besuche, mit dem habe er einiges zu besprechen, was für den dritten Teil seiner Herzinfarkt-Serie wichtig sei. Sie blickte kurz auf. Ach, schade. Dann sei er ja zum Kaffee gar nicht da! Aber der Käsekuchen schmecke sicher auch morgen noch, meinte sie dann, schon wieder geschäftig mit Geschirr klappernd.

Jürgen starrte auf ihren gekrümmten Rücken. Warum nahm sie das einfach hin? Daß er, gerade zwei Stunden da, gleich wieder abhaute, mußte sie doch kränken. Diese Demut, regelrecht hinterhältig war die. Als ob er ihr nicht wenigstens eine Erklärung schuldig sei. Oder brauchte sie ihn gar nicht? War es nur, daß sie den Nachbarn zeigen konnte, was für einen braven Sohn sie habe? So furchtbar, wie sie es am Telefon dargestellt hatte, schien es doch für sie nicht zu sein, daß ihr Mann jetzt auch noch herzkrank war. Im Gegenteil. Mit einer ängstlichen Betulichkeit nötigte sie ihn ständig, sich zu schonen. Sie dramatisierte seinen Zustand, als könne er gar nicht bedrohlich genug sein. Man mußte den Eindruck haben, daß es nur ihr zu verdanken war, wenn die Katastrophe

bisher verhindert wurde. Also war sie ja wieder einmal in ihrem Element. Meinetwegen, dachte Jürgen. Sollte sie sich doch ein Ersatzkind heranziehen. Vielleicht war das die beste Lösung.
Aber zum Abendessen sei er doch wieder da?
Die Mutter, den Kopf zur Seite neigend, hielt einen Augenblick inne.
»Nein«, sagte Jürgen. »Ich glaube kaum... Es kann spät werden...« Er hörte, wie er wieder zurückwich. Schimpfte sich einen Feigling. Konnte aber dann erst recht nicht mehr sagen, daß er mit Wolfgang verabredet war. Er fürchtete, seine Stimme würde vor Herzklopfen wie eingezwängt klingen, sobald er den Namen aussprach. Als müsse er sich immer noch verteidigen, daß er mit *so einem* befreundet war. Der Sohn von Dr. Weiß. Oder irgendein anderer aus seiner Klasse. Aber warum denn gerade der!? Hatte sie gesagt. O ja, nur zu gut erinnerte er sich. Hätte er auf sie gehört, würde er heute womöglich genauso denken. Aber seitdem er das Studium abgebrochen hatte, müßte ihr ja auch klar sein, daß sie ihn nicht erpressen konnte. Weder mit Tränen noch mit dieser schicksalergebenen Duldermiene. Oder? Er blickte so rücksichtslos wie nur möglich.
»Versteh mich bitte nicht falsch«, sagte die Mutter. »Wenn es für dich wichtig ist, diesen Freund zu treffen...« Sie ließ die schwere Schmorpfanne in das Spülwasser sinken und rieb, die Luft durch zusammengebissene Zähne ziehend, die aufgetriebenen Knöchel der rechten Hand, fuhr aber gleich darauf fort: Er wisse doch, wie sehr sie ihm wünsche, daß er auch künftig Erfolg habe. Und nach einer Weile, als ertrage sie sein Schweigen nicht länger, drehte sie sich um. Es tue ihr ja so leid. Er sehe richtig abgekämpft aus. Aber das habe sie doch wirklich nicht ahnen können...
Im letzten Moment fing Jürgen Petersen den Schwung, mit dem er die Wohnungstür hinter sich zuknallen wollte, noch auf. Er rannte auf die Straße, dem Wald zu. Nach und nach

verflüchtigte sich der Essensdunst, der in seinen Kleidern hing. Aber immer noch würgte es ihn. Die Übelkeit kam nicht vom Magen. Es war ein Völlegefühl und saures Aufstoßen im Kopf. Er beschleunigte das Tempo. Zwei alte Frauen in schwarzen Pelzmänteln wichen vor seinen knirschenden Schritten zur Seite. Ohne den Blick zu heben, überholte er ein Elternpaar, das seine beiden Kinder auf Schlitten hinter sich her schleppte. Ein kleiner Junge tapste wie ein bunt verpackter Bär auf einen Mann zu, der die Arme ausbreitete.

Am Forsthaus angelangt, bog Petersen vom geräumten Weg ab, kroch einen Abhang hinauf, stapfte durch kniehohen Schnee. Er stolperte über verborgene Wurzeln, raffte sich auf. Die Kälte brannte in der Brust. Die Füße waren von Mal zu Mal schwerer zu heben. Er versuchte, noch schneller vorwärts zu kommen. Er hatte das Gefühl, Verfolger abschütteln zu müssen. Er kannte dieses Gefühl. Es war ein Alptraum. Eine Meute kläffender Schäferhunde war hinter ihm her, angefeuert von ihren Herren in Uniform. Sie hatten keine Gesichter. Unter den Dienstmützen fahle Flecken. Wenn er hinschaute, sahen sie ihm ähnlich. Dann waren die Hunde plötzlich los. Gleich hätten sie ihn eingeholt, würden über ihn herfallen...

Er blieb stehen, nach Luft ringend. Abgekämpft. Mit einer wüsten Inbrunst hielt er sich dieses Wort vor: Ab-gekämpft. Immer wieder. Mal dumpf. Mal schrill. Bis es bloß noch lächerlich wirkte. Was sollte denn das Theater. »Menschenskind«, sagte Petersen laut. »Du hast vielleicht Sorgen! Wär's dir lieber, sie hätten dich auch mit 16 in die Fabrik geschickt?« Es beruhigte ihn, daß er so mit sich reden konnte. Wenigstens hier, zwischen den stumm unter ihrer Schneelast ächzenden Bäumen. Er schaute auf die Uhr. Schon drei. Höchste Zeit umzukehren. Er folgte der Spur, die er vorhin in das frische Weiß gewühlt hatte. Allmählich lockerten sich seine Bewegungen. Wolfgang wartete auf

ihn. »Also paß auf«, hatte er gesagt. »Hab' alles schon organisiert. Du willst wissen, wie's in den Betrieben zugeht Kannst du haben. Ist mir doch ein Vergnügen. Kommt ja nicht alle Tage vor, daß sich so ein Kopfarbeiter dafür interessiert. Aber du warst ja schon immer ein Dissident. Mal im guten Sinn. Weißt schon, wie ich's meine.« Petersen hatte nichts gesagt. Es war ihm auch jetzt wieder peinlich.
Wenn Wolfgang wüßte, wie wenig er abgewichen war von der Linie, die ihm seine Herkunft vorgezeichnet hatte. Da half es gar nichts, *Lohnarbeit und Kapital* zu lesen. Mein lieber Schieber. So eine Mutter, die dir von klein auf mit Liebesentzug droht, falls du ihren Erwartungen nicht entsprichst, die richtet dich ab. Sie vertritt perfekt das Gesetz, auf das du eingeschworen werden sollst. Zeig, was du kannst, und wehe, du kannst nicht, was von dir erwartet wird. Dann bist du nichts wert. Hast eigentlich gar keine Daseinsberechtigung mehr. Die mußt du dir also immer wieder von neuem verdienen. Ob es dir gelingt, entscheiden die anderen. Die hinter deiner Mutter stehen. Und die reden dir ein, es hänge allein von deiner Leistung ab. In Wirklichkeit erfährst du aber, daß es nicht stimmt. Viele leisten viel weniger und bekommen trotzdem viel mehr. Liebe oder was als Ersatz von der Gesellschaft bereitgehalten wird. Deswegen hast du dich ständig im Verdacht, ein Versager zu sein. Was du durch noch größere Anstrengungen wettzumachen versuchst. Und damit du den Leerlauf nicht merkst, verkaufst du das Ganze als Selbstverwirklichung. Das ist der Kleinbürger-Trick, sich möglichst unauffällig die Schuhe anzuziehen, die einem auf den Weg mitgegeben wurden.
Petersen zuckte zurück, als ihm plötzlich die Sonne ins Gesicht faßte. Auf der blendenden Schneefläche vor dem Forsthaus tummelten sich Skiläufer und Spaziergänger. Er mußte niesen. »Gesundheit!« rief eine Kinderstimme. »Danke!« sagte Petersen. Er zwang sich zu einem Lächeln,

spürte aber, daß sein Mund wie gefroren war. Die Eltern des Mädchens nickten verlegen. Petersen entfernte sich.
Mensch Wolf, dachte er. Alter Kumpel. Das wäre doch gelacht. Im Augenblick konnte er sich keinen schöneren Satz vorstellen. Er sagte ihn sich mehrmals vor, als müsse er sich daran festhalten, um nicht auszurutschen und hinzuschlagen der Länge nach. Er war überzeugt, daß es ihm unmöglich wäre, wieder aufzustehen. Zugleich genierte er sich jedoch übereifrig für sein Rettungsbedürfnis. Bis er endlich wieder an das denken konnte, was ihn tatsächlich erwartete.
Wolfgang hatte noch einen Kollegen eingeladen. Der Rolf habe eben erst einen Infarkt hinter sich. In der Kur hätten sie ihn zwar wieder einigermaßen aufgemöbelt. Aber er habe natürlich Bammel, ob er noch mithalten könne, wenn er in zwei Wochen wieder ran müsse. Außerdem komme noch ein Freund. Werkzeugmacher und jetzt freigestellter Betriebsrat in einem Kamera-Werk, wo's zur Zeit hart auf hart gehe. Durch die japanische Konkurrenz werde die Firma ziemlich in die Zange genommen, und wenn 500 oder noch mehr auf der Abschußliste stünden, das sei ja wohl auch nicht gerade gesund. Weil dann halt jeder noch mehr als sonst nur noch die eigene Haut retten wolle. Die Jungen gegen die Alten, die Männer gegen die Frauen, und alle Deutschen zusammen gegen die Ausländer. Wer da nicht hundertprozentig fit sei, habe eh das Nachsehen. Und den Bossen, na klar, denen sei's doch in so einer Lage erst recht egal, wie viele Kollegen vorzeitig dran glauben müßten. »So«, hatte Wolfgang gesagt. »Und dann erzählst du uns erst mal, was deine Wissenschaftler herausgefunden haben, warum wir Arbeiter immer häufiger unser Herz kaputtmachen.«
Eine Frau kam ihm entgegen. Dunkelblauer Mantel. Weinroter Schal. Wollmütze in derselben Farbe. Petersen entschuldigte sich, daß er sie erst gar nicht erkannt habe. Er sei

in Gedanken gewesen. Ja, ja, sagte Waltraud Fleisser. Das kenne sie von ihrem Mann. Bevor sich Petersen erkundigen konnte, wie es ihm denn gehe, fragte Frau Fleisser: »Sie waren im Forst?« »Ja. Ein bißchen die Beine vertreten. Bei dem schönen Wetter.« Frau Fleisser beugte sich leicht zur Seite, um an Petersens linker Schulter vorbei einen Blick auf die Straße zu werfen. »Zu Hause komme ich ja kaum vom Schreibtisch weg.« Petersen beschimpfte sich sofort wegen dieser Erklärung. Die klang, als wolle er nur von sich reden. Und womöglich bedauert werden, daß er so furchtbar beschäftigt sei. »Ich wollte in den nächsten Tagen sowieso mal bei Ihnen reinschauen«, sagte er schnell.

»Ah, schön«, sagte Frau Fleisser. »Da wird sich mein Mann bestimmt freuen.« Sie wandte Petersen wieder das Gesicht zu. »Er hat neulich schon mal gesagt: ›Ob mich der Herr Petersen wohl vergessen hat?‹«

»Nein, keineswegs. Es ist nur ... Na ja, ich habe den Artikel leider noch immer nicht fertig.«

»Aber das macht doch nichts«, sagte Waltraud Fleisser, als müsse sie Petersen trösten. »Aber mein Mann nimmt halt alles immer so schrecklich genau.« Ich doch auch, dachte Petersen schuldbewußt.

Er hatte Alfred Fleisser eine Kopie seines Manuskripts versprochen. Er sei gespannt, wie jemand, der es am eigenen Leib erfahren habe, über die Ergebnisse der Infarktforschung denke. Und ob er mit seinem Bericht etwas anfangen könne. Voraussichtlich Ende November sei er wohl soweit.

»Er kann nie was liegenlassen«, sagte Waltraud Fleisser. »Jedenfalls in der Arbeit«, fügte sie hinzu. »Reißt sich lieber in Stücke, bevor er mal sagt, daß es ihm zuviel wird.« Ihr Blick irrte schon wieder an Petersen vorbei. »Aber vielleicht lernt er das ja auch noch. Seitdem er in Lauterberg war, ist er doch ein wenig vernünftiger geworden.« Petersen hätte jetzt gern erfreut ausgesehen. »Ja, ich glaub' schon«, sagte

Frau Fleisser. »Hoffentlich hält das auch vor.« Sie schaute ihn so eindringlich an, daß seine Stimme unweigerlich einen verständnisvoll mahnenden Therapeuten-Ton bekam. »Es ist natürlich schwer, nicht wieder in die alten Gewohnheiten zu verfallen, wenn die äußeren Bedingungen gleich blieben. Aber manches hat man schon selbst in der Hand. Wer das erst einmal erkannt hat, kann sicherlich auch etwas ändern ...« Er stockte.

Wie kam er denn dazu, hier auf offener Straße seine angelesenen Weisheiten zu verhökern. Ich bin doch nicht Jesus, dachte er, so böse es ging. Gute Ratschläge austeilen, das war nun wirklich nicht sein Bier. Obwohl es ja durchaus nützlich wäre, wenn sich herumsprechen würde, daß der Arbeitsdruck um so stärker wird, je mehr jeder einzelne Schiß hat, deutlich hinzuweisen auf das, was ihn belastet. Weil er dann nur noch die Wahl hat, den Druck an andere weiterzugeben oder sich selbst unter Druck zu setzen. Und in dem Maße, wie sich die Betroffenen durch widersprüchliche Anforderungen in die Enge treiben lassen, werden die Möglichkeiten, gemeinsam etwas dagegen zu unternehmen, immer weiter eingeschränkt.

»Vielleicht ist es für Ihren Mann ganz aufschlußreich, was ich inzwischen alles in Erfahrung gebracht habe«, sagte Petersen.

»Ja, sicher«, sagte Frau Fleisser dankbar.

»Ich habe auch noch einige Fragen«, sagte Petersen.

»Ja, natürlich«, sagte Frau Fleisser.

»Vielleicht morgen«, sagte Petersen.

Ja, ja. Wann es ihm am besten passe. Ihr Mann sei ja in dieser Woche noch zu Hause.

»Ach«, sagte Petersen. »Und dann will er schon wieder in den Betrieb?«

Frau Fleisser bejahte stumm, erneut zum Wald hin spähend.

Petersen konnte kaum noch der Versuchung widerstehen,

sich umzudrehen, was es denn hinter seinem Rücken dauernd zu sehen gebe. Sie finde es ja auch zu früh, meinte Waltraud Fleisser. Zu ihrem sorgenvollen Gesicht fiel Petersen nichts mehr ein.
»Also dann will ich Sie nicht länger aufhalten«, sagte er, als auch Frau Fleisser nichts mehr einzufallen schien.
Sie wehrte erschrocken ab. Nein, nein. Er halte sie doch nicht auf. Sie sei ja froh, daß sie ihn getroffen habe.
Er wußte nicht, wohin er schauen sollte.
»Wissen Sie«, sagte Frau Fleisser. »Ich bin nur raus, weil ich auf meinen Mann warte und im Haus drin jede Minute auf die Uhr schau'. Da macht man sich ja selber verrückt.«
Petersen tat nachfühlend.
Frau Fleisser reckte den Hals. »Es ist ja bestimmt gut für ihn«, sagte sie. »Wenn er sich nur nicht übernimmt. Bis zum Kaffee wollten sie wieder zurück sein. Und jetzt ist es doch gleich vier.«
Petersen stieß die linke Hand in die Luft, um seine Armbanduhr zu entblößen. »Erst Viertel vor«, sagte er.
Waltraud Fleisser lächelte wie ertappt.
Petersen starrte auf ihre Wildlederstiefel.
»Verzeihen Sie«, hörte er Frau Fleisser sagen. »Sie werden ja wahrscheinlich auch schon erwartet.«
»Ja«, sagte er. »Ich muß um vier bei einem Freund sein.«
»Ach so«, sagte Frau Fleisser. »Ja, dann auf Wiedersehen. Und grüßen Sie Ihre Mutter!«
»Danke«, sagte Petersen. Er zögerte, riß sich dann hastig los. »Also bis morgen. Schönen Gruß an Ihren Mann.«

Als der langgezogene Hupton das Ende der Mittagspause ankündigte, war Fleisser noch mit Otto auf dem Hof. Der Vorarbeiter ging augenblicklich schneller. Fleisser blieb einige Schritte zurück. Er hatte das Gefühl, auf etwas warten zu müssen. Endlich brach das durchdringende Geräusch ab. Jetzt waren die Vögel wieder zu hören. Fleisser schaute zum

Himmel. Hoffentlich hält das Wetter noch übers Wochenende, dachte er.
»Ist was?« fragte Otto.
»Den wievielten haben wir eigentlich schon?« fragte Fleisser zurück.
»Der 26. ist heute«, sagte Otto verdutzt. »Wieso? Wird's wieder irgendwo eng mit den Terminen?«
»Nicht mehr als üblich«, erwiderte Fleisser abwesend.
Er mußte an den Morgen denken, bevor... Wie Waltraud zu ihm gesagt hatte: Hätt'st halt ein Flugzeug heiraten sollen. Und wie er sie vertröstet hatte auf Januar, wenn die neue Maschine raus sei. Daß dann alles wieder besser werde. Und es war ja auch so. Er hätte eben bloß noch durchhalten müssen. Die Tragwerk-Untergruppen für den *Arena*-Jet, das war mehr oder weniger Routine. Er hatte die Fertigung mit erstellt. Die war längst eingelaufen. Die Leute wußten, was zu tun war. Er mußte natürlich trotzdem hinterher sein. Aber die Geschäftsleitung saß ihm nicht dauernd im Nacken wie beim Prototypen-Bau, wo alle naselang gefragt wurde: Wie weit sind Sie und warum nicht schon weiter? Und sagen konnte man nichts. Wollte keiner hören. Da hieß es immer nur: Das muß gehen. Sie müssen. Dafür sind Sie da.
Fleisser spürte, daß ihn Otto von der Seite anschaute.
»Wirklich«, sagte er. »Ich hab's ja jetzt wirklich ruhiger.«
Der Willscheid war für ihn eingesprungen. Hatte die Arbeit auch durchgezogen. Die Baugruppen waren pünktlich nach Oberpfarrhausen geliefert worden, und am 11. Januar, als er wieder ins Werk gekommen war, hatte dort draußen schon die Endmontage begonnen. Wie geplant. Elf Wochen waren dafür veranschlagt. Also müßte vor ein paar Tagen das erste Muster der F 28 aus der Halle gerollt sein, und wahrscheinlich war der Vogel inzwischen auch schon das erste Mal in der Luft...
»Man könnt' fast meinen, es tät' dir leid«, sagte Otto.

»Was soll mir leid tun?« fuhr Fleisser hoch.
»Na, daß du nicht mehr gar so einen Trubel hast wie damals.«
»Wie kommst du denn darauf?«
»Ich dachte halt«, sagte Otto. »Weil du auf einmal so ein Gesicht gemacht hast. Als ob dir der Hund die Wurst vom Brot geschnappt hätte.«
Fleisser ging rasch weiter.
Und außerdem, sagte Otto, der Mühe hatte mitzuhalten, er habe doch immer gesagt, er brauche das. Sonst sei es ihm langweilig, hatte er gesagt. Wenn nicht immer wieder was Neues auf dem Prgramm stehe. Erst wenn es rundgehe, lebe er richtig auf.
»Ja, ja«, brummte Fleisser. War ja auch schön irgendwie, dachte er. Und einerseits wollte er schon wieder auf dem Tablett sein, zeigen, daß er noch was auf die Füße stellen konnte. Den Ehrgeiz hatte man einfach, wenn man damit aufgewachsen war. Und all die Jahre hatte er sich ja auch einiges zugetraut. Und es hatte ihm auch gutgetan jedesmal. Ja, war doch immer eine Selbstbestätigung, wenn man den Auftrag bekam. Aber jetzt. Er wußte doch, wie's war. Das ging nicht anders. In der Abteilung ging es doch jedem so.
»Weißt«, sagte Alfred Fleisser. Er hatte schon die Tür zur Halle öffnen wollen, drehte sich aber noch einmal um. »Ist ja doch alles wieder bloß Heckmeck.«
Das Dröhnen der Rautermaschinen war auch hier draußen so laut, daß er unwillkürlich lauter gesprochen hatte. Er trat einen Schritt zurück. »Am Montag soll ich Bescheid sagen.«
Er sah, daß Otto nicht begriff.
»Ach so, das hab' ich dir ja noch gar nicht erzählt, daß ich gefragt worden bin, ob ich mitmach' beim Prototyp der F 28 mit 20 Sitzen...«
»Was?« unterbrach ihn Otto. »Die wollen schon wieder weiterbasteln an dem Ding? Ist das nicht gerade erst raus auf den Flugplatz?«

»Ja«, bestätigte Fleisser. »Aber anscheinend haben sie schon Aufträge für den 15sitzigen Typ. Im nächsten Monat sollen die Baugruppen für die ersten Serienmaschinen anlaufen.«
»Dann klingelt also bei *Forte* doch noch die Kasse«, sagte Otto.
Da Fleisser mit seiner Bemerkung offensichtlich nichts anfangen konnte, erklärte er: »Na, die Unternehmer jammern doch die ganze Zeit, daß der Helmut Schmidt mit seinem Sozialismus die Wirtschaft runiniert.«
»Hör auf«, sagte Fleisser.
»Entschuldige«, sagte Otto.
Fleisser stieß die Tür auf. Er hielt die Luft an, als ihm der Lärm entgegenschlug. Es war wie unter der Dusche, wenn er plötzlich das kalte Wasser aufdrehte.
»Und wie schaut's aus?«, brüllte ihm Otto zu. »Bist du wieder dabei?«
Fleisser schüttelte den Kopf.
»Na, Gott sei Dank«, brüllte Otto. Er folgte Fleisser in sein Büro. »Das muß ich dir schon noch schnell sagen«, sagte er. »Ich find's gut, daß du dich da raushältst. Weil ein Infarkt, find' ich, ist schon zuviel.«
»Nur ruhig«, hatte Otto gesagt. »Du bleibst jetzt erst mal ganz ruhig hier sitzen, und ich hol' den Arzt.«
»Die wollten erst, daß ich dich vertrete«, sagte der Vorarbeiter. »Ich hätt's ja immer gemacht, wenn du im Urlaub warst. Aber das war doch ganz was anderes. In so einer Phase hätt'st du die Abteilung freiwillig nie im Stich gelassen. Und dann ist mir das einfach noch in den Knochen gesteckt.«
Fleisser blickte hoch.
»Ja, was meinst«, sagte Otto, »was ich für einen Schreck gekriegt hab', wie du auf einmal zu japsen angefangen hast. Da fragst dich natürlich hinterher selber: Na, und was ist mit dir? Hab' schließlich noch ein paar Jahre mehr auf dem Buk-

kel, und der Gesündeste bin ich auch nicht mit meinem Zukker. Also mir reicht das, was ich so schon um die Ohren hab'. Und ich hab's ja dann auch am Willscheid gesehen, wie der's übernommen hat.«
»Wieso?« sagte Fleisser. »Der hat das doch alles bestens hingekriegt.«
»Das schon. Aber der Heinz, der ist ja wirklich noch ein junger Hupfer und war doch eigentlich immer die Ruhe selbst...«
»Ja und?« drängte Fleisser, als Otto die Augen niederschlug.
»Na ja, nicht daß du glaubst, ich will tratschen...«
»Weiß ich doch, daß du keiner von denen bist, die andere hinhängen«, ermunterte Fleisser.
»Nein«, sagte Otto. »Ich komm' ja auch prima mit ihm zurecht. Mir ist das nur aufgefallen, wie er in der Zeit vor Weihnachten, als es dann besonders dick geworden ist – na ja, weißt schon, waren halt so richtige *Forte*-Wochen, wo jede für drei zählt, kaum einen Abend vor zehn, elf hier raus und ständig einen von den Oberen am Telefon –, wie der Heinz also da immer wieder mal geplatzt ist, ganz plötzlich, wenn man ihn bloß nach irgendwas gefragt hat.«
»Ja mei«, sagte Fleisser. »Nicht jeder kann halt soviel schlucken, und dann haut er halt mal auf den Tisch.«
»Das mein' ich gar nicht«, sagte Otto. »Versteh' ich ja auch. Aber daß einer schon in der kurzen Zeit ganz wepsig wird und umeinanderschießt, als ob ihn 's Feuer jagt...«
»Ja, ja«, warf Fleisser ein. »So ist das. Aber da gewöhnst dich ja auch dran.«
»Ich weiß nicht«, meinte Otto zweifelnd.
»Was willst machen?« sagte Fleisser.
»Ich hab's ihm auch mal gesagt«, fuhr Otto fort. »Du, sei vorsichtig, hab' ich zu ihm gesagt. Das kann schnell gehn.«
»Und?«
»Ich glaub', er denkt sich eben, daß er ja noch Zeit hat, bis er

in mein Alter kommt, und dann könnt' er immer noch langsamer tun...«

»Genau«, sagte Fleisser. »Genauso hab' ich auch gedacht, als mir der Hafner Fritz gute Ratschläge hat geben wollen, vor zwei Jahren, wie sie ihn nach seinem Infarkt in die Logistik versetzt haben. Kreuzunglücklich ist er da drüben in dem Großraumbüro, wo schon die Luft so modrig ist, daß du dich kaum zu schnaufen traust. Und den ganzen Tag bloß Papier um dich rum...«

»Ja eben«, sagte Otto.

Fleisser achtete nicht darauf. »Ich hab' nicht geglaubt, daß ich auch schon angekratzt sein könnte«, sagte er. »Der ist ja schon Ende 50, hab' ich mir gedacht. Da mußt halt dann zurückstecken. Aber solang's noch geht, willst dir nicht nachsagen lassen: Schau dir den an, was das für eine Flasche geworden ist.«

»Du meinst also, man braucht immer erst einen Schuß vor den Bug, bis man's spannt?«

»Ich kann's doch keinem vorschreiben«, entgegnete Fleisser barsch. Er beobachtete seine Finger, die auf der Schreibtischplatte zappelten. Als er Ottos Blick bemerkte, steckte er die Hand in die Kitteltasche. »Und einer muß es ja machen«, sagte er dann.

»Natürlich«, sagte Otto. »Aber vielleicht...«

»Was vielleicht?«

»Na, vielleicht muß man's doch nicht immer so machen.«

»Wie denn?«

»Weiß ich auch nicht«, sagte Otto. »Aber wenn's fast einen jeden früher oder später aufreibt... Ich meine, darüber reden könnte man doch wenigstens mal.«

Fleisser schaute auf die Uhr.

»Aber dafür werden wir nicht bezahlt.«

»Entschuldige«, sagte Otto. »Ich bin ja nur drauf gekommen, weil du's jetzt auch eingesehen hast, daß du dir nimmer soviel aufladen darfst.«

»Schon gut«, sagte Fleisser leise.
Otto stand unschlüssig an der Tür, blickte durch die Glastür in die Halle hinaus. »Schau, Alfred«, sagte er nach einer Weile. »Bald 20 Jahre arbeiten wir schon zusammen. Und wenn du bis zur Rente da herin bleiben willst, dann ist das fast noch mal so lang.«
Fleisser wagte nicht, ihn anzuschauen.
»Ich hab' in letzter Zeit viel darüber nachdenken müssen«, sagte Otto. »Weil's ja dann auch noch den Kastner hingeschmissen hat, nachdem das mit seiner Frau so schnell zu Ende gegangen ist. Die Ärzte kriegen den Blutdruck nicht runter, was ja auf die Dauer auch ziemlich gefährlich ist. Und der Baier mit seinem Herzstolpern. Und weiß der Kukkuck, was die anderen noch alles haben...«
»Ich weiß nicht, worauf du hinauswillst«, hörte sich Fleisser sagen.
»Na, ich frag' mich halt, ob sich das lohnt«, sagte Otto. »Hat schließlich jeder nur ein Leben.«
»Nimm mir's nicht übel«, sagte Alfred Fleisser. »Aber wir müssen jetzt wirklich.«
»Natürlich«, sagte Otto und wandte sich zum Gehen.
»Schönes Wochenende!« rief ihm Fleisser hinterher.
»Ja, dir auch«, sagte Otto. »Scheint ja doch allmählich Frühling zu werden.«